文学旅行者译丛　丛书总主编 / 孙越 /

Осиновый крест урядника Жигина

极寒追捕

Михаил Николаевич Щукин

[俄] 米哈伊尔·尼古拉耶维奇·休金 ______ 著

路雪莹 ______ 译

華中科技大學出版社
http://www.hustp.com
中国·武汉

图书在版编目 (CIP) 数据

极寒追捕 / (俄罗斯) 米哈伊尔 · 尼古拉耶维奇 · 休金著；路雪莹译 . —武汉：华中科技大学出版社，2022.2
(文学旅行者译丛)
ISBN 978-7-5680-7919-8

Ⅰ. ① 极… Ⅱ. ① 米… ② 路… Ⅲ. ① 侦探小说 – 俄罗斯 – 现代
Ⅳ. ① I512.45

中国版本图书馆 CIP 数据核字 (2022) 第 009238 号

湖北省版权局著作权合同登记　图字：17-2021-229 号

极寒追捕
Jihan Zhuibu

[俄] 米哈伊尔·尼古拉耶维奇·休金　著
路雪莹　译

策划编辑：郭善珊
责任编辑：郭善珊　李　静
封面设计：伊　宁
责任校对：张会军
责任监印：朱　玢
出版发行：华中科技大学出版社 (中国·武汉)　电话：(027)81321913
武汉市东湖新技术开发区华工科技园　邮编：430223
录　　排：华中科技大学出版社美编室
印　　刷：湖北新华印务有限公司
开　　本：880mm × 1230mm　1/32
印　　张：11.75
字　　数：301 千字
版　　次：2022 年 2 月第 1 版第 1 次印刷
定　　价：49.80 元

華中出版

本书若有印装质量问题，请向出版社营销中心调换
全国免费服务热线：400-6679-118　竭诚为您服务

目录

第一部　白昼与黑夜

/一/

这个倒霉蛋儿悲极反乐，无所顾忌地狂呼乱叫起来。他把嘴张到最大，扯着破锣嗓子胡乱嚷嚷着：

“虫子，施洗礼，责备，铃鼓！嘿，一次，两次……”

乡村警官伊利亚·格里高利耶维奇·日金手里抖着冻得硬邦邦的缰绳，看着蒙了一层霜的马的臀部，没有回头——他出色履职多年，在职务生涯中他听的、见的太多了，所以根本不需要看那个绑着双手坐在雪橇后部的逃犯，由着他不断地吼叫，让老白桦树上的乌鸦受到惊吓。

他押解的科姆列夫是个苦役犯，此人机灵、狡猾，而且因绝望而发狂，不仅在隆冬时节从押解站逃跑，在必死无疑的酷寒中竟然没冻死，而且还在县城偷了杂货店，跑到一个偏远的村子里躲起来，在那儿过上了好日子。他跟当地的一个农民做交易，把偷来的钱给了他一些，就在一个远离人烟的浴室，逍遥自在地住了下来，就像住在沙皇的宫殿里似的，酒足饭饱，还有烟抽。可是，有眼尖的邻居看见浴室的烟囱一天两次冒烟，有时夜里也冒烟，便起了疑心，报告了村长，村长又报告了警察。日金只得全副武装地前往偏远的村子去捉拿科姆列夫——此时他已经从浴室跑了。日金找到了他，撞个正着，上来二话不说，一枪把他的破棉帽从脑袋上打掉，警告他：“别捣蛋！”科姆列夫识时务，他只是请求让他把帽子捡起来。他把帽子扣在脑袋上，乖乖地伸直两条胳膊：“捆吧，你赢了。”

这件麻烦事加上来回的路程花了日金整整五天的时间，今天已经是第六天了，他急着往家赶。他挂念生病的儿子，就在他出门的前一天，小家伙刚好生病了。好像有人用毒眼盯了这孩子——早上还欢蹦乱跳的，到傍晚就蔫儿了。夜里倒是睡着了，还睡得挺安生，头也不热了，但当爹的还是不放心。所以日金越来越急地挥鞭催马，马身上结了一层霜，变得毛茸茸的。

乡村派出所所在地叶尔班村坐落在西伯利亚长长的驿道上，驿道把村子一分两半。这是一个热闹的村子，也挺富裕，有两座教堂，还有客栈、商店、饭馆、酒馆，一句话，是个红火的地方。所以日金警官一年到头都忙得要命，而他的上司，派出所所长维基里安斯基是个严格的人，甚至可以说是个苛刻的人，下属出一点差错马上就会受到斥责。不过，要是做事勤勉，他也不吝表扬。日金希望这一次也能得到奖励，因为他抓到了在县城犯了很多事儿的科姆列夫，应当记一功。如今这家伙被捆在后面，一直胡言乱语地吼着，他要倒霉了，就让他喊喊吧，说不定这样他心里能好受点。

这时他们钻入了一条不深的峡谷，又上了一座小山，叶尔班村边的房子便展现在眼前了，一缕缕蓝灰色的炊烟袅袅升起，好像一幅画一样。日金很快看了一眼自家的房顶，去年他亲手给屋顶包了铁皮，漆成明快的绿色。看了一眼之后，他决定先回家看看，哪怕就待一下也好，这对公事没什么影响，他很想知道阿廖沙怎么样了？于是他拉了拉缰绳，赶着马拐进最近的一条巷子，没想到顿时吃了一惊：出什么事了？他家门口聚集了一大群人。他有一种不祥的预感，心揪了起来，当走近一些，看见墙上靠着一个木头十字架，他已经完全喘不上气了。

日金扔下缰绳、马、逃犯，从雪橇上跳下来，噗噗地踩着还很蓬松的雪跑起来。站在门口的人们默默地为他让路，他目不斜视，分不清谁是谁，从人们身前跑进大开的家门。他猛地愣在黑色的阴影里，几乎栽倒了，但还是支撑着站稳，跨过门槛，呆住了。

前厅墙角的长凳上放着一口小棺材，新刨的木板白晃晃的，一支细细的蜡烛滴着蜡油，在光滑的木头上留下弯曲的蜡痕，滑向床头的方向。

“感谢上帝，总算等到了。现在可以下葬了。”日金的背后传来一个女人的声音。其他的女人开始抽噎，还有人号啕大哭起来。日金听得清人们说的话，听得见女人的哭声，可是不明白眼前的事是什么意思。他端详着儿子一动不动的小脸儿，不由自主地伸出手，想把孩子面颊上青紫的斑擦去。

“天晚了，伊利亚·格里高利耶维奇，该去墓地了。”又一个声音从背后传来，这次是一个男人的声音，“我们已经等了您两天了。走吧……”

日金没有回答，他把小棺材扛到肩头，沉重地、小心翼翼地朝门口走去，心里还在想：“瓦西丽莎在哪儿？”可是他没有回头用眼睛寻找妻子。他走过幽暗的阴影，来到有光亮的大门口的台阶上，他觉得栏杆上覆盖的毛茸茸的雪是黑色的。

/二/

丧宴后邻居家好心的女人们给日金家擦了地板，收拾了餐具，害怕地看了看面朝窗户坐在长凳上、神情阴郁的男主人，然后悄悄地走了。窗外是漆黑的夜，日金觉得他的生活也同样漆黑一团，天昏地暗。

他离家不到六天期间，家里发生的变故太可怕了，以至于他到现在还不能完全相信。他像孩子似的希望甩甩头就可以摆脱魔法，惊讶于刚才的梦魇，像往日一样听到阿廖沙在屋里跑来跑去，使劲跺着两条结实的小腿儿，瓦西丽莎在炉子旁忙活着做饭，乒乒乓乓地挪动炉叉和煎锅……

他哆嗦了一下，甩甩头，从长凳上站起来。煤油灯黄色的光把空荡荡的房子照得分明，除了灯芯发出极轻的噼啪的声音，再没有一点动静。

他忽然不合时宜地想起今天那个苦役犯大喊大叫的事，日金也想像他那样喊叫。可是他忘了科姆列夫喊了些什么鬼话，于是他用尽全力拿拳头去击打张开的手掌——此外他还能做什么呢？

他的头脑好像从沉重的打击中清醒过来了，思绪不再是茫然和纷乱的，而是清晰和明确的：毕竟做警察不是坐在长凳上嗑瓜子，他在工作中学会了控制自己。他从桌上拿起灯来，把灯芯挑亮些，开始查看各个房间，任何角落都不放过，他想把今天从邻居们口中听到的一切理清楚，然后连成一体，最终弄明白到底出了什么事？

他看到的是这样一幅图景：

他走后的第二天，阿廖沙病得很厉害，瓦西丽莎求邻居请来了医生，医生尽心尽力地在床边守到天亮，给孩子喂了药，说不会有什么大事。阿廖沙真的精神见好，喝了点粥，甚至要他喜欢的玩具——一只彩绘的小木马，是他父亲去年夏天的时候给他买的。他搂着这只小木马睡着了，瓦西丽莎因为又累又怕筋疲力尽，也在他的身边打起了盹，夜里多次猛地惊醒，听听他是不是还在喘气。阿廖沙睡得很安稳。天刚亮的时候日金家里传来一声撕心裂肺的叫喊——瓦西丽莎生好炉子后再次跑去看儿子的时候，他身上已经凉了……

像平时一样，邻居们听到喊声后纷纷跑来，女人们号啕大哭，男人们为了躲开哭声去刨木头，做棺材和十字架。

神甫来了，做了悼念祷告，合情合理地提出不要急着下葬，最好等伊利亚·格里高利耶维奇回来，毕竟父亲应该跟自己的孩子按基督徒的方式告别。

大家接受了他的意见，开始等待孩子的父亲。

过了一天，又过了一夜。早上两个老太婆过来，准备按神甫的吩咐轮流给死去的孩子念圣诗，她们走上台阶，大吃一惊：在这么天寒地冻的天气里，门大敞着，女主人不在屋里。前室的小棺材像先前一样，原封不动地放在圣像下，她们喊瓦西丽莎，没有人应答。两个老太婆找了各个房间，各个角落，甚至看了地窖，什么地方都没人。于是她们跑到外面，到牲口棚，马厩、浴室全都看过了，什么地方都没人。

这时其他的邻居惊慌起来，整个派出所都出动了。可是到处喊、到处找都无济于事，甚至任何一点蛛丝马迹都找不到，瓦西丽莎好像人间蒸发了，什么痕迹都没留下。

直到此时她也没有出现。

“这不可能。”日金拿着灯在各个房间慢慢转悠，固执地想，“人不可能像没有肉体的灵魂一样飞来飞去，人的活动总会留下痕迹的。”他连木柜都查看过了，翻看瓦西丽莎的衬衣、袍子，找到了一个钱包，钱包没有动过，一条项链、一个金戒指和一副银耳坠单独放在一个盒子里，也原封没动。不管什么地方日金都没发现丢了一点东西。但是他不停地找，当他找遍了三个房间，仔细查看了灶台和灶台上面的高板床之后，又去看前廊。他在那儿仔细看了几个放着冻浆果的桶，发现其中一个的底下压着块奇怪的布头。他把灯放在地上，把桶提起来，从里面拉出一条黑头巾。他马上认了出来，这是瓦西丽莎的头巾。瓦西丽莎很少用它包头，当需要参加某人的葬礼或丧宴不得不戴这块头巾的时候，总是很不情愿，甚至战战兢兢。为了不想看到它，她把它放在一个隐蔽的地方，放在一堆破布下面，日金不知怎么没想起来这个。头巾上有冻硬的斑点。日金用手指搓了搓，立刻明白这是凝固的血。“就是说，瓦西丽莎戴过这条头巾……没错，葬礼，所以戴了……”日金弯腰去把地上的灯拿起来，但他放慢动作，仔细看了一眼，蹲了下去。“等等，等等，好像有人用这块头巾擦过血……”在刨过但没有上漆的地板上，可以模糊地看到像头巾上一样的黑点。

这就找到痕迹了。

日金又瞧了瞧前室，就回到房子里去了。他把黑头巾摊在桌子上，把两只手交叉着放在上面，又把沉重的脑袋压在手上。他根本没想到，在不足一天的时间内，他的浓密的头发中已经出现了最早的白发。

/三/

叶尔班是个大村，是整个乡的中心，可不管怎么说，农村到底是农村。在这里，就像在所有村子一样，消息传得飞快，就好像风把它们传送到家家户户似的。日金到了派出所，让他吃惊的是，遇到的人中差不多有一半都对他表示同情，而他们的目光中有还划过一道不加掩饰的好奇：警官的妻子到哪儿去了，莫非跑了吗？日金没有跟人说话，克制地点点头，一言不发，表示对方说的话他已经听到并表示感谢。

但他并不停留，继续向前走。

他的上司，所长维基里安斯基对这个部下的态度跟平时一样严厉。他听了关于抓捕科姆列夫的汇报，沉默了一会儿，翻着桌子上的文件，等翻完了，把它们放下，突然站起来，整了整制服，用干巴巴的尖细的嗓音，好像宣读长长的训令中的一段，对日金说道：

“鉴于将犯人置于无人看管的状态，致使该犯人逃跑，我被授权对警官日金做出警告处分，如有再犯将被开除警籍。”

说完这段话，维基里安斯基再次拉一拉制服，坐下，用两臂撑着桌角。他穿着一件新制服，料子是深绿色的，竖起的领子稳稳地顶着宽大下垂的脸颊。所长的身体干瘦，肌肉发达，就像猎狗一样，可是脸部松弛，一双淡蓝色的眼睛，表情几乎从来不变——总是不满的，甚至阴郁的，只有在个别的特殊的时刻才会露出一点点笑容。可是这一次所长没打算笑。他继续用手撑着桌子，眼睛不看日金，用干巴巴的尖细嗓音说道：

“现在我不知道该怎么办，要不要向局长报告？再说，日金，你不光丢了自己的马和雪橇，还放跑科姆列夫。你还给我找了很多麻烦……”

“我怎么会放跑科姆列夫呢？是我把他捆住两只胳膊押送到叶尔班来的呀！”日金不忿地说。

“怎么会？ 我哪知道！反正人跑了！”维基里安斯基把手从桌子上猛地抬起来挥舞着，好像要起飞似的，“你坐下，伊利亚·格里高利耶维奇，别杵在我眼前！替你报信的人跑到这儿报告，我再派人去，总共有多长时间？最少一个半小时。这段时间科姆列夫没人看着，他会做什么？他挣脱了，这狗日的！看起来他在雪橇上的时候就把绳子磨断了。我们的人押着他去警所，结果……一个马大哈赶着拉干草的雪橇，路滑没控制住，结果雪橇翻了……另外一些马大哈在路边生了一堆火，那个，他们冻坏了，想取个暖……结果干草垛整个儿连到火上了！这就着了大火，人们忙着救火，一片混乱。科姆列夫不是傻瓜，他用什么东西在我们的人头上来了一下子，把他从雪橇上扔了下去，赶着雪橇溜了，身上还绑着绳子！再赶紧找——他连个影子也没有了……所以你没有马也没有雪橇了，你得自己出钱买……”

“我不会这么做！”日金站起来，挺直身体，手贴着裤缝。

“说说你的理由！”维基里安斯基简短地命令道。

“我是来请求让我离职的。这是我的决定——离职。”

维基里安斯基猛地抬起头来，使得下垂的腮帮子哆嗦了一下。他眯起双眼——他的眼睛已经不是浅蓝色的，简直是铁灰色的了，好像要把日金看透。可是日金没有动，好像清楚地知道所长这样的打量不会有什么好事。昨晚他彻夜不眠，做出了一个决绝的决定：离职去寻找瓦西丽莎。他还明白了，找不到妻子，不管她活着还是死了，他不会安宁，他都虽生犹死。他对此坚定不移，就像一个坚硬的树墩一样，不可能动摇。维基里安斯基到底是个久经世故的聪明人，知道用喊叫和吓唬制服不了日金。他想，现在急不得，得先缓缓……

“日金，我给你放三天假，好好喝点酒，躺下睡觉。我知道你心里痛苦，可是不管痛苦多大，咱的职责没人能代替。懂吗？去吧！”

日金转身出去了。

“哪怕给一个星期假也好啊！”在回家的路上日金生气地想，“我怎么决定就怎么做，要是你跟我较劲，我就给你好瞧！现在对我来说瓦西丽莎比什么都重要！”

家里空荡荡、静悄悄的。日金摘下帽子（帽子用黑背带挎在肩上）和挂着光面手枪套（里面是一把左轮手枪）的皮带，习惯性地把这些装备挂在门口的窄搁板上，拉上了窗帘。他早就习惯把手枪和军刀放在这个固定的地方，以便随时抄起来——有时有急事向外跑，他可以顺手抓起这些东西，出门后一路系好皮带，挎上背带……以后他不用再急忙往外跑了，公家的佩剑也得上交，因为日金很清楚，被警察局开除的人绝对不会再录用，随便吧……

他换上便服，在桌旁坐下，把昨天晚上在前室发现的那条黑头巾摊开在面前。头巾上的血点已经化开变干，几乎看不出来了。日金看着它们，好像希望它们能告诉他该怎么办。可是什么答案也没出现，他甚至不知道，应该从哪里入手开始寻找瓦西丽莎。

他就这样一直坐到天黑，也没想出一点有用的法子。他小心地把头巾折好，放到木柜里——先在那儿放一阵子吧。

“明天我不穿警服，穿那件半旧大衣去各个酒馆转转，说不定能听到点什么，也许能找到点线索。”日金这样想，但他也明白没有太大希望。很多人认识他，换装也没什么用处……

这时传来一声短促的敲门声，敲门人似乎小心翼翼，就像用爪子挠了一下门。日金从桌旁站起身向门口走去，边走边从搁板上拿起手枪放在口袋里，以防万一。他打开门，不由后退了一步。这是什么情况？一个活泼的少女轻盈地跳过门槛，站在他的面前。她高兴地微笑着，眼神机灵中透着任性。她的两腮被冻得通红，头上胡乱裹着一块彩色的小披肩，红色的卷发从里面露了出来。少女摘下两只白色的毛线手套，动作熟练地把它们塞到轻盈的小大衣的翻口里，然后攥起两个小拳头，对着它们呵起气来，同时两只带点绿色的大眼睛继续放电。

“你是谁？干什么？”日金严厉地问道，不等回答，又说了一句，“把门关上。”

“哎呀，冻死我了，都懵啦！”少女轻巧地关上门，然后开始脱外衣。“伊利亚·格里高利耶维奇，我来找您的路上冻透了，肚子里好像结了冰块滚来滚去！”

少女刚一开口说话，一听到那一片急急忙忙的声音，日金就认出她来了：“是玛尔法·山金娜！哪阵风把你吹来了？”

“我找您有事，伊利亚·格里高利耶维奇，急事，所以就贸然上门来了，请您宽宏大量，原谅我。这事一点都耽误不得。我知道您很痛苦，可是这事很急。让我来把茶炊生上，咱们喝点茶，你瞧，让我肚子里的冰块化开……”

不等主人同意，玛尔法就马上忙活起来，很快就把一个噗噗地冒着热气的茶炊端上了桌子，摆上了茶碗和碟子，拿出了昨天丧宴剩下的菜——少女利索地忙活着，好像一直就在这里当家。

日金皱着眉看她忙活，没有制止，也没问一个字。他等着玛尔法自己说出是什么原因让她来到这里。他猜想这原因一定不同寻常，否则这个活泼的少女会远远地躲开他的家。

/四/

玛尔法·山金娜是下沃罗什村一个有钱寡妇的独生女儿，五岁的时候曾被茨冈人偷走。一天茨冈人成群结伙而来，在村口安营扎寨，晚上生起篝火。第二天他们挨门挨户地乱钻，用纸牌给女人们算命，孩子们则要饭，起劲儿地跳舞，用不穿鞋的脚跟把满村的土地踢腾得乌烟瘴气。大篷车没有久留，不等太阳落山就无声无息地消失了，只留下黑色的火堆，煤还没烧尽，还闪着微弱的火苗。

寡妇发现她女儿丢了以后急得要死，惊动了全村。男人们抓起武器上马去追。他们在远远近近的大路小路上转悠，向每个遇到的人打听，可是谁都没看见茨冈人的营地。好像他们是来无影去无踪的。

寡妇伤心痛哭了一阵子，一年以后她把房子卖了，去了省城雅尔斯克，她对邻居们说，想开始新的生活，要不然在空荡荡的家里会被痛苦活活吞掉的。从此以后她再没回过下沃罗什村，再没有任何关于这可怜的寡妇的消息。渐渐地人们把她忘了，只有每当用茨冈人的大篷车吓唬淘气的孩子时才会提到她，说是如果你不听话，茨冈人就会把你偷走……

可是后来还是想起来了——清清楚楚地想起来了：那个很早以前的夜晚，茨冈人如何在村口生火；男人们如何寻找大篷车的踪迹却没有找到；关于那个寡妇，特别是关于那个失踪的小女孩，怎么能不想起来呢？因为玛尔法自己来到了下沃罗什村。那是一个初夏，青天白日的，她出现在自己家的门前，她坐在一截木头上哭诉自己的遭遇，讲得那么有声有色，那么伤心，好像哭丧一样，让赶来听她诉说的女人们把头巾都哭湿了。哭了一阵子以后，她们争着拉玛尔法到自己家做客，她们看见这女孩子穿得破烂，赤着脚，肩上只有一个瘪瘪的背囊。她们给她吃喝，让她睡觉，带她去洗澡，心疼得不得了——这个只有十三岁的小姑娘人见人爱。她善于察言观色，尊敬长辈，能说会道，声音清脆动听，人们不由自主地被她牢牢抓住了。

当玛尔法用响亮的声音讲述她跟茨冈人在一起的可怕遭遇时，屋子里总是挤满了人，有时候甚至台阶上、院子里都是人。人们发出阵阵惊叹，这个快活的、到处流浪的族群的生活让他们惊奇。这个孤女让他们怜惜——她年纪那么小，却经历了那么多不幸！

玛尔法从一家换到另一家，一直讲啊讲的，一个星期后她要走了。她说要去省城雅尔斯克，一定要在那儿找到她妈妈——妈妈为了她把眼泪都流干了。

人们把小女孩送出村，就像送亲闺女一样，给她塞了满满一口袋的各种吃食，送行的时候女人们挥着头巾又哭开了。

可是过了一段时间，还是这些女人，又一起拍打着手骂自己是大傻瓜。她们怎么能不骂呢，在每个招待过能说会道的玛尔法的家里，接二连三地发现丢了东西。这家丢了一块花布，那家丢了一个藏在神龛圣像后的戒指，还有的家里发生了不可思议的事——他们攒下的买马的钱，存在最可靠的地方，缝在羽毛褥子里，也不翼而飞了，而褥子上的洞又用同样白的线缝好了，只是针脚不同，比较粗大，看来是急忙缝起来的。可这还不算完！一个准备在伯克洛夫举行婚礼的少女的嫁妆连同头纱也丢了，看来她只好穿着平常的衣服去结婚了……

日金记得，他做笔录列出被偷物品清单的时候，对这女孩子偷东西的嗜好和本领感到吃惊。她真是做得滴水不漏，因为当那些女人们听玛尔法讲故事的时候，没有一个人怀疑过她。

那是他第一次听说玛尔法·山金娜。

但不是最后一次。

后来他们面对面相遇了。但这一次事情比较严重。丢的不是木箱中的一块花布，而是开小铺的米洛什尼科夫整整一个月赚的钱。他的铺子开在斯杜杰纳村，离叶尔班十里地。日金接到失窃的报案就赶到那里。米洛什尼科夫难过得喝醉了，他叉开手指头抓挠着已经花白但仍然浓密的头发，不时喊叫着，挥舞着一个大木十字架，上面有拜占庭式的装饰花纹：

“我叫她天使！我叫她天使来着！”

然后他像一块面团似的往后一仰，瘫在硬椅子上。

但米洛什尼科夫很快清醒了，恢复了神志，一杯接一杯地喝着茶开始讲事情的经过，讲得很清楚很详细，令人吃惊。

在那倒霉的一天，他待在铺子里，因为他的伙计病了，感冒咳嗽，起不了床。所以老板只好自己看铺子。铺子里一个人也没有，米洛什尼科夫无聊地打着哈欠，已经准备回家去吃午饭了。但这时他听到有人说话，那声音有点怪，但是非常动人，惹人怜爱，而且很脆生，只有铁石心肠的人才会对它无动于衷。米洛什尼科夫从柜台后向外瞄了一眼，看到一个女孩子穿着件单薄的、带破洞的衣服站在台阶上，脚上穿着一双溅满泥点的旧毡靴。当时已经是十一月了，天相当冷。女孩子冻得哆哆嗦嗦，两只戴着破手套的手直发抖，捧着一个铁杯子，杯里依稀有铜钱的叮当声——显然是家里遭了火灾。大概是火灾后无家可归，没有家具也没有衣服，这样的可怜人总是走村串户地行乞。但是做这种事的一般是年纪大一点的女人，而眼前的却是个女孩子。米洛什尼科夫不是心肠软的人，本可以马上把她撵走，省得在眼前晃来晃去惹人烦。可是那银铃般的声音让他做不出来：那声音非常有穿透力，能听到深深的绝望，搞得米洛什尼科夫不仅没有把“乞丐”赶走，反而敞开店门让她进来。他让她在尚有余温的炉子边烤火，给她面包和一块发干的陈蜜饼。女孩子烤了一阵，暖和了，不再发抖了，她吃了面包和蜜饼，喝了水以后，变得兴高采烈起来。她的眼睛变得很有神，嗓音更清脆了。她用这副嗓音回答了收留她的米洛什尼科夫的问长问短，讲了一个普通的、很短的故事：夏末的时候她家的房子就烧了，天还暖和的时候，她跟母亲还有两个妹妹到各村乞讨。她没有父亲，他早就死了，是在酒后斗殴时受了重伤死的。所以她们母女四人一块儿行乞，后来天冷了，因为没有暖和的衣服不敢带妹妹出远门，怕她们被冻死。好在有好心人收留她们过冬，但是不能供她们吃，所以她这个大女儿只好到远处行乞。

“上帝保佑您，大叔，因为您心好，给我吃的，收留我烤火。”这个遭火灾的女孩儿讲完那悲惨的故事后说道，还给米洛什尼科夫鞠躬。“我暖和了，吃饱了，现在我要接着遭罪去了。呀，看您的这地方，够脏的。”

米洛什尼科夫瞥了一眼：她说得没错，懒惰的伙计这几天连地都没扫过，搞得这里像猪圈一样脏。等他咳嗽够了，得好好教训教训他……可是还不等米洛什尼科夫想好怎么惩罚这个伙计，火灾女已经脱了短上衣，找到扫帚、水桶和抹布，开始给铺子做扫除，就像一个好主妇在复活节前打扫自己家的房子一样，同时她还脆生生地说：

“大叔，我给您干点活，报答您的好心，我心甘情愿给您干活，我可乐意报答好心人了……”

不到一小时，铺子的地板就擦得锃光瓦亮，房间里收拾得焕然一新，就像一枚彩蛋一样。

米洛什尼科夫，再次看看火灾女，口气坚决地说：

“你留下吧，小姑娘。你在店铺和家里打扫卫生，我付你工钱，现钱。你要饭养活不了家里人的。你跟我来，见见我妻子。你叫什么？”

“我叫阿纳斯塔西娅·娜斯佳。”

“我们走吧，娜斯佳。”

一个星期后，米洛什尼科夫和他老婆，对这个新女佣喜欢得不得了了。她无论是在家里还是在店铺里，都像个小太阳似的精神焕发，声音又像马轭下面的铃铛一样清脆，什么活儿到了她的手里三下两下就做好了。她好像从来不是走路，而是飞来飞去，她那轻盈的双脚好像从来不粘地皮一样。

几个月后她消失了。没人看到或听到她是什么时候走的，去了哪里。消失了也就算了，她还把铺子的所有进款一分不剩地卷走了。钱放在家里的一个铁盒里，钥匙由米洛什尼科夫自己保管，放在一个特别的地方——桌子最下面的抽屉，里面专门用凿子凿了个槽，上面盖着块小板子，就像铅笔盒一样。钥匙还在老地方，放钱的铁盒是锁着的，只是，当米洛什尼科夫把盒子打开的时候，里面的钱不见了。

米洛什尼科夫跟日金讲述的失窃过程就是这些，他再也说不出别的什么了，只是仍然表示难以置信，不错，现在不是喊叫，而是轻声叹气：

“我叫她天使，我叫她天使来着！”

但日金已经不想听他的感叹了，现在他关心的是另一件事。这个天使飞到哪儿去了？他的记性非常好，所以马上想起了很久以前下沃罗什村发生的那件事。据村里的女人们说，那个小女孩的特点就是嗓音特别脆生，至于两个人的名字不同，这没什么奇怪的，她想叫什么就叫什么，想什么时候走就什么时候走。

这就像草垛里找针，也可能碰巧就在手边。日金觉得没太大希望，他没在斯杜杰纳村久留，立刻上路赶去远途客栈。他想，这个女贼就算搭上了谁的马车，也一定得停下来烤个火——那几天天寒地冻的。他紧赶慢赶地赶到客栈，真没白费力气——赶上了，他把玛尔法直接从雪橇上薅了下来——她已经要搭便车离开了。

他这才第一次看到她。就像人们描述的，她的脸圆圆的，白白的，大眼睛含着眼泪，嗓音清脆——真的，简直跟天使一样！

“大叔，好大叔，我根本没犯罪！我根本没看见什么钱，要是我拿了别人的东西，就把我的手砍了！我逃跑是因为女主人想毒死我，她吃起醋来了，她说要让我吃碎玻璃或服毒！所以我就跑了。连工钱都没要，逃命要紧！请相信我，大叔，放了我吧！”

日金当然没相信她，也没放她。他把她带回叶尔班，带到派出所拘了起来。时间已经很晚了，天也黑了，他不想熬夜审问录口供。而且在严寒中奔波了一天，他也很困了，所以日金打算明早再审。

可是，第二天早上他来到派出所不禁大吃一惊。他看到的第一个人是米洛什尼科夫，而等对方一开口，日金更是惊呆了。这个商人急急忙忙又前言不搭后语，乱七八糟，好像落入了圈套，虽然今天他是清醒的，跟昨天不一样。他边说边东张西望，好像在看身后是不是有人。身后并没有人，但米洛什尼科夫还是忍不住回头，他吞吞吐吐地说：

“对不起，伊利亚·格里高利耶维奇，我鬼迷心窍……昨天我诬告了……那女孩子没干坏事，是我老婆疯了……她把钱拿走藏起来了，那个，她栽赃给娜斯佳……这蠢货，胡思乱想，以为我们有什么事……你别声张了……钱也都在……我不想良心有愧……”

日金听到他这一番含含糊糊的话，暗自觉得蹊跷。这时他已经是个老干探了，一般人很难骗过他。他记得米洛什尼科夫的老婆昨天说到娜斯佳的时候还因为失去这么好的一个帮工觉得可惜得不得了。而米洛什尼科夫本人昨天的态度也显得挺诚实的，怎么今天就都推倒了呢？这一夜发生了什么？

可是所长维基里安斯基不让日金追问真相，他好像快刀斩乱麻一样把所有枝枝蔓蔓都砍了：

“钱都在？”

“在。”

“没有盗窃？”

“没有。”

“没给法庭侦查员发文件？”

“没发。”

“那就让他俩都见鬼去吧！我们不用自找麻烦！”

日金执行了长官的命令，放了这个娜斯佳·玛尔法，她深深地鞠躬，一个劲儿地感谢：

“上帝保佑您，大叔，因为您没欺负可怜的火灾女。我要为您祈祷……”

“用不着为我祈祷！”日金冷冷地打断她，“你最好下次别再让我遇见！再让我抓住，我就要好好给你篦篦后脑勺的头发。”

“头发总要梳的，大叔，只要有脑袋，有头发，一定会长虱子。”她说着，笑眯眯地望着日金，一双圆眼睛闪着贼光，使得日金确信，她确实偷了米洛什尼科夫的钱！现在她逃脱了，所以才这么得意地笑。

此后他再没遇到过玛尔法，不过听倒是听说过，怎么能没听到过呢，就连报上都登了她的事。在《本省消息报》上有篇文章——《厨娘成为继承人》，说省城雅尔斯克的拥有三座金矿的拉弗连季·佐托维奇·帕尔菲诺夫，一个已经上了岁数的鳏夫，雇了个厨娘玛尔法·山金娜。还不到半年，帕尔菲诺夫就发了疯，进了疯人院，但在此之前，当他还神志清醒记忆清晰的时候，他写下了遗嘱，给了玛尔法·山金娜一大笔钱。帕尔菲诺夫唯一的儿子和继承人，巴维尔·拉弗连季耶维奇告到法庭上，说这是不可能的！可是他在法院碰了钉子——遗嘱是由公证人立的，手续很正规，所有签字都是真的。因此，立遗嘱人的意志应当得到执行。

日金把这份报纸保留了很久，这个小小年纪的女孩子的手段让他大为吃惊。

现在她就坐在他的面前。她已经完全出落成一个美人儿了，她端着茶杯小口喝着，翘起纤细的小手指，两眼放光，她开口说话，嗓音依然那么脆生，那么迷人，比从前一点也不逊色：

“我想给您帮忙，伊利亚·格里高利耶维奇，我知道怎么找到您的妻子，不过您得先帮我一个忙……”

日金从桌旁猛地跳起来，愣住了……

/五/

圣诞节后雅尔斯克的“艾尔米塔什”饭店住进了两位年轻的先生，列奥尼德·斯托尔波夫和阿伯伦·库巴托夫，他们自称是莫斯科“锚”保险公司的代理人。他们没带什么行李，只有两个手提包，要了一个大的双人房间，窗口朝向城里的主要街道——邮政大街。整整一周时间他们在城里到处跑，忙自己的事，很晚才回饭店。一直到星期一，他们哪儿也没去，让侍者把早餐以及所有能买到的报纸都送到房间。

“怎么，库巴托夫先生，您要按照老习惯好好读读报吗？”

“您会明白，斯托尔波夫先生，习惯是第二天性。而天性很难改变。至少我是做不了这么伟大的事。怎么，您觉得有问题吗？”

“上帝保佑！您请便！哪怕祈祷呢，我根本无所谓。”

“我倒是想做祈祷，可是我担心神香的气味会让您从窗口跳出去——您会因想起自己犯的所有罪过而感到害臊。”

“想起来倒是会想起来，至于害臊……我是有点心神不宁……”

他们彼此之间的谈话很奇怪，好像在演一出戏剧。不错，他们演得不算精彩，但很尽力。

侍者送来了早餐和报纸，斯托尔波夫很有胃口地吃起来，而库巴托夫则往长沙发上一躺，开始读报。他很响地翻着页，看完一张就扔到地上，忽然他兴奋起来，连腿都伸直了，说道：

“您知道吗，斯托尔波夫先生，征婚启事是最能表现出人的愚蠢的。每个字母都渗透着愚蠢！我每次读它们都兴高采烈。要是照我的意思，最好造一座大纪念碑，就言简意赅地叫作傻子纪念碑！您倒是听听，这简直应该用金字刻在大理石上！‘欲征一位小姐，寡妇，年轻或年老处女或太太成婚。阶层不限，但要有资产。我愿入赘并住在女方家里。我想，这位将我从肮脏的世界解救出来的女士会对我满意并感到幸福，我就要向她求婚，跟她过一辈子，对她赤胆忠心。我是做小五金买卖的，望见赐玉照。’最可笑的地方是，又要给他寄照片，又要让他进家！还有这个，简直堪称杰作：‘年轻貌美但有点笨的小姐等待一个给她开窍的人。’太棒了！还有这个：‘三十三岁的伯爵，愿以婚姻方式使富有的新娘成为伯爵夫人，顺便掩盖她过去的瑕疵。而且同意其拥有自由的生活方式。’呵！这简直就是骠骑兵的召唤：‘来吧，小姐们！别偷懒！谁想嫁给一个性格开朗脾气好的年轻军官就赶快写信吧！我不要求带资产，可是它是您自己生活的保障。’还有这个，您听听，这文体多讲究：‘孤独的灵魂的苍白的影子四处徘徊，悲伤的琴弦有气无力地弹响，像蛇一样缠绕，给心带来忧伤，我苦苦寻找的‘她’到底在何方？目标——结婚。’”

斯托尔波夫的早餐不慌不忙地吃得差不多了，咖啡已经快喝完了。库巴托夫还在读报，不过，已经不是读征婚启事了。

“法国医生费拉宣称，女人之所以美丽，是因为她们不需像男人一样劳心用脑。根据费拉的观察，严肃科学和智力劳动有损美貌。费拉医生以以下例子证明这一观点：印度某部落所有管理和重活都由女人承担，而男人无所事事。这个部落中所有男人都很漂亮，所有女人都很丑。”

斯托尔波夫喝完咖啡开始抽烟，他突然大笑起来：

“可是所有的蠢人都有一个无可争辩的优点：他们都不会得疯病，因为他们根本就没有脑子！”

“说得精辟！”

“行了，库巴托夫，够了！几点了？”

“十点一刻。”

“玩笑结束了。我们准备吧。你先放哨，我换好衣服替换你。”

库巴托夫来到窗边，稍微打开一点窗帘，从二楼看着街道，这期间斯托尔波夫仔仔细细，不慌不忙地穿戴好，换了库巴托夫，他也穿好了，很快他们俩已经一起站在窗口，分别站在窗户两边，然后他们又都离开了窗口——他们看到在街对面，正对着“艾尔米塔什”的香肠铺子旁停下了一辆雪橇，拉雪橇的是一匹年轻的深褐色公马。赶车的摘下帽子，在手里搓了搓，又重新把帽子戴在头上。

“走吧。”斯托尔波夫下令。

他们先后出了“艾尔米塔什”饭店，两个人都风度翩翩，衣冠楚楚，穿着海狸领子的长大衣，手上都提着带有闪亮铜扣的黑手提包。他们过了马路，坐上雪橇，斯托尔波夫低声对车夫说：

“去西伯利亚银行，老兄。”

车夫点点头，抖开缰绳，雪橇很快加速，快活地向前飞驰起来。

/六/

雅尔斯克的西伯利亚商业银行在尼克里斯广场，离大教堂不远。它像一只抛锚的石船一样立在城市的主干道——邮政大街的街角。这是一座红砖建筑，精巧的房檐上的精致图案，四角的塔形尖顶，高大的窗户，宽阔的台阶，台阶上宽大的石板——这一切显得踏实、气派，格调高雅。进门处的上方有长长的绿顶铁遮檐，是早春的青草那种嫩绿。

遮檐下站着一名警察——又高又胖，留着小胡子。他用威严的目光观察着广场上发生的一切。轻便雪橇差不多就在他的身边停了下来，斯托尔波夫和库巴托夫不慌不忙，大模大样地下了雪橇，看也没看警察一眼，就缓缓地拾级而上，朝着银行的大门走过去。车夫拉了一下缰绳，雪橇离开原地，到楼角停了下来。那里有一排长长的、用刨得很光滑的粗大圆木垒起的马厩。警察瞥了两个年轻人一眼，便又开始监视广场，广场上一切都很平静，就像所有平常日子一样。

两个年轻人走进高高的大门，来到宽阔的大厅。他们没有停留，很自信地前往存衣处存了衣服，拿了取衣牌。他们俩没拿提包，有说有笑地走到印度橡胶树盆景边停下，他们停留的位置由于有大叶子是很难被看到的。

这时有两个人正下楼去下面的大厅，他们各自肩扛一个大骆驼皮口袋——通常叫作提包的那种，口袋的上方用绳子紧紧地缝住，绳子上晃动着圆形的火漆封蜡。扛东西的人身后还跟着两个人，大概是保镖，每人的腰间都别着枪。

大厅里甚至没人注意这一行人，因为提出巨款的人为了安全而雇保镖，把钱口袋送出门然后运往指定的地址，这在银行是司空见惯的事。现在他们已经走下最后几级台阶，来到大厅，向门口走去……

盆景背后传来“啪啪”两声枪响，然后又接连几枪，枪声在大厅上方高高的、宽阔的圆顶久久回荡。有人恐怖地大叫一声，一个尖细的女人的声音与尖叫声混成一片，而手枪的射击几乎一刻不停地持续着。两个扛包的人把口袋一扔，连滚带爬地往下滚，一个保镖双臂大张着躺在被扔掉的口袋旁边，另一个保镖跳到柱子背后蹲下，却怎么也无法把枪从枪套里拔出来。

斯托尔波夫和库巴托夫猛地从印度橡胶树后窜跳出来，好像被弹射器弹出来一样。他们抓起口袋顺着斜坡向下拖，始终面朝大厅，仍然举着枪，随时准备射击。他们挪到门口，斯托尔波夫用后背撞开门，把口袋拖过门槛，库巴托夫稍微慢了一点，这短短的，大概只有半秒钟的耽搁却要了他的命。第二个保镖终于打开了枪套，拔出了手枪，第一颗子弹就正中库巴托夫的胸部，他甚至不是扑倒在地，而是慢慢地躺下，向冷冷的地面靠过去，好像想要听什么动静一样，但他什么都没听到，因为他当时就死了。

而斯托尔波夫却听到了，他听到了外面台阶上的爆炸声以及玻璃震碎的巨响。在巨响声中他冲回大厅，抓起库巴托夫丢下的口袋，同样把它拖过门槛，把两只口袋都弄到了台阶上。

那个警察仰面朝天像一只圆规一样躺在台阶旁，他的大衣的下部破烂，很快被血染成了黑红色。他的军刀从刀鞘中拔出一半，带着断了的皮带扔在老远的地方。

紧挨着最下一节台阶停着一辆雪橇，把两个年轻人拉到银行的那个车夫坐在雪橇上，他一手握缰绳，一手拿着一只敞开的手提包。他担心地看着拖着口袋的斯托尔波夫，但没有帮忙，甚至连动都没动，大概是不敢离开他在这胆大包天的抢劫中被指定的位置。

斯托尔科夫气喘吁吁，几乎筋疲力尽地把口袋推进雪橇，脸朝下扑在上面，气喘吁吁地说：

“快走！”

那只黑皮提包在空中划了一道弧线，向台阶飞去，缰绳猛抽着马的结实的两肋，雪橇冲了出去。他们身后传来又一声震耳欲聋的爆炸，窗户上残存的玻璃在一片巨响中被纷纷震落。

车夫手法熟练地赶着马，疾速地在广场上绕了半圈，然后上了街道。过了几个街区之后，拐进一条斜巷，穿过这条巷子后，雪橇冲上了布舒伊卡河的冰面，过河之后好像融化在城郊那些低矮的灰房子中间了。

/七/

“二十二至二十五岁的青年，身材匀称，个子中等偏高，金发偏红，微卷，蓄小胡子，穿戴体面，身着上好燕尾服外衣，新薄衬衣，但无姓名缩写，面相斯文。在燕尾服衣兜中发现纸币二十五卢布和取衣牌。未发现任何证件。其射击使用的武器为勃朗宁手枪，手枪柄的木制部分，即所谓‘颊板’被取下，使得勃朗宁手枪的形状非常之平，可以放在衣兜里而不被发觉。手枪中只剩下了一颗子弹，不清楚手枪原先是否上满了子弹。”

雅尔斯克省的省长亚历山大·尼古拉耶维奇·杰里诺夫将军是出了名的暴脾气。这可能是因为他是行伍出身，从军多年——他是从士兵一路做到将军的。他听不得冗长的报告，看不得啰里啰唆的文件，他一把将文件推到桌子边上，生气地说道：

“不确定，未发现，不清楚！那为什么要送给我看？怎么，我应该知道——这个劫匪的衬裤洗了没洗吗？”

雅尔斯克的警察局长康斯坦丁·弗拉基米罗维奇·波罗佐夫，在省长前笔直地站着，试图婉转地辩白：

“您的秘书通知我把这个案件的所有材料……”

“是材料！而不是对内裤的描写！算了，说得尽量简短些，到目前为止到底掌握了什么？”

“到目前为止掌握的情况有这些：这两个劫匪，阿伯伦·库巴托夫和列昂纳德·斯托尔波夫住在‘艾尔米塔什’，假扮莫斯科‘锚’保险公司的代理人。这是不是他们的真实身份，我们还不得而知，已经发出质询。我猜想，姓名是假的，证件是伪造的。我还猜想，劫匪在银行有内应，告诉他们那笔付给帕尔菲夫金矿的钱何时提出。我们掌握那个活着的劫匪的体貌特征，已经在铁路沿途车站和其他各处布控监视。出城的所有道路上都布了岗。我希望很快就可以有积极的成果向您汇报。”

这位警察局长还相当年轻，穿戴齐整，好像就要举行婚礼的新郎。他的衣领浆得硬硬的，直直立着，白得耀眼，在深绿色警服的映衬下好像一朵花。警服非常合身，越发凸显出警长修长的身材和像近卫军军人那样的宽肩膀。警长双颊消瘦，精心修剪的小胡子和浓密的栗色头发中间，一条完美的中缝使他显得格外帅气。他的整个形象完美无瑕，英气逼人，好像一幅肖像画，而这幅肖像画却让将军省长很生气。也许这是因为亚历山大·尼古拉耶维奇自己早已失去军人的帅气，发起福来，就在一个月前，他已经在一年内第二次定制新制服了，因为原有的那件就是不肯把他的肚子包起来。他用胖乎乎的手捋了捋浓密的大胡子（大胡子遮住了下垂的双下巴），不满地眯起眼打量着警察局长，用嘲笑的恳求语气说道：

“劳驾，康斯坦丁·弗拉基米罗维奇，请赐教有用的调查结果。还有，麻烦把劫匪和钱找到。我会非常、非常感激您的……”

警察局长毕恭毕敬地站在他的面前，纹丝不动，一声不吭——他早就学乖了，知道在这样的时候最好不要说话，只有省长问他话，他必须回答的时候才应当开口。

亚历山大·尼古拉耶维奇扫了一眼已经被推到桌角的报告，做个鬼脸，挥挥手说：

“不敢再耽误您了，康斯坦丁·弗拉基米罗维奇，请别忘记我的请求……”

警长出去了。他刚把门关上，省长把手伸向一个小铃铛，大办公室里于是响起了轻柔的铃声，一个秘书不声不响地出现在门口。

“外边还有谁？请进。”

于是那些成功获得省长亲自接见的人按照严格的顺序向前移动，而亚历山大·尼古拉耶维奇继续他的请求和抱怨，给秘书发指令，有时则当即，甚至不离开座位，进行裁判和审问。在这样的时候他很专注，干练，严厉，希望他的决定能够得到迅速和准确的执行——就像在操练场向军团发号施令时一样，所有的部下，从列兵到军官都令行禁止。

“大人，请原谅我，大人，我很紧张，我第一次受到这么尊贵的大人的接见。”在省长的大办公室里响起了一个银铃般悦耳的声音，这声音比省长召唤秘书的那只小铜铃高一些，也更有韵味。亚历山大·尼古拉耶维奇抬起头，那只铃继续响着：“我是来求大人……”

将军省长的面前站着一个美得不可思议的女人，她的全身上下都很美：从可爱的卷发到纤巧的尖头鞋。她身穿一袭华美的浅蓝色长裙，鞋尖从裙摆中探了出来。她的双眸闪着光，含着那么真诚的期待，使得亚历山大·尼古拉耶维奇好像从睡梦中醒了过来一样地看着她，听她说话，他希望这一刻持续得越长越好。他伸臂做出邀请的姿势，请这位求见者坐在他桌旁的椅子上，于是她怯生生地蹭着椅子边儿坐下，把两只柔美的小手搁在膝头。她继续说下去，眼睛看着自己的两只手，好像不敢抬眼看省长似的：

“大人，我想为穷人的孩子开一家免费学校，我有资金，房子也看好了，可怎么也无法得到正式的许可证。警察局长先生不肯签发必要的文件，不经他的同意市参议会不给我发许可证。我本来不想惊动您，可是实在迫不得已。女房主不愿意等，她急着用钱，她同意等两个星期，但不能再长了……”

“警察局长为什么不肯签字呢？”

“对不起，我不知道，他没有告诉我理由。”

“您打算招收多少孩子？”

“我都算过了，”这位求见者双手在胸前握起来，语气变得急促，“我算过资金和房租，招三十个孩子不紧张，有富余……”

“您怎么称呼？”

“玛尔法·伊万诺夫娜，姓山金娜，市民身份。当然，我是不久前才得到市民身份的，也许是因为这个被耽搁了……”

“我答应您亲自过问这件事，您很快就可得到答复，希望答复是肯定的。而且，获得批准之后我要给您推荐一个助手，就是我夫人，她喜欢做慈善。”

这位市民玛尔法·伊万诺夫娜·山金娜高兴得欢呼起来，然后她从椅子上站起来，不声不响地地鞠了一躬，她鞠躬的样子那么柔软，那么优雅，以至于亚历山大·尼古拉耶维奇不由得微笑了，只是浓密的胡子掩住了他嘴角的笑意。他目送着这位求见者离去，心想：“好女子，哎呀呀，真美……”

这位雅尔斯克省的将军省长毕竟还不老！

/八/

大路经过叶尔班之后稍微偏过去，继续在平坦的地形中延伸，只是到四十里之后才猛地向东拐，进入幽暗的泰加森林，在没有尽头的一个个树冠之下逶迤向前。此后平静的旅程变为持续不断的折磨，一个接一个的山口，先要拽着马走长长的上坡路，然后是凶险的下坡路。一个不留神，不是马腿被摔断，就是连雪橇带货物一起倾覆。

无论是车夫还是所有的旅客在这条路上都很吃苦。可是除了路难走，这段路上还有强盗出没。经常有黑布蒙面的可怕劫匪从路边的云杉背后跳出来，往车辕上一倚，把马拦住，不由分说就开抢。他们抢的是天晚赶路的车队或落单的马车，洗劫之后打个呼哨，吆喝一声，就像晨雾一样消散在阴郁的云杉林中了。在无边无际的泰加森林中没有道路，没有村庄，只有狼和响马走的弯曲小路，所以根本找不到他们。

当然，路还是有一条的。夏天坑坑洼洼，尘土飞起有一里高，冬天路边是高高的积雪，两辆雪橇都无法相错。这条路通往帕尔菲诺夫金矿，金矿位于一个极为偏远的地方，在黑河河畔。金矿分成三个小矿，所以被粗粗拉拉地称为帕尔菲诺夫一矿、帕尔菲诺夫二矿以及帕尔菲诺夫三矿。金矿的名字来自矿主——雅尔斯克的富商帕尔菲诺夫。十五年前他招募了一批懂行的人，把他们装备起来，于是这些人进入了泰加森林，整个夏天都在那里。深秋，当下第一场雪的时候，他们回到雅尔斯克，商人却一无所获——他们白干了，什么都没找到。商人叫唤一阵子，用最脏的字眼儿破口大骂，但没有过分地耍性子发脾气。冬末的时候他吩咐那些人再次到他这里来。他们来了，他第二次把他们装备起来，让他们去找矿——商人是意志很坚强的人。结果又白忙活了一个夏天，钱都打了水漂。帕尔菲诺夫像顽劣的公马一样咬住马嚼子不放。第三个夏天他雇的人再次进入泰加森林，这一次终于在黑河畔挖到了金矿矿脉，而且储量非常大，两年以后已经有三个金矿在开足马力开采了。而后利润滚滚而来，让矿主喜不自胜。商人帕尔菲诺夫在金矿上发起来，就像面盆里的发面一样。他发了横财，开始忘乎所以：用纯金给自己做了名片，上面用漂亮的大写字母镌刻着：“一等商人，工厂主拉夫连季·佐托维奇·帕尔菲诺夫”。他越走越远，从遥远的德国订购了一个奇大无比的镜子，有两俄丈高，一俄丈半宽。这个大镜子从遥远的德国往这儿运，一路上小心翼翼，唯恐磕碰，最后一段是走的布舒伊卡河的水路，终于完好无损地运到了雅尔斯克。每一个来到码头的人都目睹了当时的盛况：十二个人从四边抬着镜子，努力保持步调一致，步子平稳，唯恐绊脚。最后总算运到了地方。这面镜子在帕尔菲诺夫巨大的宅邸中占了整整一面墙，光彩照人，直到主人用自己的枪将其打碎。在如此可悲的事件发生后不久，拉夫连季·佐托维奇就被送到了疯人院，他一直待在那里，产业转到他唯一的儿子和继承人——巴维尔·拉夫连季耶维奇手中。他不仅没有败掉父亲传下来的产业，还使之扩大了。金矿在扩大，开采的黄金一年比一年多，可是这条路却照旧坑坑洼洼。

但伊利亚·格里高利耶维奇·日金别无选择，他坐在一辆新雪橇上，驾着一匹新的马，在这条路上吃力前行。他不凶狠、但很大声地咒骂着，虽然很明白，他的咒骂什么都改变不了，路还是原来的样子。

走着走着，初冬的夜晚降临了。路边的雪松背后，泰加森林已经发出蓝幽幽的光，很快天就擦黑了，于是日金停下马。他从雪橇上下来，环顾四周，知道该准备过夜了。他踩出一条小路，来到最近的一片林间空地，把马和雪橇赶到那里，生起一堆火，然后开始砍云杉树枝，准备搭个架子睡觉。

他很快地啃完了冷面包，连茶都没有煮，就躺在架子上，于是星空扑入他的眼帘。他望着星空，生动、流转、闪烁的星空，他怎么也无法摆脱一种奇怪的感觉：他总是觉得今天沿着荒凉的道路赶往帕尔菲诺夫金矿，而现在准备在篝火旁的松枝架子上过夜的人不是他——一级警官伊利亚·格里高利耶维奇·日金，而完全是另一个人。虽然以前他也曾去往偏僻的角落，睡在篝火旁，也曾在严寒的天气中赶路，但这一次一切都是不同寻常的。在他漫长的警察生涯中从未经历过的，因此，觉得特别忐忑。因为他急于赶路，在这个林间空地过夜都没有得到上司的同意，没有命令，而且，说实在的，他是撒了谎，自行其是地上路的。

伊利亚·格里高利耶维奇之所以如此胆大妄为，都是因为玛尔法·山金娜的出现。在不久前的那个难忘的晚上，他听了她的一席话，想了一想，默默地点点头——表示同意。他甩开他一贯的谨慎，就像甩掉一只碍手碍脚、惹他讨厌的猫一样。他把玛尔法送到门口，看着她坐上一辆带车夫的、阔气的三驾马车离开，心里对人的命运的变化无常暗自称奇，并像祷告那样默念着："就算搭上性命，我也要达到目的。我成家立户，可不是为了让它一夜之间家破人亡。这绝对不行！"

他做出这样的决定，在漫漫长夜之中，他的决心越来越坚定。早上他出现在所长维基里安斯基面前，精神抖擞地报告说：

"谢谢您给我假，所长先生！我已经准备好继续上岗，等待吩咐！"

维基里安斯基很满意，他稍稍笑了一下，从桌子后面站起身，握了日金的手，甚至请他喝茶，说道：

"马在咱们的胯下，上帝在咱们的头上。是命躲不过，事到如今只能忍受。对了，说到马……我想出一个主意，免得你破产。一句话，马和雪橇就在拘留所旁边停着呢，你拿去用吧。"

"那钱呢……"日金疑惑地问。

"跟你说了，拿去用吧。别提钱。要是你追问这是从哪儿来的，我可要惩罚你。"维基里安斯基的语气很严厉，但依然带着笑容，这在他是极少见的事。

然后他们坐下喝茶。

喝茶的时候日金向他的上司报告说，有可靠的人给他带来了关于逃跑的科姆列夫的消息：这个犯人打算冒用别人的名字，在帕尔菲诺夫金矿躲到天气转暖。日金自己已经很长时间没去金矿了，不妨到那里去访一访。不知所长先生对他的想法怎么看。

"不是看的问题，伊利亚·格里高利耶维奇，得去！"维基里安斯基大声说，"这个科姆列夫过了冬，到开春养足实了，还不知道会干出什么来呢！别耽搁，得赶紧把他逮住。”

所长大概压根没想过日金会骗他。并没有什么可靠的人告诉日金关于科姆列夫的消息，他完全不知道这个潜逃的犯人可能藏匿在哪里。只有一件事是真的——他必须立刻赶到帕尔菲诺夫一矿。这是玛尔法·山金娜让她去的地方，她讲了一个匪夷所思的故事，但日金相信了——立刻就全部相信了。好像有个声音在他耳边嘀咕：这事不能迟疑。

所以，他决定欺骗所长前往金矿。现在折磨他的只有两件事——路远，走得慢。可是在这积雪的路上没法策马飞奔，只能忍耐和按捺恨不能立刻赶到的急迫心情。

日金想着这些事，回忆着，仍然仰望着星空，那深邃无垠的星空吸引着他。好像要将他带离罪恶的大地，带到远远的、高高的地方，甚至另一个时间，那个万物成熟的八月。

/九/

是的，那一年的八月天气平静干燥，阳光依然很强，但热力已经减弱：白天它来不及把大地烤热，落山之后留下惨淡的晚霞，夜晚凉爽漆黑，只有星光分外地亮，而且星星因为亮而显得特别大，好像夏末成熟的浆果。

在一个那样的夜晚，日金——那时他还是个年轻的单身汉——跟一个可怕的对手进行了一番殊死格斗，鼻子被击中，热乎乎的血呼呼往下淌。两个小伙子来到村外燃起篝火，要来一场一对一的决斗，他们清楚地知道彼此不会和解，除非其中一人被打得趴在地上爬不起来，否则他们是不会停手的。

谢苗·霍洛多夫是附近最好的拳手，他毫不留情地狠揍日金，而日金竭力防守，只怕被打倒在地。他知道如果被打倒，他就再也站不起来了。谢苗在拳击方面更有经验，打得很有章法，拳头直奔心口或面部，很少打空。而日金的脑袋已经嗡嗡响了，左眼已经肿起来，只能看到摇摇晃晃的火光。可是他继续挥拳，已经什么都不看地瞎打一气。忽然他恐惧而清楚地意识到——他坚持不了多久了，谢苗会把他打败。由于绝望他发出一声狂吼，连他自己都快被震聋了，这好像是临死之前的吼叫，瞬间他看到谢苗被这声吼叫惊得后退一步，于是他立刻伸出双臂向前一扑。他扑中了，够到对方汗淋淋的喉咙。他用手指掐住了谢苗的喉咙，指甲把他的脖子挠破了，伊利亚已经感觉不到头上的击打，他死死地掐住，用尽全身的力气，感觉到他变僵的手指越来越深地陷入别人的身体。谢苗发出“嘶嘶”的声音，晃了一晃，面朝天倒了下去。伊利亚跟他一起倒下，手还没有松开，瞬间大脑一片空白。沉重的、急促的捯气声让他清醒过来——这是谢苗在抽搐和呻吟，调整着呼吸。伊利亚晕晕乎乎地勉强站起来，向着篝火后退一步，坐在地上，因为他的两腿支撑不住，颤抖着跪下了。

他坐在那里用一只眼睛看着被打倒的对手（另一只眼睛什么都看不见），耐心地等着谢苗恢复意识。谢苗半天没缓过来，又是喉咙里发出“嚯嚯”的声音，又是咳嗽，又是左右翻滚。但还是没有站起来，仍然躺在地上。

“公平合理，说到做到。”日金说道。他听不出自己的嗓音了：细细的，哆哆嗦嗦的，好像很小的孩子。于是他沉默片刻，坚定地结束道：“我赢了，听见了吗？”

谢苗没有回答，也不知道他听到没。但日金不需要他的回答，因为现在这已经没有任何意义了。他站起来走了。他摇摇晃晃，大张着双臂，好像玩到很晚、喝醉了酒以后回家似的。

从早春时候就结下的疙瘩终于解开了。那时候也是在此地，在村外，日金和谢苗·霍洛多夫像两只好斗的小公鸡在晚会上干起架来。干架的原因当然是为了喜欢的女孩儿。这个喜欢的女孩儿叫瓦西丽莎·列别杰娃，她正在手风琴伴奏下跳舞，唱着民谣，好像在给两个小伙子鼓劲儿：

我爬上那个高山，
我要问那个森林，
绿云杉呀告诉我：
哪个小伙最可爱？

这个全村最能歌善舞的姑娘，当然知道两个小伙子为什么气势汹汹，剑拔弩张和互相憎恨。但是她停不下来，就像春天难以管束的小母牛，在漫长的冬季之后终于冲出牛棚，只管甩着尾巴飞跑，她不管哪条路，只要风在耳边掠过的快感——除了无所顾忌的自由和融化的积雪发出的生气勃勃的空气，她什么都不要。

她飞跑着。

调皮的歌谣不断地从她的齿间流出：

我爱看他上火，
我爱看他燃烧，
我要我的心上人
跟我谈情说爱！

那个晚上他俩没打起来——只是互相示威，拉开架势又退下了。在以后的晚会上虽然也少不了示威，但还是没有过界。而瓦西丽莎还是笑着，跳着，唱着好听的歌谣，继续挑逗他们。一会儿诱惑一下这个，一会儿挑逗一下那个，但谁都没有答应，就像一条又滑又壮的大鱼，抓在手里又溜了。她溜得越巧妙，两个小伙子越炽热难耐，他们彼此之间的梁子越结越大，就像长熟的疖子，早晚会破。

夏天过去了，疖子也破了。

他们两人开诚布公地商定，他们要光明正大地打一架，直到其中的一个被打趴下。被打趴下的那个人，应当按照约定离开瓦西丽莎，永远不再靠近她。他们把打架地点约在村外，夜里，免得被人看到，让村子里的人说长道短。

他们如约会面，干架，现在日金以胜利者的身份在黑夜的村庄蹒跚而行，不时用手碰碰脸，随即感到害怕：脸是木的，一只眼睛看不见，嘴唇鲜血直流，几乎动不了。

他来到井边，往身上浇了一桶水，精神起来。他在长凳上坐了一阵，让自己清醒过来，缓缓气，随即就在长凳上做了个梦。他蜷着身子躺下，把双腿蜷到胸前，就感到好像乘着一只小船在平静的水面上漂走了。疲惫的身体不觉得疼，只有水声潺潺地流入梦境——舒缓的水流好像轻柔的歌声。日金一激灵，睁开眼睛——天已经亮了，朝霞已经布满村子的上空，太阳就要升起来了。他从长凳上跳起来，不由得大叫一声——他感到周身剧痛，好像从头到脚扎着无数钢针。他又叫了一声，坐回到长凳上。这时他才听清楚哗哗的水声，看见一个女人站在井边，一边害怕地看着他，一边往水桶里倒着水，正要把水桶挂在扁担上。他用一只眼睛仔细看了看，认出这是邻居纽拉·奥列霍娃大婶一大早来井边打水了。他想打招呼，可是他的两片嘴唇都破了，只能声音很小地哼哼两声。

“你这小子，到哪儿野去了，怎么弄成这副可怕的样子？”纽拉大婶问道，她摇摇脑袋，又说道，“简直像是打地狱爬出来的……”

日金猜到她没认出他来，也就不再说什么了。他从长凳上起身，忍着疼，拖着两条腿，一瘸一拐地往家走。

回家后他当然被认出来了，家里人惊得大叫，都快把房顶掀了。父亲甚至想把这个疯儿子用缰绳捆起来，好好教教他做人的道理，可是母亲下死劲拦住了。

可是，很快议论平息了，脸恢复了原貌，青紫消退了，日金又若无其事地到晚会上去了。他以主人的姿态走到瓦西丽莎面前，当着大家的面握住她的手。这是以前从未有过的事。她的手滚烫，她没有把手抽回去，很温柔，很顺从，没有唱歌谣，晚会结束后，她在深夜同样温柔和顺从地献身给他——就像一个妻子对心爱的丈夫那样，她得尊敬他，服从他。那一次她头一回轻声地叫他“伊留申卡”——从此以后她一直这么叫他。

他们去伯克洛夫举行了婚礼。

婚礼之后，已经过了两个星期，他们两个人——伊利亚·日金和谢苗·霍洛多夫——偶然相遇。最近一段时间谢苗一直没露面，听说他一直待在家里，大门不出二门不迈。现在他刚一出门就跟那个人狭路相逢了。这是在一条巷子里，两边都是堆在篱笆旁边的高高的雪堆，路窄得错不开身。两个人面对面地停下脚步，死死地对视，然后突然不约而同地同时离开小路，各自将一只膝盖卡在雪堆里，朝着自己的方向走，他们毡靴各自掀起一阵雪暴，分道扬镳。可是谢苗还是没忍住，冲着伊利亚的背后喊道：

“别高兴得太早了！日子长着呢，有我乐的那一天，你看着吧！”

伊利亚没有回头，毫无表示，他重新回到小路上走自己的。心想：“得了吧，谢苗，打完架还能怎么样……高兴谁也拦不住……我不是你的敌人……”

确实是这样：得到瓦西丽莎以后，从前炙烤着伊利亚的仇恨，不知不觉地熄灭了一些，就像不再投入干柴的篝火。

而日子真的很长，充满了意外，各种各样的意外。不等伊利亚完全习惯家庭生活，他就被征兵了。事情发生得很快，一气呵成，他甚至来不及打个喷嚏就到了步兵团的石头营房，被气呼呼的司务长和严厉的士官大力地打掉了他身上农民的土气，而赋予他一个“信仰、沙皇和祖国的保卫者”所应有的英武形象。

伊利亚是一个精干机灵的士兵，到第三年已经当上了士官，甚至把瓦西丽莎从村里接到了步兵团驻扎的雅尔斯克。他给她在一个独居老太太家租了一间房子，从此他的服役变得比较快乐，礼拜天的时候他可以跟妻子团聚，甚至陪她逛街。

三年之后，服役如期结束，军官日金从上司手中接过写着好评的证明，证明他的服役是忠诚可靠的，做警官毫无问题，因为，正如证明上所写的，他“相貌英俊，身体健康，体格强壮，视力精锐，言语文明，为人正派，头脑机敏”。

而后日金带着瓦西丽莎前往叶尔班村，这时瓦西丽莎已经快生了。他们在叶尔班村安顿下来，过起日子，生了阿廖沙，请问，还有什么不知足的？不愁吃不愁住，家庭和美……

可是，这一切却毁于一旦，好像一只茶碗从手中滑下去，摔到地上跌得粉碎。

还能修复如初吗？

/十/

日金睡得很警醒，半睡半醒，记着当火苗太旺的时候翻个身，以防散落的火星掉在身上着起火来 。没想到，当他早上从架子上起来的时候，感觉身体好像新生一样，身体休息过来了，精力充沛。他拿起斧子精神抖擞地砍了好些干树枝，把快熄灭的篝火烧旺，等到升起明亮炽热的火苗，便在火上安了一个架子，上面吊着一口盛满雪的小锅。他煮了冻饺子，三口两口吃了。他已经打算把马套在雪橇上继续赶路，忽然听到模糊的吱吱声，好像狗崽的尖叫。

他边摸索着腰上的枪边回过头来，眼前的一幅景象让他愣住了：在林间空地的边缘，有一棵云杉在淡蓝的黎明雪光中慢慢地左右摇摆起来。这棵云杉相当高，但不是展开的，而是很窄的一条，好像树枝被砍过似的。就是这棵云杉发出了吱吱的像狗崽尖叫的声音，声音很细，但连绵不断。

日金从来不相信神神鬼鬼的东西，他坚信这些胡编乱造的传说，就是为了女人们可以嚼嚼舌头。所以他退到火堆后，藏身在浓烟后面，把手枪从枪套中拔出来。云杉树继续向前移动，直直地朝着火堆过来了。当它来到近前，被火光照亮，终于可以看清了，这根本不是云杉树，而是一个人从头到脚被用一条条皮带绑满了云杉树枝。这个人举起双臂，他的胳膊上也包着树枝，可以看到叉开的冻僵的手指。他奔到火堆旁边一下子跪下了，直接把手往火里伸过去。

日金依旧握着枪，机警地环顾这片林间空地，看看还有没有其他的“妖怪”出现。但林间空地上空荡荡的，最近处的树背后也没发现什么异动。

此时那个人把手伸向火的更深处，向前弯着身子，好像准备带着那身绿刺的行头爬进火里去似的。

“当心，着了！”

日金一步抢到火堆的前面，把那个又长又瘦的身体往外一拉，他又愣住了：这个人头上的树枝散落下来，树枝下面是一顶又旧又破、头顶有窟窿的棉帽，帽子下面露出两只圆眼睛，这双眼睛差不多是疯狂的，白茫茫的好像没有瞳仁，好像它们也被冻得凝住了。这个目光呆滞，张开大嘴，费劲地发出吱吱叫声的人，正是巧妙逃脱、下落不明的科姆列夫。他两眼发直，好像不明白站在眼前这个人是谁，也许他已经神志不清了。

现在好像不是高兴和发笑的时候，可是日金忍不住哈哈地笑了两声：会有这样的巧合！有时候生活中的事是你绞尽脑汁也想不出来的！他编出关于科姆列夫的瞎话骗了所长，其实他压根没找科姆列夫，甚至连想都没想他，可是他却自己送上门来了，好像小鸡自己啄破壳钻出来一样：来吧，趁着我没缓过来，把我手脚捆上送到警所，接收维基里安斯基的感谢吧……

日金笑了两声又不笑了，他挥挥手，懊恼地啐了一口——现在他不需要这个科姆列夫！不管是热乎的还是冻僵的，他都不需要！他把他带到哪儿去？他是个累赘！他的出现破坏了他这次出远门的设想，好像给他的计划画了一个大大的叉。

“你就不能死远一点吗，让雪埋起来！那样我就一点过错都没有，我从这儿路过，压根儿不知道！”日金虽然这么想着，非常气恼，甚至骂了脏话，可是他的两手却一直麻利地忙活着，用锅舀满雪，挂在火上的架子上，从雪橇上拖来大皮袄，开始给科姆列夫卸妆，割断皮带，扯下树枝。树皮里面只有一件衬衣、一件女上衣和一条粗布裤子，不过脚上倒是穿着一双到膝盖的挺好的毡靴。科姆列夫剧烈地哆嗦着，膝盖不停挪动，竭力靠近火堆。

“嘿，别折腾，老实坐着！”日金喊道，用又肥又长的皮袄把他裹起来，只有棉帽的顶和毡靴还露在外面。把他裹好以后，日金把他往火堆近前推了推，让他躺在架子上。

就算是苦役犯，就算是逃犯，毕竟也是一条命，是上帝造的，怎么能见死不救呢……

锅里的雪化了，水烧热了。日金让科姆列夫从架子上起来，喂他喝水。起初科姆列夫喘不上气，一阵咳嗽，但很快就缓过来了，一气把一小锅水都喝光了。然后他打了个嗝儿，裹着皮袄哆里哆嗦着躺在架子上，他双手伸向火堆，但已经不那么迷迷怔怔的了，也不那么不管不顾地直接把手往火上送，而知道小心了。他试着活动手指，手指已经能动了。

“他遇上了什么倒霉事？！”日金心中暗自奇怪。“怎么没有衣服了？算了，再等一会儿，等他缓过来再问吧。”他打定主意以后便离开火堆去套雪橇，套好后又砍了一些树枝扔到火上。再没有别的事可做了，该收起锅、斧子和袍子，在雪橇上坐好上路了。可是把科姆列夫弄到哪里去呢？这可真是魔鬼送来的礼物！既不想拖着他，又不忍心抛弃。他围着火堆转来转去，想来想去，迟迟没有动身。

皮袍子里传来歌声，唱得轻而慢，但清清楚楚。

日金听到歌声以后甚至愣住了。这苦役犯缓过来得倒快！就像炉子后面的蟑螂一样命大，不那么容易冻死的。好像是为了证明自己命大，科姆列夫在架子上翻身坐了起来，把两条赤膊插进皮袄的大袖子里，用两只化了冻的眼珠看看日金，原来他的眼睛是黑色的，像煤块儿一样亮晶晶的。他哑声问道：

“你打算把我用绳子捆起来还是直接上镣铐？”

“我没工夫跟你纠缠，”日金嘲笑说，“我找件皮袍留在这儿，你在这儿过到开春儿草长出来的时候吧。”

科姆列夫半天没说话，看来是在琢磨日金的话。等想清楚了之后，责备他说：

“不行，警官，你得认真当你的差，别偷懒。你得根据法律逮捕我，送到警所，要不上司会生气的。”

“他不会生气的，刚来了命令，所有的逃犯都获得了赦免——想去哪儿就去哪儿，想死哪儿就死哪儿。这命令怎么样，可心吗？”

科姆列夫明白警官在拿他开玩笑，他放松地叹息了一声，这次已经用很坚决的、快活的语气请求道：

“你再给我来点开水，你瞧，我整个人冻僵了。说到命令，上司想出这主意太早了点，应该等天暖和了，小鸟叫了——那才是时候呢。”

“哼，你这滑头，等暖和了……那时候就等着喝白桦粥[①]吧，不想喝吗？”

“不，粥就免了，我要开水！劳您驾，警官……”

“得，我给你烧水，你跟我说说，你怎么到这儿了？我的马和雪橇呢？你的衣服呢？你为啥要装成一棵树？你给我都说清楚了。现在你完全在我的掌控中，最好别耍滑头，你一撒谎我就能闻出味儿来，你老实说，

① 喝白桦粥的意思是用白桦枝抽。

是怎么回事？”

“等等，警官，别催我，先让我喝点热水……我全都交代，什么都不隐瞒。”

当科姆列夫又喝了一锅热水，彻底暖和过来，他便一五一十地坦白了：

他从叶尔班村逃出来，简直不敢相信这突如其来的好运气——它好像从天而降一样。他飞快地逃到村外，稍微观察了一下，看见高高腾起在半空的滚滚黑烟——那是草垛在着火，就把缰绳头儿在马的头顶转着，尖叫吆喝着打马狂奔起来，他心里美滋滋的——自由了！你有什么愿望就得行动，唱歌也好，哭也好，游水过河也好，打马飞奔也好——什么篱笆都拦不住你。他赶着那可怜的马，不让它喘息，可他自己都不知道该往哪儿跑。他只想着离叶尔班村和警官越远越好，就是去见鬼也乐意。

直到晚上，天黑了，他才停下来。他离开大路进了云杉林的深处，筋疲力尽地扑到雪橇斗儿里喘口气。等歇过来以后，他开始琢磨，明天天亮以后往哪个方向走。

可是他想不出个眉目来，于是决定明早再说，就团成一团，睡着了。

早上他还是不得要领，仍旧把雪橇赶到大路上往前走，尽量贴着路边，跟在一个大车队的后面，尽量跟它保持着距离。走着走着，忽然殿后的那辆大车慢了下来，雪橇歪了，绳子断了，车上的货物——一些面粉口袋——散落在了雪地上。原来那辆雪橇坏了。科姆列夫没有远远地停下，怕那样会引起怀疑，而是上前帮忙。根据他的经验，人们一起干活儿的时候会容易拉近距离。果然如此，没人对他有一点怀疑，他从车夫之间的交谈中听出，他们很担心，最近闹土匪闹得很厉害，他们还算幸运，不是往帕尔菲诺夫金矿方向走，那条路难走得很，而强盗多得不得了。科姆列夫把这些话一一记在心里，当雪橇队再次上路的时候，他也自然而然地打定了主意——他应该离开大路，走那条通往金矿的路，去找车夫们说的那些土匪去入伙。一个逃跑的苦役犯还能有什么出路呢？

他就这么做了。

很快他已经走上了去金矿的方向，他朝路的两旁张望着，毫不怀疑他一定能找到想找的人。

他真找到了。

只是见面的方式跟他希望和想象的一点都不一样，简直是正好相反。四个流浪汉跳到路中央，把他从雪橇上揪下来，把他的上衣剥下来，往空无一人的路上一扔，任凭他冻死。科姆列夫吓得浑身冰凉，嚷着他自己也是逃犯，愿意入伙，可是流浪汉们只是像好久没骑过的公马[1]一样地嘶叫几声，对他声嘶力竭的惨叫一个字也没回答。他们七手八脚地都上了雪橇赶着马走了，好像是作为补偿，扔给他一些破烂不堪的衣服。科姆列夫只好把这些破布撕成条儿，用云杉树枝把自己遮起来，紧紧拉住它们免得散落。他整整一宿在路上走来走去，不敢停下，天快亮的时候他闻到烟味儿就朝日金的火堆走过来了，这时他已经做好死的打算了。

“警官，你别以为我坏透了，”科姆列夫讲完了他不长的故事，说道，“我到死都感谢你，给你效劳，要是你需要的话。我不是猪，知道感恩……”

他从架子上站起来，扯了扯皮袍，鞠了个躬。

/十一/

在科姆列夫瘦长的身体中有一副多么强壮的筋骨啊！

简直是钢筋铁骨。

哪怕打个喷嚏或咳嗽一声，哪怕流点鼻涕——一点都没有！他裹着皮袍，用日金给他的绳子扎住腰，不时从雪橇上跳下去，跟马并排跑着

① “很久没骑的马”意为“二流子”。

取暖，从他身上蒸腾出的热气比马还多。他跑一阵之后就“咚”的一声倒在雪橇尾部他的位置上唱数来宝，每次唱得都不一样。

日金看着自己的这个没想到的旅伴，听着他那无穷无尽的怪词儿，只有惊奇。

傍晚的时候他们赶到了帕尔菲诺夫一矿。他们上了一个山坡，俯看着趴在下面山谷里的金矿：一片低矮的，像被砸扁了一样的长条灰房子，一些杂乱无章地散在各处的木屋，远处的河岸上就是黑乎乎的矿坑。冬天金矿上的生活是沉寂的，因为大部分的采金活动是夏天在黑河上进行的，所以整个居民点显得空荡荡的，没什么人气。

经理处就在金矿入口处。这是此地唯一的一座两层楼房，房顶有一个奇形怪状的角塔和一个小瞭望台。楼房旁边的雪铲得很干净，差不多露出了地面，干干净净的，跟通往金矿的烂路相比，这短短的四分之一里的路简直是棒极了。马高兴得不用赶就撒开了欢儿。

“你就在这儿待着，别乱跑，跟谁都别说话，装成哑巴，连嘴都别张。给我老实点！”日金伸出手指严厉地警告科姆列夫，然后下了雪橇，向经理处走去，边走边整整皮带和军刀的佩带，按住军刀，以免它晃动和打到腿。

金矿经理，矿山工程师萨沃奇金亲切殷勤地接待了警官，因为他们是老熟人了。他吩咐上茶，找一处干净的好房子给他住，甚至请他去洗澡，但日金拒绝了，既不喝茶，也不洗澡。

“感谢您，萨沃奇金先生，但是用不着太麻烦。明天再说吧，今天我得跟杰米利亚尼岑谈谈……”

“既然这样，我不敢耽误您。我这就把杰米利亚尼岑找来。”

为了维护金矿的秩序这里安排了几个保安，他们的头儿是退伍的司务长杰米利亚尼岑——这是一个性格阴沉、不爱讲话、很有心计的人。日金警官来得不多，每次来他都很警觉，好像防着警官给他下套儿，他不放过机会暗示，在金矿这儿他说了算，用自己的脑袋对一切负责，不需要监察员。日金从不跟他争论，对他的暗示只当耳旁风，他很清楚杰米利亚尼岑为什么这么牛。尽管他跟他手下的保安一样应该归派出所所长管，也即是派出所所长的下属，但实际上他真正的上司是萨沃奇金，往上则是矿主巴维尔·拉夫连季耶维奇·帕尔菲诺夫。杰米利亚尼岑和他手下的保安的薪水不是公家给的，而是矿主开的。众所周知，矿主是一位老爷，他吩咐什么你就得做好什么，否则你就一个子儿也得不到，只能喝西北风。

很快杰米利亚尼岑就被找来了，他有点摇晃地走上前来，伸出又宽又结实，好像木头似的手。

“路上怎么样，伊利亚·格里高利耶维奇？”

“感谢上帝，总算到了。到你们这儿的路，你也知道……”

“真是这样，鬼才走我们这条路。咱们去住处歇歇吧？”

这个不着急。我的雪橇上还有一个人，得给他弄点衣服，把他关起来，还有，给他随便弄点吃的。马也得安置。”

“全部照办，伊利亚·格里高利耶维奇，放心吧。”

没用半个小时，科姆列夫已经穿上衣服，被关在经理处的地下室，上了一把仓库用的牢靠的锁，雪橇收拾好挂了起来，马也牵到了马厩。杰米利亚尼岑带日金去住处，路上绕着大弯子想打听出来警官来金矿的原因。是因为职责和规定，还是有什么其他原因呢？这个原因跟他杰米利亚尼岑有没有关系呢？日金觉得自己的回答应该很简单，装作若无其事。

“原因很简单。前不久我丢了一个逃犯，被所长臭骂一顿，所以我就火急火燎地追。那个逃犯，就是现在关着的那个人，自己送上门来了，你信不信。”

于是他详细地讲了与科姆列夫的奇遇。杰米利亚尼岑边听边发出像猫那样的哼哼声，这代表他在笑，但他的目光仍然很戒备。“看样子我这马虎眼打得并不成功，”日金想，“算了，就让他疑心去吧，当差就得走点心。反正我要干自己的事，我在这件事上可是不会后退半步的！”他大声说：“我好久没来你们这儿了。最近有什么新鲜事？”

“没什么特别的新鲜事儿，我们过得挺闷的，偶尔打个架，不过都是常见的……咱们到了，请进，伊利亚·格里高里耶维奇。”

这是一座结实的，看来不久前盖起来的木房子，位于离河岸不远的小山坡上，房前用木条儿围成一个小院子，甚至有一个低矮的院门。杰米利亚尼岑像主人一样把院门打开。这个小门和院子让日金感到吃惊——过去金矿上可没有这种时髦的东西，自从建矿的那一天，这儿就没有任何多余的东西。房子要尽量小，能保暖，房顶不要漏水就行了。虽然从地下获得了巨大的财富，但这一带又穷又乱，好像是一个只有穷光蛋聚集的地方。没错，这儿有自己的风俗和规矩，这是早就定了的，谁也不打算改动它们。所以日金感到吃惊。

他们走上带小栏杆的台阶，走过前厅，应门的是一个女人的声音：

“请进，门没锁。”

他们进去，那里明亮，色彩漂亮，一团冷气从身后追着他们冲进来，融化在温暖中。身材匀称的年轻女主人正在揉面，她双臂直到肘部露在外面，上面粘着面粉。

“快来招呼客人，卡捷琳娜。这是伊利亚·格里高利耶维奇·日金警官，请多关照。”

“欢迎，”女主人回答说，“请脱掉外衣，到正房里来。我刚把面包放进炉子，正要开饭呢。”

“不，我不进去了，”杰米利亚尼岑说，“我还得去各处看看。你休息吧，明天早上我来接你，到时候再好好聊。现在，就像常言说的，回见，睡个好觉。”

杰米利亚尼岑出去时又放进了一团白气，门“咣当”一声关上了，而后院门隐约地“吱扭”响了一声。卡捷琳娜再次邀请道：

“请进哪，请进，伊利亚·格里高利耶维奇，路上大概冻坏了吧，来烤烤火。我这儿挺暖和的，刚生的火。”

日金脱下外衣，拿着枪和佩刀进了正房。他在宽宽木头长凳上坐下，仰头顶住墙，舒服地把两腿一伸——这几天他毕竟累坏了，一直睡得很少，半睡半醒。而现在，他来到这个干净舒服的正房，一切都由勤快的女人收拾得好好的，每一件小东西，就连窗户上的彩色窗帘都散发着宁静的气息。他勉强忍住困意，猛地站起来，在房子里走来走去。他抖抖肩膀驱赶睡意，走到了窗前。他从窗帘的上面看到外面天越来越黑，他还在想着唯一的一件事情，好像在抻着一根长长的、连绵不绝的线，这件事让他不得安宁，也让他最为害怕。他尽量把这个想法赶走，但它总是顽强地回到他的脑海里：“玛尔法是不是骗了我？她是不是把我支到一个错误的地方打听消息——我也不知道哪里才是对的地方。”但他又打断了自己的疑虑：“说干就干，一不做，二不休！”

/十二/

“忘掉斯托尔波夫了！也忘掉库巴托夫！这两个姓你压根儿就没听说过。当然，也从来没见过这两个人。还用重复一遍吗？还是马上记住？”

“咱又不傻，记住了。”

“很好。现在再接着记。现在站在你面前的是货真价实的伊果尔·伊萨耶维奇·拉斯托尔古耶夫本人，‘西伯利亚面粉公司’的代表，应帕尔菲诺夫一矿的经理萨沃奇金的个人邀请，前往签订面粉供应合同。这位拉斯托尔古耶夫雇你，因为你是出了名的车把式，答应付给你很高的工钱。此外，你什么都不知道，以前也从没见过这个拉斯托尔古耶夫。记住了吗？重复一遍。”

对面的正是不久前拉两个年轻人，斯托尔波夫和库巴托夫，前往西伯利亚商业银行的车夫，可他从那儿拉走的只有斯托尔波夫一人。此刻，他坐在一个摇晃的矮凳子上，用一双当地人特有的小眼睛自下向上望着，他的目光中不仅没有一丝害怕，简直是麻木不仁的。他没有重复听到的话，只是耸耸肩问道：

“啥时候给钱？”

自称伊果尔·伊萨耶维奇·拉斯托尔古耶夫的斯托尔波夫走近他，弯下腰看着他的脸，突然大笑起来：

“老兄，原来你这人很贪呀！怎么，等不及想发财是吗？再忍忍吧……等我们到了地方再算账。我们再在这儿过一夜，一大早上路。现在你重复一遍。”

车夫依然毫不畏惧，眼也不眨一下，一声不吭。然后他不慌不忙地站起来，两手用力拍了一下，好像拍掉看不见的尘土，一点凶光在他的眼中闪了一下。

“伊果尔·伊萨耶维奇·拉斯托尔古耶夫，西伯利亚面粉公司的，去金矿找萨沃奇金谈卖面粉的事……答应给高工钱。”——车夫沉默了一下，又加了一句：“我担心他骗我，他让我等很长时间了。”

“好样的！可是最后一句，我觉得，对谁都不要说。”

“我没谁可说，我就跟你说，伊果尔·伊萨耶维奇，你可别忘了。”

“这也是好样的！但是用不着对我不放心，我记性好着呢。现在，像常言说的，准备好出远门吧。”

“我去喂马，给它放草料。我只要系好腰带就准备好了。”

车夫头也不回地走了出去，从棚子下拿起叉子，去叉开篱笆边的一小堆干草。他把草垛上厚厚的雪帽子打掉，拽出一大片芳香的草送到马厩去，马已经在槽头等着了，在幽暗的天色中，马的一只褐色眼睛闪着光。草料“唰唰”地铺到马槽里，马用嘴唇碰碰他，“突突”两声，摆摆头，抖开鬃毛。他的眼睛亮起来，像盏小灯一样。

“吃吧，我没有面包，没带！”

马再次摇摇头，向主人凑过来，颤动着嘴唇想要亲他。车夫用手胡噜胡噜它的结实的弯下去的脖子，叹气道：

“嘿，卡尔卡，我只有你一个体己——一匹马。我落到了这一步……得了，别腻乎了，我告诉你了——我没有面包，我没拿。对不起，老兄，我忘了。什么都忘！你的主人迷路了，谢苗·霍洛多夫，陷得太深了，没有退路了。明天咱们就上路去撞大运。得，吃吧，老兄，敞开肚皮吃，我不知道还能喂你几天……”

如果现在有人从树林里看看谢苗·霍洛多夫，可能会认不出他来的。哪能认出来呢？在这个阴郁的，好像未老先衰的乡下人身上，哪里看得到那个爱笑的年轻小伙子样子呢？岁月如梭，生命流逝，生活教会了他眯着眼冷冷地看周围的一切，也在他的额头留下了标记——两道又深又长的皱纹，甚至不皱眉的时候也不会消失。而现在他差不多总是皱着眉头沉默不语，只有跟马才会絮絮地说话。

在那次跟伊利亚·日金难忘的村外拳斗之后，谢苗因为没能取胜而不得不让出瓦西丽莎，日金跟瓦西丽莎去伯克洛夫举办了婚礼，唱歌跳舞，一连热闹了好几天。全村差不多都去玩了，谢苗闷在家里待着，无力地掰着篱笆上干燥的树枝。在经历这一切之后，他受不了羞耻的感觉，又无法违背做出的承诺，终于有一天谢苗收拾收拾，把一个瘪瘪的很轻的背囊往肩上一甩，去了城里，也可以说是逃走了。母亲的眼泪、父亲的责骂都没留住他。他就这么急火火地跑了。

他跑到了雅尔斯克，到处流浪了个遍，受苦受穷，看够了形形色色的人，从他们身上只学到了一个原则：谁都不能信任。只能相信自己和马，他的忠实的卡尔卡。他买它的时候它还是个马驹儿，他把它喂大，带出来，靠它的帮助成为一名城里的马车夫，甚至努力挣钱，在城边买了一个小房子，在房子边上盖了一个也是小小的马厩。

谢苗一个人住，不错，会不时有些女人来到他的住处，但她们都待不长，过一两个月他就会把她们和她们的家当一起装上雪橇或马车，把她们从哪儿来送回哪儿去。那些女人，用她们自己的话说，跟他一起生活时间长了受不了，他不说话，好像把舌头咬掉了，总是阴沉地眯着眼睛看着地板，什么时候都不知道他脑子里转着什么念头。这些女人们还说，最奇怪的是，他在夜里跟她们亲热的时候叫她们瓦西丽莎。他酒倒是不喝，也不骂脏话，从来不打她们，但女人们还是怕他，最后因为受不了这样经常担惊受怕，总是求他把她们好好地送回去，谢苗总是二话不说就去套卡尔卡。

现在他又成了单身汉了，他一点儿都不难受，根本不想成家的事。因为不久前他的生活急转直下，变得乱七八糟，好像卡尔卡边走边尿，在沙地上留下痕迹。

“你挺结实啊，谢姆什卡。”背后传来一个讨好的，很轻的，好像耳语一般的声音。

他回过头。他已经知道是谁在跟他打招呼，他看到在马厩又窄又高的门口站着一个小个子、灰白头发、稍微有点驼背的老头儿。他拄着一根长棍子，那棍子有他的胡子梢儿那么高，他的一双圆眼眼珠褪色，目光浑浊，好像蒙着一层油。

“你也挺结实的。”

“哎呀，谢姆什卡，好不容易才走到这儿，我的腿跑不动，我的腿跑累了，我自己也要死了，就像伐倒的干树干上的树杈。你过得怎么样？”

谢苗推开再次向他凑过来的卡尔卡，走出马厩，沉默地挥挥手，示意老头儿跟他走。老头儿迈着细碎但很快的步子跟着他，边走边挺起腰，身子变直了，就像那根他并不拄，只是在手里卖弄的拐杖。他们出了院门来到街上，离开自己的房子之后，谢苗出其不意地停下脚步，来了个急转身，老头儿走得急，差点撞在他身上。

“你，卡比托内奇，别再来找我！明白吗？他没给钱，只是答应给钱。他给的定金现在我自己要用。我们要去帕尔菲诺夫金矿，等回来，我自己会去找你。”

“好，好，谢姆什卡，”卡比托内奇很痛快地同意了，“咱们没什么着急的，等等吧。你的燕子也等着呢，你出门，它就在笼子里关一阵呗……”

“什么燕子？！”谢苗一哆嗦，往前一哈腰，好像有人从后面推了他一把，“什么燕子？说！你这废柴！”

老头儿飞快而灵巧地把拐杖换到另一只手上，用削尖的一头抵住谢苗的胸口，讨好的、很轻的声音瞬间变得冷酷而凶狠：

“别装傻！什么燕子？什么燕子？！没抹油，干的！烤架转起来了，她现在在我手里，闻到了吗？”

“在哪儿？”谢苗呼出一口气，问道。

“等你从金矿回来，宝贝儿，”老头儿又恢复了先前那种讨好的语气，拖着长声说，“我就告诉你，一五一十全告诉你，一点也不隐瞒——她住在哪儿，谁看着她，你要把这只燕子弄到手还得做什么。好了，谢姆什卡，我跟你扯了半天了，天已经过午了，得干活，得挣饭吃啊。我这就，悄悄离开……”

卡比托内奇绕过像一根埋在地里的柱子一样的谢苗，迈着急促的小碎步，快速用长拐杖点着地，很快地顺着街道走了。谢苗回身向后看，他看着远去的老头微驼的瘦瘦的后背，他的脸色变得比平时更阴沉。“我早晚会掐死他，让他七窍流血，我要掐死他！”他这样想着，握紧两个有力的拳头。

/十三/

可是要掐死纳乌姆·卡比托诺维奇·扎盖伊诺夫并不那么容易。这一带的人，不管老少，都在背后叫他卡比托内奇。他在雅尔斯克郊区开了一家肮脏的小饭馆，他的穿着跟他的营生挺相配：天暖和的时候，他总是穿一套已经磨得发白的西服，等到冬天，他就披一件到处是圆补丁的旧皮袄，永远拿着一根长长的木拐杖，就算在自己的饭馆里也拄着它精神抖擞地迈着小碎步，用尖头很响地戳着总是很脏的木地板。他说话声音不大，好像讨好似的，很喜欢在人们面前诉苦，说挣钱少，身体弱。

只有少数人知道，在这个衰老的皮囊下面藏着的是完全不同的真身——像年轻的狼一样凶狠。谣传卡比托内奇的第一笔钱是手拿铁锤劫道儿得来的，可是没人亲眼看见，就空口无凭。而且也没人追究，这是很久以前的事了，往事已经被荒草“湮没”。

卡比托内奇是二十年前出现在城郊的，他来的时候带着钱，所以一个夏天就开起了饭馆，当上了老板，接待三教九流的人们，其中大部分是穷人，有时，他们喝多了，就变成了一帮暴徒。可是他有办法跟他们周旋，在他那里没发生过大规模的斗殴，没打死过人，警察从来没找过他的麻烦。可是又有谣传说，他给警察不少贿赂，他的饭馆中经常出现可疑的人。不清楚这些人是谁，是干什么的，但据说饭馆老板跟这些人一起做事。当卡比托内奇本人听到这样的传言时，就会唉声叹气，愁眉苦脸，抱怨人们的忌妒，他说得合情合理：到饭馆来的人很多，这里又不查证件，只收钱，客人的脸上又没写着他们的钱是从哪儿来的。

当谢苗当上车夫，但还没有自己的房子时，在拉活儿的中间有时会到这家饭馆来简单喝个粥，喝点茶。因为性格孤僻，他在这儿没有结识任何人，也不参与那些闲谈——吃好喝好，拿起帽子就继续赶路去了。

所以，当有一次他来吃饭的时候，饭馆老板来到他身边坐下，让他感到吃惊。他把拐杖往墙上一靠就跟他聊了起来，好像他们是老熟人似的：

“我听说，谢姆什卡，你正在看房子，我可以帮你。有个房子，不大，挺结实的，要价也不高。我跟房主是朋友，你要愿意，我跟他说说，讲讲价。”

当时谢苗确实攒了些钱，想买个房子，可是总不合适：要么是一大片破烂房子，圆木外墙又低又糟，要么房主的要价高得吓人……而他已经在别人家住够了，就好像是在啃一根苦萝卜那样烦，很想赶紧有个自己的房子。

他沉默片刻，把卡比托内奇使劲打量了几眼，点了点头：

“去说说看。”

说完他就走了。

饭馆老板说到做到：他去跟房主谈，说服他降点价，又把谢苗领去，让他亲眼看看房子。总之，把买主和卖主叫到一块儿，双方都挺满意，成交了。

谢苗搬到自己的房子，安顿妥当，心满意足：不管什么地方，房子也好，院子也好，都是你自己的，用不着像租住在别人家那样看别人的脸色，而且像鸟儿一样，不管房主什么时候改变主意，两手一拍，你就得飞走。

卡比托内奇很快就来做客了。为表示感谢，谢苗要请他吃饭，但客人不肯。他嘻嘻笑着，用窄窄的、无力的手掌掩住嘴，捋了捋灰白的胡子，说道：

“谢姆什卡，我不喝迷魂汤，滴酒不沾，尝都不尝，舌头尖儿都不碰。我干的这行儿，你只要好上这口儿，就算露出破绽了，你就等着要饭去吧。你自己留着吧，有喝的时候。要是你想谢我，那我求你件小事儿……”

卡比托内奇的请求乍一看微不足道：他要谢苗去城市的另一头的一

个地方接一个人，把他拉到饭馆，在饭馆旁边，再等着把他送回去。有些事……

谢苗套上卡尔卡就去了。

坐车的人身材瘦小羸弱，脸有点尖，鼻子肥大，双眼滴溜乱转，有点像黄鼠狼。他爬上雪橇，折腾一番后坐好了，像老爷那样捅捅谢苗的后背，让他出发。路上这位乘客快活地吹着口哨，大鼻子底下甚至不知叨咕着什么，他的样子看起来那么心满意足，好像走了大运似的。

谢苗把他拉到饭馆，然后开始等。等了很久……中午已经过去了，太阳都要落山了，可是坐车的人还是没有出现。卡比托内奇也不见影子。直到黄昏，斜阳在地上投下长长的影子，谢苗终于失去了耐心，去找他的乘客——他到哪儿去了，他打算什么时候回去?

饭馆里差不多没有吃饭的人，只有几个看起来像乡下人的，不声不响地坐在角落里，一边不紧不慢地说着话，一边喝着茶。饭馆里也没有伙计，酒保在柜台后打着大呵欠，因为无聊，他的眼睛自动地眯起来，就像趴在墙根儿吃饱的猫儿。谢苗问他老板去哪儿了，但酒保只是耸耸肩算作为回答，说是从一大早卡比托内奇就不在这儿，他说明天才来。于是谢苗又打听坐他车的那个客人，可是他听到的回答也让他大吃一惊——没有那么一个年轻的小伙儿来过这儿，既没露面也没进来，只有坐在角落的那几个客人，那不就是，已经在喝第二锅茶了……

谢苗满心疑惑地走出饭馆，已经想回家了，这时一辆普通的乡下大车朝着饭馆飞奔而来，拉车的是一匹年轻善跑的母马，马跑得大汗淋漓，汗珠噼里啪啦地甩到空中。那个长得像黄鼠狼的小伙子从车上跳下来，拖着一个大包袱，把它扔到谢苗的雪橇上，自己跟着跳上来，吩咐道：“走！”刚才他坐的那辆大车朝着另一个方向急驰而去。

这一切发生得太快，弄得谢苗眼花缭乱，什么都来不及弄明白。他解开缰绳，赶着雪橇把他的客人送回原地。现在那个小伙子不吹口哨了，悄无声息地坐在雪橇里，只用一双凶狠机警的眼睛四下环顾。

“真是个黄鼠狼！”谢苗暗想，心里闪过一个模模糊糊的猜想。很快这个猜想就被完全证实了。当他们到了地方，小伙子开始把包袱从雪橇上拖下去，这包袱忽然散了，看样子是扎得匆忙，没有扎结实，所以散了。各种家什细软散落尘埃：烛台、银勺、刻花的木匣子——里面通常是存放戒指、耳环、胸针之类的，貂皮大衣，还有一些东西谢苗来不及看清楚——小伙子飞快地又把所有的东西收了起来。“原来他进饭馆后从秘密通道溜了出去，大车在那儿等他。”谢苗猜测道，“神不知鬼不觉，可我像个傻子一样在原地一直等着。”

小伙子把包袱甩到肩上，龇着小牙一乐，警告说：

“你可别打算告密！我们会打死你！”

他头也不回地跑了，那个包袱在他的背后一跳一跳的，像个活物儿。

晚上，卡比托内奇来谢苗的家里做客。他打过招呼，抱怨了一番腿疼气喘，然后，没有任何过渡，问道：

“你猜着今天拉的是什么人了吧？”

谢苗没有装傻，像往常一样，他的回答很简短，一句多余的话都没有。

“贼总有贼气。”

“好家伙，真行！——贼气！唔，唔，嘿嘿……既然你猜着了，谢姆什卡，那就好好听着。现在你逃不出我的手心了，你得跟着我，就像仓库的警卫。当然，我付给你的钱比警卫多。明天你去一趟饭馆，酒保会把钱给你。我自己从来不带钱，我怕丢，所以我的衣兜是空的。好了，谢姆什卡，既然说好了，我就走了。”

“怎么就说好了？什么事说好了？”

“难道不明白吗？”卡比托内奇煞有介事地表示吃惊。“找你的时候你就赶车，啥也别说，会付给你钱。”

“我要是不同意呢？”

“你会同意的，谢姆什卡，会同意的。钱总是好东西。万一马死了，房子烧了呢。生活就是生活，它喜欢玩各种花样。”

卡比托内奇撂下这句话就走了，剩下谢苗一个人发呆。

谢苗明白，威胁虽然没有明说出口，但是做得出来的。马也可能因为中什么毒而死，房子也会烧毁——只要想干就可能干成。那时候怎么办呢？再找个角落猫起来，一分一分地攒钱，好重新买房子买马吗？但这个担心还不是最主要的。最主要的是，他的心里燃烧着一个强烈的愿望——发财！既然命运把大好的机会摆在面前，那就要抓住，大干一场，不要错过！

他谢苗·霍洛多夫要的不是纯粹的财富，他要财富是为了实现内心深处的梦想，这个梦想很简单，很清楚，就像青天白日一样——那就是把瓦西丽莎从如今已经当上叶尔班警官的伊利亚·日金身边带走，跟她一块儿生活。这是多年的，甜蜜的，痛苦的梦想……早在他站在自家的院子里听着人家婚礼上唱歌跳舞的喧闹声时，他的梦想就开始了。后来，当他搬进城里，这个梦想从来没有离开过他，和他一起生活。就像一个人内脏带着重病，这个病必须要治好，否则就会把他折磨死。

谢苗不打算和解。

他想以一个富有、成功的形象出现在瓦西丽莎面前，对她说：“你瞧，我给你准备了多么幸福美满的生活，来吧，跟我走吧。”

他相信她不会拒绝的。

这些年来他一直暗中不错眼地盯梢日金两口子的生活，他几次专程去叶尔班，就为了远远地看一眼。他被旧情折磨得疲惫不堪，跟别的女人亲热的时候叫她们瓦西丽莎。

卡比托内奇走后，谢苗前前后后想了很多。

早上起床后，他自己，没有套卡尔卡，径直去了饭馆，酒保一声不响地把钱递给他。这些钱靠赶车一个月也挣不来。最后一点疑虑也消除了，谢苗·霍洛多夫成了这个由体面的老头儿、白发苍苍的饭馆老板纳乌姆·卡比托诺维奇·扎盖伊诺夫铁腕控制的盗窃团伙的救命棒。

/十四/

黑夜快过去的时候，他们从雅尔斯克出发，前往帕尔菲诺夫金矿方向，路上还黑乎乎的，天上繁星闪烁。他们走过空无一人的街道，然后谢苗赶着他的卡尔卡下了陡坡，冲到布舒伊卡河的冰面上，雪花在马蹄下飞扬，好像被风刮起来似的。

“为什么走河上？”斯托尔波夫—拉斯托尔古耶夫问道。“难道没有别的路吗？”

“还有一条路，过岗亭的，那儿肯定有警察蹲守。你想跟他们谈谈吗？我可以送你去。”谢苗生气地朝旁边啐了一口，这么蠢的问题真让他吃惊。

看来斯托尔波夫—拉斯托尔古耶夫也觉得自己说了蠢话，所以用大衣的毛领子把脸捂住，不再说话了。

他们由布舒伊卡河的冰面出了雅尔斯克，然后拐了个大弯儿，来到大路上，混入其他的大车和雪橇之中。一大早路上就车水马龙，雪橇的滑木轧着冻硬的雪地发出一片快活的嘎吱嘎吱的声音。

在这一片嘎吱声中，太阳好像被冻僵了，升得很慢，很吃力，但到底升起来了，大放光明。于是雪原上晶光四射，人们的眼睛开始流泪，不得不眯起眼。天上飘起稀疏的雪花，它们被阳光照得亮晶晶的，在空中慢慢地旋转着。

一个风和日丽的日子开始了，让人相信这样的日子不会带来坏的消息或是想不到的祸事。

谢苗怀着这样的心情走在路上，既不催马也不勒马，因为卡尔卡自己很明白它应该怎么做。它踏着平稳的碎步，汗涔涔的两肋上结着浓霜。

他们在大车店吃了点东西，喝了点茶，歇了口气，就动身接着走。在这个过程中斯托尔波夫—拉斯托尔古耶夫始终没出声，好像身边并没有谢苗这个人似的，一直在一声不响地想着自己的心事。现在他穿着一件阔气的裘皮大衣，足蹬一双白色毡靴，头戴一顶大海狸皮帽子，远看活像一个乌鸦窝。他的样子很气派，显得很有身份，至少是个一级商人——一副趾高气扬的样子。“怎么他的相貌都跟着衣服变了？”谢苗暗中吃惊。“好像换了个人。神气也变了，走路的样子也变了。真怪透了！”

他们赶到叶尔班时天已经很晚了。他们在大车店住下来，谢苗不吃晚饭，收拾收拾就急忙穿起短皮袄。

“你去哪儿？”斯托尔波夫—拉斯托尔古耶夫急赤白脸地问。

“我在这儿有个熟人，我去看一下，好久没见了。”

“你可别耍滑头，老兄。你是不是想骗我？”

“要是有好处我就骗了，”谢苗掩上短皮袄的下摆，平静地回答，“要是没好处，为啥要骗呢？到现在也没给我钱，你答应了，可是没给。”

“不给你钱就是防着你胡来。你没拿到钱就会护着我，就像贞洁的新娘子一样，对不对？得，你去吧，不过你记着，我的手长着呢。要是你跑了，我会抓住你的！”

“就算手再长，要是想办法也能弄折了。”谢苗到架子下面看了看，看看卡尔卡怎么样，喂了它一块儿撒着大盐粒儿的面包，就沿着街走去，接着在心里说：“你不了解我，拉斯托尔古耶夫先生，或者斯托尔波夫，就像那会儿的叫法……你不了解我！我要是发起狠来，我会从随便谁的嘴里揪出我要的东西，不会呛着！这个机会我等了多少年了，我不会放过的！”

他的脚步变得越来越坚定，越来越快。

这条路他认识，他曾经赶着卡尔卡走过这条路。当时他来叶尔班是为了从远处偷看瓦西丽莎。所以他不会走错，也不会迷路，很快直接走到了日金家前。到门跟前的时候，他停了下来。房子的窗户一团漆黑，雪没有铲过，已经形成雪堆，有栅栏门的一半高。谢苗扯下毛皮手套，用发烫的手掌摸了摸脸——难道是真的？难道卡比托内奇说的是真的？眼前的景象甚至让他出汗了。

“得彻底确认一下，不能出一点差错……别急，谢苗，别急……得等一会儿，打听出个准信儿。”他在房前走来走去，东张西望，希望能有个人出现，时间还不太晚，人们家里还亮着灯，也就是说，还没睡觉。他想去一个邻居家打听打听，但又忍住了——谁知道会发生什么想不到的事……还是等等。

不着急是对的。他等到了一个小伙子，看起来是在河上凿冰捕鱼回来的，牵着一匹没有上鞍子的马。没错，是牵着去饮马。谢苗很小心地叫了他一声，以免吓着他，问他知道不知道现在日金警官在哪里？

这个男孩子很活泼，不怕生，他详详细细地讲了发生的事情：日金的儿子阿寥沙死了，他妈妈瓦西丽莎失踪了，就像钻到地里去了一样，而日金自己有公事出门了，没说去哪儿，只是请邻居们照顾母牛和牛犊。邻居们为了方便把牲口赶到了自家的院子，现在没人清扫日金家的院子，所以堆起了雪堆……

谢苗礼貌地握了握男孩的手，好像他是个大男人一样，然后就往回走，回大车店去。

从昨天一直折磨他的困扰弄明白了，现在他相信卡比托内奇说的是真话。看起来他的小铺子不行了，没有别的办法，除非……他想起这个当饭馆老板的老头说过：

“谢姆什卡，你逃不出我的手心，现在你得跟着我的指挥跳舞！”

“我们还得走着瞧，看看到底谁跳舞，谁吹笛子！”现在谢苗一边赶回大车店，一边已经出声威胁卡比托内奇了，而在跟卡比托内奇说话的时候他却没吭声。不错，当时他不露声色，保持着阴沉的平静，可是心却颤了一下——因为他听到的话是非常意外的。

“咱们的事情成了这样儿，谢姆什卡，你成了个最重要的人物，”卡比托内奇讨好地说，同时用木拐杖敲敲地板，“现在我们离开你就好像没有手一样。劳驾，帮帮我们这些罪人吧……”

卡比托内奇又像平时一样诉起苦来：最近那些一带而过的小生意做不成，而大的、吓人的事情变得又快又难。不久前两个穿得讲究的年轻先生来到城郊的小饭馆。来了一趟又一趟。他们很安静，很和气，有礼貌，不知道什么风把他们吹到了这个破地方。这样的先生应该直接去邮政大街的有侍者的豪华餐馆，可他们却坐在小饭馆，吸溜着茶，甚至根本没注意跑堂的围裙有多脏。第三次来，他们把老板叫来，跟他谈了不长时间，而后老板用拐杖点着地板，带他们到一个单间。这个地方不让任何旁人进入，卡比托内奇总是在这里谈机密的事。不知他们在那儿是怎么谈的，谈了些什么——避开别人的谈话当然不会满世界宣扬。但是谈话的结果很快就显现了——这两位陌生的先生需要找个彪悍的马车夫，他得熟悉这个城市，如果有人追，能够逃脱。

显然，谢苗就是这样的一个马车夫。卡比托内奇还能找谁呢？他们答应付的钱不少，于是谢苗同意了。可是当行动的前一天他得知要干什么事，他就发起愁来：抢银行可不是转运赃物。可是要后退已经太晚了——他已经拿了定金，并且花掉了一部分。最重要的是，谢苗清楚地知道，如果他说要退出，他们是饶不了他的。他们会把他杀死，把尸体藏起来，直到地老天荒也找不到。

抢银行干得很利索，如果不算库巴托夫胸部中弹被打死，躺在银行门口的话。可是没人为此伤心，包括斯托尔波夫。这位先生是非常麻利和小心的人，就像被击中、受到惊吓的野兽。他们全速疾驰，一进入城郊，斯托尔波夫就带着口袋从雪橇上跳了下去，只匆忙地对谢苗喊了一声：

“在家等着！”

来不及看清他接下去跑到哪里去了。谢苗继续飞车跑回家，把卡尔卡牵到马厩，把雪橇挂起来，自己从墙边拉下一条糟朽的木板——他早就想把这块板子换掉——动手把一块还在夏天就已经存下的、干燥的厚木板刨平再钉进去。他想通过干活让自己平静下来，整理思路，同时非常担心，不知道警察会不会追踪而至。

但是警察没有来。

晚上，当天黑以后，斯托尔波夫来了，把一瓶酒放到桌子上，让谢苗拿出杯子和面包。他们两人一声不吭，也不碰杯，好像在丧宴上一样，把整瓶伏特加喝得见了底儿，就躺下睡了。

斯托尔波夫没带来口袋。他空着身来的，没拿一个包袱，连伏特加都是揣在短皮袄的兜儿里的，这件皮袄也不知是打哪儿穿上的。

而后最意想不到的事儿来了。

斯托尔波夫先生，现在叫拉斯托尔古耶夫的这位，并不急于付剩下的报酬。他一直敷衍着，说还要再等等，等到周围完全安定了，后来又说，除了商定的数量，他还会再付一大笔钱，可是为此得去一趟帕尔菲诺夫金矿，他去那儿有事儿。

谢苗觉得，关于白牛的故事[①]开始了。他跟卡比托内奇说了自己的担心，怪他把自己的车夫推进了一件不划算的阴暗勾当。可是老店主却是别有用心的，他有自己的兴趣。当谢苗知道了这个兴趣的时候，开始甚至惊呆了——他没想到这老头那么麻利！

“咱们，谢姆什卡，要把他抢来的钱全弄到手！既然他说话不算数，我们就好好惩罚他。只是要弄清楚两点小事儿：他把那些口袋藏在哪儿

① 白牛的故事：欧洲民间故事，先知的白牛走向他的信徒，犄角上挂着新的法条，代替严苛的基督教教规。

了，还有谁在帮他？光凭他们两个可干不了这事儿！还得看着点儿，别让他跑了。现在，谢姆什卡，我要常去你那儿，你把什么都告诉我，我不会亏待你的。谢姆什卡，我要给你最高的奖励，送你一份大礼！我要把美人儿瓦西丽莎给你弄来，让你想怎么爱就怎么爱。你想瓦西丽莎归你吗？当然想！还用问吗……你会得到的。”

老店主纳乌姆·卡比托诺维奇·扎盖伊诺夫毕竟是高手，很少有人像他那样善于给人下套儿。你好像看着地面，眼睛都没抬，不敢越雷池一步，可是没走几步铁鞭就抽在腿上了。谢苗就是这样，有一次早上干成一票之后，他喝醉了，感情脆弱，甚至哭起来，说出了他隐秘的爱情，讲了瓦西丽莎的事。大伙儿都醉得很厉害，七嘴八舌，互相打断，谁也不听别人的，第二天谁也不会记得谢苗的酒后吐真言，除了卡比托内奇——他是不喝酒的。他都听见了，一一记在心里，到了需要的时候，就会把套儿拉紧，紧得无法挣脱。

谢苗只好同意了，答应了所有条件，他好像没了脑袋，眼前好像起了雾——在这雾气中他只看到自己的爱情和瓦西丽莎，别的什么都看不清。他满怀柔情地想象未来的生活：有大把的钱，有瓦西丽莎在身边，而被抛弃的日金则在他的叶尔班过得很潦倒，气得要死要活，可是一点办法都没有，日金只剩下一条路——忍下这口气。

现在，当谢苗脚步急促地离开那条黑暗的街道，他已经确信卡比托内奇跟他说的话一点都不假：他们把她从家中偷偷劫持走了，不知道送到了哪里，藏在一个秘密的地方。只要她在他们的手里，谢苗就跑不了，他就得乖乖地跟在身边，记着他的脚上绑着铁锁。

“好吧，我先忍着，咱们走着瞧，看看谁更厉害！”他怀着这样的决心回到了大车店。

斯托尔波夫—拉斯托尔古耶夫见他回来，嘲笑地问：

“怎么那么快呀？你那熟人连茶都没给你喝吗？”

“听说他已经走了两天了，哪有什么茶！只好干脆躺下睡觉了。”

“这更好，明天头脑更清醒。来吧，老兄，睡吧，明天要早起，得睡足了……”

/十五/

在天寒地冻的冬夜，坐在一把舒适的旧软椅上，裹着又软又暖和的厚围巾，听着荷兰式炉子里的炉火有弹性地“呼呼”烧着，翻着一本书，一盏罩着粉色灯罩的灯投下明亮的灯光，亮得使人眯起眼睛——没有什么比这更惬意的了。地上微弱的反光微微颤动着，好像是一个住在这房子里的无形的、又大又温柔的东西留下的踪迹，给这四壁之间的一切，甚至最小的物件和摆设的东西洒下一片温馨。

“玛尔芙莎，我的好孩子，能不能弄点茶让我享享福？”坐在软椅上的那位有点年纪的太太合上书，用修长的手指轻柔地抚弄了一下，然后用完全不同的语气接着说：“坠入爱河的人幸福时眼中闪耀着生命的火焰；坠入爱河的人痛苦中眼泪汇成大海。爱情是智慧的疯狂，它既充满痛苦也充满甜蜜！说得一点不错！真是高人妙语！”

她甩开厚围巾，像年轻人一样猛地从软椅上跳起来。她是个高个子，头发灰白，一双大眼睛，目光悲伤，眼睛下面的皱纹像织成的细网。这位太太不像一个老女人，相反，她后背直挺，头部高傲地抬起，顾盼威仪，这种仪态让她的年龄“大打折扣”，好像在年岁中减掉了几十岁。

她走路的样子既轻盈又庄重，长裙坠地，下摆几乎不动。

这位太太走到书柜前，再次用修长的手指抚摸了一下书，然后把它放在搁板上，转回身，双手交叉在胸前，叹息道：

“我什么都不遗憾，玛尔芙莎，真的。我只遗憾一件事，就是我不能再扮演朱丽叶了，再也不能了。而只有现在我才能完全领会台词的精髓。太晚了！”

“这也不要遗憾，”玛尔法·山金娜一边麻利地把茶杯，碟子，果酱罐子摆在桌子上，一边用银铃般的声音回答道，同时银勺子发出欢快的叮叮当当的声音，“您最好坐下来喝茶吧。”

“是啊，是啊，我们喝茶，你给我讲讲你的事。不过要详详细细地讲，不要像平时那样——从五跳到十……”

“好的，好的，玛格达丽娜·维涅吉科托夫娜，我详详细细地讲，不过您，看在上帝的份儿上，坐下来喝茶吧。吃点面包！您根本没吃东西，我刚看过——东西没有动过！那么我是忙活什么呢？”

“那就不要忙活。玛尔芙莎，你记住，演员，特别是我这样上了年纪的演员，只要一小块儿就够了，还有富余。因为她整天坐在软椅上什么都不做，甚至可以完全不给她吃的。”

“哎呀，玛格达丽娜·维涅吉科托夫娜，瞧您说的，我都不知道……不吃东西！那怎么活呢？靠着圣灵吗？”

“靠艺术的伟大灵魂，我的好孩子！要是我现在演朱丽叶多么好啊！你都想象不出！”

“我哪能想象呢？我们雅尔斯克的剧团不演莎士比亚的戏。”

“记住，这个城市没有剧团！只有草台班子，却胆敢自称剧团！”

“您别生气啊，玛格达丽娜·维涅吉科托夫娜，最好吃点面包，喝点茶，听我给您讲……”

“对啊，对啊，敞开话匣子吧，就像开锅的茶炊。讲吧，我的好孩子，讲吧……”

玛尔芙莎翘着小手指拿起茶杯，稍微啜了一小口，呼了一口气，已经要开始说了。可是玛格达丽娜·维涅吉科托夫娜生气地瞪了她一眼，甚至用手拍了一下桌子以示愤怒：

“玛尔芙莎！我受不了！我要把你的小手指折断！或者用刀剁了！只有堕落的女人才那样翘手指，她们想吸引客人，想表现她们是好出身才这么做的。还要跟你说多少次？”

“哎呀，我又胡来了，玛格达丽娜·维涅吉科托夫娜，请原谅。您教训我吧，教训我这个糊涂虫吧……”

“你不是糊涂，你是任性。好了，我听着呢。”

玛尔芙莎看看茶杯里的茶，把手伸到小桌下面，又呼了口气，开始讲最近发生的事情。她尽量说得不紧不慢，详详细细地从头开始报告他怎样见将军省长，他说了什么，他如何用善意的目光看着他，然后她开始讲后来的事：信使把有警察局长签字的文件送到她的住处，她在门口刚看到警察的时候吓坏了。她签收了文件，马上去找公证人，巧的是公证人正好在办公室。她跟公证人一起去找房主，签订了契约，当天就把钱付给了他们。房主请求等到星期天，好搬东西，所以下星期已经可以开始装修以及进行开办学校的其他准备了。

玛格达丽娜·维涅吉科托夫娜非常认真地听着她的话，喝着茶，但没有碰面包，一双褐色的大眼睛一闪一闪的，好像不时迸出火星。就算喝茶，她也坐得很直，不驼背，高傲地昂着头。看她那样子，好像她不是在喝茶，而是坐在审判席上，听完之后要做出严厉的判决。

但是她没有。

她听完玛尔芙莎的话，微笑了，严厉的表情不见了，现在她变得很温柔，好像一个欣赏自己女儿的亲妈。玛格达丽娜·维涅吉科托夫娜·格罗姆斯卡娅这位前演员总是这样，有时候，她情绪的转换，从怒气冲冲到深受感动，甚至没有一点空隙，是瞬间转换的。现在就是如此，她继续笑着，放下茶杯，伸出双臂召唤道：

“来，我的好孩子，让我亲亲你！我真为你的成功感到幸福！”

她们拥抱、接吻，玛格达丽娜·维涅吉科托夫娜眨着眼，因为泪水不由自主地涌了上来。

窗外严寒已经降临，玻璃上奇异的冻窗花越来越厚，昏暗的街灯穿透了它们，它们好像活了起来，一闪一闪地动着。高高的，有一个长长的铜摆的落地钟出其不意地发出响亮而悠长的报时声，惊得玛格达丽娜·维涅吉科托夫娜哆嗦了一下，抱怨道：

“我怎么也习惯不了！这钟响得总是吓我一跳！有时候觉得静静的心里很舒服，可是它忽然‘当当’地响起来！有时我甚至被吓得发抖！玛尔芙莎，把它卖给谁吧，给我买一只小表，没有声音的，不报时的那种——滴答，滴答……”

“有那种表啊，玛格达丽娜·维涅吉科托夫娜，是您自己不要，让把它收起来的。它没有声音……”

“是吗？你把它收到哪儿去了？拿来！”

玛尔芙莎把高高的双门柜打开，在柜子前摆了一只小椅子，站上去去够最上面的一层，可是不小心碰到一些纸，它们纷纷掉下，散落在地上。

“哎呀，看我笨手笨脚的，我马上就收好！”她从椅子上跳下来，把纸一张一张捡起来，忽然她停下来了，仔细看着半张发黄的，裁得不齐的报纸——“玛格达丽娜·维涅吉科托夫娜，这是您！可为什么旁边画了一只熊？”

“熊？什么熊？哦，等等，你读读，上面写着呢。”

玛尔芙莎朝着灯光走近一步，读了起来：

“一月二日尼古拉耶夫铁路的三号邮车开往莫斯科，由于特殊原因，行李车厢自库里茨站直到莫斯科一直没有卸过行李。事情是这样的。夜里在上沃罗切克站，有一个身份不明的乡下人把一个重三普特十俄磅的大桶作为行李托运，收件地址为莫斯科。在里哈斯拉夫利站，当从行李车厢卸下行李的时候，押运员发现这件行李在动，显然桶里是一个活物，被吓坏的押运员想象桶里藏着一个贼，意图途中从桶里爬出来偷窃钱箱或是偷走贵重的行李。行李押运员在车厢中自己的隔间里藏好，屏息谛听着车厢中的动静。过了不一会儿，他就听到车厢中传来沉重的脚步声，然后是一个铁钱箱的破裂声，最后一个又大又重的东西轰轰隆隆，噼噼啪啪地倒下了，可是押运员想不出来那是什么。这时火车进了库里茨站。行李押运员拉响了警报，招来了车站的宪兵、警察、保安、铁路巡逻队，这些人全都往行李车跑。行李员打开车厢的锁，开了一点门，所有的人都惊叫起来，从车厢旁边往后退：在车厢的一角站着一只大熊，看到人，它狂怒起来。车门立刻被关上了，不多的行李跟车前往莫斯科。到莫斯科后，也是叫来了保安和宪兵，人们开始捉这头熊。保安们想出一个办法，把一块又重又厚的粗帆布扔到它身上，人们用这种办法捉到了熊，而后把它捆起来，运到一个地方，等着站长的吩咐或主人的出现。人们检查了车厢，发现这只大熊在桶里待腻了以后，打烂了桶盖，从桶里爬了出来，在车厢到处转悠。他瞎乎乎地撞在了钱箱上，几乎把钱箱的盖子打爆，而后又遇到了一个很大的消防水箱。熊运足力气把它推开，结果把车厢里的所有水桶都毁坏了。从水箱里流出的水把很多行李泡了，信件全粘在一块。据说，当把这头行李车厢中的熊关进干草棚的时候，他身上散发出强烈的蒸馏酒的气味。人们猜测，熊是先被灌得烂醉，然后装到桶里的，所以这只熊在前半程的时候没有出现任何生命迹象。”

玛格达丽娜・维涅吉科托夫娜一边听玛尔芙莎一边笑，摆着两手，边笑边说：

“还有一张，也是关于这件事的……你找来读读……”

玛尔芙莎很快找到了那张报纸，继续读道：

“熊事件有圣诞节玩笑的性质。以富有和行事奇特闻名莫斯科的舒宾斯基先生，想给女演员玛格达丽娜・格罗姆斯卡娅一个意外礼物。他答应送给她一件来自乡下的礼物，这位女演员以为是一些乡下土特产——奶油鸡鸭之类。要是这只桶能顺顺当当地送到，一定会产生轰动效果。把桶盖打开，滚出来的不是奶油而是一只熊。这得多可笑，得开多少玩笑，引起多少话题！这个主意非常新颖和……有圣诞节气氛。可惜，这头熊醒得太早了，破坏了玩笑的效果。莫斯科动物保护协会对熊（被称为“用桶邮寄的熊”）受到的残酷对待表示高度关注，决定对这件事进行调查，要追究寄件人的法律责任。全城忽然都对熊发生了兴趣，街谈巷议都是关于这件事。好像大家都出其不意地跌回到了童年。不仅议论，还络绎不绝地去参观这只熊。两天之内到尼古拉耶夫火车站去看熊的人数超过了动物园十年的参观者总和。人们从早到晚地在熊旁边挤来挤去。这可不是一些平头百姓，而是轻裘宝马的上等人，坐着自己的雪橇。舒宾斯基没有在车站出现，但派来了自己的管家。管家觉得要的运费太高了，他拒绝支付，大概认为舒宾斯基先生不愿接受这么昂贵的运费。于是尼古拉耶夫车长对这头熊进行拍卖。拍卖的时候聚集了几百人，但愿意出价的只有五人。可是他们也没买成，原来拍卖没能进行。舒宾斯基先生的管家向铁路支付了一百二十六卢布二十八戈比运费后得到了熊。人们又把熊装进桶里，用帆布把桶包住，运走了。这件转运醉熊的趣事是在上沃罗奇科结束的，根据动物保护协会的起诉，这一案件在当地调解法院进行了审理。出庭的不是百万富翁舒宾斯基本人，而是他的一个仆人，农民马洛菲耶夫。据称就是他想出这个用酒把熊灌醉放在桶里运往莫斯科的新鲜主意。法庭判马洛菲耶夫二十五卢布的罚款，若无力支付改为入狱五天。农民马洛菲耶夫称，他无力支付如此庞大的数额，所以同意吃五天牢饭……”

玛格达丽娜·维涅吉科托夫娜像个小姑娘似的，响亮地笑着，笑得气喘吁吁，笑出了眼泪，一个劲儿地摆着手，好像要把玛尔法的声音赶走，这个声音在此时此地，在遥远的雅尔斯克成为她生活中久远而快乐的一段的回响。那时她年轻、美丽，全莫斯科的戏剧界都知道女演员格罗姆斯卡娅，就算像舒宾斯基这样传奇般的百万富翁，也千方百计地博取她的欢心。

这些都是很遥远的事了。很多事都忘记了。可是旧剪报被无意中碰掉了，于是往事涌上心头……

玛尔法笑了一阵之后，把那些纸收拾好，放回原处，又去够更高的地方拿表。但玛格达丽娜·维涅吉科托夫娜叫住了她：

“算了，玛尔芙莎，就让它在那儿吧。不管表的声音大小，时间都照样流走……反正不会停下的！你去，我们把茶喝完。”

于是他们继续小口喝茶，这一晚玛格达丽娜·维涅吉科托夫娜还回想起了很多别的事，而玛尔芙莎则异常安静地听着，但有些心不在焉——她在想自己的事。

她也在回首往事，只不过没有那么久远……

/十六/

“亲爱的好妈妈，把我带走吧，我在这儿害怕！”玛尔芙莎大哭着请求，使劲儿拉着旧连衣裙的下摆盖住一双满是擦伤的瘦膝盖，甚至没有发现它已经被痛哭的泪水浸湿了，“我想回家躺在被窝里，让你摸我的脑袋……我想回家！”

她弓着腰坐在地上，低着头。不知为什么最让她害怕的是那在黑夜空旷的田野上熊熊燃烧的巨大火堆，那火烧得炽热狂野，高高的火苗直接窜入天空，密集的火星四溅，它们闪闪烁烁，像星星一样明亮，只是很快熄灭——落在草里，立刻就不见了，好像钻进地里去了似的。

身处一帮陌生人中的孤独感让她害怕——这些人用她听不懂的语言大声交谈着，在火光中他们的脸一会儿红，一会儿黑，变化得飞快，就像玛尔芙莎白天看见的一个茨冈女人玩的牌一样。她的手好像动都没动，牌就飞来飞去，像活物一样一闪而过。这是三天以来她唯一没有想家的时刻。可是查拉——这是那个茨冈女人的名字——很快把一副牌一甩，收拢起来，塞进她那无数层裙子的褶皱里，拍了下手，说道：

“我来教你算命！让你比我算得还好！”

她还想说什么，可是一个穿红衬衫，有大胡子的男人用听不懂的话冲她气冲冲地吼了一声，查拉就向他跑去，跑得很快，她轻薄的裙子好像被风吹动一样飘了起来。

对玛尔芙莎来说，在茨冈的篷车上度过的三天连成了一天——非常非常漫长的一天，就像他们走的那条尘土飞扬的路。走在路上，篷车的前轮不停地吱吱嘎嘎地响着，在这吱吱嘎嘎的响声里，当玛尔芙莎哭累了，有时会打起盹来，可是当篷车遇到下一个坑洼猛地一抖，她就醒了。现在，坐在火堆旁，她不出声地呼唤着妈妈，得不到回答，却有另外一个完全不同的声音喊了一声：

“起来，我们走。”

一只沉重的、硬邦邦的手按在她的瘦肩膀上，玛尔芙莎叫了一声，从下往上看去——那个穿红衬衫的大胡子男人站在她的面前，而查拉站在他的背后，从肩膀后面探出头来。那男人仍然把手放在玛尔芙莎的肩膀上，带她来到离火最近的一辆篷车前就走了，再没说一句话。

“别怕，”查拉弯下腰对她说，脖子上的项链叮叮当当地轻轻撞击着，“别怕，我来给你打扮打扮……”

她轻快地直起腰，爬上篷车，从什么地方拽出一个大包袱。她麻利的双手把玛尔芙莎身上的旧连衣裙拉下来，给她套上一条、两条、三条裙，很快她就穿上了外族的、不习惯的服装。她胸前原来挂着一个小十字架，现在又多了一副发出好玩的声音的项链。查拉围着她转了一圈，欣赏着自己的作品，舌头“啪”地一弹，拍了下手：

“我把我们的歌儿也教给你，上车！”

在篷车里她让玛尔芙莎躺在自己旁边，把手枕在脑后，就唱了起来。她的嗓音劲道、充满魔性，让人害怕，就像那大火堆的火苗，但是——怪事！——听了还想再听。玛尔芙莎听着听着，甚至不知道怎么就睡着了；到早上醒来之后，惊奇地发觉，昨天听到的那支歌现在她自己已经会唱了，那些歌词她连懂都不懂，却深深地嵌入了她的记忆中。

于是她唱起来。

然后，查拉按她答应过的，教会了她用纸牌算命、跳舞，还教会了她很多别的歌儿——玛尔芙莎与其他同龄的女孩子已经没有差别，除了头发的颜色和鼻子上的小雀斑。她的新生活开始了，在这新的生活中她渐渐淡忘了下沃罗什村的老家，越来越少想妈妈，查拉成了她最亲的人。和查拉在一起她不害怕，甚至挺开心：她们走家串户，在集市上唱歌跳舞，给轻信的女人们算命，骗她们，瞅准机会把她们所有没保管好的东西偷走。

玛尔芙莎是一个很聪明的学生。她活泼、快活，嗓音特别清脆，走路飞快。就这样她跟着喧闹的、花花绿绿的大车队走在没有尽头的路上，脖子上的项链叮当作响。

她也没有时间和理由琢磨：茨冈人到底为什么把她偷走，带到远离故乡的地方呢？

当一个戴着白色宽边帽子、有钱的老爷来到大车队的时候，她才开始想这个问题。对他的欢迎很热烈，就像对一位贵宾一样，用银盘子托着水晶高脚杯向他敬酒，为他献上祝词，请他坐在花里胡哨的帐幕下的毯子上，然后玛尔芙莎被领出来，唱歌跳舞。她跳舞唱歌，让客人开心，但偶然看见查拉，却吃了一惊：这个活泼的，好像连鬼都不怕的茨冈女人，此刻却打蔫儿了，一副伤心的模样，好像在经受着看不见的痛苦。

到了晚上，原因清楚了。查拉说，他们要把玛尔芙莎卖给这个人，价钱已经谈好了。茨冈人要价很高，但老爷并不还价，一口答应了。这时候玛尔芙莎才恍然大悟，明白茨冈人为什么要偷她。她造反了——我不愿意！她好像瞬间就长大了十岁。冲动之下她甚至打算逃走，但查拉把她拦住了：你跑不了，他们会追上你，把你捆起来，用毯子裹着，送到那个老爷指定的地方。得巧妙脱身，机灵点……怎么办？就这样！

大车队停在离河不远的地方。夜里玛尔芙莎和查拉悄悄来到这条河的岸边，玛尔芙莎把衣服脱下，堆成一堆放在草地上。查拉紧紧拥抱了她，把一个包袱塞到她手里，就推她下了水。玛尔芙莎头顶这个包袱游到对岸，穿上衣服，就撒腿跑进了黑暗中。

不知道茨冈人是否相信她淹死了，也不清楚他们是不是去追过她。玛尔芙莎只知道跑，自己也不知道要跑到哪里去。离车队的驻地越来越远，她心里也越来越害怕和不自在。现在让她害怕的已经不是茨冈人，而是没着没落的感觉——现在到哪里去安身，接下去怎么生活，吃什么？

可是，她伤心绝望的时间并不长。她想起了查拉教她的本事，于是开始唱歌跳舞挣钱吃饭。她还跟轻信的太太们讲茨冈人把自己偷走，差点卖给一个阔老爷的经历。她讲得有条有理，楚楚可怜，结果有个好心人帮忙把她送回了下沃罗什村。她在那里住了一阵，用清脆动人的嗓音给好心的村民同乡带去享受，然后巧妙地偷了他们的东西，然后直奔遥远的省城雅尔斯克。不知为何她觉得，她可以在那里找到她的母亲。

城市可不是乡下。在这儿控诉可恨的茨冈人打动不了什么人，而且想要靠唱歌跳舞挣点小钱的人多的是。开始亏了有她在下沃罗什村偷的那些东西：她偷偷把它们卖掉，吃饭不成问题。她住在大车店，确切地说，不是在院内，而是在马厩，睡在铺着干草的马槽里，沉入梦乡，她的睡眠很短，但很深，就像旋涡一样。马从来不曾打扰她，大概是懂得这个无家可归的小姑娘得有个睡觉的地方。好在那时是夏天，没有厚衣服也成。

她跟人们打听母亲，问有没有人听到过那个姓——山金娜？可是她得到的回答是耸耸肩——没有，没听说过。

夏天一天一天地过去，已经入秋了，开始噼里啪啦地落雨，地面也开始吧嗒吧嗒地溅起泥水，早上寒气袭人。她越来越清楚，在马厩度过漫长的冬天是不可能的。玛尔芙莎卖掉在下沃罗什村偷的金戒指，把钱在裙子里仔细藏好，就离开雅尔斯克去碰运气了。她自己也不知道要去哪里。她总是抱着永不熄灭的希望——何必提前发愁呢，明天会是幸运的一天，会交好运的。

果真如此。大路边一个饭馆的老板需要帮佣：擦地，倒脏水，生炉子，帮厨，带孩子——整天忙得像上了发条的玩具。玛尔芙莎忙忙碌碌，什么都做得很好。还会唱歌让过路的客人开心，赏给很多茶钱。她本可以在这个大路边的饭馆住下去，说不定，她的命运会走上正轨，过上安全可靠的日子，可是她没有……

她开始不时发现老板在用奇怪的目光打量自己，好像在估价，好像在集市上选马，就差没掰开嘴看牙口了。

在流浪的日子里，玛尔芙莎见到、听到了很多事，知道了很多年轻女孩不该知道的事，可是你没法闭上眼睛，塞住耳朵。不管愿意不愿意，那些生活肮脏的内幕，就那么丑陋地展现在你的面前。所以老板的眼光她一下子就能看穿，马上猜到了其中的意思。

她的猜测没错。

春天老板打发妻子带着孩子去城里的亲戚家，到了夜里他就摸进了玛尔芙莎睡的小屋。大概想趁着她睡得迷迷糊糊下手，可是没有得逞——她早就在床头藏了一条锋利的镰刀，用被单盖着。此时，她飞快地抄起来，当老板扑上去夺刀的时候，玛尔芙莎不假思索地砍下去——从额角到胡子。老板吓得要命，满脸是血，瞎摸合眼地在房间转圈，大声吼叫，就像被宰的公牛。她能逃到外边简直是奇迹，逃出来时只穿了一件贴身衬衣。她不管方向地跑了很久，一心向着离路边的饭馆和老板越远越好。

直到她觉得浑身发抖，连牙齿都冻得打架，才清醒过来。虽然春天已经来了，但夜晚还是相当寒冷的，特别是接近黎明的时候。她的哆嗦也许还因为害怕。她定睛观看，看到眼前是一个大湖，湖上笼罩着一层轻雾，身后是田野，右边有一条路在黎明淡蓝色的天光下，依稀可辨。

她于是朝着这条路走去，然后拐向朝霞升起的东方，顺着沉重的车轮压出的窄路往前走，希望能走到一个地方……

弯曲的乡间小路把她带到一个小村庄，整个村子不超过十户人家。农舍沿着一条小河的河岸而建，河上也笼罩着浓雾，乍一看，好像这些房子是漂浮在雾中的。玛尔芙莎擦擦眼睛，冷得打个寒战，咬紧牙关以免牙齿打架，坚定地走向最边缘的一座房子。

给她开门的是一个老太婆。她的样子很可怕，就像传说中的巫婆雅格①。她目光犀利地扫了玛尔芙莎一眼，没等她讲完那前言不搭后语的叙述，就用拖长的，像没上油的车轮吱吱嘎嘎转动的声音回答：

“进来，回头再白话……”

很快，玛尔芙莎已经裹着一件旧袍子，围着暖和的围巾坐在桌旁，用一个大陶杯子喝茶了。她边喝茶边偷眼四顾，想知道这一次她流落到了什么地方？

房子很小，很挤，差不多被炉灶占了一半，炉灶上有张铺着被褥的高板床，在剩下的地方，顺着墙放了一些盖着厚盖子的木桶。木桶很多，一个紧挨着一个，一点也看不出来里面装着什么？肯定不是腌肉，要不然味道会很重，让人喘不上气来。炉子上烤着面包，所以房子里有新鲜面包的香味，没有任何其他的味儿。

“我在桶里放黏土，”老太婆好像猜到了玛尔芙莎在想什么，或是注意到她的目光，吱吱嘎嘎地说，“我做牛奶罐和杯子。可是我老了，一个人干不来了，真难弄。我得找个帮手，你乐意帮我吗？”

玛尔芙莎毫不犹豫地点头：

“行！”

“你为啥大半夜地穿件衬衣在外面，我就不问了。我看这也不是你自己乐意的。要是你愿意讲，以后再讲。现在你到灶台上去烤

① 巫婆雅格——斯拉夫民间故事的主人公。长相丑陋，拥有魔法。

烤火吧。”

玛尔芙莎生活中一个新的阶段就此开始——她开始学制陶的手艺。这个走投无路的逃跑女孩，在绝望中敲开的小屋里，原来住着一个乡下的手艺人和他的老婆。他做些乡下粗糙的坛坛罐罐，收入足够他跟老婆两个人过活，因为他们既没有孩子，也没有别人指望他们养活。可是四年前手艺人得了病，折腾了不长时间，就不声不响地死了。剩下他的老婆，阿福古斯达·加福利诺夫娜一个人，只好独自在放着陶轮和窑炉的棚子里干活。头两年她一个人还能应付，可是后来变得越来越难。黏土不是轻如鸿毛，而是沉重如铁。挖土，运土，和泥，都很吃力。因为背疼，加福利诺夫娜的营生越做越差，有时候好她几个星期躺在炕上动不了，别说做陶，别说做那些奶罐茶碗，能站起来料理自己的生活就不错了……

玛尔芙莎来了以后，加福利诺夫娜的营生大变样了。这个女孩子忙前忙后，急于学会制陶的秘密，老太婆不用再做什么事，满意得不得了。她什么都做得麻利，还能唱歌让老太婆开心，她的嗓音那么清亮，好像整天坐在窗边无所事事，因为无聊而唱歌似的。

玛尔芙莎跟加福利诺夫娜就这么平静和睦地过了一年，加福利诺夫娜已经开始暗示做营生需要男人，她这个老骨头该爬到炕上去烤火了，一点都干不了制陶的活了。玛尔芙莎把这些暗示当作耳边风，假装听不懂，或是随便开个玩笑混过去，把话题引开。她连想都没想过嫁人的事。她似乎对未来的命运有预感，感到她只是暂时地生活在这里，不知道哪天来一阵风，就会把她像一片羽毛那样吹起来，她就得接着漂泊……

真是如此。只不过那不是一阵风，而是一把火。

那是在深秋时节，还没有下雪。玛尔芙莎拉车去运黏土。天气干燥，所以她想赶在秋雨连绵的天气开始之前存一些黏土冬天用。当她从取黏土的洼地上来的时候，一下子愣住了：她看到从加福利诺夫娜的房子的窗户里，窜出巨大的火蛇，它们正欢快地翻卷着爬向房顶。玛尔芙莎扔下车往加福利诺夫娜的房子跑去。等她跑到跟前，房顶已经着了起来，台阶前上面薄薄的遮篷也被烧塌了，凶猛的火焰形成一道墙，无法靠近，否则就会被活活烧死……

邻居们提着水桶、救火钩子和铁锨赶来，手足无措地站在那里，看着那些老木头被烧尽。只有放陶轮的棚子幸存下来。房子着火的原因一点也搞不清楚，很可能，就像懂行的人们说的，火是从坏了的烟囱着起来的，所以烧得很快。

人们在炉灶上找到加福利诺夫娜的残骸——火是瞬间着起来的，可怜的老太婆甚至来不及从灶上下来。

还不等给加福利诺夫娜的残骸下葬，就从某个远远的村子来了一帮人，说他们是死者的亲戚，有权继承幸存的制陶作坊。他们气势汹汹地看看玛尔芙莎，大概觉得她不肯放手。但玛尔芙莎放手了。她一句话没说就走了，只穿着身上的那一身简单的衣服，从棚子中拿走了一双旧毡靴。

这一次命运把她带到米洛什尼科夫的铺子。在那里她用了假名字，再次编了一套关于她的命运的故事。先习惯一阵，正如常言说的，住熟了，甚至曾希望能长期住下去。

可是，好日子没持续多久，很快就结束了。玛尔芙莎发现，老板米洛什尼科夫开始久久地打量她，她已经很清楚这目光的意思。这次她不等米洛什尼科夫对她动手，她就被迫穿了一件单衣逃了出去。现在她会事先想好对策。她瞅准了主人把在铺子卖货收的钱藏在什么地方，钥匙又放在哪里，找到一个方便的机会，就把所有的钱一分不剩地卷走了。

夜里，当大家都睡下了，她穿好衣服收拾东西，撒腿奔到最近的大车店，可是老天爷好像故意跟她为难，那里没有一辆顺路的车。所以玛尔芙莎耽搁了下来，当有了车，她跟赶车的谈好了价钱，已经坐上了雪橇的时候，她看见来了个警官，她立刻明白这是冲着她来的。她无处可逃，再说逃也没用。此时玛尔芙莎急中生智。当警官四处搜索的时候，她偷偷地把所有从米洛什尼科夫那儿偷来的钱都塞给了车夫，只求他一件事——请他去杂货铺传话。

传的话简单明了：要是米洛什尼科夫不把她从局子里捞出来，那她玛尔芙莎就要向公家的官员一五一十地告发老板的地下毡靴作坊，有两个没有身份证明的人在那儿为他干活儿，看起来很可能是逃犯。米洛什尼科夫有这个短处，他开了一家地下毡靴作坊。

当日金走到玛尔芙莎坐的雪橇跟前时，她已经把什么都安排好了：钱也给了车夫，让他带给老板米洛什尼科夫的话也交代清楚了，她用一副又温柔又开心的笑容迎接日金，好像看到了一位久别重逢的亲人。

接下来的一切都按照她的设想进行。米洛什尼科夫一早就赶去找日金，说是根本没有失窃。玛尔芙莎被释放了，她迈着欢快的步子迅速离开了叶尔班，好像离开一个终究没落下的捕兽夹子。

她迎着升起的太阳走在空荡荡的大路上，身无分文，背囊里没有一块面包，没有明确的目的地——她一点都不知道去哪里，天黑以后要在哪里安身。她面带微笑地走着，眯起眼睛，因为明晃晃的阳光直照着她的眼睛……

她怎么也想不到等待她的是什么……

/十七/

日金猛地一激灵，好像被人捅了一下。他从蓬松的羽毛被里“噌”地坐起来，把脚放到地板上，侧耳细听。房里很静，窗外是黑沉沉的夜色，没有一点光亮，只有梆子的沉闷声音隐隐传来，这是金矿的保安在食品库房边上精神抖擞地执行自己的职责。

现在连梆子的声音也停止了。但日金仍然蜷着身子侧耳细听。他怎么也不明白，他为何被说不清楚的不安惊醒了！他向黑暗中望去，看着挂在门口的帘子之间的窄缝儿。他看到了一个模糊的白点，它一动不动，好像冻住了似的，远远地高高地定在那里。日金小心地摸到放在床头的小圆凳，拔出手枪，尽管他尽量做得没有声响，但他身下的被褥还是弄出了动静。那个模糊的白点动了起来，向前移动，掀开了帘子。

“真是的，我简直要草木皆兵了！”日金把手枪塞到枕头下面，因为他与其说是在黑暗中看清楚了，不如说是猜到了，是卡捷琳娜穿着白色的贴身衬衣走进正房里来。

他猜得不错。女主人在他跟前停下，小声说道：

“伊利亚·格里高利耶维奇，你得走……越快越好。”

“出什么事了？为什么大半夜让我走？你的情人来了？”日金用跟女主人同样低的声音说道。

卡捷琳娜叹了口气，好像没听到他的话，还是用低低的声音说道：

“你出了篱笆院儿，右边有条小路，顺着这条路可以绕到房后的菜园，后院有个小棚子。你在那儿躲着，等着天亮，你最好……”

日金没有说话，他不知道该怎么办。他不相信女主人。万一她让他去棚子里正是因为那里下了套儿呢？话说回来，说不定套儿早就设好了，还在玛尔法·山金娜去找他的时候就布下了呢？谁知道呢！

“我怕谁？我是政府的代表，让他们怕我好了。请问，谁那么大胆，谁要大驾光临？”

“找茬儿的人可不怕什么政府。我什么都不再跟你说了，我还没活够呢。你自己看着办吧。”

卡捷琳娜回过身，无声地消失在帘子后面。日金仍然坐在被子里侧耳细听，听墙外有没有踩雪的声音或别的什么表示危险的声音。但无论是房内还是墙外都一片寂静。他还是下定了决心，起身迅速穿好衣服，走出屋子来到台阶上。他什么也没再问女主人，也没跟她说一句话，因为他知道反正她也不会照实回答。

在台阶上他迟疑了一下。天黑得伸手不见五指，哪里找得到通向菜园后身的棚子的小道儿呢？而且还不知道那个棚子里等着他的是什么……日金小心翼翼地一步一步往前蹭，注意听着木板是不是发出声响。他没听到声音，于是转身，踮起脚尖，摸索着，当心不要碰到什么东西，回到了房子的前室。他转动木门把，打开小储藏室的门，这是一个黑黑的地方，虽然天气寒冷，但这里却散发着一种浓得散不开的味道。他划了根火柴，很快地看了一眼，看到一个用板子盖住的不高的木桶，便坐在了上面。宝贵的火柴烧到了手指，于是忽然又陷入了一片黑暗。

他坐在那儿静静地听着，等待着。

真让他等着了。

一辆雪橇咯吱咯吱地轧着严寒的雪地驰来，很快台阶上响起了沉重的脚步声，灯光从门板的缝隙闪过，房子的门大敞八开，门甚至撞到了墙。没有人关门，日金清楚地听到一个男人用很威风的口气简短地问道：

“他在哪儿？”

回答他的是卡捷琳娜平静的声音：

“他不声不响收拾收拾就走了，不知道去哪儿了……”

“走了多久了？”

“那个，在你们之前……”

“你跟他说什么了？”

“什么都没说。我给他弄饭，铺床，他就躺下睡了……你们来之前不长时间他起身穿了衣服，我只听到门响了一声。”

“现在到哪儿去找他呢？”

“我怎么知道！”

“你瞧，卡捷琳娜，要是你告诉他我们的行动，你可要倒霉的！”

对这个威胁没有回答——卡捷琳娜没说话。显然，她沉默的原因很简单，对大半夜那么趾高气扬地来到她家的人不能多说话，更不能东问西问。

传来一阵脚步声，大概在查看房间。

“他们马上也会来查储藏室的，”日金小心地打开枪套拿出手枪，“好啊，杰米利亚尼岑，好啊，你这臭狗屎！你把我逼得够狠！你等着，只要天一亮，你就死定了！”

又响起了脚步声，灯光照到储藏室的缝隙。日金没有从桶上站起来，以免万一碰到翻什么东西，他挺直身体，手指放在扳机上。可是灯光没有停留，穿过前室到外面去了，在台阶上灯灭了。缰绳轻轻抽打，雪橇的滑木嘎吱作响，然后恢复了寂静。非常之静，以至于日金稍微动一下身体，就能听到他的大衣发出窸窸窣窣的声音。

“他们有多少人？听脚步声至少三四个……外面肯定还留了人，在马厩旁……人不少！看起来都是冲着我来的……幸亏我及时藏起来了，要不就得开枪了……”

日金并不害怕——他的警察生涯教会了他临危不惧。但他总是头脑清醒，做事小心，从不盲目蛮干。正因为如此，他没有从储藏室出去，一直等到墙上凿出的那扇乌蒙蒙的窗户泛起朦胧的曙色，这才从藏身之处出来。他出来之后的第一件事是到篱笆旁查看雪橇的痕迹，从滑木轧出的痕迹来看，来了两辆雪橇。“怎么，莫非来了整整一大队人？”日金沉吟道，“幸亏我没出来……”

他还顺着路从头到尾走了个来回，可是在这大清早他没看到一个人，除了雪橇的痕迹以外也没看到别的什么。家家户户开始生火，升起了道道灰烟。卡捷琳娜的房子也生了火，因为没有风，烟囱上升起了一道直直的浓重的烟柱。日金再次环顾了一下，就向他过夜的房子走去——该跟女主人谈谈了。

卡捷琳娜看见他就好像什么都没发生，就像他刚刚起床一样。她问道：

“早上好，伊利亚·格里高利耶维奇！来，坐到桌子旁边吧，茶炊烧好了。”

日金也不脱外衣就坐到桌边，一声不响地喝了几口茶，然后推开茶杯，说道：

“说说吧，卡捷琳娜，来的客人是谁……”

“谁都没来！”女主人干脆地回答，可她并没转身面对她的客人——她此时已经生好了炉子，正用炉叉勾着一大块黑铁往炉子上放，等放好了才转过身，拄着炉叉站定，用一双明亮的黑眼睛看了日金一眼。炉火的反光映在她的身上，在反光中可以清楚地看到卡捷琳娜长得很美。她身材匀称，双肩线条柔和，衬衣后面半露的胸部很丰满，头骄傲地微微抬着，像女皇一样俯视着，好像她拄着的不是炉叉，而是一根金杖。

“你简直像个女皇一样，”日金笑道，“可能，你最好还是受累跟我说说，是什么情况让我半夜躲进了储藏室？为什么夜里来的客人吓唬你说会跟你算账？”

卡捷琳娜仍然拄着炉叉站在原地，她没说话，只是呼吸变得深而急促，胸部起伏，使得衬衣绷紧。似乎她这就要喊起来了，可是没有。她把炉叉放到一边，小声问道：

“您回来吃午饭吗，伊利亚·格里高利耶维奇？还是杰米利亚尼岑和萨沃奇金请您吃饭？”

“午饭不知道，但肯定要回来的。我回来之前你就待在家里，哪儿也不要去。顺便好好想想，等我审你的时候怎么回答。懂了吗？”

不等回答，日金就从桌旁站起身来，用一根手指对卡捷琳娜做了个威胁的动作。穿上大衣，扎好皮带，正了正军刀，走了出去。

天已经大亮了。金矿已经醒来，充满了各种声音：有狗吠，有人声，从打铁铺传来锤子敲击铁砧的震耳声音。日金站在外面听了一下，环顾四周。他看到一条窄窄的，几乎看不出的小道儿绕过篱笆通到菜园，菜园的后身确实有个旧棚子，上面盖着厚厚的积雪，好像一个大帽子。日金不敢怠慢，走到棚子去查看——那里并无任何人迹。也就是说没有下什么套儿。看来，卡捷琳娜没有骗他，她警告他有危险，并没有什么不可告人的图谋？

看来是这样。

“好吧，先去别处看看，这里会回来的，到时候再说。”日金从小路上了大路，朝金矿经理处走去，他有些烦恼，因为周遭发生的一切都太令人困惑了，“没事，会弄清楚的……”

他希望并且一刻也不曾怀疑一定能达到自己的目的，否则……否则，失去瓦西丽莎，他怎么活下去呢？

/十八/

当他走进金矿经理处的时候，第一个遇到的人就是杰米利亚尼岑。他把毛茸茸的羊皮帽子往脑后一推，伸出结实的手向日金问好，吃惊地问：

“你怎么这么早就起来了？莫非卡捷琳娜对你不好吗？她是个单身女人，你又是个仪表堂堂的男人……”

“好，好。”日金回答道。“一个好心的女人，知道心疼人……要是不心疼人，我都不知道我会怎么样呢……”

杰米利亚尼岑马上紧张起来，帽子也落了下来盖住前额，他眯起眼睛——好像一只感觉到危险的母兽。但他什么都没问，等着警官告诉他是怎么回事。日金没有隐瞒，再说他也不善于兜圈子，高谈阔论：

“夜里来了一帮人，我想大概有五六个，没数清楚……他们是冲我来的……卡捷琳娜事先告诉了我，我找了个暗处躲了起来……因为这个我才起得那么早……现在，杰米利亚尼岑，我们进去谈谈，我们不能站在外面……”

“走吧”，杰米利亚尼岑点点头，头也不回地往金矿经理大楼走去。他走路的姿势略微前倾，低着头。他的脚步沉重，好像用一双结实的大脚跺着地面。

“这种人能把人踩死”，日金走在他的身后，不由地想道，“得小心点……”

近几天警官有种奇怪的感觉：他觉得差不多每个遇到的人都在给他下套，好像他的背后站着个人，他好不容易才忍住不回头去看。

他带着这种警惕的感觉走进了金矿经理大楼的一个小房间。杰米利亚尼岑没脱外衣，坐在一张有雕花椅背的椅子上，用手示意，请日金坐在另一张同样的椅子上。日金坐下，把军刀放在两腿之间，好像准备一遇到危险就把它从鞘中抽出来。杰米利亚尼岑笑了一下，说道：

“怎么，打算跟我打架吗，伊利亚·格里高利耶维奇？”

“我并不想打”，日金含糊其辞地回答，“最好和平解决。和气总是好一些……你呢，是怎么想的？”

“当然，和气最好，可不是总能和气得了啊……有时候我也不想打，可是别人找上门来……怎么能不回应呢？”

“杰米利亚尼岑，咱们俩说话就像两条蛇，绕来绕去绕不到点儿上。我们直说了吧——你知道夜里到卡捷琳娜家的是什么人吗？他们找我干什么？因为他们是冲我来的！他们为什么吓唬卡捷琳娜，说要是她说一个字，就没有好果子吃？他们什么时候知道我来了，住在卡捷琳娜家？昨晚除了你跟萨沃奇金，我跟谁都没说过话……这你怎么说？”

“等等，别催，我全都会说的……最重要的是要装作根本没有跟我提昨天夜里有人去的事，好像不信任我似的。你本来也不信任我……是不是？”

日金没说话。他微微低着头听杰米利亚尼岑说话，却不看他的脸，而是看着他那双放在膝盖上的十指张开的结实的大手——这不是手，要是用它们扼住人的喉咙，这就是不折不扣的一对耙子——人是无法挣脱的。他不相信杰米利亚尼岑，他说的话一句也不相信。而杰米利亚尼岑好像猜到了他的想法，继续说道：

“你就是这么想的吧？你觉得，既然帕尔菲诺夫付钱给我，就说明只要他吩咐，我就会把什么都隐瞒住。只不过他从来没有让我隐瞒见不得人的事，一次也没有。他只要我做一件事——维护秩序……”杰米利亚尼岑突然打住，侧耳听了听，更大声地说：“来吧，伊利亚·格里高利耶维奇，咱们干正经事吧。我们去审你那逃犯，给上司写报告。嘿，你那苦役犯大概闷得慌了。然后我们给澡堂生火，好好蒸蒸——嘿呀，骨头都痒痒了，想挨抽了！”

说最后一句话的时候，杰米利亚尼岑已经起身朝门口走去，边走边挥着胳膊，示意日金：跟我来。

日金一点都不懂他的意思，满腹狐疑，也站起身跟着他走过去。

他们所在的房间外面的走廊很窄，在走廊尽头有个大圆铁皮炉子，炉子旁边蹲着一个样子挺丑的汉子，正在给桦树枝剥皮。听到开门声，他就回过身来，一个劲儿地点头，点得很快，好像脖子是破布做的一样。

“你现在开始生炉子太早了，季莫菲，夜里的火还没凉，再生火会热得喘不上气。”杰米利亚尼岑一边跟他说话，一边继续顺着窄廊头也不回地往前走。他步子很重，威风地踩着地，所过之处，地板都咯吱咯吱地呻吟起来。

“热点对人没坏处！”那个叫季莫菲的汉子爽快地回答。他“嚓”的一声把火柴划着，把撕成条的桦树皮点燃。

日金对杰米利亚尼岑突然的变化已经不感到吃惊了，他明白了，他是担心有人偷听他们的谈话。

他们绕过经理处来到僻静背风的一面，在地下室门口停下。杰米利亚尼岑在衣袋里摸索了一阵，掏出钥匙，打开仓库的大锁，吱吱嘎嘎地推开结霜的、沉重的门，扑面而来一股热气，传来了科姆列夫响亮、起劲的胡言乱语。

这个逃犯向两人鞠躬，甚至恭敬地把他的破帽子从头上抹了下来。跟昨天，就算是烤火以后的样子相比，今天的科姆列夫就像一根刚摘下的嫩黄瓜——就差没有黄瓜的绿色和麻点了。他蹦蹦跶跶地，好像脚后跟被烫着了，瘦长的脸表情很快活，他龇牙一乐，露出稀疏的牙齿，他的牙很大，好像马一样。

“你的这个家伙可真快活”，杰米利亚尼岑喘着粗气，发出像猫一样的“吠吃吠吃”的声音，继续打量着在他面前蹦跶的科姆列夫，嘲笑地问道，“告诉我们，朋友，你犯了什么事儿判的苦役？大概你杀过不止一个人吧？”

“不不不”，科姆列夫赶紧说，甚至摆起手来，好像走在长条木头上的时候忽然失去平衡摇晃起来，“我一个人也没杀过！我是冤枉的，两位好大人！你们想知道是怎么回事吗？我会说实话的！”

“那你说吧！”日金答应着，然后他坐在一个桦树桩上，树桩旁有张矮木床，床板上铺着些破布。他很清楚杰米利亚尼岑的意图——在这儿待一阵，好像他们在审讯科姆列夫，然后他们可以在一个背人的地方摊开了谈。

“我是好人家出身，我爹是叶里茨城里有名的商人，还有自己的车马呢，我妈特别虔诚，每年夏天都去谢尔吉耶夫修道院祈祷。真的，我们自己有车有马，可是她走着去，肩上背个包袱，手里拿根手杖就上路了……”科姆列夫停了下来，抬眼望着房顶，眨着眼睛，好像涌上了眼泪。眨了几下眼睛后，他接着说：“所以说，我是在体面的人家长大的，一直到二十岁。我上过学，后来帮着我爹做生意，我很听话，是个好儿子。可是出了件大事——我爹妈决定给我成亲，因为我开始睡不安稳，不知为啥心里开始觉得难受。有时候我睡到半夜爬起来就看着窗户，就一直这么看着，看着……我为什么这样做，我自己也说不清！怎么也说不清！所以我爹妈就担心起来，觉得我要出事。他们找了个能干的媒婆，托她给我找个媳妇。可是找来找去，我妈都看不上。这个胖了，那个瘦了，这个太邋遢，那个又脾气不好……最后总算找到唯一的一个可心的——商人卡拉布辛的女儿。这个斯捷潘尼塔·费奥多罗夫娜什么都好：模样儿又俊，脾气又好，我妈看着她别提多称心了……”

科姆列夫一边说一边不停地倒换着脚，他说得很顺，好像念词儿一样。日金和杰米利亚尼岑不知不觉地听得入了神，甚至暂时忘了他们是为什么来的。科姆列夫看到他们听得起劲，便更起劲地舞动着两臂，好像在扇动着翅膀往上飞：

“在定好的日子，我们去提亲，我们赶着自家的车，丁零当啷地来到卡拉布辛家……嗯……我到现在都记得那一天……那是圣母帡幪日，天刚开始下雪，亮晶晶的……我们坐在车上，我身上一点力气都没有……我明白了为什么我夜里会脑袋里一片空白地看着窗户。当斯捷潘尼塔·费奥多罗夫娜出来，看见她的美貌，我的脑袋里乱哄哄的，好像撞到了墙上，好像所有的记忆都丢了——我什么都不记得了。那，接下来的事情不用说——两边客客气气地商量好，定了亲，举行了婚礼，过起了日子。我跟斯捷潘尼塔·费奥多罗夫娜相亲相爱，夜里我也不望窗户了，再说也没工夫望了，光顾亲热了。我太好这个了，只要有机会我就搂着斯捷潘尼塔·费奥多罗夫娜亲嘴，跟她亲热。我跟她如胶似漆，什么都不能把我跟她分开。可是我们恩爱的时间没有多长。我发现，我那宝贝老婆，斯捷潘尼塔·费奥多罗夫娜忧郁起来，闷闷不乐，不情愿地应付我的亲热，有时候干脆把我推开。我问她怎么了，可她什么也不说。这让我很伤心，我又开始夜里望窗户……我看哪，看哪……斯捷潘尼塔·费奥多罗夫娜睡得倒是特别香，好像世界上根本没有我这个人似的。后来她说她想玩儿。怎么玩儿呢？她让我送她坐马车去市场。我妈叫她一块儿去朝觐，可是斯捷潘尼塔·费奥多罗夫娜不去。我妈一个人走了。当时我爹和我，我们做了一笔大生意，得赶紧进货，我们各跑一处。我爹还让我别把年轻的妻子一个人留在家里，他说，要不你等我回来再走。我回答说，哪能等呢，咱们铺子里的货架说话就空了，我就去了，在一个星期里把所有的事都办了，进了货往家走，一心想着快点见到斯捷潘尼塔·费奥多罗夫娜，因为我非常想她。结果，我看见了……还不如没看见！我回到父母家，看见家里的灰厚得不得了，斯捷潘尼塔·费奥多罗夫娜却在玩儿乐。一些男人坐在桌旁，一共四个，全都喝醉了，还有一个女人，就是我老婆，也醉醺醺的。两个人在拨着吉他，她一副放荡的样子，正在跳舞。她只穿一条短裙，短裙上面一丝不挂。斯捷潘尼塔·费奥多罗夫娜看见我，一点都没在乎！她好像没事人一样接着跳，还喊着：‘我就想要这么玩儿！玩儿得头晕！’她说，‘你，我的丈夫，坐下来跟我的客人们吃点喝点，歇歇。’这可是在我们的家，就在妈妈祈祷的圣像下面。我受不了了，一转身出了家门，气得狠狠把门一摔。我们门的外面有一个铁门闩，可能被震下来了，因为我很用力。结果在屋里闹的那些人全被锁在了里面。我们家门口的墙上挂着一盏灯，当我摔门的时候，可能墙也抖了一下，灯掉了下来……窗户是从外面封住的，看起来是为了不让外人看见他们玩闹。我糊里糊涂地接着走，走了很远，躺倒在一棵桦树下面，心里觉得又难过又耻辱，哭了起来。这时候我爹妈的房子被那盏震落的灯点着了，房子被烧了个精光，在里面吃喝玩乐的人也都烧死了。只有我老婆，斯捷潘尼塔·费奥多罗夫娜活了下来，虽然脸也给烧得毁了容。她知道在远处的一个房间有个小窗户没有封住，就从那个窗户钻出来得救了。她告了我，说是我把门窗锁住，故意放火，那四个人是被我活活烧死的……我被送去受审，法官对我说：‘一路走好！’我上路了，我老婆，斯捷潘尼塔·费奥多罗夫娜，连送都没送我。这就是我的事儿……”

科姆列夫讲完自己的遭遇，不再手舞足蹈，他抬眼望着屋顶，一动不动，又开始拼命眨眼，好像想把眼泪止住。他这样站了很久，悲伤地把手放在胸前，好像没听见日金和杰米利亚尼岑的哈哈大笑。笑够了以后，日金问道：

“要是门关上了，你怎么能看见确实是灯掉了呢？”

“我有这能耐，”科姆列夫回答，“就算我闭上眼，只要我想看也能看见。”

“现在你看见什么了？”

科姆列夫不再眨眼，闭上眼睛，报告说：

“一口挺好的大铁锅，锅里有肉粥……热的！”

“好吧，给你粥”，杰米利亚尼岑说，“我不知道有没有肉，可是粥是有的。我让他们给你吃的。我们走吧，伊利亚·格里高利耶维奇。这个白话蛋，要是由着他编，大概咱们一个星期也听不完。他说谎，可是说得挺顺溜，天衣无缝——我都听入迷了。咱们走吧……”

他们回到金矿经理处，杰米利亚尼岑吩咐了些事情，让那个叫季莫菲的汉子去烧澡堂，还吩咐他顺路去一趟卡捷琳娜家，告诉她他们要去她家吃午饭。日金一声不吭地跟在他的身后，什么都不问，耐心地等着，看他到底什么时候把已经开头的话说完！

“再稍微等一下”，杰米利亚尼岑好像猜到了他的心思，简短地说道，“得那什么——兜个圈子。”

他们在接近午饭的时候离开了金矿经理处。

他们一前一后走着，雪地上踩出了一条通往澡堂的小路，澡堂在小黑河的岸边，杰米利亚尼岑头也不回地说了句话，因为走得急，有点气喘吁吁：

“你再忍一会儿，洗个澡，等我们出来蒸的时候，我一五一十全都告诉你……”

他们进了澡堂的外间，他随手使劲关上门，挂上一个大铁钩子，把外衣脱掉，自己先麻利地钻进了热气腾腾的澡堂内室。他们蒸了很长时间，洗澡，往石头上泼水，水瞬间变成了热气。这时候杰米利亚尼岑小声地开始说，他讲得越多，日金对听到的事情越吃惊。

/十九/

这就是杰米利亚尼岑说的：

初秋，金矿的旺季快过去的时候，矿主巴维尔·拉夫连季耶维奇·帕尔菲诺夫忽然来视察了。他黑着脸，好像很不满意，跟萨沃奇金谈了很久，不知说了些什么。他对他的经理很严厉，虽然办公室的门关着，但还是能听见他对萨沃奇金大声嚷嚷，用拳头砸桌子。

杰米利亚尼岑当时在走廊候着，因为矿主忽然有事需要问他，或是有什么吩咐。可是他没有被叫进办公室，只是随后，当矿主跟萨沃奇金谈完从他身边经过的时候，才停下来问了一句“怎么样”，杰米利亚尼岑报告说，没什么不好的事情，没发现盗窃，至于贩卖私酒的确实有过，可这种人就像蟑螂一样，总是抓不干净的……别的都挺正常。

“那好，”听了杰米利亚尼岑简短的报告，巴维尔·拉夫连季耶维奇说，“接着干吧，老弟，我亏待不了你。”

他拍拍他的肩膀，甚至笑了笑，就继续往前走了。

晚上帕尔菲诺夫亲自找到杰米利亚尼岑（杰米利亚尼岑从不离开经理处自己的房间），让他在自己面前坐下，吩咐他要时刻盯着金矿经理、矿山工程师萨沃奇金。他去了哪里，吩咐了什么事，见了什么人，说了什么，都应当知道。在他，巴维尔·拉夫连季耶维奇，下次来金矿的时候要向他报告。

杰米利亚尼岑接受了这个任务，开始监视萨沃奇金，但没发现他有什么形迹可疑的地方，一切照旧，按部就班，没有变化和变故。

直到下了头一场雪的时候，冬季平静单调的生活才被打破了。

在下了第一场雪之后，杰米利亚尼岑循着雪地上的痕迹追一个早就盯上、但一直没有抓住的私酒贩子。被抓住的时候那个私酒贩子正在火堆旁，连哼一声都没来得及。他被打昏，绑上双臂，眨着一双小眼睛，想弄清楚，这一瞬间到底发生了什么？这时杰米利亚尼岑赶忙把两个皮口袋拉向自己——私酒贩子一般用这样的口袋装酒。这种口袋一般是用结实干净的皮子缝制的，结实耐用。两个口袋用宽皮带连在一块儿，在肩上一搭，一前一后，随意行走，很是方便。

这个私酒贩子个子不高，挺瘦的，但看样子挺有劲儿，挺有耐力，他也非如此不可——在泰加森林里负重行走是很费力的。杰米利亚尼岑边想边往自己身边拽那两个放在雪地上的口袋。但他一拽，就立刻警觉起来——这两个口袋特别重，里面装的显然不是酒。他费力地解开绑得很复杂的结，顿时愣住了——那袋子里可不是摇摇荡荡的酒——两个口袋都装着金子。

杰米利亚尼岑重新把结系起来，在私酒贩子跟前蹲下。他正背靠一棵大松树，两只被捆住的手挣扎着，试图挣脱。但杰米利亚尼岑是个行家，他系的扣儿是挣不开的。那个私酒贩子大概也明白他无法逃脱，于是停止了挣扎，消停下来，把脸转过去。

“嘿，不行，别把脸转过去！你说，金子是从哪儿来的？”

那个私酒贩子死活不肯看杰米利亚尼岑，也不说话。

“好吧，我先不审问你，等到了地方，你自己会说的。站起来！”

当那个私酒贩子站起来，杰米利亚尼岑给了他一副滑雪板，然后把沉重的口袋放在上面，押着他原路返回金矿。

可是在金矿，尽管动刑且严加审问，杰米利亚尼岑还是没把那个私酒贩子的嘴撬开。对方只是把一双恶狠狠的小眼睛从杰米利亚尼岑脸上移开，被打得流血的嘴唇往一边啐唾沫，死不开口。

杰米利亚尼岑决定等一等——想要他开口，就不能打断他的肋骨。他用锁把私酒贩子锁在地下室，就去找萨沃奇金报告发生的事。

然后怪事发生了。

矿山工程师平时待人接物彬彬有礼，这次却出人意料地骂起了脏话，从桌旁跳起来，坐立不安，把桌子上的文件挪来挪去，甚至不自觉地把它们团起来，好像准备扔出去似的。杰米利亚尼岑看着他，先是吃惊，后来明白了：萨沃奇金害怕了，非常害怕。但他不明白，他到底怕什么？

萨沃奇金好像猜透了他的想法，喊道：

“现在我怎么跟矿主交代？有人从我的矿上偷金子？矿主会怎么对我？”

“肯定不会夸奖的”，杰米利亚尼岑暗想，“可也不会把你打死，我抓住了私酒贩子，金子也没丢……至于那么紧张吗？”

但萨沃奇金还是照样，坐立不安，嚷嚷，不时冒出脏字儿。最后他嚷嚷够了，宣布了自己的决定：不能跟任何人讲抓住私酒贩子的事，那个酒贩子要关在地下室，直到他开口，交代他是从矿上的什么人那里得到金子的……

杰米利亚尼岑没对任何人讲私酒贩子的事，在地下室的门上又加了一把锁，为了保险，他决定时刻把钥匙带在身上，挂在腰上。

可是再也不需要钥匙了。夜里有人把厚厚的圆木墙砍了，几乎把圆木劈开，挂锁环被拔了出来，连锁也带了下来拖走了，顺便把私酒贩子也拖走了。就这样，这个精瘦凶狠，像野兽一样的汉子消失得无影无踪，到底没有开口，一声也没吭。

萨沃奇金再次吩咐杰米利亚尼岑不要声张，发生的事不要告诉任何人。这一次，尽管私酒贩子不见了，他却没有骂街，也没坐立不安，而是像平时一样彬彬有礼，还安慰杰米利亚尼岑说：

“你别担心，我亲自向矿主报告。要是有必要，我会替你说话的。”

说到这儿杰米利亚尼岑好像恍然大悟：当时萨沃奇金还是蛮高兴的！看来，这个私酒贩子跑了对他来说不是多大的坏消息，甚至正好相反。看来矿主让他监视萨沃奇金是有道理的。

在这件事情之后，杰米利亚尼岑便盯住萨沃奇金不放了，可是他没发现任何不寻常的东西：萨沃奇金早上来上班，晚上回家后从不出门，也不接待客人。可是杰米利亚尼岑卯上了劲儿，再也不放松。他有种直觉，矿上正在做什么不规矩的事，萨沃奇金要掩盖什么，这其中必有缘故。

这个老保安的直觉是对的。

一天晚上，他好像偶然地经过萨沃奇金的家，敏锐的目光一扫，看到雪橇架子下背风的地方站着几匹备了鞍子的马。这是为什么？他不敢怠慢，赶忙弯进狭窄的巷子，经过一个个雪堆，来到雪橇架子的背后。他知道自己没有弄错。五匹备好鞍子的马倒着脚，雪在马蹄下发出轻轻的咯吱声。它们从哪儿来的？萨沃奇金上下班从来都是步行的，出行的话一般是从矿上派马，乘轻型雪橇。所以，肯定是有客人，是些什么人呢？

杰米利亚尼岑留下来蹲守着，在劈柴垛后找到一个地方，从那里可以看到雪橇架子，院子，房前的台阶和亮着灯光的窗户。他等了很长时间，快要在寒风中冻僵了，但他没有走，因为确信那些客人会出来的，一定会出现的。要是他们决定留下过夜，一定会给马卸鞍。

他蹲在那儿忍耐着，等待着。

终于门推开了，走出来几个人。第一个是萨沃奇金，他手里拿着灯，照着路，他的脚步不同往常——慌张忙乱，好像是在巴结地给一个显要威严的上司提灯照亮，他急忙跑在前面，免得有人绊着。跟在他身后的几个人一声不响，泰然自若的样子。他们穿戴很暖和：穿着棉衣，厚实的帽子，短下摆的皮袄，几个人都背着枪。

这些人很快牵了马，跳上马鞍，在他们轻捷地离开院子之前，杰米利亚尼岑听到一个男人强硬地说：

“别想脱钩，工程师先生。我们掘地三尺也会找到你，惩罚完了再让你回到地里去！懂吗？”

“我懂。”萨沃奇金虚弱的声音勉强能听到。

“那就好。下次见。”

萨沃奇金一个人留在自己的院子里，把刚才举过头的灯垂下，好像觉得那几个骑马的人会回来似的，又倒着脚站了片刻，然后才回身上了台阶。很快房里的灯光熄灭了，杰米利亚尼岑知道今天他再也不会看到什么、听到什么了，于是从埋伏的地方出来，原路经过一个个雪堆，穿过胡同绕了出去。

这一切发生在三个星期之前。恰恰在这个特别的晚上以后，杰米利亚尼岑发现萨沃奇金看自己的眼光好像怀疑他有什么密谋。他说话变得严厉，甚至气冲冲的。杰米利亚尼岑还发现，那个在金矿经理处烧水跑腿儿的叫季莫菲的汉子，开始寸步不离地跟着他。好像不是故意的，正好碰巧，可是每到杰米利亚尼岑跟谁说话的时候，他一定在旁边。季莫菲有点傻，不难猜到，他是在监视杰米利亚尼岑，同样不难猜到，是萨沃奇金让他这么做的。

当日金来到矿上以后，杰米利亚尼岑就更警觉了，他认为警官的到来一定跟一些他不了解的情况有关，可是事情却向着完全不同的方向发展了——那些来历不明的人，为什么半夜到卡捷琳娜家去？一点都搞不明白，让人猜不透。所以他决定对日金开诚布公，什么都不隐瞒，他一个人满腹狐疑，已经够够的了。也许伊利亚·格里高利耶维奇可以提出有效的建议。

“我要是有现成的好主意，我就给你了，一分钱不要。”日金打趣说，“可惜没有。得琢磨琢磨。你先告诉我，你那位卡捷琳娜是个什么人物？她是从哪儿来的？在这儿住多久了？靠什么生活？”

“卡捷琳娜没有一点儿秘密”，杰米利亚尼岑哼了一声，“怎么会有秘密呢，在城里的时候她由帕尔菲诺夫包养。不错，那是过去，后来她慢慢让他厌倦了，就把她从跟前打发开了。给她造了栋小房子，供她花销，可是他自己来矿上的时候，一次也没去看过她，就在经理处过夜。不久前萨沃奇金开始把比较体面的客人送到她那儿去歇息。她是个上等的厨娘，家里干净整洁，就算是接待大人物也拿得出手……你听见了吗？”

浴室的墙外传来小心翼翼的脚步声——雪地发出的声响暴露了动静。

日金和杰米利亚尼岑没有言语，像苍蝇一样轻轻地从架子上落到澡堂的地面，可是他们甚至没来得及抓到衣服，因为他们一下子撞到两个黑洞洞的枪口上，枪口直指他们的脑袋。浴室的门开了一条缝儿，一根粗粗的铁门钩慢慢地，轻微地摇晃着——看来，有人把刀片儿伸进窄小的门缝儿，把门捅开了……

第二部　命悬崖边

/一/

在山脚一棵快乐的小白桦树下不知为何有一口水井，井上的木架早已腐朽塌落。腐朽的木架上爬满杂草，有的地方甚至长出了苔藓。可是院门和粗铁链还在，链子上用一个铁钩子结实地拴着一只大铁桶，这是一只全新的铁桶，没有一个锈斑，里面是满满一桶刚打的水。只要再走几步来到水桶边，就可以低头痛饮，消除五脏六腑好像着火一样的干渴。他迈了一步，长满青苔的木架子下面窜出一条扭曲的、灰黑色的、细长的蛇，大张的蛇口中颤动着分叉儿的蛇信。显然，如果他再迈一步，它就会再次飞快跃起，把那看不见的小牙刺入他的身体，喷射出致命的毒素。他停住，已经想后退了，可是难耐的口渴却把他往盛满水的桶边推，使他彻底失去了理智和谨慎，他又迈了半步。一道黑色的闪电闪过，一阵刺痛掠过小腿——就像一根铁针刺入皮肤。他发干的喉咙中发出一声声嘶力竭的叫喊，但他的力气不够，叫喊戛然而止，变成了窒息的“嘶嘶”声……

他拼命捯着气，惊跳起来，两手抓着胸前，迷迷糊糊地睁开发肿的眼皮。他还没完全醒来，但已经感到复活般的庆幸，明白这只是个梦，一个愚蠢的噩梦，幸好已经结束了。

巴维尔·拉夫连季耶维奇·帕尔菲诺夫用清醒过来的目光环顾周围，发觉自己身处旅馆的房间，正躺在长沙发上。他的一只脚卡在椅子扶手旁的夹缝儿里，卡得很紧，以至于脚都麻了，好像坏死了。他好不容易才把脚抽出来，努力站起来，终于彻底清醒了。

这是一套很宽敞的旅馆套房，有三个独立房间和一个大圆厅，可是此时一片狼藉，好像遭到了敌人的劫掠一般。打碎的餐具扔在地板上和昂贵的地毯上，天鹅绒窗帘被从窗户上扯下来，团成一团扔在桌子上，被酒浸湿又溅上了不少佐料汁。一个花盆摔成两半，油漆的底座和下面的镶木地板上撒了许多黑土，看起来有人拖拽过它，弄得整套房间到处是乱七八糟的泥印子。贴着昂贵葡萄酒商标的、细长的空酒瓶扔得到处都是。而在这一片狼藉之上，是一个巨大的水晶枝形吊灯，上面挂着女人的粉色束腰带。

巴维尔·拉夫连季耶维奇把光着的脚放到地上，小心不被碎玻璃扎到受伤，凑到桌旁，找到一个有酒的酒瓶，美美地两口喝光，可他甚至不知道喝的是什么，因为他实在太渴了。那只麻木的脚开始恢复知觉，好像有几十根小针扎着一样。巴维尔·拉夫连季耶维奇站了片刻，好像耐心等待那只脚彻底恢复正常，又从另一个细颈瓶中喝了点什么，然后回到了沙发上。他躺下，把两手枕在脑后，两眼盯着有一圈花边的天花板，他看到几个精致的白色石膏天使正责备地看着他。

“上帝啊，原谅我吧，我没经受住诱惑，又犯罪了。”巴维尔·拉夫连季耶维奇划了个十字，又躺了很长时间，回想着他做的梦，仍然心有余悸。

“忧伤的毒蛇磨煞人……这歌词一点不错，好像就是说我呢……嗯，就像一根柴火一样烧完了，烟消云散……不。巴维尔·拉夫连季耶维奇，够了，玩也玩了，闹也闹了，该撤了……起来，老弟，把罪恶洗掉，起来，起来，别磨蹭！”巴维尔·拉夫连季耶维奇给自己下了令，从沙发上一跃而起，向浴室走去。

两个小时以后他出现在雅尔斯克“艾尔米塔什”饭店门前的阶梯上，

穿着一件阔气的海獭皮领子的皮大衣，就像一个大人物，一个拥有三座金矿的矿主应该的样子：身材匀称，高视阔步，目光威严，脸刮得干干净净，寒冷的空气中可以闻到他身上散发出的昂贵香水的味道。

他连半分钟都没等，一个马车夫就三步并两步地奔上台阶，嘴咧到了耳朵根子，恭恭敬敬地邀请道：

“听您吩咐，巴维尔·拉夫连季耶维奇！您去哪里？”

“送我回家，回家。你知道我住在哪儿吗？”

“雅尔斯克谁不知道您住在哪儿啊！大伙儿都知道，巴维尔·拉夫连季耶维奇！嗨！娘！”

“娘”是一匹年轻的母马，跑得很快，它拉着一乘轻便雪橇，跑起来好像一阵风。那车夫快马加鞭，好像赶去救火一样。这机灵的车夫知道帕尔菲诺夫非常喜欢快跑，受不了慢慢吞吞，所以他极力迎合帕尔菲诺夫的意思，希望他多给车钱。

雪橇飞奔着。

迎面而来的风让他眼睛流泪，他眯起眼睛，可是他并不转头，而是直视前方。

转眼已经来到帕尔菲诺夫的大宅子前。这房子还是他去世的父亲建的。当初拉夫连季·佐托维奇把房子建得很气派：这座三层红砖楼房的尖顶好像直插云霄，成排的细高窗户在严寒的晴天里熠熠生辉，房前的宽大铁门上带有粗犷的铁艺装饰，使得房子显得更加富丽堂皇——一座不折不扣的宫殿。

巴维尔·拉夫连季耶维奇付了车费，下了雪橇，向着窄门走去。他已经走到门前，伸手去开门了，不料门在他的面前猛然大开，从里面冲出一个小男孩，差点把他撞倒。这孩子往旁边一闪，但巴维尔·拉夫连季耶维奇敏捷地抓住了他的后脖领子，把他拉到自己面前，严厉地问道：

“你跑什么？往哪儿跑？”

那孩子扬扬头，用力吸溜着鼻子，想把流出的鼻涕吸回鼻孔里，撕扯着想要挣脱。可是巴维尔·拉夫连季耶维奇抓得很紧，那孩子知道无法挣脱，绝望中凶狠地喊道：

“反正我要把他眼睛打烂！”

“谁？”

“就是这个坏蛋！”

他用手指着敞开的小门，帕尔菲诺夫的仆人季奥米特正朝门口跑来。这个汉子已经不算年轻了，他力气很大，跟很多大力士一样，心眼很好，脾气也随和。他用手捂着腮帮子，血从他的指缝中流出，滴落在雪地上，好像撒了一把红色的浆果。

“你这是干什么，恶棍？”季奥米特着实吃惊地问，“要是打到我眼睛怎么办？那我就一辈子成独眼龙啦！”

“下次我会打中的，不会失手的。”那孩子凶狠地说，像一头小狼一样龇着牙。

“你们这是打的什么仗？怎么了？”巴维尔·拉夫连季耶维奇追问。

“怎么了……我自己也不知道，”季奥米特耸了耸他的宽肩膀，说，“我正铲雪，这个强盗就扑过来用弹弓‘砰’地射了我一下，把我的脸都打破了。把弹弓交出来，我反正会夺过来的。拿过来，拿过来……”

那孩子不情愿地把手伸进兜里，磨磨蹭蹭地掏出弹弓，扔到季奥米特的脚下，扬言：

“我再做一个！”

季奥米特用脚把弹弓踩烂，远远地扔到雪堆背后，他仍然想问个明白：

“你发什么疯了，为啥射我？我招你了吗？”

“对，招我了！”那孩子又龇起牙说，“是谁打坏了杜奇克的眼睛的？是谁把他腿打折的？它到现在还用三条腿走路呢！”

季奥米特莫名其妙，两手一摊：什么杜奇克，什么眼睛，什么腿？他一点都不明白！

“等等，”巴维尔·拉夫连季耶维奇插话道，“你从头说，可是不许撒谎。”

这个凶手抽了抽鼻子，想了想，大概觉得他没什么可怕的，就把事情的经过说了一遍。原来三天前杜奇克回家时一只眼睛受伤流血，而且变成了三条腿，第四条腿蜷着，一直在哆嗦。昨天大孩子们告诉他，是商人别列罗金家的看门人把杜奇克打伤的，所以他拿着弹弓来为杜奇克报仇。

“嘿，嘿，嘿，你这蠢货！”季奥米特哈哈大笑，“别列罗金家在旁边那条街，也是红砖的，可是两层……你找错人了，小伙子，找错地方了。现在我可有权把你拉到民事法庭去，让他们判你苦役！”

“好了，别吓唬孩子了，”巴维尔·拉夫连季耶维奇开口说道，这件意外的事儿让他开心，连一大早的压迫感也消散了，“把他带到厨房去，好好给他弄点吃的，给他件衣服，你看他哆嗦的，好像什么都没穿似的。你这射手叫什么名字？”

“我叫伊万……”

“伊万，你回家让你爹抽你一顿。你可别打算拿一把新弹弓去找别列罗金的看门人，他可不像季奥米特这么和气，他会一下子就把你的脑袋拧下来。我的话你听明白了吗？”

“我没有爹，我跟我妈一块儿过。”

“那就让你妈抽你一顿。把他领走，季奥米特，按我说的做。”

巴维尔·拉夫连季耶维奇让这凶手离开，男孩还戒备着，不敢相信能少得了一顿胖揍，但还是跟季奥米特一起走了。巴维尔·拉夫连季耶维奇目送他们离开，挺有气势地关上院门，环顾了一下宽敞的院子，一边往屋里走，一边微笑着摇头——为了个杜奇克生那么大的气，真是个怪小子，这伊万……

女仆在前厅迎接主人，并递给他一个信封，急急地报告说：

“让我等您一回来就马上交给您……”

/二/

信封是用结实的蓝纸糊的，散发着腻人的香水味。巴维尔·拉夫连季耶维奇笑了，把皮衣往女仆手上一丢，走进自己的书房。他用一把精致的小剪刀把信封边剪开，从里面抽出请柬，请柬边缘有一圈金色的花边，正文是铅印的。他又笑了一下，然后放开嗓门读道：“尊敬的巴维尔·拉夫连季耶维奇先生！鉴于阁下对教育的关注，斗胆向您发出如下邀请：今年一月二十五日晚六点将在议事厅举行慈善晚会，为市民玛尔法·伊万诺夫娜·山金娜开办的两个年级的小学募捐。如蒙光临，不胜欣慰，并对阁下热心公益活动抱有殷切期待。学监会主席伊·亚·杰里诺娃。”

他读信的时候心平气和，带着嘲笑，然后忽然好像呛着了，咳嗽起来，把这张有弹性的厚纸攥成一团，往桌子上一扔，纸团被甩在桌子的漆面上，发出轻微的碰撞声。

发给巴维尔·拉夫连季耶维奇的邀请、请求之类的蠢东西不在少数，不管是什么东西，他都很乐意读一读。可是这封信不同，因为上面说晚会的善款要用来资助玛尔法·伊万诺夫娜·山金娜开的学校。

“井台下的蛇！”巴维尔·拉夫连季耶维奇忍不住一字一顿地喊道，拳头全力砸在桌子上的纸团上，好像想把它打进木头桌面里面，让它消失得无影无踪，不要让他再看到。“这就是我做的梦！应验了！玛尔法·伊万诺夫娜！还敢要钱！哼，爹，你干的好事！”

他坐不住了，围着桌子兜圈子，好像在追赶一个无形的幽灵，甚至伸出两臂，张开手指，好像想掐住谁的喉咙。

巴维尔·拉夫连季耶维奇没有关上书房的门，通过大敞的门可以看到挂在走廊墙上的那幅老帕尔菲诺夫的真人尺寸的大肖像。画这肖像的画家大概挺有功力，拉夫连季·佐托维奇栩栩如生地从画布上望着他的儿子：皱着眉头，目光咄咄逼人，气度骄矜，右腿潇洒地迈向一边，这是一个不仅相信自己，而且相信生活的人的姿态；他蓄着漂亮的小黑胡子，嘴唇上挂着居高临下的嘲笑。当小帕尔菲诺夫看这幅肖像的时候，总算觉得这面带嘲笑的父亲马上就会出其不意地说：

“她这条母狗在你面前得瑟，不驯服，咬人，我呢，上来就锁住她的喉咙！她还挣扎，扑腾，所以我就把另一只手也掐上去！就像两把老虎钳一样卡住她，她就从了，她没地儿躲，现在我是她的主人！”

他就是这样谈论生活的，他说得用双手掐住这生活的喉咙，要不然它就会反过来把你掐死。

他一生一点不差地奉行这条法则。

可是儿子不想接受这条法则——从小就是如此。他不喜欢父亲，等他长大一些，变得懂事，这种不喜欢迅速而不知不觉地熔铸成深藏的恨。

他的这种恨是有重大原因的。

老帕尔菲诺夫开金矿暴富以后，他好像脱缰的马一样狂奔起来，他花天酒地，整个雅尔斯克都为之震动，好像发生了地震一样。他养着一支罗马尼亚合唱队，喜欢那些歌女在他面前裸体展示她们的才能。有一次，他在邮政大街搞了一场见所未见的车马游行，共有二三十辆三驾马车，装饰着彩带，就像婚车似的，火把比街灯还亮，车上的人穿得花花绿绿，吹哨，叫喊，甚至学公鸡叫，本领高超的舞女竟然在疾驰的车上跳起了舞。就这样，这大队人马出了城，去远方神秘的小村子，就像赶去地狱……

是的，已故的拉夫连季·佐托维奇纵情声色，玩得痛快淋漓。

但是他严守一条规矩——他从不在家举办宴会，从不请任何客人到家里做客，就算是生意伙伴也一样。这个富有的，生活放荡的金矿矿主在家中过的完全是另一种生活——一种严格的、安静的生活，这种规矩森严的生活建立在一个不可动摇的基础之上，那就是对主人无条件地服从。不管是妻子还是儿子，更不要说仆人，都不仅没权力顶嘴，而且必须恭恭敬敬。

可是就算这样，还是有一些流言穿过大宅子厚厚的石墙传进来，妻子当然知道她的丈夫在外面胡闹，却默默隐忍，大概就是因为太隐忍了，挺早就撇下半大的儿子去世了。

母亲去世之后巴维尔更恨父亲了，开始想象，有一天父亲在放纵的生活中绊一跤气绝身亡，他作为继承人就可以大权在握，那时他一定要改弦更张。

但拉夫连季·佐托维奇没有在疾驰中突然倒地而死，他告别生命的过程漫长而痛苦，就好像慢慢陷入黏稠的烂泥，但无力的手依然抓着手边的任何一根小树枝。

但是他没能逃脱。

剧烈的头痛把他折磨得发疯，他嗷叫着，就好像在被刀割，他越来越常抓起枪射镜子，射塑像，射橱柜里的餐具，吓得仆人们四散而逃，挤在墙角。可是出了一个胆子大的——那是不久前雇的厨娘。她无所畏惧地走向主人，主人刚给枪换了子弹，她却伸出手，胡噜胡噜他乱蓬蓬的一头白发……

于是——发生了不可思议的事！

主人在女孩子的纤手下弯下了身子，蜷缩起来，把上了膛的枪放到地上，自己跪下，用很小的声音说：

“别把手拿开……”

从这天起，厨娘玛尔法就成了全城首富、金矿主帕尔菲诺夫的主治医生。那些怎么也治不好拉夫连季·佐托维奇的头疼的当地名医，特意跑来跟玛尔法谈话，想了解某些特别的、他们不知道的办法，可是他们很快断了这个念头，她直截了当地回答说：

“我什么秘密都不知道！我因为害怕才伸出手，他就安静下来了。”她微笑着，一双明亮的眼睛显得很诚实，保证说，“我一点都不懂药的事情，我自己也不知道为什么我把手放在拉夫连季·佐托维奇头上，他的头就不疼了。”

老帕尔菲诺夫吩咐玛尔法不再当厨娘，要求她时刻在他身边，很快就离不开她了，就像小孩子离不开保姆。

头疼慢慢好了，大家都以为这下该好起来了，可是这时候来了新的灾难，这一次玛尔法也束手无策了——拉夫连季·佐托维奇开始不停地哭和说。他谁都不认识，跟那些早已离开了这个世界的人说话，说得滔滔不绝、巨细无遗，有的时候因为糊涂透露出一些早年间的秘密，吓得小帕尔菲诺夫抱住头——万一这些秘密泄露出去怎么办？

他伤脑筋的时间不长。他给了医生们钱，他们把父亲送到了疯人院，他在那儿待了不到一个月，就悄无声息地死在病床上了。

金矿主去世以后，照例要宣布遗嘱。当巴维尔·拉夫连季耶维奇得知有一大笔钱给了厨娘玛尔法时，他不禁“啊”了一声。儿子对父亲多年的积怨现在都冲着这个无亲无故的姑娘去了：她有什么权利，有什么功劳，天上掉馅饼，得了这么一大笔钱？年轻的主人心里很不痛快，好像青天白日地遭了抢。他去告状，甚至向法官行贿，但是，正如常言说的，满盘皆输：玛尔法得到了遗赠的钱——一分不少。巴维尔·拉夫连季耶维奇对她恨之入骨。

生活是不会停下脚步的，它继续向前，新的日子又带来了新的情况。巴维尔·拉夫连季耶维奇结了婚，可是很快，蜜月还没过完，就明白他根本不需要这个妻子。大概因为这个原因——他不爱妻子，所以他也没有孩子。但巴维尔·拉夫连季耶维奇并不难过，再说也没工夫难过——巨大的遗产需要精心打理。他不停地干，让本来就很多的财富继续增值。

在孜孜不倦的工作中他没有发现，他自己在很短的时间内已经变得认不出自己了：他变得威严，有时甚至严酷，彻底忘了当年他看着父亲的所作所为，曾经想过，并且真心相信，当他得到遗产之后，要让产业向着不同的方向发展，要建立与父亲不同的生活。

这个想法没能实现。

恰恰相反，他变得跟他父亲一模一样，如出一辙，分毫不差。他走路的姿态变了，嗓音也变了，当他发怒的时候，他的手指也像父亲一样叉开，就差没有说要用双手掐住生活的喉咙，让它驯服了。家里的规矩跟拉夫连季·佐托维奇当家的时候一样，他的不受宠爱的妻子听到丈夫在外面胡闹的事情，却一点也不能跟他提起。而且，这位继承人还继承了对豪饮的不可思议的渴望，有时候闹得很不像话，有时候一闹就是几个星期。

但不管巴维尔·拉夫连季耶维奇做什么——拼命工作也好，纵情声色也好，对玛尔法·山金娜的恨都像一根钢针一样扎在他的心里，他既无法把这根针折断，也无法把它拔出。所以，当他接到省长夫人的慈善晚会请柬的时候才会如此愤怒。

请柬大概是两三天之前，他不在家的时候送来的，晚会定在今天，离开始只剩下两个半小时了。得赶紧准备，因为在雅尔斯克对将军省长夫人是不兴拒绝的——不管什么事。巴维尔·拉夫连季耶维奇看了一眼那个团成一团的请柬，但没有去把它展平，他知道，就算没有这张漂亮的请柬，他也能进入这上流社会的聚会。

当他已经往外走的时候，季奥米特和万卡又一次出现在他的面前，他们也朝院门走，边走边很友好地不知谈些什么。巴维尔·拉夫连季耶维奇不知为何把那孩子叫过来，对他说：

“万卡，你常来我家做客吧。要是我没事情，季奥米特会带你来见我的。听到了吗，季奥米特？”

“那还用说，一定带他去，要是他没拿着弹弓的话……”

“不，我不带弹弓，我就这么空手来。”万卡保证道，然后又吸了一下伤风的鼻子。

“空手来，”巴维尔·拉夫连季耶维奇已经坐上雪橇，裹好裘皮大衣，他想起那孩子的话，觉得好笑，“空手来……真行啊，空手来，意思是，别担心，您的眼睛瞎不了……”

/三/

在雅尔斯克市警察局局长康斯坦丁·弗拉基米罗维奇·波罗佐夫宽敞的办公室里，顺着灰暗的墙壁摆着两件奇怪的东西。确切地说，东西本是普通的东西：一块有支架的大黑板和一个同样大的，差不多有一人高的，也带有支架的算术器。黑板也好，算术器也好，当然应该放在某个教区学校，让学生在它们面前愁眉苦脸地学习语法和算数，而怎么也不应该在警察局局长的办公室，这里的一切都应该与官府的威严相称才对。可是它们就摆在那儿，康斯坦丁·弗拉基米罗维奇在很少的独处时间喜欢背着手站在它们跟前。但有时他那均匀的大步子突然停下，他那穿着笔挺制服的匀称的身体一瞬间整个变了——好像蓄势待发，变得柔软甚至凶猛，好像准备跳起来似的。但不是，他并没有跳，而是从教学黑板的槽里拿出一节粉笔，迅速地画出一些箭头儿、圆圈，写了一些只有他自己才懂得意思的大写字母，而且他非常专注，有时竟没注意右边的制服袖子都被粉笔灰染成了白色。

直到圆圈、箭头和字母把黑板写得满满的，他才停下来，把差不多用完的粉笔扔回槽里，用一块湿绒布擦擦手指，掸掸制服的袖子，后退两步，久久地看着自己刚写的东西，好像要把它们背下来似的。然后他慢吞吞地用抹布使劲擦黑板，滑动着算术器上的珠子，好像在努力算着什么，时而加，时而减。

这一天他没有在黑板上写写画画，而是用珠算器计算，他算得又快又利索，好像一个有经验的店员，他只做一种算法——加法。加了又加，当他停下来看到得数，英俊的脸上出现了茫然失措的表情，这种表情一点也不符合警察局局长的风度——他总是显得很自信，甚至在挨上司训的时候也能沉着应对。

可是这一次，他却不知所措了。

他忘了擦黑板，没有去掸制服右边袖子上的粉末，也没有把算术器上的珠子归位。他扫了一眼表，用同样不知所措的语气大声说：

“现在，康斯坦丁·弗拉基米罗维奇，去将军省长那儿去报告，听听他对你的报告怎么说吧……”

他又站在那儿想了片刻，然后呼唤秘书，秘书立刻出现在门口。他简单地吩咐道：

“在门口备好车。”

不到一个钟头，他已经在沿着省长官邸宽阔的前楼梯上楼了。他像平时一样步履轻盈而有弹性，脸上丝毫看不到刚才那种不知所措的表情。

将军省长亲切地接见了警察局局长，甚至可以说十分亲切。可以看出，这位全省的一把手情绪很好。他请警察局局长来到办公室的里间，吩咐上茶，让康斯坦丁·弗拉基米罗维奇坐在一把舒服的软椅上，而亚历山大·尼古拉耶维奇自己则坐在他的对面——态度很随和，好像谈家常一样，心情愉快地招呼客人：

“尝尝我们的茶，这是我们家自己做的。我妻子用特别的配方把茶跟什么草混合，我告诉您，特别香，特别提神，喝了以后感觉像小伙子一样。有时候甚至想胡闹一阵……喝吧，康斯坦丁·弗拉基米罗维奇，喝吧，不用急着汇报……”

警察局局长很享受地喝着茶，确实很香，味道也好，他不急于汇报，恭敬地听将军省长说话。

省长讲的是不久前去省里的一个很偏远的地方的事，他赞叹道：

“您想想，我们一路经过的都是泰加森林，好像无边无际，突然——啪！——好像打开了两扇门——眼前一片田野，牧场，耕地，六座小房子，整整齐齐，好像复活节的鸡蛋。一切都井井有条，干干净净，不像我们这儿总是那么脏。我们停下来打听，您猜怎么着——这是一家子，只有一家人！可是这个家有五十八口人！五十八口！为首的只有一个马特维·斯皮里多诺维奇·喀什塔利亚诺夫！他这个人很有头脑，很聪明，已经快九十岁了，可是比哪个小伙子都棒！其他人都是他的儿女，孙子，曾孙。大伙儿都在一起过！没把一个人撂到一边，没有人分家！我在他们家住了一天，那可真松心！我问马特维·斯皮里多诺维奇是不是需要什么帮助，有没有什么请求？而他眯起眼回答说：‘我们只求上帝帮助，别的事我们全都自己做……’好像比我都强：我们什么都有，什么都自己做，只求别打扰我们……是啊，康斯坦丁·弗拉基米罗维奇，一旦你遇到这样的人，就会想到很多……而您，我猜，这就要跟我谈起另一些人，得，有什么法子，我听着呢……当省长的就是这个命，只能高兴一会儿……那么，关于银行抢劫案的事，搞清楚什么了？”

康斯坦丁·弗拉基米罗维奇把空杯子放到一边，想站起来，但亚历山大·尼古拉耶维奇皱了皱眉，挥了下手，意思是：坐着吧，不用拘礼……不难猜想，在讲过喀什塔利亚诺夫的大家庭的事情之后，他一点也不想听警察局局长说话，因为他不会带来任何让人高兴的消息。恰恰相反。

不出所料，尽管康斯坦丁·弗拉基米罗维奇并不想这样做，但他还是破坏了将军省长的好心情：

“银行的抢劫案还没有完全搞清楚，刚刚开始有点头绪，但已经可以做出初步的结论。所以我认为有责任马上向您汇报：正如我们预料的，劫匪的名字和证件是假的，在‘锚’保险公司并没有这两个雇员。我们正设法确定他们到底是什么人。但是亚历山大·尼古拉耶维奇，最重要的并不是这个……”

“那么是什么呢？”

“最重要的是，抢劫最主要的目的并不是钱……”

“我不明白！”

“当然，钱数不少。但跟钱一起丢失的，还有保存在银行的一个专门的秘密保险箱中的文件。这些文件的价值要大得多，比劫匪抢走的钱贵重百倍。”

“那是些什么文件？”

“根据我们的情报，是一份西伯利亚商业银行和帕尔菲诺夫先生的秘密协议，您知道，他有三座金矿。最有意思的是，不管是银行经理杰里曼诺夫还是帕尔菲诺夫先生都没跟我们提起过这份文件丢失的事。管保险箱钥匙的是一个姓阿扎洛夫的银行职员，他正好在发生劫案的那一天销声匿迹了，到现在也没有出现。”

“这是银行的人告诉您的？”

“不，银行的人根本没提阿扎洛夫失踪的事。”

“那么您是从哪儿知道的？”

“这个问题，亚历山大·尼古拉耶维奇，我最好不回答，因为我们的工作中有自己的工作规则，我不想把它揭出来。但如果您坚持……”

“我不坚持。显然您在西伯利亚银行布置了自己的线人，就让他潜伏着吧，说不定会有用处。现在我感兴趣的是别的事——下一步怎么办？莫非帕尔菲诺夫和银行有什么密谋？我不相信……下一步怎么做？您说需要我的建议。我应该给您什么建议？”

“您的建议总是需要的，亚历山大·尼古拉耶维奇，我觉得我应当对侦破的进展了如指掌。是这样，现在我们要尽量搞清楚，阿扎洛夫为什么失踪，他去了哪里，我有种预感，找到他以后可能会发现一些不法的事情。所以，我斗胆提醒您，跟西伯利亚银行和帕尔菲诺夫先生都不要走得太近，至少在我们查清之前。”

“我们的警察局局长是个狡猾的家伙，很狡猾！”亚历山大·尼古拉耶维奇搓着浓密的大胡子，眯着眼看着警察局局长。“说是来请省长出主意，其实是来给省长提意见……”

“亚历山大·尼古拉耶维奇……”

“别辩解，别说话。我见得多了。谢谢您的提醒。至于我的建议嘛……我没有建议，只有直接的指令——依法侦破。别顾忌帕尔菲诺夫，也别顾忌银行，他们不是我的干儿子。您想听我说的就是这话吧？”

“正是。”

“还想再喝杯茶吗？好吧，随您的便。我不跟您告别，我们今天还会见面。在慈善晚会上。我希望他们邀请您了吧？”

“是的，我得到了您夫人的亲自邀请。”

“那好。我就不再耽搁您了。”

/四/

将军省长的夫人伊琳娜·阿列克塞耶夫娜是个精明强干的人，满怀天真的愿望，想救济所有穷苦的人。她为收容所和学校集资，过节的时候亲自到医院和监狱发放礼物，举办慈善晚会。她还有一个可爱的弱点，上层社会很乐意原谅她这个弱点，虽然很多人背后取笑她，有时候还相当尖刻，但并无恶意。她喜欢在慈善晚会上出面演唱歌剧咏叹调。她的嗓子不太好，更适合在家给少数几个客人唱唱，可是，正如常言说的，情不自禁……

这天晚上她照例在慈善晚会上演唱了。

人们友善地为她鼓掌，甚至有人在下面为她叫好，伊琳娜·阿列克塞耶夫娜心里美滋滋的。在晚会的高潮，大家开始跳舞的时候，她来到玛尔法·山金娜跟前，慈爱地抚着她的肩膀，跟她说：

"我想跟您说，亲爱的，您不用担心的，我已经跟您说了，一切都会好的。"

玛尔法把双手放在高高的胸脯，双颊绯红，嗓音动人，语气真诚：

"我简直不知道怎么感谢您，伊琳娜·阿列克塞耶夫娜！您这么好心，愿上帝爱您！我得给您深深鞠个躬。"

"好了，好了，亲爱的，咱们又不是在教堂跟前，用不着鞠躬到地。应该谢谢您，因为是您发起的这项善事。要是有什么请求，马上来找我，我尽力而为。对不起，亲爱的，她们好像在叫我……"

她又抚摸了一下玛尔法的肩膀，就朝着一群太太走过去，她们向她使眼色，好像请她过去，要告诉她什么很重要的事情。

剩下玛尔法一个人站在五光十色的人群中间，她已经打算往门口走，准备回家去了，忽然一位奇怪的先生出现在她的面前。这人个子不高，黑头发，蓄着连鬓胡子。他很好动：好像不是走路，而是跳舞，甚至当他停下的时候，他的两脚还是不停地动；时而抬起时而放下，时而用脚跟站着，时而用脚尖儿站着。他讲话也跟动作一样忙忙叨叨的：

"好小姐，我跟您不认识，也没互相介绍过，但我想，这不影响我们来谈一件很微妙的事。您瞧，我有点……抱歉，我叫克里斯托夫·古德里亚夫采夫，再次道歉，这是我的笔名，我是《省消息报》的通讯员，想向您提一个问题，跟今天这个出色的晚会无关。关于这个晚会，我一定会用欢乐的调子来报道……我的问题完全与此无关——据我了解，您跟过去的演员玛格达丽娜·维涅吉科托夫娜关系很好，经常去她的住处，甚至在某种程度上照顾她……所以，您是否可以把我介绍给玛格达丽娜·维涅吉科托夫娜呢……我很需要，非常需要……我不会久留……我可以私下里，对着您那粉红色的小耳朵，悄悄说个事儿，非常非常有趣的……我偶然地，非常偶然地听到了帕尔菲诺夫先生的谈话，巴维尔·拉夫连季耶维奇讲一件怪事的时候，提到了您的名字……我可以告诉您，如果您帮我的忙……”

他不停地说着，让别人一个字也插不进去。显然，如果现在玛尔法拒绝他的请求，他还是不会放弃，而且一定会千方百计，不达目的不罢休。

“好吧，您到外边台阶上等着，我这就下楼。”玛尔法同意了。

不一会儿，他们已经坐车走在邮政大街上了。又过了半个小时，他们走进了玛格达丽娜·维涅吉科托夫娜·格罗姆斯卡娅住的小房子。

女主人正坐在一张软椅上读书，对这两个晚间来客没有表现出一点惊讶。她把书放到一边，骄傲地点了点灰白的头，邀请道：

“请进，请坐。玛尔芙莎，招待这位先生……对不起，请问尊姓大名？”

“马上，玛格达丽娜·维涅吉科托夫娜，马上，我这就……”这位不速之客急忙说着，利索地迅速脱衣摘帽，“我马上自我介绍，不用玛尔法·伊万诺夫娜从中介绍。我会把一切，把所有事详详细细地讲清楚。茶吗？我愿意喝茶，很乐意！我可以坐吗？谢谢！玛格达丽娜·维涅吉科托夫娜！我是，克里斯托夫·古特里亚采夫，《省消息报》的通讯员，我对您有一个最谦卑的请求！请不要拒绝！因为只有您能给我这个无价的帮助，让我成名，同时改善我的物质条件，生活不能免俗……”

“行了，先生，您能不能稍微慢一点儿，”玛格达丽娜·维涅吉科托夫娜傲气地微笑着，从软椅上站起来，挺直身体，像女皇看奴隶那样俯视着小个子的《省消息报》通讯员，然后，好像为了马上做出特别强调，说道，“我想事先说明，我对贫穷爱莫能助，因为我没有私人财产。”

“您误会我了，完全误会了。”克里斯托夫·古特里亚采夫把女主人让他慢点说的请求当成耳旁风，说得更快了，好像说绕口令一样：“我根本没这么想，没想借钱。我另有目的，另有谦卑的请求……”

“那您倒是说啊，我都等得不耐烦了！”

“我明白，我头脑清楚！我的请求其实很简单——请您给我讲讲您生活方面的故事，我来一番文学渲染，好在《省消息报》上连载。我连题目都想好了——《坠落明星的光芒》！很美，是不是？”

“美不美我不知道，可是这个题目，宝贝儿，已经反映出你的愚蠢。我是个演员，女人，就算上了年纪，您却把我称作‘坠落明星’，这怎么解释？”

“您知道，标题应该引起读者的兴趣，跟您一点关系也没有。而且，一般来说，这算是一个文学作品，允许有一些想象和夸张。”

玛尔法端来了茶。她没有参加谈话，可是饶有兴趣地把克里斯托夫·古德里亚夫采夫打量了一番：这位《省消息报》的通讯员如此喋喋不休，看来倒很特别。他不停嘴地说着，甚至能边说边偷空抿一口茶。他说，描写这位因为命运的摆布流落到西伯利亚的雅尔斯克的名演员的轰轰烈烈的生活，一定非常吸引人，能唤起读者真正的兴趣，说市民们一定会争相传阅《省消息报》。而他克里斯托夫·古德里亚夫采夫将成为一个名作家，会拿到他向往已久的高稿酬……

他还想往下说，但玛格达丽娜·维涅吉科托夫娜打断了他：

“够了，宝贝儿，够了。我全明白了。我跟您一样头脑清楚。我同意考虑一下您的建议，三天后您再来听我的答复。现在，请原谅，时间晚了，该说再见了。”

克里斯托夫·古德里亚夫采夫在走廊穿衣服的时候又想起一件事，用一根手指示意玛尔法过去，小声对她说道：

“晚会上帕尔菲诺夫先生走到我们的警察局局长跟前，他们俩站在那儿心平气和地谈话。帕尔菲诺夫先生好像不经意，可是相当有把握地说，我们的警察局局长走错路了，最好给他纠正过来，让他调查一下办这个晚会，为学校筹款的玛尔法·伊万诺夫娜·山金娜过去的生活。他说，如果警察局局长感兴趣，他可以知道很多有趣的东西。警察局局长听着帕尔菲诺夫先生的话，点点头，表示感谢，可是态度干巴巴的……”

“我看到他们谈话了，可是他们是站在角落里，您怎么会听到的？”玛尔法吃惊地问。

“您知道，我听力超常，如果需要，一里外我都能听见。当然，我说得有点夸张，但也差不了多少。这一次我听得很准确，我告诉您是为了感谢您介绍我认识玛格达丽娜·维涅吉科托夫娜。要是您能说服她接受我的建议，我还会告诉您一些有趣的东西。现在请允许我吻您的手，告辞了。”

玛尔法在克里斯托夫·古德里亚夫采夫背后把门关上，背靠墙站在外间。

“来吧，我的好孩子，告诉我你在哪儿遇见这个饶舌的先生的。”格达丽娜·维涅吉科托夫娜招呼她，“开始我以为你是带着一个崇拜者来给我看的，但定睛一看——很不怎么样，显然跟咱们不相配。你在哪儿，玛尔法？！”

“在这儿呢，格达丽娜·维涅吉科托夫娜，我把鞋整理一下。”

“别管什么鞋了，来给我说说。我很感兴趣！”

玛尔法从外屋进来，坐在格达丽娜·维涅吉科托夫娜身边，详详细细地讲了今天在晚会上发生的事，包括通讯员古德里亚夫采夫偷听到了警察局局长和帕尔菲诺夫的谈话。

“他说要是我能说服您，他还会告诉我一些事……您明白吗？”

“你已经把我说动了！答应他，什么都行，哪怕要吗哪①都行！据我所知，这些通讯员特别能钻，总是最先打听到在哪儿发生了什么事。至于你过去的生活，我是不会告诉他的。你也不用回忆过去的事，不要揭开伤口……”

“怎么能不回忆呢，”玛尔法想道，她这一晚很久很久睡不着觉，“伤口到现在也没长好，还像过去一样的疼……”

---

① 吗哪：犹太人出埃及时上帝给的食物。

/五/

……她在陌生的城市流浪，这城市让人害怕，对她和她那像背不动的包袱一样的痛苦完全无动于衷。这个包袱把她压弯了腰，她在平展的人行道上磕磕绊绊，摇摇晃晃，不时撞上寥寥无几的行人。有的人边走边骂她，有的人停下来不满地看着她的背影，但她什么都没听见，直愣愣地往前走，根本看不到路，也不知道去哪里。

那是一个阴暗的凌晨，东方没有出现朝霞，是个阴沉刮风的日子。雪粒子斜着从天上飘下，像霰弹一样硬硬地打着她的脸，但她连这个也没觉得。她走啊走，只怕摔倒。她知道，如果摔倒了，她就再也爬不起来，就会躺在街上，就像一件没用的破烂的旧衣服。

巴拉莱卡琴[①]一直在她的脑子里叮叮当当乱响，唱着粗野的跳舞歌。她不时地晃晃头，想摆脱这些声音，但它们不想消失，继续响着，好像只有一个目的——让她一分钟也不能忘记前一夜所发生的事。

事情是这样的——

在米洛什尼科夫顺利地从警察局脱身那件难忘的事情之后，玛尔芙莎来到雅尔斯克，在卡比托内奇的饭馆栖身。这里管吃管住，而她要擦地板，洗衣服，在厨房生火，一句话，一天到晚忙个不停。她耐心地等着主人答应她的东西——老板说，她如果好好干，以后就让她干比较干净的活儿，甚至给她工钱。

玛尔芙莎竭尽所能。卡比托内奇赞赏地看着她，似乎不想掩饰他很喜欢这个什么事都干得很利索的女工。

这天，天已经很晚了，已经快半夜了，最后的客人已经连滚带爬地离开，玛尔芙莎开始擦地板。这时一帮寻欢作乐的人连唱带闹，用巴拉莱卡琴弹着竞赛舞曲闯进饭馆。

“是帕尔菲诺夫！真是他！”卡比托内奇惊呼，把拐杖往墙角一搁，

① 巴拉莱卡琴：俄罗斯民间弹拨乐器。

像年轻人一样忙活起来。

因为天晚了，伙计们已经回家了，只剩下负责结账的酒保，还有厨房的厨娘们。卡比托内奇把所有人都发动起来，好像救火一样。大家忙得团团转。老板吩咐玛尔芙莎给这些半夜来客送菜，她在餐桌之间端着盘子灵活地穿梭着，就像已经做了一辈子似的。只是短裙的下摆飘了起来。

这些客人都醉醺醺的。从他们的谈话中可以知道，他们要去帕尔菲诺夫的一个偏远的村子，可是他们觉得路远得受不了，所以就拐到这个破饭馆来了，要是头脑清醒的话，他们对这个小屋是连看也不会看一眼的。他们拐到这儿是为了打个尖儿，然后再到那个村子。

巴拉莱卡琴的琴弦不知疲倦地弹着，竞赛曲盖过了乱哄哄的喧闹，每个人都自说自话，没人听别人的，但是即使这么乱，帕尔菲诺夫那打雷似的声音也特别响：

“这是心的请求！我想玩乐！我扼住了生活的喉咙，尽管玩乐！我有充分的权利！因为所有人都是我养活的！”

他攥起像半普特的秤砣似的拳头举过头顶。

玛尔芙莎不知道帕尔菲诺夫阴沉的迷迷糊糊的目光到底是何时落在她的身上的。她在桌子之间跑来跑去，对危险毫无察觉。她干得起劲，忘记了她这个无依无靠的女孩儿，就像路边的野花，谁都可以揪下来，踩烂……

结果，真的是这样，她被揪下来，踩在脚下……

在窄过道里三个人一起把她抓住，把她的胳膊扭住，扯到一间小厢房里，在木板床上剥了她的衣服。她没有挣扎，甚至没有喊叫，因为一只有力而无情的大手把她的嘴捂住了。

“这是个好货！这样的货色我舍得花钱！我出钱！”她的头上响起帕尔菲诺夫的大嗓门，可是她听不懂是什么意思，只是吓得眯起眼睛，好像跌入了无底的深渊。她在空虚和黑暗中飞着，后来饭馆老板的叹息和惊呼好像把她唤到了另一个世界。

“哎呀，丫头，你不走运啊。”卡比托内奇用拐杖把散落在地上的衣服拢在一起，说，“可是现在没办法了。发生的事就发生了，现在你，丫头，得想想以后怎么生活。我不能留你了——帕尔菲诺夫不让。我没本事跟他对着干，他会把我嚼碎，再一口吐出去。他怎么吩咐我就怎么做。他让我把钱转交给你，让你穿得体体面面的，好好打发你走。我完全照办，这是钱，衣服这就送来。趁着客人没来，你赶紧收拾收拾，不能让他们看见你这副破样子……”

卡比托内奇大清早把她推了出去，在她的新毛皮外衣的口袋里塞了厚厚一叠票子——一切都是照着帕尔菲诺夫的吩咐做的。

巴拉莱卡琴的琴弦依然在脑子里拼命地响着，好像正是这轰轰作响的声音让她头痛欲裂。玛尔芙莎在一排木栅栏旁停下，从木板上捧起一把雪，敷在额头。雪瞬间就化了，冰冷的水滴顺着脸颊往下流，但疼痛并没有减轻。她的双膝打战，好像马上就要撑不住了。她明白，她最后的力气已经耗尽，走投无路，再也走不下去了。她抓住栅栏的木板，靠在上面，好像寻找保护，闭上了眼睛——她不想再看这世界……

要不是有一只小长毛狗叫了起来，她还不知道要这样站多久。这只狗一直气呼呼地叫个不停。玛尔芙莎睁开眼，那只小狗继续叫着原地打转，好像想咬住自己的尾巴，然后它变得胆怯，一个劲儿地朝篱笆前面看，好像在邀请她——跟我走，别害怕……

玛尔芙莎推开篱笆，踉踉跄跄，磕磕绊绊地走起来。篱笆墙上有个小门儿，小狗两只前爪往门上一搭，小门轻轻地、无声地开了。这是一个小院子，有一座整洁的小房子，还有一个摇摇欲坠的草棚，上面没有门，只有一个大门洞。玛尔芙莎就走了进去，甚至没有注意小狗到哪儿去了。草棚里堆着垒成垛的草，角落里放着些铁锨扫帚之类的东西，墙上的大钉子上挂着绳子。玛尔芙莎把绳子从钉子上拿下来，拿在手上很长时间，然后决然地爬上一段木头，够到横梁。她什么都没想，两只冻得发红的手机械地做着该做的事：把绳子扔过横梁，结好扣儿，在绳子的另一端又快又麻利地做了个套子。现在只差把它套在脖子上，把凳子一踢。

"警察来了我怎么说？你想过这个吗，美人儿？下来，我们去烤烤火！听见我的话了吗？要是听见了就点点头。"

玛尔芙莎循声回过头去。在大敞的门洞前站着一个高个子、头发花白的女人，她披着一件毛茸茸的小袄。她安稳地站在那儿，显得严厉，她的声音里既没有害怕也没有担心。这声音里有从未感受过的力量，于是玛尔芙莎服从了。她点点头，把已经做好的绳套扔掉，从木头上下来。

就这样，两个命运截然不同的女人——玛尔芙莎·山金娜和过去的演员玛格达丽娜·维涅吉科托夫娜·格罗姆斯卡娅（她当年被判处行政流放，从莫斯科被遣往遥远的西伯利亚雅尔斯克，住在用自己的钱买的小房子里，每个星期要到警察局报到，证明她没有离开当地）在生活的惊涛骇浪里不期而遇了。

有人邀请她在本地的剧团演出，但她只是笑笑说，雅尔斯克没有剧团，只有无知的人才会把那些草台班子叫作剧团。

格罗姆斯卡娅被流放到雅尔斯克的案件轰动一时——她向一个好像是她的崇拜者开枪，有人作证。他没有死，只是受了伤。不错，格罗姆斯卡娅证明了她是因受到纠缠而防卫，可是法庭没有承认她无罪，做出了模棱两可的判决——流放。首都的报纸喧嚣一阵子后就把这位名演员忘记了——生活在继续，又出现了新的名人。而格罗姆斯卡娅在流放期满之后也没有回莫斯科，而是留在雅尔斯克过一种安静、孤单的隐居生活。

玛格达丽娜·维涅吉科托夫娜把玛尔芙莎领进自己的房子，什么也没问；给她脱下鞋和外衣，让她坐在小沙发上，给她盖上暖和的被子。

玛尔芙莎哭了很久，但女主人并没有安慰她，没有刨根问底。玛尔芙莎很感激她，因为她没有力量告诉别人发生的事情，讲她上吊的原因，哪怕对方是个善良的人。

直到在玛格达丽娜·维涅吉科托夫娜家住了一个月以后她才把这些讲出来，连带着把她过去的生活也讲了。这大概是她自幼年离开家以来第一次过上不担惊受怕的日子。一天晚间她们在一起喝茶，在一种温馨的家庭气氛中，她不期然地、自然而然地讲了起来。

像她们认识的第一天一样，玛格达丽娜·维涅吉科托夫娜一个问题也没问，只是陷在软椅中听着。她严厉的目光盯着玛尔芙莎旁边墙上的一个点，好像想透过有粉红色小花的壁纸，看到某种只有她自己知道的东西。当漫长的谈话结束之后，玛格达丽娜·维涅吉科托夫娜出其不意，直截了当地开口说道：

“我的宝贝儿，我很少建议别人该如何生活。出主意，这是很不讨好的事，哪怕是最简单的，甚至可以说，粗粗拉拉的主意。可是有时候我会打破这条规矩，比如今天。不错，我不是提建议，而是好像童话中那样，给你三条路，你可以自由选择任何一条。第一条路是去修道院，为欺负你的人的灵魂得救而祈祷，如果你做得到的话。第二条路是忍耐，背负着凌辱，逆来顺受地接着混下去。第三条路是复仇！是的，是的，我的宝贝儿！正是这个——复仇！当初我选择了这条路，所以被流放到雅尔斯克，可是对自己的选择我一点也不后悔。所以，你看见，我骄傲地昂着头，除了圣像，对谁都不卑躬屈膝。不管是哪条路，你都应该自己选择，没有任何的勉强。但是我告诉你，如果你选择第三条路，我会做你最忠实的助手。要是选前两条路呢，就不需要我帮忙了。”

说完这番话，玛格达丽娜·维涅吉科托夫娜，把放着空茶杯的茶碟推到桌边，咣当咣当两下子，先把茶杯，然后把碟子甩到地上。这个动作非常突然和猛烈，甚至让玛尔法哆嗦了一下。这一下子又是如此有力而迅速，使得细瓷碎片迸得满屋都是，泛着白茬儿，就像刚落下的纯净的雪片。

玛尔法吃惊地捂住嘴——在庇护她的这座房子里，她还从未见过这样的事。

此时玛格达丽娜·维涅吉科托夫娜从桌边站起来，挺直腰，声音平静地请求道：

“劳驾，玛尔芙莎，替我收拾了吧。我要去睡觉了。天晚了，该睡了。人在早上总是比晚上明智，是不是？”

“是的。”玛尔芙莎点点头，就去拿簸箕和扫帚。

夜里她几乎没有睡，她想着玛格达丽娜·维涅吉科托夫娜的话，回想自己短短的、一直暗无天日的人生，到了早上，她坚定而平静地打定了主意——复仇。不错，她不知道怎么能做到，也不知道通过什么途径可以来到帕尔菲诺夫身边，但这丝毫没有让她退缩。最重要的是，她决心已定，剩下的就看上帝的安排了。

“上帝吗，自有安排。”当早上玛尔芙莎把她的决定告诉玛格达丽娜·维涅吉科托夫娜之后，她笑着说。然后她又笑了一笑，再没说什么。

第二天她开始教玛尔芙莎写字，阅读和优雅的举止。她教得很严格，差一点也不行，有时甚至用难听的话骂玛尔芙莎，叫她木头，母牛。可是勤奋的学生并没有生气，什么都学得很快。连玛尔芙莎的长相都变了——那种村姑的笨拙不见了，她变得像城里女孩那样腰肢婀娜，步履轻盈，看她的样子，已经没有人能想到她过去是个流浪女和擦地板的。

日子好像头顶的云那样飞逝。

这一天玛格达丽娜·维涅吉科托夫娜打开她订的《省消息报》，认真地读完，叹道：

“还有这种事！真是巧了！自己送上门来了！”

原来她读到一则小启事，内容很简单很平常：一个体面的家庭要雇一个厨娘，要求肯干、身世清白。然后是地址。

“你知道这是谁的地址吗？”玛格达丽娜·维涅吉科托夫娜问道。

“不知道。”玛尔芙莎照实回答。

“这是有名的帕尔菲诺夫家的地址，明白吗？”

“不，不明白。”玛尔芙莎还是照实回答。

“什么都得教你，我的宝贝儿，你该动动脑筋了。是时候了……这是到帕尔菲诺夫家的直通路！”

“要是他认出我来了呢？”

“求求你，别逗了！他早就把什么都忘了！对他来说，别人的生命算得了什么？就像一个瓜子儿，嗑开，把皮一吐。谁会记得那些瓜子皮？可是我们记着呢！”

玛格达丽娜·维涅吉科托夫娜两眼放光，甚至好像迸出火花。然后她对玛尔芙莎说，立刻，一刻也别耽搁，收拾收拾就去启事上写的那个地址。玛格达丽娜·维涅吉科托夫娜详详细细地给她讲了行为的礼仪，告诉她应该说什么，应该怎么应对问话，然后给她画了十字，吻了她，把她送走。

果然，玛尔芙莎用不着担心帕尔菲诺夫会认出她来，他甚至连正眼都没有看她，只是扫了一眼，问厨师说：

“合适吗？”

听到厨师说可以用，他生气地挥挥手，让他们走开，不要耽误他做重要的事情。

就这样，玛尔芙莎生活的新阶段开始了。

过了一段时间，她已经完全适应、完全熟悉了她干活的地方。玛格达丽娜·维涅吉科托夫娜去了药店，带回来一提包纸袋，纸袋里装满粉末。她把这些纸袋整理了半天，把各种粉末互相混合，用开水化开，最后搞出整整一小瓶像酸奶一样浓稠浑浊的液体。她一边做这件对她来说如此不寻常的事情，一边对玛尔芙莎说：

“当年我有一个崇拜者，那还是在玫瑰色的年华。我刚开始当演员，还没有人知道我，他有个奇怪的特点——特别喜欢搞招魂法事，招来鬼魂，跟冥界交谈。我当时年轻，很傻，也参与了这些法事。我也不知道我听到了某些声音还是并没有听到，只是以为听到了，但我害怕得要命。我记得我全身发抖，好像筛糠一样。我一直觉得马上就要发生什么可怕的事。最后我下定决心，再也不涉足这些法事了。我的那个崇拜者当然很丧气，他决定用另一件更现实的事来吸引我。他在药房当药剂师，开始教我配药。但是他配药也很怪，总是配一些毒药。他喜欢把这些药扔给流浪狗。在一块面包上洒上药，扔过去，然后看这些可怜的狗抽搐取乐。当我知道了他对狗做的事，我再也受不了了。很快，我跟这个崇拜者分了手，我不知道他后来怎么样了，有什么结局，可是我还是从这段愚蠢的经历中学到了一种有用的东西——就是这个配方。我把它记住了，甚至配过一次。现在它又有用了……现在你坐下，我的宝贝，坐在我身边，仔细听好……”

玛格达丽娜·维涅吉科托夫娜晃了晃那个盛着不明液体的小瓶子，把它放在玛尔芙莎的面前；然后详细地说明这种液体的用途。在给帕尔菲诺夫的菜里滴两三滴这种无臭无味的液体，当然不能让任何人看见。不用说玛尔芙莎也明白，干这事是要冒着生命危险的，但她没有害怕，相反，她感到莫名的兴奋。她做得丝毫不差。三个星期后帕尔菲诺夫开始受到头疼的折磨，而且疼得一天比一天厉害，无法忍受。此时，玛格达丽娜·维涅吉科托夫娜又教玛尔芙莎怎样用手掌消除一切头痛。当然，学这个要受些罪，这可不像滴药水那么简单，而且让手掌充满内在的暖流甚至发热也很不容易。但玛尔芙莎学这个很有天分，很快帕尔菲诺夫已经离不开她了；而她继续往金矿主精致的食物中滴那浑浊的药水，看着他受罪，头疼得要撞墙，她的心里很安逸很笃定。她已经不像过去那样自怜，不再半夜为自己的坎坷命运痛哭，她觉得自己完全变了一个人，她很喜欢这种感觉。

当然，她没有向帕尔菲诺夫提任何条件，也没找他要钱。只拿原来讲好的工钱，而他把部分财产留给她这个消息对她来说完全是意外的。玛格达丽娜·维涅吉科托夫娜也完全没想到。她说：

“我的宝贝，也许够了。把药倒到涮拖把桶里，把药瓶打碎，扔得远远的，不要留下一点痕迹。你就当惩罚了他，治好了自己。”

帕尔菲诺夫的头疼好了，但他还是要求玛尔芙莎时时刻刻待在他的身边。当他脑子变糊涂，开始哭着跟死去的人谈话，她便无意中知道了帕尔菲诺夫过去生活中的很多事情，知道了一些秘密。关于这些秘密，她决定在一定时间之前连玛格达丽娜·维涅吉科托夫娜也暂时不告诉。

玛尔芙莎对好像天上的馅饼一样落在她面前的钱用得很谨慎，很节省：她给自己买了一所小房子，决定给穷孩子办一所学校，因为她自己小时候没机会上学，觉得特别遗憾。那么，让别人能上学也好。

她尽量忘掉帕尔菲诺夫以及跟他有关的一切，可是却做不到，因为帕尔菲诺夫的秘密在这个金矿主死后继续活着，并且出其不意地把她拖入了危险的游戏，她并没前思后想就卷了进去，她又感到莫名的兴奋，就像玛格达丽娜·维涅吉科托夫娜，把那个盛着浑浊液体的小瓶放在她面前的时候一样。

/六/

天色已经很晚了，一辆孤零零的马车来到矿上。空气寒冽，雪橇下的雪吱吱嘎嘎作响，让人牙疼。惨白的月亮发着寒光，把周围照得雪亮。一切都显得没有生气，被冻透了。乘车人连睫毛都结了霜。

经理处的窗户漆黑，被严寒笼罩的金矿一片死寂，甚至没有打更人的梆子声打破这寂静，看来更夫已经放下了自己的责任，到暖和的地方去烤火了。

“藏起来了，这些无利不早起的，就像死了似的。算了，我有个地方可以吃点东西，烤烤火。向右拐，顺着巷子直走……马上就能喝上小酒！你瞧，生活会变得快活！你怎么垂头丧气的，乡巴佬？！说句话！”

谢苗把卡尔卡赶进巷子，没有搭茬儿。他眨了眨冻得粘在一起的睫毛，努力看着被雪橇轧出的路，不安地想：“我们总算是到了，可是明天又要有什么事？这个斯托尔波夫或拉斯托尔古耶夫又会要什么花样？我好像被套牢了……我怎么解套？”

在到金矿的路上这个问题一直在折磨他。他明白，这一次不光是简单的拉脚，干那样的活只管运货，不费脑子。现在他干的是件大事，而且肯定有危险，虽然他还不知道到底是什么事。可是谢苗愿意忍受一切，为了最重要的原因——陷于卡比托内奇魔爪中的瓦西丽莎。

他打了个激灵，把缰绳攥紧些，抽打着卡尔卡结霜的两肋——该到住地了，谢苗不指望能有酒喝，能吃上热东西，只希望能烤烤火就好……

斯托尔波夫—拉斯托尔古耶夫吩咐在卡捷琳娜的房子旁边停下，就是昨夜日金警官过夜，又在储藏室躲避过来历不明的人的那座房子。女主人很平静，甚至面带笑容，高兴地接待了半夜来客。就像俗话说的，一转眼就把什么都弄好了：把卡尔卡牵到邻居家的马厩，给它在马槽里甩了厚厚一层干草，很快生了炉子，开始准备饭。她有伏特加，有现成的冻饺子，煮的时候升起一股香喷喷的热气。

“谢谢你接待我们，让我们烤火，卡捷琳娜，愿上帝保佑你健康如意！”斯托尔波夫—拉斯托尔古耶夫举起一个有精致杯座的玻璃酒杯，猛然嘬了一口酒，顾不得烫，狼吞虎咽地吃起饺子来。

他一点也不见外，好像是来走亲戚的。他又吃又喝，吃了很多饺子，可是一点也没有按常规跟女主人寒暄，告诉她为何来金矿，他现在姓甚名谁。卡捷琳娜什么都不问，只是微笑着，一个劲儿地给他们的碗里添饺子。

谢苗喝酒很谨慎，并同样谨慎地观察着他俩，试图弄清楚是什么把他们联系在一起的？他们之间是什么关系？

可是，他到底也没弄明白，完全不明就里。而且在经过寒冷和漫长的路程之后，疲倦占了上风——他不由自主地犯困。他一躺在卡捷琳娜为他铺了被褥的宽凳子上，立刻就睡着了，连手脚都没动弹一下。他睡得跟一个婴儿一样，斯托尔波夫—拉斯托尔古耶夫叫了他好几声，他都没听见。他见谢苗没有回应，就对卡捷琳娜小声说：

“睡得跟条狗似的。让他睡吧。咱们去里间，给我讲讲你们这儿有什么新鲜事。”

他们小心地踮着脚跟进入里间，进屋后卡捷琳娜深深地叹了口气，马上赔不是：

“我对不住你。昨天你的人来抓警官，我骗了他们，跟他们说他不在这儿，走了。其实是我打发他走的，让他藏起来。我可怜他……这人本来就遭了难，儿子死了，老婆丢了……”

“你什么都知道，卡捷琳娜！你是怎么知道的？”

“风声满世界跑，我也能听到一些。”

“知道得多，老得快，你的美貌就会飞走，光剩下满脸皱纹皮包骨。你爱惜点美貌吧，别那么好奇。现在你听我说，我叫叶果尔·伊萨耶维奇·拉斯托尔古耶夫，在西伯利亚面粉厂做事，来这儿是为了跟萨沃奇金谈给金矿供面粉的合同。你在雅尔斯克城里的时候就跟我认识了。因为是老相识，我跟车夫就留在你家过夜了。我说清楚了吗？”

“这有什么呀。你又在躲藏……你不烦吗？”

“这个嘛，卡捷琳娜，就不是你的脑子能明白的了。你别再这样问我，我说发脾气就发脾气，我一生气可是很可怕的。”

“别说了，我知道你那吓人劲儿。你还是说说别的事吧：这一次你让我干什么？”

“明天我看看情况再告诉你。至于你给警官报信儿这件事，小燕子，我还没想好怎么惩罚你。可是你承认了，这个做得对，我就欣赏你这一点，卡捷琳娜，不藏着坏主意，全都拿到桌面上。你让我睡哪儿？是睡你旁边还是门口的地板？”

卡捷琳娜叹口气，不声不响地铺开被褥，掀起沉重的绗成一条一条的被子的一角，说道：

“你先躺下吧，我就来。不弄那事你是不会罢休的。”

斯托尔波夫—拉斯托尔古耶夫满意地嘿嘿笑了两声，不慌不忙地脱了衣服躺到床上，把床压得发出轻轻的咯吱声。

一大早，天还没太亮，他就把谢苗叫醒了。

“起来，乡巴佬，套上你的喜福卡—布尔卡[①]，咱们得赶紧走。”

炉子已经生好了，卡捷琳娜正在做早餐的煎蛋，一个大黑锅里化着切成小块的猪油，吱吱拉拉响着，好像在不满地嘟囔着。

很快，他们在淡淡的蓝色晨光中上了车，斯托尔波夫—拉斯托尔古耶夫挥着手告诉谢苗往哪里走。谢苗感到吃惊，因为他指着黑河的方向，河对岸是像墙一样浓密的黑暗的森林。

“那里根本没有路！往哪儿走？”谢苗问道。

“要的就是没有路”，斯托尔波夫—拉斯托尔古耶夫吩咐道，“我们有自己的路，弯弯绕的路。你走吧，我会告诉你的。”

/七/

日金的警察生涯中还从未这么不顺当过。当然，发生过各种情况，遇到过各种险境，也有过枪战，但一般来说，这种情况不太多；大部分还是做些日常工作，一些必要的小事，做完这些事以后要花很长时间写

① 喜福卡—布尔卡是俄罗斯童话中的神马。

报告和总结，连墨水都来不及溶化，因为所长维基里安斯基要他写很多东西。日金最常写的是这一类东西：发生了一场火灾，十二起盗窃，两起自杀，其中一起是因为失恋，另一起好像是因为上司的欺压；一个人洗澡时因醉酒溺亡，八个流浪汉闹事，还有一起抢劫，是由他破的案，就像其他九起盗窃案一样……

现在他能在公文报告中写些什么呢？

写日金警官如何欺骗他的上司——所长，目的不明地到了金矿，在那里赤身裸体地被一群来历不明的人抓起来，带到了不知道什么地方，跟退伍司务长杰米利亚尼岑一起被塞进一个结实的木房子里，现在他们正在那里像两只被扔在篱笆旁的小狗一样冻得瑟瑟发抖吗？

好在那伙人让他们在浴室外间穿上了衣服，只是收了日金的佩刀和手枪。

这木屋没有窗户，墙和顶子都是用粗大的、没有仔细去皮的圆木垒起来的，上面结着厚厚的霜，木屋里黑乎乎的，他们甚至看不到对方。

两个囚徒已经用手把墙和房顶仔仔细细摸索了个遍，他们确定圆木垒得很结实，一个小缝儿也没有。他们两个人紧紧靠在一起蹲在角落，交头接耳：

“伊利亚·格里高利耶维奇，您觉得他们为什么要把我们抓来？”

“不知道为什么，但肯定有用，非常有用！夜里到卡捷琳娜家抓我的就是他们，第一次不成又来了第二次……他们跟踪我。也许不是他们跟踪的，是别的什么人，但你请我去洗澡，这个他们肯定看得清清楚楚。他们干得很利索，虽然是大白天，可是那地方没人。应该没人想到我们去了那里。”

“我觉得除了季莫菲没有别人。这个萨沃奇金的暗探，等我出去，非把他的胳膊腿掰折！”

“你先出去再说。”

“这倒是。他们会不会狠揍我们？”

“也许会，不过不是马上。要揍在澡堂的时候就揍了，我们连哼一声都来不及。他们抓我们是有什么事，等等就知道了，他们会说出来的。”

他们不说话了，然后不约而同地猛然起身，开始在两面墙之间来回走——因为太冷，待不住。没有一点声音从外面传进来，周围一片死寂。这寂静与未知一起压在心上，让人绝望。

但日金和杰米利亚尼岑没有被压垮，他们毕竟不是胆小鬼。他们支撑着，活动着取暖，没有呼天抢地，也没有怨声载道。

他们不知道在黑暗的木屋里待了多久。当沉重的门吱吱嘎嘎地打开时，他们俩都被突然射入的光晃得眯起了眼睛——这是一个严寒而明亮的早晨。太阳从泰加森林的缺口升起来，明晃晃的阳光很刺眼。

日金先走出门，来到亮处，环顾四周。木屋前站着几个清一色结实粗壮的年轻汉子，他们彼此之间有种说不出的相像，好像亲兄弟似的。离他们稍远站着一个快活的先生，他穿着阔气的裘皮大衣，显然是城里的式样，脚上穿一双新靴子，他在雪地上踏着脚，好像在跳舞似的。他身后停着一辆大车，一个车夫背向大家坐在车上，他好像不愿意看发生在木屋旁的事情。杰米利亚尼岑稍微磨蹭了一会儿，也跟在日金身后走了出来，站在他身后。穿裘皮大衣的先生不再倒脚，他发出一声短促的笑声，说道：

“这场面值得让天才的画家画下来。两个俄罗斯帝国的执法人员，像两只拔了毛的公鸡一样给逮住了，只差把他们的脑袋拧下来扔到铁锅里了。怎么样，伙计们，你们要不要喝这个汤？”

那几个年轻汉子狞笑着，好像有人指挥一样，一齐摇头：“不，我们不想喝。”

“你们瞧瞧，可敬的先生，你们连炖汤都炖不了。你们没有用，一点用都没有！好吧，我们这就算认识了。现在，尊敬的先生们，得把你们的手脚绑起来，押上雪橇，找个地方谈谈。说不定我们能谈得拢，说不定你们对一些正经事有点用。来吧，伙计们……”

日金和杰米利亚尼岑被迅速熟练地绑起来，像两段木头一样被扔到了雪橇上。

他们走了相当长时间。日金小心翼翼，尽量不引起注意地观察着路边，试图记住路，以备万一之需。他偶尔朝杰米利亚尼岑瞥一眼，看到他也在看着路边。“是条汉子，”日金不由地想，“好在我们是两个人，瞧着吧，我们会逃出去的，他们不能把我们炖了汤……”

他的姿势很不舒服，是侧躺着，被绳子紧紧捆住的手脚发麻。他挣扎着活动活动，想躺得舒服些，腿一伸，无意中碰了一下坐在赶车的位子上一直没有回头的车夫。那车夫小声骂了一句，回过头来，他俩顿时全都愣住了。他们认出了对方。既然当年谢苗·霍洛多夫和伊利亚·日金为乡村美人瓦西丽莎结了梁子，现在他们怎么能认不出对方呢？他们的相遇是那么突然，又是在这种古怪的情况之下，所以两个人第一个念头都是：“他怎么在这儿？”

谢苗马上回过头，用缰绳抽打卡尔卡的两肋。过了一会儿，他依然在车夫座儿上佝偻着身子，没有回头，好像不经意地，瓮声瓮气地慢慢说道：

“没问的就别说，那样对你们好一些。”

“看来他怕别人发现我们认识，”日金猜测，“他真滑头，好像是对我们俩说的，其实是冲着我说的，让我守口如瓶。好吧，谢苗，我先不说，看看再说……我倒想知道，你怎么跑这儿来了，你在这里是干什么的？”

这时小路已经又绕了几个弯，绕过几棵非常粗壮的落叶松，来到一片开阔的圆形林间空地。空地中间有一个宽大结实的过冬房，整体的房顶之下有过冬房的主体，浴室，木柴间，甚至还有一口井。过冬房前，差不多紧挨着台阶有一个套好马的雪橇，雪橇非常轻巧，好像玩具一样，上面装饰着精巧的乡村纹饰——绽放的奇花异草。杰米利亚尼岑微微抬起头，笨拙地伸长脖子，嘟囔着吐出一句脏话，就像吐出一口黑痰似的。这个老保安一下子认出了那马和雪橇，他怎么会不认得呢？金矿经理、矿山工程师萨沃奇金最喜欢坐着这套车马出行了。此时他本人走出来，来到台阶上，看了一下来人，就像老鼠一样灵巧敏捷地消失了，并无声地随手关上了门。

“松绑。”那个城里人模样的先生吩咐道。于是日金和杰米利亚尼岑身上的绳子解开了，他们被从雪橇上拽到地上，然后被推向台阶。他们两脚发麻，不听使唤，一瘸一拐地走起来。

他们被推到萨沃奇金刚刚进去的那扇门内，又被带着走过黑暗的过道，来到一个小屋子里，里面只有一条牢牢钉在圆木墙上的宽长凳。押着他们的人让他们并排坐在长凳上。

这位城里人模样的先生随后进来，开始在小屋里背着手走来走去，他眼睛盯着地板，好像在紧张地想着什么。忽然，他猛地蹿过来，快活地自我介绍说：

“我叫叶果尔·伊萨耶维奇·拉斯托尔古耶夫！”他在他们对面停下来，微微一鞠躬，继续说，“我知道你们是谁！我甚至知道日金的妻子失踪了，还发生了不幸——儿子死了。请接受我真挚的同情，真心实意地。杰米利亚尼岑没有这样的痛苦，没有痛苦很好，可是可能会有。我不知道是什么痛苦，可是可能会发生的，世上什么事都可能发生……现在谈谈请你们来这儿的正事吧。可以说是小事一桩，简直不值一提。因为秋天道路泥泞，金矿夏天挖出的金子没有运出去，可是必须按签订的合同期把它们运到雅尔斯克。你们就把它们运过去吧，尊敬的先生们。杰米利亚尼岑还要带上手下的警备队员帮忙。整个一支部队！你们可以击退任何的进攻，要是有人进攻的话！只要把金子运到地方，你们还会从帕尔菲诺夫先生那里得到酬谢——现金形式的。同意吗？”

“我们有长官，轮不到你吩咐我们。”日金尽量不看拉斯托尔古耶夫，说道。

“警官先生，您的长官可远着呢，我就在跟前。您也得为您妻子想想——您到底想不想重新得到她？趁着我心情好，尊敬的先生们，你们还是同意了吧。反正你们也没有第二条路。我就说到这儿，不废话了。我告辞，可是还会回来的——听你们的答复。我很快就回来，所以你们考虑的时间不多。”

他走出去，咣当把门关上，又哗啦一声上了一把铁锁。脚步声本来不重，渐行渐远，只剩下一片深渊一样的沉寂。

“伊利亚·格里高利耶维奇，听明白了吗？他威胁我们呢。虽然没公开说，可是话里有话——要把我们送到那边去，一了百了！……你儿子怎么了，老婆到哪儿去了？你一点儿都没提……”

“等一下，杰米利亚尼岑，别问了，我也什么都不明白。”日金沉默片刻，在长凳上躺下，把腿伸直，把两手枕在脑后，眼睛盯着房顶，就这么一动不动地躺着。

杰米利亚尼岑也不说话了。他垂头丧气地坐在那里，好像一只老乌鸦。

此时，拉斯托尔古耶夫和萨沃奇金正在离他们不远的地方，坐在一张桌子旁。桌上的茶炊刚刚好，他们边喝茶边小声谈话，那样子真像是在谈向金矿供应面粉的条件。不过他们谈的可不是什么粮食，他们谈的是别的事。日金和杰米利亚尼岑一定非常想听到这番谈话。但过冬房的墙又厚又结实，很隔音。

“你瞧，萨沃奇金，事情弄成这样，糟透了。咱们在西伯利亚银行的人，阿扎洛夫，这狗娘养的，真有两下子。我不知道他是怎么鼓捣的。反正我打开口袋就是裁好的纸。裁得很整齐，就像真正的钞票一样一摞一摞的。这就是你，还有我的所得——面包圈中间的一个大洞。现在你逃不了了，你必须完全照我说的做。”

“难道他能在银行把口袋换了？”

“我再说一遍，这我不知道。要是你忍不住好奇，你可以去雅尔斯克找到阿扎洛夫，好好问问他，为什么口袋里是纸？也许他会看在老熟人的份上告诉你。顺便转告他，我对他非常绝望，我可是为了他塞进口袋里的这些玩意儿把脑袋别在裤腰带上的，说打穿就打穿啊。不过，这就是随便一说。泡汤了……”

“那可是一大笔钱啊！”萨沃奇金叹气说。

“得了，别哭穷了！还没山穷水尽呢。你不是偷了很多金子吗？住口！我都知道！我们来谈谈那些还没送到雅尔斯克的帕尔菲诺夫的金子。懂我的意思吧？”

“等等，斯托尔波夫，等等……”

“不是斯托尔波夫，是拉斯托尔古耶夫·叶果尔·伊萨耶维奇。有那么难记吗？我是为了你好，萨沃奇金，可你总跟我说什么等等，等等……我可能不想等。可是少了的金子你怎么跟矿主解释？说被老鼠吃了吗？秋天你就劝矿主不要把金子运走，说是因为道路泥泞。那时候你已经开始偷金子了。你是怕发现金子少了。矿主同意以后你就倒腾，好像从自己的衣服口袋往外掏似的。得了，你自己做的事还用我说吗？你自己心里有数。现在听好，你把那些你还没偷走的金子运到雅尔斯克去，由警官和杰米利亚尼岑带着手下警卫队员押运。所有的，像俗话说的，一点不落，主人的一个金豆都不能剩下。你听懂我的话了吗？”

“听懂了。”萨沃奇金低声说。

“你瞧，顺理成章嘛。路上可能出事，劫匪袭击车队，打死警卫队员，金子丢了。是谁袭击的，金子到哪儿去了，只有上帝知道。我跟你把金子拿走，然后悄悄地，神不知鬼不觉地运出去。至于下一步送到哪儿，卖给谁，到那时再说。你也不用丢开这个肥差逃亡。你没打算逃吧？”

“没那事……”

“别跑，萨沃奇金，别跑。可是得把这件麻烦事掩盖好，栽到别人的头上。相信我，我知道。我们会做得天衣无缝，你过去怎么当经理，以后还怎么当，照样受人尊敬。等干腻了，就跟帕尔菲诺夫先生告辞，到一个舒舒服服的地方享受生活，要是愿意，出国也行。”

“我们还没有说好呢，我没同意……”

“你知道，我们也没说好去为了连擦屁股都不能用的一堆废纸去卖命，因为它太硬了。至于说你同意不同意，你吃干的就热茶，小心别拉肚子。萨沃奇金先生，现在你听好记住，你要做什么……”

/八/

雪橇很轻，所以在坑坑洼洼的土路上快跑起来不时颠簸，那个好像细线一样的声音被扯得断断续续：

“我诅咒……去那里的……那一天！愿它……受到……诅咒！受到……诅咒！”

萨沃奇金在赶车的座位上不时弹起来，然后更使劲地用鞭子抽打马宽宽的脊梁，赶着它狂奔。直到上了公路，在两排墨绿的冬青树墙的前方出现了金矿时，他才平静下来，停止喊叫。不管多么痛苦绝望，他还是控制住了自己的感情，他明白，如果迎面有人过来，听到金矿经理、矿山工程师萨沃奇金喊着什么莫名其妙的话，不知道在诅咒谁，一定会感到吃惊。

他减慢了马的速度，不再抽它，像平时一样不紧不慢地来到经理处的楼前。季莫菲从窗口看到他，赶忙冲出来迎接，殷勤地接过马的笼头，问道：

“您吩咐吧，牵到哪儿？马厩，还是拴在栓马桩上？”

“赶快牵到马厩去，用不着了。你到我这儿来。快点。”

一旦吩咐了季莫菲，萨沃奇金便马上找回了平时那种矿上第一人的感觉，完全摆脱了和拉斯托尔古耶夫谈话之后笼罩在心头的虚弱感。对于过去，不管你给它多少诅咒，已经于事无补了，所以人得活在当下，考虑怎样才能不重蹈覆辙。

萨沃奇金铸成大错是在去年春天，他有急事去了雅尔斯克。他跟帕尔菲诺夫一起待了两天，向他汇报矿上的事务，而后得到矿主的同意，准备在城里住上一个星期。他在“艾尔米塔什”饭店开了个好房间，要休息休息——泰加森林中的矿上蚊叮虫咬，生活乏味灰暗，像一块破抹布。他在饭店吃饭，去本地的剧院，在剧院他与其说是看戏，不如说是用望远镜观看池座中那些打扮靓丽的女士。一位女士发现有人在看她，调皮地用她那五颜六色的扇子吓唬他。萨沃奇金是单身汉，没有家累，把这个动作当成了想跟他结识的邀请。当天晚上他们就认识了。叶卡捷琳娜·尼古拉耶夫娜的柔媚和身材彻底迷住了他——他喜欢身材略微丰满的女人。第二天他们会面后前往雅尔斯克城郊的斯威特湖，那里有个租船处。他们在宁静的、无风的时候连一丝涟漪都没有的水面上划船，享受着稠李花的芳香——当时两岸稠李盛开，好像白色的波浪。

“太美了！太美了！”叶卡捷琳娜·尼古拉耶夫娜一个劲儿地说，她那低沉的胸音让萨沃奇金乱了方寸，划桨不稳，船忽而滑向一边，忽而滑向另一边，很快完全停下了。因为他扔下桨，凑到篷下的叶卡捷琳娜·尼古拉耶夫娜身边，拥抱她丰满的肩膀，吻她。他为此得到的惩罚很小——她用两个手指轻轻地揪了揪他的耳朵。

这美好的一天没有到此结束，游湖回来，他们在“艾尔米塔什”饭店的餐厅吃晚餐，这依然不是结束，因为晚餐后他们上楼去了萨沃奇金的房间，美妙的夜开始了……

就像生活中一切最好的东西一样，这美妙的夜被突然而粗暴地打碎了。

虽然萨沃奇金好像锁了门，可是门却被无声地打开了，走进来一些人——他们好像主人一样理直气壮，毫不客气。他们把萨沃奇金从被子下揪出来，赤身裸体地按在软椅上，然后才点上夜灯，把灯放在一个地方，让来人仍然处于阴影中。而他则只能用手遮住私处，整个儿好像被暴露在光天化日之下。

“当然，我们应该为这么闯进来向您道歉，萨沃奇金先生。”传来了一个不大的，略带取笑的声音，“可是，请相信，这是迫于不得已……长话短说吧，我们的时间，还有您的时间也一样，也就勉强够。确切地说，已经完全没有时间了。瞧，您诱惑，欺骗，最后强力把一位没有自卫能力的女子拖到自己的房间，像一个住在大门洞的喝醉的流浪汉一样强暴了她。顺便说 句，这位女子是受巴维尔·拉夫连季耶维奇·帕尔菲诺夫亲自庇护的，甚至不只是庇护。如果他知道了他的这个不仅仅是庇护的对象此时在这里，旁边的人是您，而且还是这样一副奇怪的样子，那么不管天多晚，他都会立刻报复的。要是他看见这个场面……打死也想象不出会发生什么。或者您可以想象？算了，我们不要审问您。这是一张纸，这是墨水和笔，您写吧……”

“我什么也不会写！”

“会写的，萨沃奇金先生，您会写的。不然我们的车夫会立刻赶车去把帕尔菲诺夫先生接到这儿来。”

萨沃奇金大汗淋漓，他看到自己赤裸的身体上出现了小汗珠。

“看来您已经想象到如果帕尔菲诺夫先生来到这里会出什么事了。看您那汗出的，简直为您的健康担心。您写了我们就和和气气地离开，不会对您有任何伤害，”幽暗处的那个声音依然不高，带点嘲笑，因此，显得特别阴险，“您写：我，维克多·瓦西里耶维奇·萨沃奇金因个人弱点和淫欲，对叶卡捷琳娜·尼古拉耶夫娜·戈尔捷耶娃犯下了可耻的罪过。我以贵族的诺言发誓，今后不再纠缠骚扰叶卡捷琳娜·尼古拉耶夫娜·戈尔捷耶娃。签名，写上日期。”

萨沃奇金趴在推到软椅前的桌子上，颤抖着手，溅了不少墨点，按照对方的口授写了好了。此时此刻，他完全没想后果，只求这突如其来的折磨早点结束。

“这才像话！”那个说话带着嘲笑，语气阴险的人从幽暗中踱出来，麻利地从桌子上抽走那张纸，把写的内容读了一遍，仔细折好，小心地放在外套的内口袋中。

此时，叶卡捷琳娜·尼古拉耶夫娜裹着被单，抓过衣服，赤着脚无声地跑到浴室，又同样无声地从浴室出来，穿好衣服，像影子一样无声地滑到门外，就像从没来过这儿一样。她连一点声儿都没出，只是留下了一缕淡香水的清香。

“现在,萨沃奇金先生,躺下放心地睡吧,我们不再打扰您了,告辞。”

这些身份不明的人走了，而萨沃奇金还坐在圈椅里，好像头撞了墙一样，脑子里什么都不清楚，只是用手擦着细小的汗珠。

这个斯托尔波夫，现在自称拉斯托尔古耶夫的可怕的人，就是这样简单粗暴地把他牢牢地抓在手里的。萨沃奇金变得身不由己，任人摆布。不仅任人摆布，卡捷琳娜那双美丽的眼睛还一刻不离地监视着他，她是按照帕尔菲诺夫的意思被安置在矿上的。巴维尔·拉夫连季耶维奇是不会把过去的情妇一扔了事的，只是把她们打发得远远的，绝不要她们在他面前出现，但肯定让她们衣食无忧。卡捷琳娜，也就是叶卡捷琳娜·尼古拉耶夫娜，也是如此。当萨沃奇金在矿上看到她，他觉得脚下的地都晃起来了。他明白，她曾经是帕尔菲诺夫的情妇，但受斯托尔波夫支配，一切行动听他指挥。卡捷琳娜自己并没有只言片语或一个眼神提醒他在“艾尔米塔什”饭店的难忘的一夜所发生的事。他们偶尔相遇，她的态度很谦恭，只有一次向他提出一个请求，想让他把到矿上办事的公务人员安排在她那里住，因为她没有事情，也没有孩子，可以按照通行的做法给需要的人提供价格优惠的招待。“顺便也可以知道他们在说些什么。”萨沃奇金马上猜到了，但他没有表露出来，满足了卡捷琳娜的请求。

现在，他上楼走进自己的办公室，没有脱外衣，把冻僵的手凑到温暖的炉子旁，闭上眼。忽然，完全出其不意的，他想起了卡捷琳娜丰满、温柔、百依百顺的身体。

“见鬼，见鬼！都见鬼去吧！”萨沃奇金喊道，然后他赶紧看看四周，唯恐有人偷听。

但此刻没有人想偷听金矿经理，楼道里很安静，只有外面的拴马桩那儿传来了悠长的马叫。他离开炉子，脱掉外衣，坐在宽大的桌子后面。桌子上有一套大号的大理石文具，他拿起笔，在自己面前展开一张白纸，想写些什么，可是又把纸团成一团，把笔放在一边，笔尖连墨水都没蘸。

不，他根本无心办公。

他向后一仰靠在圈椅背上，眼睛盯着天花板，就这么坐着，直到季莫菲走进来。他在门口停下，恭敬地咳嗽了两声，报告说：

“我把马牵到马厩了……您还有什么吩咐？”

“吩咐……”萨沃奇金在椅子上挺直身体，扫了季莫菲一眼，问道，“我不在的时候没什么事吧？”

“有事，”季莫菲叹了口气，垂下眼睛说，“警官带来的那个苦役犯逃跑了……”

“怎么逃跑了？”

“我给他送饭，他还要水，说是口渴得不行。天冷，我嫌上锁麻烦，就用绳子把门绑了一下，我去取水的时候这个坏蛋不知用什么把绳子割断了……他跑了，连个影子也没有了……警备队员说，他只有一条路，钻进泰加森林，在那里冻死，或是自己回来，就没去找……”

“苦役犯不是我们的事。你让他跑了这件事先别说出去。跑了就跑了吧……就连他曾经关在我们的地窖这件事也别说。要是有人问起你，再说发生了什么。你给我小心点，下一次再这么大意我可饶不了你……现在你听着……到马厩把我的马单独拴着。再挑五匹耐力好的马，给它们喂足燕麦，不要拉雪橇，不要上鞍子，把马具挂在墙上，免得用的时候现找。雪橇放在棚子下面，必要的时候要立刻套好。都听明白了吗？”

季莫菲忙不迭地点头，把手放在胸前，感谢地鞠躬。

/九/

来到走廊后，他用同一只手虔诚地画了个十字。

他站立片刻，调整呼吸，然后踮着脚尖悄悄地向出口走去。还不敢相信苦役犯逃跑的事虽然还不算完，但就这么过关了，没有被骂，也没受惩罚。

季莫菲已经忠心耿耿地为主人做了四五年事了，并且因为忠诚挣了不少钱。他是萨沃奇金在矿上的耳目，从没骗过他，而这一次却不得不骗他了。他不能一五一十地坦白，因为他到底不能跟自己过不去。其实，苦役犯的事儿跟他向主人报告的完全不同。要是老老实实地说出真情，萨沃奇金是肯定不会原谅他的，会把他像一张废纸一样揉成一团扔掉——他连哼都来不及哼一声。

到了外边，季莫菲停下脚步，咽下一口凛冽的空气，又画了一个十字。上帝保佑，混过去了！他向马厩走去，脚步轻快，快飞起来了——好像长出了一对儿翅膀。没得说，他运气好，哎呀，运气太好了。因为回想起来，其实是那个像魔鬼一样机灵狡猾的科姆列夫骗了他，就像他是一个大耳朵的狗崽儿一样，骗得真容易，真窝心！可是季莫菲什么都不愿回想，相反，他想努力忘记这件事，免得再次让他心里难受，从昨天起，他已经被吓得不轻了。

昨天傍晚，天快黑的时候发生的事情是这样的：

季莫菲到关科姆列夫的地下室送去一碗黍米粥，他开了锁，把这只碗从一个窄缝儿处送进去。他自己没有到地下室去，他取下锁，开了一条不宽的缝儿，只够把碗送进去，又把一条粗麻绳挂在分别钉在墙上和门上的两个钉子上，以防关在里面的人把门撞开。

“等等，等等，老兄，把手张开，哎呀，我看见了特别的征兆！”从地下室传来科姆列夫急急忙忙的不安的叨咕，他的话在霎时好像有魔力一样，让季莫菲完全忘记了小心和怀疑。他听话地张开了手掌。

“哎呀，老兄，你的女王出毛病了，前头烂了，你染了恶疾！”

因为没有准备，季莫菲甚至哆嗦了一下。这个苦役犯从哪儿知道不久前他因为喝醉了以后跟一个流浪的女人乱来，从她身上传上了恶疾呢？此时那苦役犯不让他有喘息的机会，还在一股劲儿地说，好像水从桶里流出来一样：

“你还要有灾呢！大灾！你把门开大一点，这儿太黑，我看不清你的命运线！我告诉你怎么能得救！给一个好人算命是做好事！还是你不想知道？那我就不说。强扭的瓜不甜。”

怎么能不想呢？每个人都想知道自己的命运！季莫菲把绳子取下来，把门几乎大敞开了。一双又长又有劲儿的手猛然抓住他的肩膀把他拉进地下室，用从裤子上解下的皮带把他绑了起来，他连喊都来不及喊一声。此时他坐在那苦役犯对面的一段木头上，而苦役犯煞有介事地在手里转着一片锋利的小木片儿，小声警告说：

“你要是喊，我就把你的眼睛剜出来，可能两只眼睛都剜出来。”他把木片儿的尖头从季莫菲的眉毛上滑过，好像在画线一样。

地下室很冷，可是季莫菲的后背却冒出了热乎乎的汗滴，顺着脊梁往下流，因为季莫菲清楚地意识到一个简单的事情：“这个逃跑的苦役犯，随时可能把自己的眼睛剜出来，他没什么可怕的。”

“现在你快点老老实实告诉我，警官到哪儿去了？”然后又把木片锋利的边缘在眉毛上“唰”地一蹭。

季莫菲挣了一下，脑袋向后仰，但苦役犯把他当胸抓住，拉得离自己更近些，小声说道：

“别挣，老兄，你从我手里是跑不掉的！说话！问你呢！”

季莫菲好像一块干劈柴在斧子的重击下裂开了，全招了。他说一伙他不认识的人，从浴室把警官和杰米利亚尼岑抓走了，带到了泰加森林里，可能是去了越冬房，还说出了去这个越冬房要怎么走。这已经是一五一十地招了，一片木片在眼前晃悠，还能怎么样呢？他剜两下，你就瞎啦！

苦役犯边听边点头，好像表示同意，然后很快瞟了一眼地下室，把季莫菲从木墩上拽起来。季莫菲还没来得及明白怎么回事，就又变了这个样：右手被皮带的一头捆住，皮带的另一头拴在相当重的木墩上。

“兄弟，我不想害你，给你留下眼睛，可你别捣乱，我叫你怎么做，你就怎么做。明白吗？”

“明白。”季莫菲回答，像科姆列夫一样压低了声音。

“那就好。你坐在这儿解开绳子，把自己放出去。脱身之后把绳子锯开，把门打开。我给你留下把锯，好让你干得顺手些……”

他把在季莫菲的眉毛上划过的锋利的木片放在木墩上，向门口走去，但开门之前又回身警告说：

“你可别琢磨着喊叫，我悄没声地走了对你比较好。要是我被抓住，我就把你全供出来，说你随便泄露主人的秘密。”

然后，他无声、迅速地走出了地下室。

季莫菲呼哧呼哧地折腾了好长时间才解开皮带，用木片把粗绳子割断，这些跟平时不一样的活儿把他累得要死。等到爬出来，沉沉的寒夜已经降临到矿上。他给地窖上了锁，站了片刻，懊丧地朝锁着的门吐了口唾沫，往住处走去。路上他回过神来，想起昨天晚上给苦役犯送粥的时候，有一个金矿的警卫队员曾走过来，他们在地窖门口聊了几句。季莫菲说，一个流浪的娘们儿让他染上了脏病，那个保安则抱怨说，已经一整天既找不到警官也找不到杰米利亚尼岑了，已经开始担心了，不知他们去了哪里？

季莫菲怎么会想到苦役犯在门后听到了他们的谈话？

他真的听到了，听到了，记住了。

他季莫菲呢，只有这个时候才想明白，那苦役犯怎么会知道他的秘密，而他伸手开门的那会儿，他好像一时间傻了。嘿，那该死的苦役犯也真够机灵的！好在萨沃奇金相信了，没有细问事情的原委。要是问起来他那笨拙的谎话一下子就能戳穿。

想到这儿，季莫菲在去马厩的路上，第三次停下画了个十字。

等他到了马厩，马倌儿又告诉他一件事儿：

“倒霉，季莫菲，那匹花灰色的母马不见了，鞍子也少了一副。我死活想不起来，放到哪儿去了？”

季莫菲马上猜到那匹马和鞍到哪儿去了，但假装气得不行：

“怎么能出这样的事？去找！要不我就得跟萨沃奇金报告，他会为了你的马大哈，把你的脑袋揪下来的。去找！”

他又在心里暗自加了一句：“就像野地里的风，哪儿找去啊！”

/十/

而风，也就是苦役犯科姆列夫，此时，不是在野地里转悠，而是坐在远离金矿的越冬房，娓娓动听地给斯托尔波夫—拉斯托尔古耶夫讲故事。讲他如何因为残酷的命运的惩罚而流落到天寒地冻的西伯利亚，在这受尽折磨，代人受过，蒙冤被判终身流放，看不见尽头，得不到一点同情：

“那时候我年轻、英俊秀气、嗓音清脆，头发卷得像小羊羔。我住在光荣的莫斯科城，在聂德金先生家烧锅炉。他们家的房子很大，是石头的，锅炉工的活儿总是很多——运劈柴，生炉子，及时关闭烟囱，不要让人烫伤……一句话，就像一只蜜蜂一样飞来飞去，没时间东张西望。可是有人在看我。我是个让人注意的小伙子，虽然有的时候两手被煤烟弄得很脏。看起来有人注意我了。在这儿得说明一下：聂德金夫妇俩住在那栋石头大房子里，没有孩子，再说哪能有孩子呢，主人的岁数已经很大了，害痛风，他总是拄着拐杖，弯着腰，好像有人把他撅折了似的。他的夫人，聂德金娜太太，正值妙龄，皮肤白里透红，别的就不要说了。有一次，她来到我的小屋，开门见山、直截了当地说，我很健康，想生孩子，我老公没能力在这件事上帮助我。你来帮我吧，我也希望孩子像你一样漂亮，卷发。要是你不愿意帮，就滚出去！大冬天的，我能去哪儿呢？我这一头卷发能往哪儿扎呢？我就同意了。一年以后，聂德金娜太太生了继承人，他长得跟烧锅炉的一模一样，一眼就能看出来。不用说，因为这个继承人，主人命令把我拖到马厩，用鞭子抽了一顿，直接往外面的雪堆上一扔。我挨了鞭子，又挨冻，差点死了。好在有些好心人让我住，给我大麻油，抹屁股。那个折磨我的女人还不放过我，又来了新的惩罚——警察局来人，把我带到警局。我喊道：‘凭什么抓我，我有什么罪，我是诚实的人！’他们也不回答我，拼命拽着我，脚不沾地地带走了。把我拉到警局以后就威胁我：‘狗崽子，你说，你是怎么把聂德金先生害死的？’他们又是挥拳头，又是捶桌子，还打我的脸。我尽力辩解，可是谁信哪！后来又带来了证人，说是亲眼看见我夜里拿着刀潜入主人的卧室。然后是上法庭，聂德金娜太太坐在第一排，穿着黑衣服，戴着黑面纱，她作证说，我不止一次威胁要杀死主人。后来，当我已经被判了流放，在复活节她给我送到监狱一份小礼物——一块复活节蛋糕，三个彩蛋。还有一张纸条，上面写着：‘愿上帝保佑你，不要想不开，我会永远为你的灵魂祈祷。’她当然得祈祷了！老丈夫进了坟墓，她手里拿着遗产，孩子一天天长大，逗人开心，情人送去服苦役，省得碍手碍脚干扰她的生活。她就是这样的人，这个聂德金娜太太！现在，好心的先生，你倒说说，这个世界真有正义吗？还是只不过说说罢了。到底有没有？”

斯托尔波夫—拉斯托尔古耶夫一次也没有打断科姆列夫冗长的讲述，他从心眼儿里高兴，想道：“库巴托夫，可惜你被打死得太早了，要不你也能开开心心地听听这家伙的故事。他讲得可比报纸上写的故事吸引人，就像写小品文似的。说不定比首都那些写字儿的都强。”

“你来这儿干吗？找谁？”

“好先生，我已经跟那几个差点把我揍一顿的人说了，说的全是实话！”

“再说一遍，要想活命就别犯懒。”

“我可想活命呢，好先生！我不犯懒。我从头开始讲，我是怎么从流放路上逃跑的……我什么都不隐瞒！”

接下来他又对斯托尔波夫（拉斯托尔古耶夫）讲自己从流放路上逃跑的事，还有被洗劫的杂货铺，在澡堂那段不长的温饱生活。还讲到警官，他从他的手中逃脱，又得到他的帮助得救，以及他怎么被关在金矿办公楼地下室，他烦闷得不得了，打定主意要逃出来……

“是谁告诉你这儿有越冬房的？你来这儿做什么？”

“我倒是不知道这个越冬房，好先生！我从金矿逃出来就瞎闯一气，跑着跑着就迷路了。后来我看见车辙，心想，它一定能把我带到一个地方，顺着往前走，就到了这儿……”

“就到了这儿。”拉斯托尔古耶夫学着他说。“好吧，你先留在这儿，在我的眼皮底下待着，我回头再决定怎么处置你，是烤着吃，还是生着吃……”

“别，别，好先生”，科姆列夫急忙说，“怎么吃我都不好吃！我只有筋头巴脑，嚼不动！”

“我嚼得烂，我的牙可有劲儿呢！你走吧，记着，我的牙有劲儿得很！”

科姆列夫没有回身，一步一步地向门口退去。他吸了口气，眼睛迅速而仔细地四下扫了一扫，想记住这一次命运把他扔到了一个什么地方。

看起来这座越冬房盖起来的时间不长，用的是仔细刨光的粗圆木，建得相当结实。走廊不长，走廊尽头有两扇粗大圆木对半劈开的木板钉成的门，门很重，包着宽铁条。科姆列夫顺着那窄走廊往门口走，但一只沉重的大手马上落在他的肩上，一个嘶哑的声音叫住了他：

“没让你去那儿，跟我来！”

科姆列夫顺从地跟着走。他被带到一个低矮的小房间，房间当中有一张手工做的桌子，桌子两边是两溜紧贴墙的长凳，上面铺着羊皮，很是显眼。

“你就在这儿待着，我就在你旁边。别耍花招，我一下子就能把你的脑袋拧下来！”那个年纪尚轻的健壮的汉子说道。他语气平静，甚至好像懒洋洋的，但他的样子很阴郁，以至于科姆列夫不由自主地想：“这人真的能眼也不眨就把我的脑袋拧下来，对他可得加小心……”他点头哈腰，大声说：

“明白，好先生，我不会添麻烦，不过我斗胆问一声，怎么称呼您？”

“用不着称呼我，懂吗？”

科姆列夫顺从地点点头，表示完全和绝对懂了。

“你在这儿待着，”那汉子说，“等我。”

房间里剩下科姆列夫一个人，他围着桌子走了几圈，本想坐到长凳上，可是又改变了主意：万一那个阴郁的汉子不喜欢他坐在那儿呢？可是时间一点点过去，那汉子还没有回来。科姆列夫围着桌子走烦了，他先是在长凳上坐下，然后躺下，不知不觉睡着了。他睡得很沉，像婴儿一样，做的梦也是孩子似的：梦境是玫瑰色的，有花儿，很多的花儿，它们汇成一些大大的花束，这些花束就落到他的脚边。真是奇妙！

“够了，别睡大觉了！”一个有些低沉的声音打断了他的梦，一只有力的手不客气地抓住他的肩膀。

科姆列夫像士兵听到了警报那样一跃而起，擦擦眼睛。站在他面前的还是那个阴郁的汉子，他皱着眉头看着他，下垂的眉毛下面那双深陷的眼睛里，目光像冰碴子一样冷漠而犀利。

“对不起，我躺了一小会儿，没得到您的允许……”科姆列夫急忙说道。

“跟我来。”阴郁的汉子不等他说完，吩咐道。

他领头朝窄走廊尽头走去，在幽暗中可以模糊地看到那扇包着铁条的厚重的门。

“你拿起那个有金子声儿的木桶，送到外面去。一滴也别撒洒到地上，要不我就狠狠揍你。把它送到远点的地方，别扔在台阶旁。”

那阴郁的汉子不说话了，只是喘着粗气去开那把锁得紧紧的锁。门打开了，一股积聚的尿味儿扑面而来，他皱起眉，把科姆列夫往前推。而科姆列夫已经闻了好几年这种味道，习以为常，所以他并不皱眉就走进了那间小屋，看到角落有一个不高的木桶，上面有两个环，就朝它走过去。他忽然开始不停地打喷嚏。他捂住嘴，弯下身子，好像鞠躬一样。就这样，他边打喷嚏边弯着腰凑近长凳，日金和杰米利亚尼岑正坐在长凳上吃惊地看着他，他边咳嗽边非常快地低声说了句：

“别怕……我来救你们……”

“你还要在那儿待多久？！打够了没有！弄出来！”那个阴郁的汉子催他。

“这就来，这就来，对不起，太冲鼻子了。”科姆列夫抓住桶往门口拖。

他没有回头，没看见日金和杰米利亚尼岑从背后吃惊地看着他，就像他们面前出现了一个没有肉体的鬼魂。此时，科姆列夫正沿着走廊拖木桶，一点不洒地把里面的东西倒到一个远离越冬房的雪堆上，然后回来，把空桶放回小屋。门咣当一声关上了，哗啦啦上了锁，那个阴郁的先生带他回到原来的地方，含含糊糊地嘟囔了一声：

“开吃了我叫你……”

果然，晚上科姆列夫已经跟越冬房的人坐在同一张桌子旁了，只是没有斯托尔波夫—拉斯托尔古耶夫。

没用一刻钟，桌旁的这些人已经被科姆列夫给他们讲的故事逗得哈哈大笑，越笑越厉害，很快已经直不起腰了。

他并不知道，是卡捷琳娜让他坐到这个桌子旁的，是她对从越冬房急忙赶来的送信的人说：

“不，他没撒谎，是警官把他带来的，把他关在了地下室，他骗了季莫菲，也是真的。那还算个好汉呢……”

“好，我就这么报告了。”送信的没有多问，就急忙赶回越冬房，把卡捷琳娜的话转达给拉斯托尔古耶夫，而看起来拉斯托尔古耶夫也相信了这些话。

科姆列夫这才跟大伙儿一起坐到了桌旁。

/十一/

《省消息报》的记者赫里斯托夫·古德里亚夫采夫不仅少有的能钻营，而且性子特别急。玛格达丽娜·维涅吉科托夫娜要他等三天他都等不及，两天后就来问结果，而且一大早就来了。是玛尔法给他开的门，她住在玛格达丽娜·维涅吉科托夫娜家，因为前天晚上她待到很晚，索性不回家了。在门口看到这位来得这么早的客人，她吃惊地说：

“您怎么也不打个招呼，说来就来啦……我们还没收拾好呢……”

“您的样子很体面，玛尔法·伊万诺夫娜，再说我也不是来接您成亲的。我知道我失礼了，可是迫于形势，没有别的办法。所以，请直截了当地告诉我，玛格达丽娜·维涅吉科托夫娜是否同意了？”

“是的，她同意了，可是她打算明天见您，而不是今天。”

“太好了！玛尔法·伊万诺夫娜，我得好好谢谢您。请转告玛格达丽娜·维涅吉科托夫娜，我明天正午的时候来。而为了感谢您，玛尔法·伊万诺夫娜，我要告诉您一件完全想不到的事，您一定会感兴趣的。您想知道吗？我希望您能请我喝杯茶，外面很冷，冻得直哆嗦……”

“真拿您没办法，把大衣脱了，到厨房来吧。我这就生茶炊。”

古德里亚夫采夫用不着请两遍，他立刻脱下大衣，摘了帽子，玛尔法还来不及眨眼，他已经坐在厨房的桌旁，着急地搓着冻僵的手，抱怨道：

“我只好走着来这儿，这样的天气赶车的都疯了，他们要的那个价儿啊，好像我是洛特柴尔德的近亲似的。可是我的钱紧张极了，我们省的稿费很低……哦，茶来了，谢谢，玛尔法·伊万诺夫娜，更得谢谢您说服了玛格达丽娜·维涅吉科托夫娜。我对她的回忆录抱很大很大的希望。您会看到，它准能震动我们雅尔斯克沉闷的生活，给它添上一把猛料……”

“您说您有事告诉我。”玛尔法有礼貌地提醒道。

“是啊，是啊，我应该告诉您……”古德里亚夫采夫不再啜饮，没有任何过渡，请求道：“玛尔法·伊万诺夫娜，您能不能借我二十卢布，下次领到稿费就还，我一定还，我从不赖账。可以借给我吗？”

“可以，”玛尔法点头说，“但我先要知道您想对我说什么。”

“遵命。我要说的是，”古德里亚夫采夫咬了一口点心，细细嚼了，用茶送下去，然后又停了半晌，才接着说，“今天夜里我们的警察局局长波罗佐夫先生亲自进行了搜查，当然带着手下的人，但是是亲自搜查的。搜查的是一座不起眼的房子，很奇怪，里面没有主人，也没有访客，空、无、一、人！门开着，好像在请警察局局长进去，欢迎，请进！警察局局长进去后发现了两个口袋，口袋上盖着西伯利亚商业银行的印！您肯定听说不久前有人抢银行的事。抢的就是这两个口袋！可是口袋里——您可能当笑话，可这是真的——口袋里不是钱，而是精心裁好的纸。整整两口袋！奇怪吧？！”

“我为什么要知道这些？”

“您这就大错特错了，玛尔法·伊万诺夫娜！那个房子是阿扎洛夫先生的，虽然他不住在这处房子里，因为他在邮政街另有一处房子，他住在那儿。阿扎洛夫就在西伯利亚商业银行工作，以前他是老帕尔菲诺夫的得力助手，是唯一的一个可以去矿主家汇报事情的人。老帕尔菲诺夫不让任何人去他的宅子，只有阿扎洛夫例外。玛尔法·伊万诺夫娜，拉夫连季·佐托维奇最后一段日子您一直没离开过他身边，请告诉我——他们谈了写什么，他们的关系怎么样，主人对阿扎洛夫看法如何？”

“上帝保佑，您把我跟什么人弄错了！我是帕尔菲诺夫家的厨娘，不是秘书。我根本不知道阿扎洛夫是谁！也许在他家见过，可是打听主人的熟人可不是我的本分！您搞错了，古德里亚夫采夫先生，完全搞错了。”

“遗憾，”古德里亚夫采夫似乎真的很沮丧，“真遗憾，我对您抱着很大希望呢。”

“不该抱希望。拉夫连季·佐托维奇从来不跟我提自己的事。我可没那么高的身份。”

“也许您还是能回忆起来，玛尔法·伊万诺夫娜？有时候一件事忘了，可是后来，啪的一下又想起来了！”

“我没什么好回忆的，”玛尔法温和地微笑着说，她把放点心的碟子往古德里亚夫采夫跟前推了推，“吃吧，我会借给您钱。稍等，我这就拿来。”

古德里亚夫采夫吃了所有的点心，喝了五杯茶才走，虽然口袋里有二十卢布，但他还是垂头丧气的。

玛尔法送走这位一大早上门的客人，回到厨房，发起愣来。她久久地看着空茶杯，好像不知道该拿它怎么办——是不要碰它，还是把它洗洗放回原处？她没有发觉玛格达丽娜·维涅吉科托夫娜从卧室出来，所以当听到她生气地大声说话，不禁打了个激灵：

“我都听见了！我听见这个报社的混混儿在这儿说的话了！我猜你瞒着我又在策划新的报复！够了！军人说，不可能连着两次打中同一个地方，这话没错。你又想搞些什么？算了吧！”

玛尔法抬起含泪的眼睛看着她，小声地，缓慢地，好像用尽最后的力量，艰难地说：

“我记得您对我说，有第三条路——报复！所以我要报复……我还记得那个茶杯——就这样！”

她从桌子上拿起茶杯，猛地摔到地板上，茶杯摔得粉碎，碎片朝玛格达丽娜·维涅吉科托夫娜的脚下飞去。她后退一步，喊道：

“你上劲儿了！我再说一遍，罢手吧！”

但玛尔法不想罢手，她好像身处大浪之中，身不由己，她的心因为预感到报复带来的满足而莫名兴奋，她一定要完成这个报复。怎么能不报复呢？虽然过去了很长时间，但伤口并没有愈合，只是表面长出了一层薄薄的皮，而里面依然疼痛，有时甚至在梦中都会疼。不管她在做什么，就算是跟玛格达丽娜·维涅吉科托夫娜——如今她是玛尔法在世界上唯一的亲人——在一起最开心的时候，这疼痛也让她无法忘记过去，一丝一毫都忘不了。

她猛地站起身来，紧紧拥抱着玛格达丽娜·维涅吉科托夫娜，在她耳边小声说：

“请原谅，但我不能听您的话。我没法听您的劝，我做不到……”

玛格达丽娜·维涅吉科托夫娜沉默地摸摸她的头。她是个聪明人，饱经沧桑，很清楚有时候无法说服一个人放弃他的一个心血来潮的想法。

不管说什么，怎么讲道理都没用，就像用指甲锉锯圆木一样毫无用处。她把玛尔法推开，给她画了十字，然后在窗边站了很久，忧心忡忡地看着那敏捷的身影在街角坐上等着拉客人的雪橇，拐过弯消失了。

玛尔法坐上的是最近的一辆雪橇，因为激动，她甚至没听见车夫对她说的话。

“去哪儿，美人儿？”赶车的年轻小伙子挥着鞭子又问一遍。

“去饭馆，卡比托内奇的饭馆。你认得吧？”

“我哪儿都认得！”小伙子快活地大声说。

“你真有福气。”玛尔法表示羡慕。

卡比托内奇的饭馆没有什么变化。坐在桌旁的还是那些客人，站柜台的还是那个酒保，煮下水的腻人的气味也跟过去一样。唯一的不同是出现了一个有大铜喇叭的留声机，放在角落的一个单独的小桌子上。留声机是新的，阳光照在喇叭上，熠熠发光。

玛尔法没有坐在桌旁，而是直奔酒保：

“主人在吗？”

酒保沉默地点点头，指指那个把店面跟内室隔开的帘子。但不等她迈出一步，那帘子就晃动起来，拐杖声表明卡比托内奇出来了。

“哎呀，看看谁大驾光临了！”饭馆老板好像唱歌一样地欢迎道，说不出有多高兴，“哪阵风把您吹来了，玛尔法·伊万诺夫娜？现在您可是我们这儿的贵客！听说将军省长都跟您说话呢！您想来点什么？”

“谢谢，我不饿。我要跟您当面谈谈……”

“好啊，听您的，玛尔法·伊万诺夫娜，听您的！请进！”卡比托内奇殷勤地为她把油乎乎的帘子大大地打开。

他们走进一个小房间，他把门紧紧关好，请她坐在一把旧圈椅上，甚至请她脱掉毛皮大衣，但玛尔法拒绝了，只是解开了最上面的纽扣。

“纳乌姆·卡比托诺维奇，我就待一会儿，没时间坐。我的事情很简单，需要马上做。过去有个阿扎洛夫先生在西伯利亚商业银行做事，不久前他失踪了，哪儿都找不到。所以我有个请求——找到他，找到他的住处……”

“可是找人是警察的事……”

“你少废话，纳乌姆·卡比托诺维奇，别跟警察说我来过。我不会拖欠，明天就可以付你定金。”

卡比托内奇用拐杖敲了敲地板，沉默片刻，突然翻脸了，满是皱纹的脸上那甜甜的笑容一下子消失了，眼中射出两道尖锐的寒光：

“你就不怕被割断脖子吗？”

“我的生命已经在你的饭馆毁了，还担心什么脖子。告诉我你的答复，纳乌姆·卡比托诺维奇。”

“现在你这么神气……谁能想得到……好吧，明天午饭时我去找你，给你答复。定金最好备着，万一用得上呢……”

/十二/

布舒伊卡河本来就不宽，绕过雅尔斯克城北缘后已经成了小溪，拐了个大弯，形成一个真正的半岛，半岛上密密麻麻、杂乱无章地挤满灰暗低矮的小房子。很久以来这里就是皮匠的聚居地——这是对那些在皮革厂工作的人的称呼。这些皮匠总是把自己家门口搞成独立王国，他们生活在自己的地盘，有自己的规矩，有着彪悍好斗的名声——就连警察没有特别的事由也尽量少到这儿来。布舒伊卡河好像是为了引人注意，每隔三四年就在春天把整个半岛淹没一次，皮匠们就爬到阁楼或房顶上逃生，把可怜的家当也拖了上去。他们划着木筏，用手抓卡在篱笆上的狗和鱼，互相骂着不堪入耳的话，诅咒不称心的生活和不驯服的河，但谁都不从半岛搬走。他们已经习以为常：水早晚会退走的，以后的整整三四年中除了火灾不会有任何的灾祸，可以高枕无忧。

冬天下雪，矮的房子差不多被埋到了房顶，雪堆后的篱笆差不多只能露出一点头儿，灰不拉几的，窄窄的小路纵横交错地通向全村各处，好像古怪的花纹。从来没人清扫这里的道路，人们认为没有这个必要，这有道理，因为皮匠们不会纵马驰骋。

这天的正午，当太阳升起来了，稍微暖和一些的时候，一个乞丐在这里的一条小路上蹒跚而行。这个人的个子相当高，但弯着腰，身子前倾，腰好像折了，那背上的行囊好像马上就要把他压垮。那长长的，纠结在一起的大胡子上结着霜，破帽子遮着眼睛，两只手没戴手套，红得好像被开水煮过。

这个乞丐不停地走着，不直起腰，也不左顾右盼，眼睛一直盯着自己的脚尖。忽然他停下，左右摇晃，沉重地跌坐在一个雪堆上，这雪堆正好堵在一座低矮的小屋的门口，雪堆挖了一道极窄的通道，通到房子的台阶。那乞丐忙乱了一阵，顺着这条通道的斜坡溜下去，直接溜到了台阶上。他张开手掌敲了敲最上面的一级台阶，高一声低一声地吆喝道：

“好心人哪，看在基督的份儿上！别让没地方住的人冻死！我要冻死啦！让我稍微暖和一下也好！”

那扇歪斜的门后并没有人回应，不过传来了窸窸窣窣的声音，但是那乞丐继续念念叨叨地祈求帮助。

他到底把人喊出来了。

门开了一条窄缝儿，生气的主人隔着门缝儿向外看着乞丐，厌恶地皱起眉，声音不大，但坚决地说：

“滚！我们自己挤得好像桶里的沙丁鱼。滚，说你呢！别号了！要不我把你埋进雪里！”

那乞丐泄气了，身子一弯，不再出声，听话地四肢并用爬出了窄沟儿。爬上以后，他站起来，但还是没有把腰直起来，继续拖拖拉拉地向前走去，破棉袄的下摆拖在踩出的小路上。主人警惕地看着他的背影，确信这个流浪汉不会回来，就咣当关上了门。

看起来这乞丐自己也不知道他在往哪里走，但其实并非如此：他来到雪橇路上，看看四下无人，猛地把腰挺起来了。他的脚步变得敏捷而有弹性，他横穿道路，灵活地钻进一辆停在杨树下的不起眼的有篷马车上，就消失了。在驾车的位子上打盹的车夫身子一动，抖抖马缰，那站了很久的马儿就欢快地撒腿跑开了。

不久，马车来到警察局的院子里，正对着黑色大门停下。那乞丐从车上跳下来，推门直奔警察局局长的办公室，边走边简短地吩咐秘书：

“来点白兰地和热茶，快点！”

当秘书端着盘子进来的时候，办公室里已经没有了乞丐。站在烧得热乎乎的炉子旁边的是警察局局长波罗佐夫，正在烤着冻僵的手。他肩披一件敞开的制服，脚上穿的不是靴子而是一双惹眼的厚羊毛袜。旧棉袄，纠结的大胡子，破帽子和肩挎行囊都扔在墙角。

“您没冻坏吧？”秘书有礼貌地问。

“还没。给我倒杯白兰地，把这些破烂货拿走。不要让人进来，我不叫你，你也不要进来。”

办公室里只剩下波罗佐夫一个人了，他活动活动肩膀，喝了一杯白兰地，再次把双手凑到炉边。他烤了半天火，等到暖和过来，手也不红了，他就走到学生用的珠算架子前，响亮地拨了一个珠子。在空荡荡的办公室里，警察局局长的声音显得不同寻常，很古怪，好像是对一个看不见的人柔声讲述自己的机密：

“第一个发现跟皮匠们的不成文规定有关——从不会把无家可归的和有残疾的人赶走。当然，收留他们是不可能的，但让他们烤烤火，吃顿饭是做善事。可是他却驱赶乞丐，还威胁要揍他。”警察局长又“啪”地拨了一颗珠子，接着说，“还有一个发现。一个当地的皮匠怎么可能在平常日子待在家里，还穿着天鹅绒背心，衬衣的袖子上还有袖扣。”

第三颗珠子沿着粗横梁飞向另一边，发出清脆的敲击声。“最后一个发现太明显了。当地的皮匠手上都戴着金戒指，特别惹眼。是的，是的，不戴戒指他不能去弄那臭皮子的。这是习俗！基于上述几点可以得出结论——藏在这个房子里的不是别人，正是阿扎洛夫先生。要不要逮捕他？为时尚早。让他再长熟点，让他再担惊受怕些日子。他跑是跑不了，而恐惧会把他折磨得不行，那时候他会觉得被捕反而更轻松，他就会一五一十全都招认。他带着酒气，这不是偶然的，这说明他在喝闷酒，不是因为高兴喝酒，是因为恐惧喝酒。再等等……”

波罗佐夫把所有的珠子送回原处，依然一路发出欢快的敲击声。然后他走到黑板前，用粉笔在上面写道：“帕尔菲诺夫，阿扎洛夫，还有谁？”然后画了很多问号，差不多占了半个黑板。波罗佐夫站了片刻，回头看看写的东西，然后迅速用抹布把它们全擦掉了。他回到桌边喝起茶来，边喝茶边吃他很喜欢的小咸果干。

雅尔斯克全城的人都知道警察局局长波罗佐夫是个稳重的官员，一个严格照章办事的人。他总是彬彬有礼，说话不多，和人结交非常谨慎，从不接受吃饭的邀请。总之，他的形象就像他那套精心清洗熨烫，一丝不苟地穿在身上的制服一样。雅尔斯克的很多女士私下对这位单身的美男子心怀爱慕，也有的会表露爱意，可是他却好像宣过誓的修士一样，不为所动。

只有少数的几个下属真正了解他，知道在循规蹈矩的表面之下隐藏着热情的，有时甚至疯狂的性格。他会不时打破一切规定去亲自办最复杂最棘手的案子，埋伏蹲守，乔装打扮，潜入巢穴，有时候跟刑事犯搏斗，在危险关头，他就会两眼放光，就像重新发牌的时候狂热的赌徒眼里的光一样。

这一次他的眼睛因为侦破西伯利亚商业银行的劫案而发光。他的直觉告诉他，这不是一起简单的劫案：不仅仅是闯入、开枪、抢走、逃跑那么简单，这个案件有双层，甚至可能三层的内幕，而这个内幕一定要深挖才行。

波罗佐夫推开没喝完的茶，动作很猛，以至于银杯托里的薄玻璃杯发出抱怨的碰撞声。他从椅子上站起身，把制服的扣子扣上。他穿上靴子，在办公室走来走去，好像要适应一下，他在镜子前停下来，仔细地梳梳头。然后他认真地打量了自己一番，感到很满意。谁都不会想到，三个小时之前，正是这个人乔装打扮成一个乞丐，弓着腰在皮匠聚居的村子的狭窄小路上蹒跚而行。

又过了一个小时，他已经坐在西伯利亚商业银行经理杰里曼诺夫先生对面了，他彬彬有礼地问道：

“请问你们这儿的阿扎洛夫有没有遇到财务上的困难？比方说欠债啦，打牌啦，还有，女人啦？”

“完全没有，康斯坦丁·弗拉基米罗维奇！哪有什么女人，哪有什么打牌，他连爱司和 6 点都分不清！他这人很朴素，不显山不露水的，办事可靠——对他我没有别的好说了，他就是个普通的职员，一点也没有违法乱纪的事。”

“那他为什么失踪了？”

杰里曼诺夫转了转脑袋，好像脖子忽然疼起来，他摊开两只胖手，表示回答不上来。杰里曼诺夫不仅手胖，他是个矮个子，一个大肚子，整个人就像一个刚出炉的蓬松油亮的油饼。他忽然在软椅上跳起来，好像有人把他抛了起来，说道：

“我愿意全力配合破案，可是不知道就是不知道。请海涵！”

“您一点错都没有，谢尔盖·利沃维奇，所以用不着道歉。至于帮助，我很感谢地接受。请问，是否有可能给钱袋调包，如果可能，那么谁可以做得到呢？”

“我不懂您的意思，康斯坦丁·弗拉基米罗维奇！调包是什么意思？”

“嗯，比方说，这样……把钱从已经打戳的袋子里拿出来，放进去切得整整齐齐的纸，然后给钱袋再次盖封印。”

“这不可能！”杰里曼诺夫又从椅子上蹦了起来。

“可惜是可能的，谢尔盖·利沃维奇。我们找到了钱袋，可是很不幸，里面是裁好的纸。如果您愿意赏光跟我走一趟，我会让您看到实物。”

“当然，当然，我们走。我的天！我的天！这事真闹心啊！”

杰里曼诺夫用胖手拍打着胖腿，随波罗佐夫走出了自己的办公室。一滴汗珠从他那长长的肉鼻子上滴落下来，但他没有发现。

/十三/

卡比托内奇如约来跟玛尔法吃饭。他走进院门，却半天不上台阶，打量着这座结实的，喜气洋洋的小房子：铁皮房顶上有刻花的屋檐，窗户细长，上面有木雕的窗饰。他看了一番，摇摇头，用拐杖的尖头敲了敲扫出来的木头甬道。看够了，他才走上台阶，看见门上挂着的有铜坠的绳子，又一次摇摇头。他小心地触碰一下绳子，拉了拉，于是传来了铃声。

“够阔气的，够阔气的……”卡比托内奇还在叨咕着，门开了，他就住了口。

开门的是玛尔法本人。她把他领进屋子，请他坐下，甚至把拐杖小心地靠墙立好，免得它妨碍客人。这一切她做得从容不迫，卡比托内奇看着她，心想：“哎呀呀，出息成一个人物了。她是个雏儿的时候，可想不到能长出这样的翅膀来……”

“给我带来了什么答复，纳乌姆·卡比托诺维奇？”

他抬起头看看她，说道：

“您变得真傲慢啊，玛尔法·伊万诺夫娜……也不问问身体，也不说说这天真冷，都是急茬儿的啊！”

“何必说那些没用的浪费时间呢，”玛尔法连一点笑容都没有，“您的身体好着呢，能活过我。至于天冷嘛……有什么可抱怨的呢，冷过之后就会暖和的……我等着答复呢。”

卡比托内奇在椅子上扭动两下，把两手放到膝盖上，又拿开，又放回去——他没想到谈话如此急转直下；他原打算先扯点闲篇儿，引玛尔法说出，或至少是猜出她为何要找银行职员阿扎洛夫。可她呢，来个单刀直入，‘给我答复，别废话。’可是，他卡比托内奇也不是吃素的：他把双手攥成两个干瘦的拳头放在膝盖上，一动不动，目光就像昨天在饭馆时一样，瞬间变得又冷又犀利。他的声音也变了，变得硬邦邦的。

“你把缰绳拿好，把佣金拿远点。我站起来就走，我又没被绑住。”

“我怎么惹着您了，纳乌姆·卡比托诺维奇？我的请求很简单，请您用我的钱把它做了，要是做不了，说就是了，我不会生气的。我就去找别人，他们不那么大脾气。”

“你找谁去？”

“对不起，这就是我的事了。”

卡比托内奇碰了个钉子，再次暗自吃惊——真想不到，这小娘儿们好像变了一个人！不好对付。不管你乐意不乐意，都得让一步，但是他不是骄傲的人，不妨退一步，再等待合适的时机。他松开干瘦的拳头，说道：

“你那阿扎洛夫找到了。现在你打算怎么处置他？”

“找到就好，”玛尔法既没有高兴，也没有吃惊，若无其事地接受了这个消息，“不用处置他。把他带到我这儿来，一点钟。”

“这生意得付大价钱，他不会自愿来的。”

“您不用担心钱，我说话算数，您要多少我就给多少，定金已经准备好了。阿扎洛夫先生一定会同意来我这儿的，只要对他说，我保存着那张纸，没有烧。”

“什么纸？”卡比托内奇马上警觉起来。

“他知道，用不着给他解释。跟他说我保存着，他就会乖乖来的。您什么时候带他来？”

“母鸡在窝里，而蛋呢……你自然知道在哪里……要是不出岔子，明天天擦黑儿的时候我带他来。我不信他会心甘情愿地来。”

“那么，明天晚上我等你们。钱在那个小桌子上，拿走吧。”玛尔法终于笑了，以她特有的方式，既温柔又开心。

卡比托内奇走出这座舒服的小房子时，觉得他这个老江湖像个傻瓜一样被骗了。买的买了，而到最后也没有谈他所要说的事。他用拐杖点着木头甬道向院门走去，含含糊糊地小声嘟囔着什么，他不知道，玛尔法稍微打开了一点窗帘，看着他的背影，干巴巴地，断断续续地小声说：

“等着吧，到时候我要为我流的所有眼泪复仇……你会边咯血边在地上爬！”

这天剩下的时间、夜里以及第二天她一直焦急不安地等待着。什么事都做不下去，经常不知不觉跑到窗边去看——她总觉得院门响了。她折腾得疲惫不堪，就盖着披巾躺在小沙发上，不知不觉地进入了沉沉梦乡。门铃声惊醒了她，那铃声丁零丁零响个不停。她跳起来，习惯性地理理头发，摸索着寻找火柴——屋里已经黑了，窗外是黑沉沉的冬夜。

门铃继续响着。

她终于找到了火柴，点上灯，走去开门。

“您睡得真香，玛尔法·伊万诺夫娜，”卡比托内奇抱怨着，第一个走进来，“我们已经想掉转车头去别的地方了。”

玛尔法没有回答，也没有看他，只顾边把灯往前送边向前走——她急于看到另一个人。

她看到了。

一个红头发男人跟着卡比托内奇进了她的房子，这个男人还不老，但已经明显谢顶，像一块用烂的抹布一样暗淡：他眼睛下面有两个发红的眼袋，强烈的酒气扑面而来。但他尽力做出骄傲的姿态，挺着胸，端着肩膀，因为个子高，他居高临下地看人，就像站在纪念碑底座上似的。他的服装跟天气不相称，穿着黑色的衬衫，袖口上缀着闪闪发光的袖扣，天鹅绒背心的扣子被扯掉了——看来卡比托内奇说得对，这位阿扎洛夫本是拒绝前来的。

玛尔法把他从头到脚打量了一番，然后走开，把灯放在桌子上，做出殷勤的手势，把客人让进来：

“请进，安德烈·安德烈耶维奇，请坐，我就不给您备饭了，您也不是来吃东西的，请别见怪，我们的谈话也没多长时间。我们三言两语地谈谈就继续赶路。”

“你们还打算把我带到哪里去？”

“去找帕尔菲诺夫，巴维尔·拉夫连季耶维奇。您没忘记这位先生吧？或者忘了？纳乌姆·卡比托诺维奇，您回避一下。可是别走远，在台阶上望望风。”

卡比托内奇用拐杖敲了下地板，皱皱眉，但什么也没说，顺从地出去了。他当然想留下，想知道这两个人要谈些什么，要不是提到了帕尔菲诺夫这个姓氏，他真的要留下的。饭馆老板就像狡猾的老狐狸，没有特别的需要可不想再撞上帕尔菲诺夫这样的人，他知道他们会毫无察觉地从他身上轧过，就像大车轮子碾过一根树枝。再说，谁知道玛尔法跟帕尔菲诺夫之间有什么交易，万一这些事都是他让她搞的呢？

卡比托内奇刚走出去，阿扎洛夫马上坐在软椅上，跷起二郎腿，问道：

“我们要谈什么，尊敬的……我甚至不知道怎么称呼您，我不知道您的父称，那就照老样子，叫玛尔法吧。如果我没有弄错，别人介绍我们认识的时候，您叫这个名字。”

“您想叫什么就叫什么好了，叫我瓦罐儿也行，只要别坐到炉子上，我就没意见。玛尔法就玛尔法吧。现在请听我说，安德烈·安德烈耶维奇，把我的话记好，如果您没有活够的话。”

“我想请您……”

“不要对我提要求，我已经说过——请听我说！也不用跟一只好斗的公鸡似的趾高气扬的，您的鸡冠已经掉了，我也不是母鸡。尽管我也会犯错，对您我就看错了，以为您更聪明，一听说我没烧掉那张纸，就会跑来找我……可是您还不愿意来……只好把您强抓过来，瞧，连背心上的扣子都揪掉了。”

“你想要我怎么样，小丫头？什么纸？你不是说胡话吧？”

“要都是我的胡话我才高兴呢，可惜不是——这是真的。是这样的……当帕尔菲诺夫老头开始让头疼折磨得不行的时候，他吩咐在一号金矿修一个任何人都找不到的密室。他把这件机密的事托付给为他工作的心腹阿扎洛夫先生。密室造好了，阿扎洛夫先生按照主人的意愿从其他金矿往那儿运金子。老头到最后觉得他马上要破产了，他甚至好像看见他的债主把他扒得只剩一件衬衣，被人们丢下。所以，他决定存货以防不测。这是他自己跟我说的，后来他被送进疯人院，那时候他连这个密室都忘了，而阿扎洛夫先生也没有告诉他的继承人，瞒了下来。他决定自己使用这批秘密的金子，可是那新主人抓住了什么把柄，还是抓了个现行，把阿扎洛夫先生开除了。他就开始在银行工作，从此没机会去金矿。可是那张画着去密室的路线图的纸留在他的手里，阿扎洛夫相信，他是唯一知道这条路的人，可是他失算了。不要吃惊，安德烈·安德烈耶维奇，你自己也知道，那图有两份，一份在你那里，另一份在主人手里。当拉夫连季·佐托维奇闹头疼的时候，您把它从桌子里抽了出来，跟别的废纸一起团了，让我送进炉子里烧了，我把那张纸保存了下来。瞧，我跟您讲了这么多好玩的事，现在该您了，安德烈·安德烈耶维奇……

我很想知道——现在矿上情况如何？您的熟人萨沃奇金在那儿过得怎么样，有哪些朋友拜访了他？银行又发生了什么事，为什么钱被纸替换了？我都很想知道，我是很好奇的人……要是您拒绝回答我，我就直接带您去向帕尔菲诺夫认罪，您想去吗？”

玛尔法说话的过程中，阿扎洛夫眼瞅着地迅速蔫了下去，眼光也变了，胸脯也不挺着了，也不跷二郎腿了，而是深深地勾着腰，安静地坐着，只是偶尔投出好像被捕兽夹紧紧夹住的野兽那样的目光。甚至他的嗓音都变细了，变得哀哀怨怨的：

“去哪儿都行，就是不要去找帕尔菲诺夫。我全说……”

“我洗耳恭听。请讲，安德烈·安德烈耶维奇……”

卡比托内奇和两个沉默的同伴儿——他们一起把阿扎洛夫带到这里——已经在台阶旁等了很久，快受不了了，房子的门还没打开，也没人从里面出来。卡比托内奇不安起来：是不是出什么事了？他走下台阶，往窗户里看看：不，没听到大动静，没看到打架，两个人好好地坐在那儿谈话呢。要是他能听到他们的谈话，让他干什么他都乐意，可问题是冬天安装的是双层玻璃，什么都听不到。他用拐杖头戳一戳雪地，回到台阶上，倒换着双脚，耐着性子继续等待。

门终于开了，阿扎洛夫从房内走出来，玛尔法随后出来，高兴地道歉说：

“请原谅，看在上帝份儿上，纳乌姆·卡比托诺维奇，让您挨冻了，可是没法子更快了。把我的客人从哪儿请来好好儿地送回哪儿去吧，一根汗毛也不要碰他。明天我会道谢的，午饭后立刻酬谢。”

卡比托内奇做了手势，他的两个同伙就抓住阿扎洛夫的双臂，带他离开台阶去到院子门口，月光下有一辆马车停在那儿。卡比托内奇留在后面：

“我们为什么要等到明天才能拿到酬劳呢，今天就结清吧。”

“我家里不放很多钱。纳乌姆·卡比托诺维奇，您自己的口袋里的钱也从来不超过五戈比。”

她笑了起来，开怀大笑，笑声清脆，就连院门外的阿扎洛夫都听到了。

/十四/

真是见鬼——这是第二次做同样的梦了。先是渴得要命，然后看到白桦树下有一口废弃的老井，有一只水桶，桶里装满清水，一条曲里拐弯的蛇疾弹起来，好像黑色的闪电，接着脚上一疼，好像被烙铁戳了一下。

巴维尔·拉夫连季耶维奇大喊一声，醒了过来。他如释重负地长出一口气，意识到这不过是个梦，他叫了一声，疼痛真的停止了。膝盖下面热辣辣地很疼，以至于连腿都伸不直。他用两只手抱住那个地方，揉了一阵痛点，这才缓了过来。他下了床，找到火柴，点上灯，看到他的膝盖下面有一个不大的红斑点，有一戈比硬币大小，好像真是被咬的痕迹。

“早上要去请大夫，”他继续看着这个有点发白的斑点，想道，“要是再生病就更妙了……”

巴维尔·拉夫连季耶维奇对自己的身体从不抱怨，相反，他甚至感到骄傲，除了流鼻涕，什么病都没得过。就算玩乐几天，洗个澡，用冰水浇一下身子，他依然容光焕发，精神抖擞。可是这个奇怪的斑点，还有那已经做了两次的愚蠢的梦……

“算了，不管它，忘了它。”他看看表，表针指向凌晨3点，他毫无睡意。巴维尔·拉夫连季耶维奇穿上衣服，走出家门，来到户外。他站了一会儿，看看寒星点点的夜空，就向看门人季奥米特住的小偏房走去。巴维尔·拉夫连季耶维奇经常来找他的看门人，他喜欢和这个心地善良又有力量的人说话，他身上总是散发着理智的生活的平和与从容，季奥米特过的正是这样的生活，他在生活中始终只奉行一个原则：快乐地活着，永远不生气，对谁都不嫉妒。巴维尔·拉夫连季耶维奇一般跟他谈的都是一些日常的话题，可以说是一些琐事，离开的时候他总是感到安心、平静。

季奥米特没有锁门，只是在门后立一根细木棍：当有人不敲门进来的时候，木棍就会倒下，主人就算在他的大木架床上睡着了，这一声也能惊醒他，他就会对客人笑脸相迎。巴维尔·拉夫连季耶维奇推开门，听到木棍倒地的声音，在黑暗中说道：

“季奥米特，是我。你能接待客人吗？”

“怎么不能，客人永远是贵人。”看门人热情地回答，他的声音中一点睡意都没有，“稍等一下，巴维尔·拉夫连季耶维奇，我马上点蜡烛。”

蜡烛点亮了，黑暗被驱赶到角落，巴维尔·拉夫连季耶维奇看到，季奥米特不是一个人睡在大木架床上的，那床用五颜六色的碎布缝的被子下露出一个乱蓬蓬的后脑勺。

“我这儿有个借宿的，”季奥米特拉了下内衣的下摆，不好意思地说道。他光脚站在地板上，冷得倒换着脚，“您还记得那个说要把我眼睛射瞎的瓦纽什卡吗？我给他换了衣服，弄了吃的，没想到他黏人，每天来我这儿做客，今天要留在这儿过夜。他妈妈喝酒，是个暗门子，谁都可以去，当然顾不上孩子，他这不就赖上我了。巴维尔·拉夫连季耶维奇，容许我收留他吧，不要把他赶走，他不是条小狗……”

“住吧，”巴维尔·拉夫连季耶维奇点点头，“不过你得跟他妈谈谈，告诉她孩子在哪儿，要不然她该慌神儿了……”

“我会说的，您放心。您快请坐，巴维尔·拉夫连季耶维奇，俗话说，站着成不了事儿。”

季奥米特关心地搬来凳子，帕尔菲诺夫坐下后忽然就讲开了，说他最近惴惴不安，好像要发生什么不幸，他连着两次做一个愚蠢的梦，两次都在梦里被蛇咬了，现在甚至留下了痕迹，好像皮肤真的被蛇牙咬过似的……这是什么征兆？

“是下雨的征兆，”季奥米特忽然呵呵笑了一声，“或是虫子在这个地方。噩梦和别的瞎扯，这些东西，巴维尔·拉夫连季耶维奇，都是魔鬼作祟，他想迷惑一个人的时候就让他心乱，送来各种噩梦、幻觉，只要念祈祷词就行了。祈祷词很简单，很短：‘神圣的上帝，神圣强大的，神圣永生的，饶恕我们吧。’这样念三遍，画三个十字，鞠个躬，所有妖魔鬼怪就烟消云散了！这法子很管用，我自己试过。”

“对你来说什么都是简单的，季奥米特，您什么都能解说得清清爽爽，就像勤快的女主人收拾的架子搁板一样，你什么都知道。我真羡慕你，真的。”

“不要羡慕，我就不羡慕您……”

“为什么？难道你不想成为有钱人？那样你就可以住好房子，有仆人伺候，而不是住在这个偏房，睡觉有白床单，而不是跟瓦纽什卡一起睡在木架床上，最后，有很多钱，想花多少花多少。”

“我在木架床上不会梦见黑蛇，您睡在白被单下面倒被蛇咬，有什么可羡慕的？”

虽然心情很忧郁，巴维尔·拉夫连季耶维奇还是开怀地大笑起来。这个好心的大个子看门人季奥米特并不像看上去那么憨。这不，他说的关于蛇的事情，还真无法反驳，尽管巴维尔·拉夫连季耶维奇并不喜欢在争论中被对方占上风。

“那我让你成为一个有钱人吧！”他不肯跟季奥米特善罢甘休，“我无条件地给你钱，你能过上神仙一样的日子。”

“干吗呢？”看门人真心感到惊讶，“横财从来不会带来好处，不是酗酒，就是逛窑子，就像您的爹。”

不，今天跟看门人谈不拢，相反，越谈越不安，而那噩梦还是忘不掉。巴维尔·拉夫连季耶维奇揉了揉膝盖下面出现斑点的地方，没再跟季奥米特说一句话，就走出了偏房。

他回到正房，马上去了自己的办公室，办公室的书桌上放着他还没看的文件。他已经连续几天没有整理文件了，文件已经积了一大堆。他知道自己反正睡不着，所以用这失眠的时间找点事情做也好。

他把一个个信封拆开，读信和文件，把它们分成几摞，忽然，他猛地把一张纸扔掉，好像那上面有一团火烧了他的手指似的。那张纸飞到桌子的边缘，滑了下去，慢慢地旋转着，无声地落在拉毛地毯上。巴维尔·拉夫连季耶维奇的脸色已经变了，他猛地从椅子上站起来，走到那张一动不动的纸跟前，蹲了下去。他的手不碰那张纸，再次从头读起来：

“帕尔菲诺夫先生！

“我不得不通知您如下情况：尽管我想方设法，上下打点，工商部还是派监察委员会前往雅尔斯克了。具体出发日期我不清楚，但预计很快就会到达。很遗憾，我无法再为您做更多的事情了。费用，您自己也清楚，不会返还。”

这封短信的下面没有落款。

“这个畜生！臭猪！”帕尔菲诺夫骂道。他动作沉重地站起身来，那片纸仍然留在地上。“不退还……没事，我们后会有期……至于委员会……我们来会会这个委员会。”

他站了一会儿，再次弯下腰，捡起那张纸，把它放在桌子上，用手掌一压，好像盖印一样。

/十五/

日金背靠着圆木墙坐在长凳上，眼睛盯着黑暗，他回忆起很久以前的那一天，他跟瓦西丽莎去采沙棘的事。离叶尔班五里地，在一片不大的草地中间有一座小山，上面盖着一层硬扎扎难以通过的浓密的沙棘丛，好像一层壳。因为怕划伤手和被尖利的木刺扎手，人们从不像采马林果和越橘那样采沙棘，而是简单地用刀割下缀着指甲大小的果子的橙色枝子，把它们装进口袋里，带回家后把口袋放到阁楼上，一直放到冬天。浆果在阁楼上冻成硬疙瘩，一点水分也没有了，这时候只要轻轻一打，所有的浆果就掉到碗里了；不用摘，也不用拣，可以吃冻的，硬邦邦的很费牙，也可以等化了，或是煮成果子羹。日金很喜欢果子羹，所以每到深秋，已经开始降雪的时候，总是抽时间去采沙棘。

记得那一天风和日丽，但已经有了些寒意。最后的蜘蛛网闪闪地在空中飘摇，周遭那么舒适，让人动都不想动。日金枕着瓦西丽莎的腿躺在草地上，当真一动不动地看着秋天的天空，天上还没有出现一片乌云，连一朵白云都没有。他听着瓦西丽莎轻轻地压低声音唱歌——没有歌词，只有她自己知道那是什么歌。这歌跟不太耀眼的阳光，高高的天空，清寒宁静的秋日再适合不过了。

这次去采沙棘的时候没有发生任何事，不应该有什么特别的理由记住这一天，可是——奇怪！——这个好像被彻底忘记的事情却出现在记忆中，历历在目，好像能够感觉到瓦西丽莎温暖柔软的腿，能听到她的声音，甚至沉重的车轮的吱吱嘎嘎的声音也依稀可辨。

日金挣扎着甩开满心的忧伤，从长凳上下了地。他一手攥拳击打另一只张开的手掌，看来是这一声惊音醒了杰米利亚尼岑，他嘟囔了两声，哑着嗓子小声问：

"你干吗，伊利亚·格里高利耶维奇？怎么不睡觉？睡吧，反正你也想不出办法，我们被结实的兽夹子夹住了，逃不出去的！不管怎么挣扎，我们还是不得不同意护送运那些烂金子的车走一段，然后——看上帝的意思……说不定会有救的……"

"他们不会让我们到雅尔斯克的，我们到那儿去作证，对他们有什么好处？他们有什么阴谋。我们要是能知道那个密谋的话，你瞧，就能想出来怎么防备了。"

“没用，谁会告诉我们这个密谋呢。难道是你那个苦役犯吗？我对他可没抱希望。”

日金也对科姆列夫没抱希望。当然，得知科姆列夫在努力救他们的时候他很高兴，可是那高兴劲儿很快就没有了：都过了那么长时间了，可是他们两个囚徒的处境一点都没有改变。没有放他们，每天吃一顿饭，科姆列夫也是每天由保安紧紧盯着来小屋一次，把马桶拖出去倒了再送回原处，他再也没机会说一句话，因为那看守站得很近，就在门口。

有时日金想起谢苗·霍洛多夫，他很惊奇，不知哪阵风把他当年的竞争对手吹到这儿了。他听说谢苗在雅尔斯克给人拉脚为生。他为什么会在这儿，为什么假装不认识叶尔班的警官，甚至暗示对方不要泄露？“看来他跟黑道儿的人有瓜葛，而且跟他们是一伙儿的，所以跟我认识对他很不利。大概想不出别的答案……”

“喂，我们跟他们说我们同意，早上就说，”杰米利亚尼岑还是坚持，“至少让他们把我们从这个监狱放出去，看看外边。先看看，说不定可以逃出去……”

“好，就这么办吧，”日金表示同意，“要是能活到早上我们就那么说。”

但早上情况大变。

门开了，斯托尔波夫—拉斯托尔古耶夫出现在门口。他气冲冲地看看两个囚徒，简短地问道：

“还活着？”

不等回答就宣布道：

“就算死人我也要让你们起来。你们自由了，出去吧，外面有车接你们。”

越冬房旁边停着一辆马车，谢苗·霍洛多夫坐在车上懒洋洋地整理着缰绳，他眼睛看着别处，好像周围发生的一切让他烦得不行，他甚至懒得回头看看那些绝对服从斯托尔波夫—拉斯托尔古耶夫的人在干什么。他一张口他们就明白他的意思，急急忙忙地去完成他的所有吩咐，不仅如此，有时候只要他的一个眼神，他们就会跳起来去做事。斯托尔波夫—拉斯托尔古耶夫本人情绪很好，开着玩笑，说说笑笑，不时地用从不离手的短马鞭拍拍皮靴筒。他对今天拿在手上的这根马鞭，就像小孩玩着心爱的玩具一样，一会儿也不想放手。

日金和杰米利亚尼岑被安排上车，其他人，包括斯托尔波夫—拉斯托尔古耶夫跳上马，沿着已经压实的小路静悄悄地动身了。

“怎么没见科姆列夫”，日金想，“他们把他弄到哪儿去了？也许他又从这儿跑了？”

他刚想到这儿，就传来了谢苗不响的声音，他没有回头，可他的声音刚刚能听到：

“我想问问，日金，你妻子瓦西丽莎·马卡洛夫娜好吗？”

“她失踪了，谢苗·彼得罗维奇，”日金同样低声回答，“把她偷走了，这些好汉。现在他们要我服从他们，威胁说不然就打死她。我不知道他们把瓦西丽莎带到哪儿藏起来了。所以，我也没法告诉你她怎么样。”

谢苗咳嗽起来，好像卡住了似的，缰绳都差一点从手上掉落。他以为是卡比托内奇带他那伙人劫走了瓦西丽莎，为的是控制他谢苗，原来是斯托尔波夫—拉斯托尔古耶夫想出来的主意，原来他们把他当成大傻瓜一样耍了。

他开始长时间沉默，再不问什么了。

杰米利亚尼岑吃惊地斜眼看这日金，他的目光中清楚地表示这样的意思:“你怎么认识这个人的？还用名字和父称称呼他？”他不敢问出来，但一直非常不解地看着他们。

他们走了很久，终于从小路拐上了一个大山丘，来到一片开阔的地方，站住了。斯托尔波夫—拉斯托尔古耶夫的雪橇来到马车旁，他没有下马，吩咐日金和杰米利亚尼岑说：

“先生们，下来吧，得活动活动了，你们闲得太久了，白吃我饭。现在干点活吧。给他们锨。”

谢苗把他车上的干草叉起来，从干草下拿出两把木锨，一声不响地扔到雪地上。

“把锨拿起来，”斯托尔波夫—拉斯托尔古耶夫继续发号施令，“把这个山丘的所有雪都铲光。你们要一直挖到找到一个人，他在这儿的一个什么地方休息呢。好好干，别偷懒！”

他挥了挥手作为示意，就掉转了自己的马头；其他的人跟着他，包括赶车的谢苗。只剩下两个人，他们很着急，原地打转，抽烟，其中一个生气地喊道：

“站着干什么！照着吩咐做！快点挖，挖得快暖和得快！”

他们拿起木锨干了起来。暴风雪之后的雪还没有沉下去，是蓬蓬松松的粉状，很好铲。在日金和杰米利亚尼岑身后清理出了一条从山丘顶向下的宽宽的雪沟。他们一刻不歇地挖着，他们自己也想知道，他们要在这儿找的是什么人？过了一个小时多一点，差不多半个斜坡已经挖得到处是沟，露出了土和灰色的干枯的草，但什么都没有找到，只挖出了些早就腐败的陈年的叶子，用木锨一碰，就像玻璃一样碎了。

杰米利亚尼岑忍不住了，他小心地悄声问——日金是怎么认识那个车夫的？

警官没有停下干活，也小心地低声回答：

“我们是一个村的，年轻的时候追过同一个美人儿。”

“他会不会愿意帮忙？”

“不会的。我得到了那个美人儿，就是我妻子，瓦西丽莎。再说我们从那时起就没见过面，我不知道他现在是个什么样的人。最好不要指望，也不要求他。挖吧，他们看着我们呢。”

他们继续挖，终于，当他们已经开始挖山丘的另一面坡时，日金的铁锹碰到了一个硬东西，在粉末般的雪中出现了一堆乱糟糟的灰色东西。日金叫来杰米利亚尼岑，两个人一起很快把雪扬走，他们看到了这样的景象：一个人手脚张开地仰面躺着，伸出的右手紧紧攥着一个皮口袋。杰米利亚尼岑要过去好好看看这个口袋，但是他们上方的山丘顶上传来凶狠的吆喝声：

“嘿！什么都别动，原样放在那儿。往边上去！”

他们走到一边，杰米利亚尼岑掰掉胡子上结的冰，说出一番让日金大吃一惊的话：

“我认出这个人了，就算他的脸给雪盖住了我也认得。你记得我跟你说过那个酒贩子吗？就是他，他也带着个皮口袋。真想看看里面是不是空的？看样子好像是空的。他被人打死了，把金子拿走了。可是为什么留下了口袋呢？”

“倒到自己的壶里去了。”日金嘲笑地说。

“好像是这样”，杰米利亚尼岑表示同意，“可是这些人怎么知道他，怎么知道他就在这个山丘上，被雪埋住了呢？”

日金没来得及回答他：上方的山丘顶传来了一声枪响，好像打断了树枝子。接着，经过短暂的间歇，传来一阵模糊惊慌的喊叫声，忽然又响起一阵尖细的，好像落入夹子的兔子的尖叫声：

“帮帮我，警官！我不行了！帮帮我！”

日金和杰米利亚尼岑从雪里跳出来，好像被一股无形的力量抛了起来，冲向山丘顶，一下子推倒了那个骑在科姆列夫的身上，用沉重的拳头毫不留情地揍他的看守。另一个看守躺在不远处，无声地张开嘴，鲜红的，几乎是黑色的血在严寒中冒着热气不断地涌出来。他的一只手张开，按住胸口，胸前也是一片血迹。可是他挣扎了没有多久，喘了几口粗气，抽搐几下，手滑落下来不动了。日金和杰米利亚尼岑没有看他——

顾不上。他们把另一个看守捆起来，那个保安很结实很有劲，一直试图挣脱，龇牙咧嘴，吭哧吭哧地折腾，不肯束手就擒。杰米利亚尼岑猛地用靴子尖对着他的胸口踹了一脚，他马上出溜下去了。

“这样好一些”，杰米利亚尼岑嘟囔着，抽出他裤子的皮带，利索地在他的手腕上打了一个花结，“你挣歪得就像车辙里的虱子，老实待着，要不我把你的鼻子咬下来！”

科姆列夫原地蹲着，晃着脑袋，又是咳嗽又是吐口水，最后终于缓了过来，他站起来，长出了一口气：

“把马拿去，还有枪……趁着他们没回来快走……这个就扔在这儿吧，让他冻死……”

“不行”，杰米利亚尼岑拉扯了一下被捆的看守，让他站起来，“我们还得谈谈……也得看看口袋……”

他跑下山丘又回来，沮丧地吐口唾沫说：

“空的，当然……哪个傻瓜会把里面的馅儿留下呢！”

“得了，你别跟猫抓泡泡似的抓住那口袋不放了！”日金打断他，然后转向科姆列夫说，“哪阵风把你吹来了？”

“回头再说，警官，回头再说！咱们还得赶紧到大路上去，要不他们很快就会顺着马蹄印找到咱们！”

“没错，”日金表示同意，“咱们没工夫喝茶，呛着就麻烦了……”

/十六/

灰色的屋顶，灰色的房子，灰色的淘过的沙堆，灰色的人——周围的一切都是灰突突的。就连冬天的雪和雪堆也不能完全遮蔽这种灰色。立着的柱子和墙也都是灰色的，麻雀落到暖和的马粪上——它们也是灰色的。萨沃奇金从经理处回到家，觉得他自己也因为金矿的日常状态而变成了灰色的。可是他的心感到疲倦，渴望另外的东西——节日，五彩缤纷的感情的烟花，无拘无束的飞翔。可是，在这个穷乡僻壤怎么会有烟花缤纷的节日呢？只能用劈柴点起一堆篝火。

他脚下的麻雀飞了起来，消失在老枫树的树枝背后，叽叽喳喳叫个不停，好像想宣布他们没有冻死，还活着呢。

“吃了点屎就美滋滋的，”萨沃奇金接着想，“一只麻雀需要的很多吗？只要一点点，最少的一丢丢。人也一样。要是他没有本事，他会满足于从粪堆上得到的那一点点，吃下去，还觉得挺高兴，因为他还活着……”

最近矿山工程师经常有这样的想法。矿上所有的他身边的事情都只让他感到苦闷，引起他强烈的逃离愿望，而且急不可耐——随便逃到哪里。他厌倦了金矿的日常事务，厌倦得要命。晚上他越来越经常地拿起小提琴，那是他主要的安慰，他闭上眼，在忧郁的琴声中他仿佛看见一种完全不同的生活——欢快的，明亮的。这一天晚上回到家，他没有吃晚饭，又拿起他的小提琴。他用琴弓扫了下琴弦，琴弦发出生动的声音与他呼应。萨沃奇金拉了起来，他闭上眼，但这一次他看到的不是向往的明快的生活，他的面前出现的一会儿是斯托尔波夫，现在自称是拉斯托尔古耶夫，一会儿是帕尔菲诺夫，一会儿是不知为何在最不恰当的时候出现在金矿的日金警官。

这些人出现又消失，但每个人都在身后留下了不安和威胁。而萨沃奇金不信任他们中的任何一个，他孤独一人，知道将来他将会依然孤独，直到他成为一个极其富有的人，从这里脱身。他总是梦想发财，可是直到不久前，他为实现这个梦想所做的不过是在一切方面节省，不让自己有多余的花费，把自己的薪水存到银行，找收益好的项目投资，但他还是嫌存款的数量增长得太慢了，达不到他的期望。

直到有一次他照例到银行，在那里完全偶然地遇到了突然失去了帕尔菲诺夫助手职位的阿扎洛夫，一切都变了。主人为何解雇了还在老帕尔菲诺夫时候就担任要职的助手，萨沃奇金对此并不了解，也没有打听。那还是在跟叶卡捷琳娜·尼古拉耶夫娜·戈尔捷耶娃发生那件难忘的事情之前。他们的不期而遇让阿扎洛夫很高兴，或者只是做出高兴的样子，他建议到“艾尔米塔什”饭店吃饭。萨沃奇金没有拒绝。吃饭时阿扎洛夫详细打听了矿上的事情和帕尔菲诺夫以及他们共同的熟人的情况，饭后，当他们已经告别的时候，阿扎洛夫出人意料地建议再见一次面，谈些实质性的事情。可是，萨沃奇金很快就陷入了和叶卡捷琳娜·尼古拉耶夫娜的纠葛，忘记了这个约定——当时他根本顾不上。让他想起这个约定的——很奇怪——是斯托尔波夫。他命令萨沃奇金跟阿扎洛夫见面，谈一件事……

他就这样卷了进去……

萨沃奇金卷进去得很快，糊里糊涂，以至于到现在他也不明白，无法完全弄清楚他被拖入了一场什么游戏，他在其中扮演的是什么角色。他们让他干什么他就干什么，他很清楚，他无法彻底弄清这些指令的内幕和真实意图，正如没法揭开银行劫案是怎么回事——最后在钱袋里发现的是裁齐的纸。用不着多聪明就能猜到，他跟阿扎洛夫的看似偶然的相遇，和叶卡捷琳娜·尼古拉耶夫娜的那件事，都不是无缘无故发生的，这一切都是刻意设计的，唯一的目的很简单很明确，就是要把他萨沃奇金抓在手里，控制得严严实实的，让他没法子扑腾。

他没有挣扎，因为他很清楚，现在哪怕动弹一步都可能会要了他的命。他一如既往地唯命是从，同时自己找到那个私酒贩子，夜里带他来到自己家，请他坐在桌旁，第一件事就是请他吃顿好饭。他打量着他：此人精瘦有劲儿，好像一只猛兽。再加上他说话时发声低沉短促，好像吼叫一样，这就使他看起来更像一只猛兽了。

“找我干什么？”

这汉子明白，萨沃奇金半夜三更找他来不是为了请他吃吃喝喝。

萨沃奇金默默地把一摞钱放在桌子上，同样简短地说：

“给你的。”

私酒贩子把那叠钱拉到跟前，数了钱数，用手把钱盖住，表示对数量满意。他用低吼的声音问：

“说吧——干什么？”

如同困兽的萨沃奇金想出了一个绝望和冒险的方案，有时候他甚至会被自己的大胆吓得窒息了。但他不愿后退，相反，他好像在飞行中一样，越飞越高。他决定把矿上开采的金子偷出来，藏起来，一点一点地，零零碎碎地偷出来，直接藏在管理处，再由私酒贩子把这些贵重的货物从偏远秘密的矿区运出来。矿山工程师甚至没有发现自己已经上瘾了，感觉好像从自己库房的拿东西一样。也出现过一次纰漏，杰米利亚尼岑抓住了私酒贩子，但萨沃奇金设法放了他。

一切都十分顺利。

可是，斯托尔波夫一拉斯托尔古耶夫来到了矿上，宣布了袭击运金子车队的计划，抓走了杰米利亚尼岑和警官，情况变得完全无法控制。萨沃奇金不知道如果计划得以实现会出现什么情况，他会面临什么样的局面——一切都不清楚。

于是他决定事先防范。谁都不应该知道他藏在管理处的金子，一个活人都不应该知道。于是几天前，当私酒贩子半夜出现在他家的时候，萨沃奇金让他第二天在通往金矿的路上等他。私酒贩子似乎有不好的预感，低声问道：

“干什么？”

“我给你看一个地方，然后你就知道了。”

私酒贩子点点头，再也没问什么，但走的时候比平时更阴沉。而萨沃奇金的决心更坚定了。

早上他在路口接了私酒贩子，很快离开大路，在没有路的雪原驾着雪橇走了很久，很快来到一个山丘旁，山丘的顶部覆盖着厚厚的积雪。看来这是一个合适的地方，不用继续走了。他头一个下了雪橇开始爬那个山丘，私酒贩子一声不响地跟在他身后。他们爬到山丘顶上，萨沃奇金看看周围，一挥手，示意需要下去。在下坡的中途他要把靴子里的雪控出来，就让私酒贩子在前面走，自己落在后面，接着用手枪朝他射了两抢。他铲了些雪把他埋住，下了山丘，就回矿上了，他自己都感到吃惊：这是他一辈子第一次杀人，却非常镇静，一点也不惊慌，就好像顺便做了件必要的工作似的。

小提琴拉出悲伤的曲调，在这样的曲调中非常适合幻想。无论斯托尔波夫—拉斯托尔古耶夫、帕尔菲诺夫、警官，还是酒贩子都不再出现在他的面前，好像他从来没见过他们一样。他眼前出现的是铺着红地毯的宽阔的大堂楼梯，他觉得自己正沿着楼梯向上走，越走越高，已经到了最高一级，而下面是一片熊熊的火海。火苗高高窜起，火势蔓延，火光耀眼，晃得他的眼里流出了眼泪……

萨沃奇金放下琴弓，把提琴放回琴匣，马上就躺下睡了——他希望延续这个幻觉，希望它不要中断，而是没完没了地延续，直到永远。虽然一个念头一直占据着他的脑海：“逃跑，带着所有的金子，把我偷的，帕尔菲诺夫存在密室的，全都带上，逃跑！”

他还不知道该怎么做，但相信自己会这么做的。

/十七/

小房子位于一条细细的蜿蜒小河的河岸，一片幽深的狭谷中。斜坡上那些白雪覆盖的峥嵘云杉高耸入云。这是一个偏僻、阴郁、荒凉的地方。暂时看不到隐藏在树后的月亮，但是苍白死寂的颜色缓缓爬上云杉树梢的积雪，说明月亮已经升起来了。小房子旁边的大雪堆已经铲走，低矮的烟囱中冒出黑色的浓烟，偶尔爆出一阵阵火星，但很快就熄灭了，留下一片小黑点，把平屋顶上干净的雪弄脏了。

小屋里还是挺冷的，人的嘴里冒出哈气，可是敦实的小炉子已经呼呼地越烧越旺，里面的火光越来越亮，已经能够感到温暖的生气，猪油蜡烛的光摇曳着，好像随时可能熄灭。杰米利亚尼岑举起放蜡烛的陶碗，放到钉在墙上的搁板上。蜡烛光不再摇晃，稳定下来，小屋里也更亮了。

“过去我在这里猎过熊，所以就建了个房子，为了有个地方烤火。已经很久没来这儿了，顾不上打猎，这回这房子正好用上了……要是我们可以弄到肉，可以一直待到猴年马月也没问题。谁都来不了这里。”杰米利亚尼岑摊开手在火炉上方烤着，发出像猫那样的“呼哧呼哧”的声音，快活地问道，“你这个人挺忠心啊，你是怎么想出办法把我们救出来的？”

科姆列夫正忙着用冻僵的手指解开大口袋的绳结，他嘟囔说：

“嘿，应该带个大些的！嘁哩咔嚓，别敲鼓了！你害怕了，不用怕，连裙子都没皱！颠倒着，肚子朝后，够不到！白额头，青鼻子——”

“你怎么，得了话痨了？”杰米利亚尼岑又发出了“呼哧呼哧”的声音。

“不是话痨，说话是为了让自己开心。”科姆列夫回答，这时他终于解开了绳结，打开了口袋，“人应该自己逗自己开心，要不他光顾着伤心难受，那样就看不见一点好事，就像看不见自己的屁股似的。我就会逗自己开心，所以顺当总是跟着我，就像贴身的十字架。我说得对吗，警官？”

“对，对。你最好从头说起——是怎么回事？”

事情的过程很简单，出乎意料。就像科姆列夫所相信的，快活的人总能成事儿。斯托尔波夫—拉斯托尔古耶夫的人大概觉得这个逃犯对他们不造成任何的威胁，而且能讲可笑的段子供他们取乐，所以就放松了对他的看管，他可以在越冬房周围到处走，就像个自由人一样。当一部分人跟着斯托尔波夫—拉斯托尔古耶夫用雪橇拉着日金和杰米利亚尼岑离开的时候，其他人立刻倒下睡起大觉来，就像俗话说的，猫走老鼠乐。科姆列夫没有犹豫，他先确认他们都睡得很香，好像喝了罂粟水一样，然后他把食物收到一个口袋里，给马上了鞍子，抓起枪，就沿着踩出的小路走了。他听他们说要把日金和杰米利亚尼岑留在山丘那里铲雪，找一个什么死人，他们自己要往前走，继续搜索。他来到山丘，看看周围，就起了杀机——开枪打中了一个看守，第二个没有打中——子弹射歪了。于是他扑上去肉搏，想徒手擒敌，可是进攻没有奏效。第二个看守把他压在身下，要不是日金和杰米利亚尼岑及时赶来帮助，他会被那看守用拳头揍死的。

"你瞧，警官，你又一次救了我的命，我都不知道怎么还你了。"科姆列夫简单地讲完事情的经过，最后说道。

"等到在那个世界为我的罪恶受火刑的时候，你可以添煤。"日金苦笑着说，他看看被捆着坐在角落的那个看守，提出了请求，"现在，科姆列夫，做件好事，把这个贼人带到外面去，跟他待一会儿，我跟杰米利亚尼岑谈点机密的事。"

科姆列夫不满地说了一大串话——他不想到寒冷的屋外去。可是他不敢违拗日金，就让那贼人站起来，推着他向门口走去。他们出门后日金咣当关上了门，看着自己的脚，沉思地站了片刻，然后突然，好像下定了决心似的，挥了下手：

"对不起，杰米利亚尼岑，我过去不信任你。我曾担心你跟萨沃奇金和这帮匪徒是一伙儿的。看来我错了，可是这更好，现在可以没有后顾之忧地相信你了。坐下，听我跟你说……"

于是日金开始从头讲起，从那个黑暗的日子，他如何回到家看到靠在墙上的木头十字架，第二天葬礼过后玛尔法·山金娜好像从天而降地来找他，说知道瓦西丽莎失踪的真正原因，还说了一些事情，让日金瞪大了眼睛——就算喝得大醉，在噩梦中也想不到的事情。

她说，在帕尔菲诺夫一号金矿早就有犯罪活动，不久前一些来历不明的人出现在那里，他们跟金矿经理萨沃奇金有勾结，他们打算把秋天因为路不好走没能运出的金子运出来，但是他们希望车队有警员押运。他们安排半路劫车，当然，把警员打死，抢走金子，而矿主帕尔菲诺夫先生可以得到保险赔偿，什么都不会被怀疑。他们选定日金警官做押车人员之一，因为附近除了他这个管片儿警官，再没有别的警员了。为了把日金拖入这件事情，就像用绳子牵着牛鼻子一样，他们绑走了他的妻子。开始他们想把她跟小男孩一起绑架，可是孩子死了，只好把瓦西丽莎一个人带走。玛尔法不知道她现在在哪儿关押着，但她得到确切的消息，所有这些亡命徒将在最近几天在金矿聚集，要是日金想知道他老婆的命运，就得直奔帕尔菲诺夫一号金矿。但他只能独自前往，假装是办一般的事情，要是警察成队出动，黑道的人就会藏得根本找不到。日金要弄明白这是些什么人，他们的头儿是谁——能搞清楚多少就搞清楚多少，然后告诉玛尔法。他可以顺便试着把瓦西丽莎救出来。听着这个伶俐的女孩子的话，警官只能把手一摊：我一个人，一点帮手也没有，怎么应付得来？他们会把我像南瓜子一样咬碎，把皮吐出来！不会咬碎的，玛尔法保证说，我给你一道护身符，他们看了这道护身符就会把瓦西丽莎还给你，还客客气气地放你离开。只是这个护身符要一分两半，藏在两个秘密的地方。有紧急情况的时候你就把前半个给头领看，要求让瓦西丽莎回来；等他们放了瓦西丽莎，才能得到另外一半。当然，这事很危险，要冒险，可是没有别的办法。玛尔法没有别的办法帮助日金，他只能自己想法子脱身，防止被骗。至于怎么脱身——她没法告诉他，她又没在警察局做事。

当然，要是好好想想，这女孩子完全是胡说，应该把她赶出去，吓唬她，让她不敢再来，只是日金好像掉进了泥塘，臭水就要没要下巴了，这时候他愿意抓住一根哪怕很细的树枝，哪怕一把叶子。

于是日金抓住了。

当玛尔法把一张纸放在他的面前，上面画着通往老帕尔菲诺夫密室的路径，讲了这密室的来龙去脉，他便彻底下定了决心，要马上前往。

于是他就出发了。

“那么你为什么没有跟这个拉斯托尔古耶夫说起这张纸呢？”杰米利亚尼岑吃惊得甚至连手里的劈柴都掉了，“要是那样，现在你可以躺在自己家里，老婆睡在身边！”

“我也这么想过，差点没忍住说出来。可是及时管住了嘴。因为我跟你一点不知道他们的底细，他们是谁，从哪儿来，他们有什么计划，这张纸也许他们根本就不需要。难道萨沃奇金不认识去密室的路吗？我们只知道一件事，他们想让我们押运那些金子。他们何必这么费劲呢？”

“他们不是费劲，开始我也想，那样岂不是更简单：他们弄清楚车队什么时候出发，他们的人足够，在方便的地方布下岗，像饿虎扑食一样一袭击就是了。问题是那些哥萨克，如果叫哥萨克来押车，我看见过哥萨克是怎么行事的，他们可能把劫匪击退，就算没击退，不走运，他们也能让劫匪减员很多……那样拉斯托尔古耶夫和萨沃奇金就没有军队了，他们还有很多事要做——得赶着车队离开，把金子藏起来或是继续往远处运。不，他们不是白费劲，而是尽量做得保险，万无一失……要是我们押车的话，他们会把我们怎么样？”

“他们会把子弹煮了——很快。”

“怎么煮？”

“就像煮饺子一样，在开水里煮。煮了以后拿出来，晾干了，然后你在扣动扳机的时候，死活射不出去了。他们可以想出各种办法，让我们手里没有家伙，好万无一失，就像你说的。现在我对这个打算一点也不怀疑了。有一点不好——我们不知道他们的底细。”

“那我们就问嘛！”杰米利亚尼岑大声说，“有时候好仆人比主人知道得还多！”

他走到门口，把门打开，喊道：

“科姆列夫！把他带进来！快点儿，脚又没捆着。”

那贼人被带到小屋里，他们让他背靠墙坐在一块松木上，杰米利亚尼岑一言不发，把他的帽子一摘，张开五指抓住他的头发，把他的后脑勺狠狠撞在墙上，圆木连着发出三声沉闷的回声。

“这只是开个头，下面更厉害呢。”杰米利亚尼岑警告说。他拿起放蜡烛的杯子，把它举到那贼人的脸跟前，“你们看看他，年轻得很呢，可是已经当起强盗来了！回答我，狗崽子，你们是什么人？拉斯托尔古耶夫是谁？你们怎么到这里的？快回答，趁着我没发火！”

借着晃动的烛光中可以清楚地看到，这小伙子的确还年轻，宽颧骨上刚开始长出浓密的深色大胡子，可是细细的黑眉毛下的一双眼睛，目光已经很阴沉，让人想把视线移开不看他。可是杰米利亚尼岑对阴沉的目光一点也不怵——他的目光更加可怕。他见小伙子没有回答，就抡起巴掌打他的脸，小伙子打了个嗝儿，和着一股鲜血吐出半个门牙。

“我要把你所有的牙都打掉！”杰米利亚尼岑说，“你就用破布滤屎汤子去吸吧！回答，我在问你！”

“你是谁，我为什么要回答你？” 小伙子又吐出一口血。

杰米利亚尼岑没有回答，却张开五指抓住小伙子的头发，木墙又“砰砰砰”地连响三声。小伙子眼里的凶光熄灭了，瞳仁中发出了真正恐惧的眼光。当杰米利亚尼岑发怒的时候，不害怕他可是不容易。

“好吧，”小伙子同意了，“我知道的我都说。先给我喝口水。”

“还没有存下水呢，阁下，”杰米利亚尼岑挖苦说，“得去河上打，凿冰窟窿，且得等呢。科姆列夫，给他拿雪来！”

科姆列夫慷慨地把雪填了小伙子一嘴，小伙子苦着脸嚼着融化的雪，吃力地咽下，请求道：

“把我的手解开吧，全木了……”

“说不定您还想喝茶，吃面包圈吧，阁下？你说了我就给你解。说！”杰米利亚尼岑走到一边，眯起眼，忽然建议：“把他推到外边，用雪埋起来吧？也许到早上他会变得比较爱说话，如果没有冻死的话。”

“我知道的不多，”小伙子挤出了几句话，“我只知道一件事，我们要带着什么金子离开这儿。离开后每个人都有自己的一份儿。别的我什么都不知道了。斯托尔波夫没跟我们说。”

“斯托尔波夫是什么人？”日金马上问。

“他是我们的头儿。现在他有另一个姓——拉斯托尔古耶夫，在以前他姓戈卢别夫。”

“下命令的是谁？是萨沃奇金还是你们的头儿？”

“当然是我们的头儿。萨沃奇金听他的。”

日金走到小伙子近前，弯下腰，说：

“告诉我，老兄，为什么派你去叶尔班劫持警官的妻子？你们把她带到哪里去了？”

“我没有去劫持警官的妻子，我留在越冬房了。去的人说那女人跟发疯了似的，好不容易才绑住。”

“把她带到哪儿去了？”

“我不知道，开始藏在越冬房，后来斯托尔波夫把她裹起来，他自己把她送到什么地方去了。一个人，谁都没有带。”

日金走到一旁，弯下了腰。看样子小伙子说的是实话。

/十八/

越冬房里的气氛很可怕，有的贼竟然到了户外去躲避。但斯托尔波夫—拉斯托尔古耶夫却挥着鞭子追到户外，把带大铅坠儿的鞭子啪啪地甩着，抽出哨音。他不加选择地抽所有人，不管是留在越冬房里的人，还是和他一起去金矿的人。他大发雷霆，他连喊都喊不出声了，只是像被扼住喉咙的人一样发出嘶吼，吐沫星子四溅。当他稍微平静了一点，喘了口气之后，简短地吩咐道：

“所有留在越冬房的人明天早上天蒙蒙亮的时候就得上马。没有给我找到就别回来。这里留三个人，其他的人跟我一起走，也是一大早，黎明就走。”

太阳升起之前，在越冬房旁边，马在越来越淡的蓝色阴影中打着响鼻儿，雪发出咯吱咯吱的声响，人们低声说话，声音嘶哑，带着睡意。昨天挨了骂，现在没有人开玩笑，也没人笑，所有人都阴沉而利索——他们不傻，他们知道他们丢了两个囚徒，又在睡梦中让那个快活的逃犯逃脱了，这是闯了大祸。斯托尔波夫—拉斯托尔古耶夫什么都没有说，也没有下命令，一双眼睛生气地看着他们做事，帽子压得低低的，一直压到眼睛上面。可是这样的隐蔽的目光比大喊大叫和鞭梢的哨音还要可怕。

他们成群结队地出发了，来到了昨天日金和杰米利亚尼岑铲雪的山丘后兵分两路，一些人去找人，另一些人去金矿。

斯托尔波夫—拉斯托尔古耶夫摇摇晃晃地坐在马上，时而用马镫夹一夹马，目不旁视，边走边想心事，只是有时候好像回过神来似的，打个激灵，把带铅坠儿的鞭子在空中挥上两下子。他没有打马，因为心怀怜悯。说起来，对于人间的纠纷，马并没有错。

他们从一个偏僻的没有人烟的方向接近金矿，为了避人耳目。他们没有耽搁，马上就悄悄来到了卡捷琳娜的家。斯托尔波夫—拉斯托尔古耶夫跳下马，走来走去地活动着腿脚。他没有走上台阶，而是去敲窗户，小声叫道：

“卡捷琳娜，出来。”

女主人赶快披上披巾，奔到台阶。她行动匆忙，但是脸色平静，好像每天早上都有骑马带枪的人进她的院子似的。

“你看看这是谁，卡捷琳娜，说不定认得出来？”斯托尔波夫—拉斯托尔古耶夫挥了一下手，很快从马鞍上取下横放着的长袋子。他们把这个袋子放在雪地上，打开包了好几层的席子，里面是一个人。张开的嘴唇后面露出暗淡的牙齿，眼睛翻着，已经没有生气，僵硬的脸上蒙着一层霜。

卡捷琳娜迅速看了一眼死尸，就转过头去。她有些发冷，把丰满的肩膀上的披巾拽了拽，叹了口气：

“这是私酒贩子，我说过……”

她转过身急忙往屋里走。斯托尔波夫—拉斯托尔古耶夫不慌不忙地跟着她，在台阶上他回过身来说：

“把他弄远远儿的，埋在雪里。”

在屋里他没有脱外衣，坐在桌旁，撸下手套放在面前，看着卡捷琳娜。卡捷琳娜不用他说话就明白他的意思，她坐在他对面的凳子上，取下披巾，把它放在膝盖上，抚弄着。她低声地，不慌不忙地说：

“大伙儿都知道这个私酒贩子。最近有人看见他找过萨沃奇金。为什么，有什么原因——不清楚。前些日子杰米利亚尼岑抓住过他，那个装酒的袋子里放的是金子。他被关在地下室，夜里有人把锁砸开，放他跑了。从那以后没人再在金矿这儿见过他，但在山丘那儿见过。猎人说，他坐上了萨沃奇金的雪橇，去了山丘就下了雪橇开始步行。从上面下来的只有萨沃奇金一个人，他坐上雪橇走了。后来他们之间发生了什么事，你自己猜吧……他身边有口袋吗？”

“有，但是空的。别的你什么都不知道了？”

卡捷琳娜接着抚弄披巾，耸了耸肩膀：

“什么消息都没有。有了消息我会马上报告。”

“我的好人，”斯托尔波夫—拉斯托尔古耶夫站起来，戴上手套，“可是最近我开始为你担心了。为什么呢？你能告诉我原因吗？”

卡捷琳娜把披巾从膝盖上拿开，也站了起来。她很平静，目光并不逃避，直视着对方，声音依然不高，不紧不慢地说：

“我什么原因都不知道，所以我答不出。对不住……”

“算了，有什么对不住的，自己人嘛。你要是做了什么事的话，我们再算账……”

“我们是要算算账。”卡捷琳娜送斯托尔波夫—拉斯托尔古耶夫走后，关上门，小声叨咕着。

清亮的太阳在矿区上空升起来了。严寒减弱、消退，周遭变得亮晶晶的，好像获得了新生。因为雪的强烈反光，人不由得要眯起眼睛。斯托尔波夫—拉斯托尔古耶夫把马匹和手下的人留在卡捷琳娜的院子里，自己向金矿管理处走去。他低着头走路，把帽子压得很低，好像要躲开耀眼的光亮。他脚步轻快，当他上了萨沃奇金办公室所在的管理处二楼的时候，也是身轻如燕，连气都不喘。

办公室的主人站在角落的一口打开的保险箱旁，正在查看什么，猛然听到门响，惊得打了个激灵。他转过头，看到斯托尔波夫—拉斯托尔古耶夫站在门口，于是他懊恼地皱起眉头：

“您应该敲门……”

“下次注意。现在你把自己的破事扔开，好好想想，杰米利亚尼岑可能藏到什么地方？”

“怎么，他，他不是在越冬房，在你的手里吗！”

“是，是在来着。可现在不在了。跟警官一起跑了，还有苦役犯。想想，忠实的朋友，好好想想！”

萨沃奇金把保险箱锁上，把钥匙放在衣兜里，幸灾乐祸，一字一句地说：

“让——他——们——跑——了！”

“你要是高兴就认为他们跑了吧。可是以后就难办了，首先是你。”

萨沃奇金没有想很久。他想起来过去杰米利亚尼岑曾经去猎熊，每次都满载而归，请他吃野味。他说他在林子里有个小屋，甚至曾请他去，但是他，萨沃奇金，拒绝了，因为他不喜欢为了点肉去爬冰卧雪，就算熊肉也一样。

“他跟谁一起去打猎呢？”斯托尔波夫—拉斯托尔古耶夫不耐烦地打断了他。

“跟他手下的一个保安，具体是谁我就不知道了……”

“那你就去搞清楚！”

几分钟以后季莫菲已经从经理处跑出去找保安们了，很快一个保安已经跟斯托尔波夫——拉斯托尔古耶夫并排骑着马，还向他保证：

“路我记得很清楚，应该不会走错……”

/十九/

在杰米利亚尼岑的小屋里，就像一个喜欢储存的好主人家一样，有所有需要的家什：茶杯，盘子，铁锅，斧子，铲子，甚至用整块大铁疙瘩做的冰镩，上面安着一个长木柄。它深深地陷在雪中，看起来很重，举都举不起来。科姆列夫斜眼瞅瞅它，在它旁边转了一圈，出主意说：

“要不我们化雪吧？把雪填进铁锅里，放到炉子上，就能化成清凌凌的水了，就像泉水一样。”

“我跟谁说来着——把冰镩拿起来！去凿冰窟窿。”杰米利亚尼岑自己则拿起铲子去清理出一条通往河边的小路，“咱们不知道要在这儿待多长时间，不能每次都用铁锅……别犯懒，一辈子哪怕好好干一次活儿呢！”

“兔子在田野上跑过，大地在它脚下颤抖！呜呜呜，骗马，你动了我的，我要像马一样跟你跑！”

“行了，行了，”杰米利亚尼岑边用铲子铲雪边嘟囔着，“但愿咱们都顺顺当当的吧！你别忘了带冰镩。”

房子离小河很近，一条直通冰面的小路很快就开出来了。杰米利亚尼岑把铲子放到一边，用手一指，告诉科姆列夫在哪里凿冰窟窿。科姆列夫叹口气，不乐意地用冰镩凿着冰，细小的冰粒四溅。杰米利亚尼岑没有走开，而是拄着铲子站着，监督这个显然不卖力气干活儿的人。但是他到底凿出了一个冰窟窿，甚至弯腰用手舀一捧冰水，报告说：

“冰牙啊！这不是水，是甘露！您不想试试吗，大人？”

“牙是自己的，得爱惜。好吧，现在咱们回去暖和暖和吧。”

他们沿着小路上返回，已经快进屋了，杰米利亚尼岑忽然警觉起来：

“轻点，别响！听到了吗？”

科姆列夫伸长脖子仔细听了听，摇摇头——没有，他没听见什么。但杰米利亚尼岑看都没看他一眼，一下子打开门，喊道：

“伊利亚·格里高利耶维奇，快点！有客人来了！我不会弄错的，有马叫声。”

“也许是谁偶然经过，根本不是找我们的？”

“不，我的直觉是——就是找我们的！他们会把我们烧死在屋子里，就像锅里的鱼。我还有一个地方，更秘密的，要是来得及逃走的话。快点，快点走，别忘了带吃的。”

“这个弄到哪儿去？”科姆列夫指着坐在角落的贼人问道。

“带着上路，横在马鞍前。”日金吩咐，同时抓起枪和装食物的口袋，然后他停住了，“什么地方？反正他们顺着马蹄印能找到！”

“能找到，伊利亚·格里高利耶维奇，可是在那里可以躲，那是山谷里的一个洞穴。看起来近，可是上不去——很高！”

“那我们把房子烧了！他们在雪地里待不了多久！”

“说得对！”杰米利亚尼岑把炉门砍掉，炉子里大块的煤正熊熊燃烧，发出玻璃一样嘎吱嘎吱的声音，他把它们掏出来扔到地板上，从屋里跳了出来。

他们气喘吁吁，磕磕绊绊地牵着马，好不容易到了河边，顺着河向下游走去，马蹄踏在松软的雪地上，在他们身后留下了明显的印记。在小河的第一个拐弯处杰米利亚尼岑猛然右拐，开始往上走。他们费力地拉着马，穿过齐胸的雪堆，来到一个长长的洞穴，洞口的上面垂悬着大块的石头。从洞穴望下去，小河和河岸确实显得很近。

他们休息了一下，咳嗽了一番，筋疲力尽地坐着听动静——是不是传来了什么有危险的声音？可是洞外一片寂静，只有马在身后打着响鼻。

日金第一个恢复了过来。他用手拄着石墙往外看：在小河拐弯处的背后，杉树林的林梢升起了一股黑色的烟柱，因为没有风，烟柱是直直的。房子干燥的圆木着得很快，现在那火已经肯定扑不灭了。

“等着吧，他会把你们的肠子揪下来缠在拳头上，”那贼人忽然幸灾乐祸地说了一句，“你们还不知道你们惹的是什么人！”

“我先把你所有的男人东西摘下来，”杰米利亚尼岑回答说，“或是把舌头割下来，既然你管不住你的舌头。你好好待着，少废话。伊利亚·格里高利耶维奇，你看到什么了？”

“房子在着火，没有别的，很安静。”

“说不定白折腾了，也许我的直觉骗了我，来的可能是别的人，比如说打猎的……”

“不，没白折腾……到这边来了，你看……”

杰米利亚尼岑扒开雪，爬到洞穴的边缘，看到在小河拐弯处后面，有一队骑马的人慢慢地，小心地过来了。河面的背景干干净净，因为隔着一段距离，这些人显得很小，好像一些小颗粒、一些黑色的甲虫在白色的雪原上爬行。

第三部　火离不开烟

/一/

在越冬房，人去屋空，很冷清很安静，让人觉得不习惯，那种感觉就像住在一个房子里的人忽然都搬出去了似的。留下守房子的三个人无所事事，打着哈欠，显然不知道做什么好。当然，可以躺下睡大觉，可是他们还没忘记不久前闯的祸，只好打起精神。谢苗·霍洛多夫也和他们一起受罪，不知道干点什么。他已经给卡尔卡喂过燕麦，饮过水，甚至跟它说了一阵话，把自己深藏的想法告诉它。马真是好动物，只是听着，大眼睛斜视着，眼睛里照着你的样子，点着头："主人，我全懂，我同情你，可是对不起，我没法给你出主意，你得自己拿主意，我呢，只要需要，不管遇到什么麻烦，我都会带你冲出去。"

谢苗用手抚摸着卡尔卡的脊梁，摆弄着硬硬的马鬃，说道：

"他吩咐我，留在越冬房，一步也别离开。还威胁我说，你要是不听话，我的手是很狠的。现在对报酬是提都不提了，看样子是把我当成他的手下了，吩咐我干这干那，好像我同意过似的。我算陷进去了。最倒霉的是，卡尔卡，卡比托内奇骗了我，把我玩了。绑架瓦西丽莎的不是他的人，是斯托尔波夫，或者拉斯托尔古耶夫，谁知道他……日金亲口告诉我的，他不会撒谎，现在撒谎对他有什么好处呢，现在他就像在上帝面前忏悔一样，都不知道还能活几天。唉，要是能查出来他们把她藏到哪里了就好了！"

卡尔卡倒换着两个前蹄，低下头，把头放在谢苗的肩上，好像因为一点也没法帮主人解脱表示歉意。

“好了，你在这儿吧。我走了，回头再来看你。”谢苗抚弄了几下马背，就朝过冬房的台阶走去。他的情绪很糟，感觉好像自己给自己脖子上套了套子似的。

一个匪徒走出房子来到台阶上，喊道：

“嘿，赶车的，你顺便带些柴火来，该点炉子了，冷了。”

越冬房里确实挺冷的。他们点了两个炉子，吃了点东西，然后没有散开，仍然坐在桌旁，懒洋洋地聊着天，看来大家都想睡觉，这没什么奇怪的：昨天睡得很晚，早上天还没怎么亮斯托尔波夫—拉斯托尔古耶夫就把大伙儿叫起来了。谢苗也瞌睡起来，他低下头去，又忽然一激灵，好像被浇了冷水，差点跳了起来，可是他及时控制住自己，假装睡着了，甚至眯起眼睛，其实是在偷听贼人之间忽然开始的谈话，他一动不动，唯恐漏掉一个字。他们的谈话从一声叹息开始：

“唉，现在要有个女人就好了，胖点的，肉肉的！那就来劲儿了！已经三个月没看见女人了，都忘了她们身上的味儿了！”

“怎么三个月了？别骗人了！前些日子还抓住过一个呢。你闻闻她不就得了。”

“闻不了啊，你知道，她用指甲拼命抓，差点把我眼睛抠出来，她那指甲就像狼崽子的牙。”

“你去看看她，跟她说，宝贝儿，你把我抓伤了，现在你得赔偿，因为我太想女人的爱抚了。”

“我倒想去呢，可我不认得路。”

“要不要我告诉你？”

“好啊！”

“你先套上车，再赶着马去找！他把她弄到金矿了，他一个人亲自送的，当时一个人也没带。她在那儿的一个什么房子里待着，萨沃奇金的跟班有时去看她一眼，那个丑八怪，我忘了他叫什么……”

“季莫菲！”

“对对，季莫菲！我听到过他跟咱们头儿报告，说一切正常，警官的妻子好好儿的，住在一个好房子里，关得严严实实的，跑不了……”

“金矿上有多少房子！到底在哪个房子里呢？”

“唉，你这宝贝儿！是不是还得给你点上根蜡烛……我怎么知道，在哪个房子里？你自己去打听呗，问问季莫菲……”

“不，算了，我还是别找女人了，忍着吧，脑袋比乐子值钱。”

“你就像个老公鸡，追着母鸡跑，心想：我追不上就当热热身子了……，口水上来了，却懒得啐出去。”

“不是懒，我说了，脑袋更值钱啊！”

然后，他们就说起年轻健康、身边没有女人的男人一般爱说的话题：谁有过什么样的女人，他怎么跟她玩儿……

谢苗一直闭着眼坐着，甚至低下了头，好像真的在打盹。他好容易才控制住自己，没有从桌旁跳起来，跑到外面去给卡尔卡备鞍。他坐了很久，然后抬起头，伸个懒腰，打了个大大的呵欠，甚至没用手去捂嘴，尽量平静地说：

“我去看看马，要不总是想睡，眼皮都睁不开……”

没人回答他，这两个贼人只顾说那些美事儿，顾不上理他。

谢苗来到台阶上，深深地吸饱了寒冷的空气，凝在那儿了，好像这个深呼吸让他一震，把他粘在柱子上了。他要拼命地跑到哪里去？去金矿解救瓦西丽莎吗？下一步他跟她要怎么办？带她到雅尔斯克，去自己的小房子？她喜欢这样的寒窑才怪呢！他曾经相信卡比托内奇的话，指望从被拖进去的这个不清不楚的生意里挣一大笔钱，可是看起来，他得不到钱——一点儿也得不到。谁都不会给他。他要是去见瓦西丽莎，他只有那个小房子和卡尔卡，当然，他们可以赶着卡尔卡兜风，可是你不能一辈子兜风啊……那么，发财和幸福生活的梦想就破灭了吗？要是那样，也就再也得不到瓦西丽莎了。

他背靠柱子站着，怎么也下不了决心迈步。

去哪里呢？

如果不是眼前出现了瓦西丽莎的样子，他不知道还要站多久。那个记忆中的形象栩栩如生，一点也没有因为时间久了而变得模糊，它突然出现，好像黑暗中划亮的火柴，让他眼前一亮：双肩柔和，身材匀称苗条的瓦西丽莎在晚会上跳着舞，两个系着绿色蝴蝶结的长长发辫飞舞着，歌喉清脆欢快，在村边林间空地上空飘荡，就是现在也能听见：

我爱他发热，
我爱他发烧，
我爱我心爱的人
跟我诉衷肠。

这个景象不可扼制地涌上他的心头，让一切的怀疑都融化了，就像扔进开水的盐。

连卡尔卡都好像感觉到现在主人下了绝大的决心。它没有倒脚，不是自己使劲把脖子钻进套具，听话地走进雪橇的辕子，不像平时那样使劲向上扬头，一上路就快跑，使得两边的雪都飞溅起来。

尽管谢苗很心急，但还是没有忘记谨慎：他下了大路，接下去走的是积雪很深的地方——他怕万一迎面遇上斯托尔波夫—拉斯托尔古耶夫和他的爪牙，那样的话就真的得脑袋搬家了。

卡尔卡跑得很轻快，自己选路绕过雪堆，在树木中间曲折前行。

傍晚，天快黑的时候，金矿终于出现在前面了。

谢苗没有多想，直接把雪橇赶到经理处。他把卡尔卡拴在旁边的拴马桩上，就去推门。门还没有锁，谢苗感到高兴，因为他知道自己没有失算。他算得很准——季莫菲正拿着把火钩子在走廊的尽头炉子旁边忙活着。他听到门响回过身来，拄着火钩子，用主人的口气问道：

“有什么事？”

“你怎么了，季莫菲，没认出我吗？我是拉斯托尔古耶夫的车夫。记得吗，我来找过萨沃奇金？”

“你是赶车的，来的是拉斯托尔古耶夫先生。你知道这有什么区别吧？”

“知道，知道，较什么真儿啊。我的雪橇上有个口袋，叫我亲自交到你的手上，可是不能让一个人发现。你今天，现在，就得把这个口袋给一个人送去。口袋不能打开，也不能打听。帮个忙，季莫菲，我还得回去，天快黑了……”

“什么人？”季莫菲警觉起来。

“我怎么知道！这不是我能知道的事！告诉我什么我就转告什么，一句不差。你要问就问拉斯托尔古耶夫。”

季莫菲想了想，把火钩子放在一边。

“这个口袋在哪儿？”

“在我的雪橇上。走吧，我们去把它弄过来。你快点，季莫菲，我说得清楚——我没时间！得在雪地里赶很远的路呢！”

谢苗转身顺着走廊往门口走。他没有回头，但是注意地听季莫菲是不是跟着他走呢？

跟着呢。

他身后传来很快的，像老鼠一样轻的脚步声。

到了外面，谢苗还是没有回头，快步走向拴马桩旁的雪橇，拉出一个口袋，放在雪地上：

“你拿走吧，我走了。”

“等等，”季莫菲拦住他，“你这个滑头，怎么，我得自己拖这个袋子吗？”

“你不想拖就不要拖，扔了算了。”

“你别乱扔！把这口袋放回雪橇上去，送我到地方。我告诉你去哪儿。”

谢苗装模作样地嘟囔了几句，抱怨说他还要赶路，可是还是把口袋放回了雪橇上。他等着季莫菲坐好，就赶着卡尔卡上路了。

走了不长时间。

他们很快从经理处拐进一条斜巷，这条巷子平缓地铺展在一座小山的山脚下，在一片矿区的小房子中间，出其不意地出现了一座十字形的大房子，是用一抱粗的圆木垒的。季莫菲让谢苗在这座房子旁边停下。

“你这房子真可以！”谢苗吃惊地说，“你过得很阔气啊！”

“阔气，阔气，我都不知道把钱财往哪儿放了。我要是住在这儿，也不用当跑腿儿的了。喂，口袋里是砖头吗？怎么拿不动……”

“是砖头，砖头……垒炉灶的砖头！”

谢苗猛地转身，迅速地从赶车的位子上跳下来，季莫菲甚至来不及叫一声，已经被沉重的口袋当胸压在雪橇深处，一道寒光，他的喉咙已经被一把两面开刃的宽刀抵住。

“是不是把警官的老婆藏在这儿了？点头。”

季莫菲睁大眼，小心地点点头，唯恐碰到锋利的刀刃。

“里面有几个人？是谁？瓦西丽莎在哪儿？在地窖吗？还是在上面？小声回答，悄悄儿地，你可别打算喊，我真会捅你一个窟窿。”

季莫菲悄声地，带着吸入空气的哨音，吭吭哧哧，结结巴巴地告诉谢苗，他们把警官的老婆关在一个角上的小房间里，上了锁，房子里除了主人老头和他儿子，应该没有别人。他还补充说，让他干什么他就干什么，问他什么他就说什么，只要别杀他。谢苗打断了他的嘟囔：

“别哆嗦，我不杀你。你只要按我说的做就能保命，我不伤你。”

季莫菲使劲点了下头，碰到了刀，吓得赶紧躲开，连颈椎都“咯吱”响了一声。接下来他都按照谢苗说的做了，他爬出雪橇，把口袋背到背上，朝那座十字形的房子走去，谢苗把枪埋在口袋下面，装作帮着拖口袋，其实，季莫菲能感觉枪托抵在他的脊梁骨。他们上了台阶，大声敲门，房子里半天没有人应，但终于在前室响起了窸窸窣窣的脚步声，一个苍老的声音不满地叨叨着，问道：

“真见鬼，谁呀？”

“开门，涅菲德奇，我是季莫菲。”

他闪开一点，门闩响一下，然后又响了一下，又一下，然后门才打开了，幽暗的门口出现了一个留着长长白胡子的老头儿，那胡子特别长，一直垂到胸前，又侧向一边。

“那是谁跟你一起？我不要见外人，也不让外人看我！”

“他是跟我一块儿的，涅菲德奇，这是……”

他没来得及说完。谢苗把枪从口袋底下抽出来，用枪托狠狠抵住他的后脑勺，吓得季莫菲一下子跪下了，就像一头被击昏的公牛那样倒了下去，口袋翻了个跟头，直接掉在老头的脚前。老头愣住了，把大胡子向前送，张开嘴要喊或是叫人，可是他跟季莫菲一样，没来得及喊出来。谢苗把枪管送进了他张开的嘴中，让他合不上嘴。谢苗用手指威胁老头儿不要乱来。这时候传来一阵很大的响声，一个健壮的小伙子从屋内冲到了前室，看来这就是他儿子了。他身子一晃，想冲过来救父亲，但谢苗制止了他：

“你要敢动，我就把他脑袋割下来！把那女人带出来，快点！给她穿好外衣，穿暖和了！别磨蹭，快点！”

那小伙子缩着头冲回屋子，很快推着瓦西丽莎出来了，瓦西丽莎身上穿着长裘皮大衣，头上披着披巾。谢苗看都没有看她，他不敢看。要让这次冒险的行动获得最后成功，他得争分夺秒。他命令那小伙子把季莫菲拖到屋里，然后把老头儿拽过来，把满是口水的枪管从老头嘴里抽出来，用脚踹开地上的粗毯子，毯子下面是地窖的盖子。他不说话，用手势示意小伙子把盖子打开。那小伙子听话地打开了地窖，第一个爬进去，他明白这是保命的唯一办法。接着谢苗把老头也推到下面，用脚把还没回过神来的季莫菲像一截圆木一样踹进了黑洞。他把盖子“啪”地盖上，环顾四周，看到一个很大的木头货架，就用力将它推倒在地，正好盖在地窖出口上。那货架倒下的声音很响，好像房子的上头响起一个炸雷，谢苗甚至跳到了一旁——他也没想到声音那么大。他没有回头，就跑到前室，瓦西丽莎一声不响，一动不动地站在门口，他把她抱起来，抱着她走到雪橇旁，把她放了进去，侧身蜷在她的脚下，一抖缰绳，吆喝道：

“卡尔卡，就看你的了！带我们逃出去！”

/二/

石洞口儿的雪被踩来踩去压实了，现在人可以不完全站起来，趴在那儿观察下面的动静。下面弯弯曲曲的小河河床上覆盖着又厚又结实的冰，冰面上发生了这样的事：两个骑马的人端着枪到了马蹄印拐向旁边的地方，停了下来。他们一起抬起头，久久地看着石洞的陡峭入口。他们不敢冒险走近，一个人留在原地，另一个人则掉转马头，快速地往回跑。很快其他人也到了，他们急急忙忙地散成一条稀疏的链子。

“要是猛往上爬，可能能上来。听见了吗，伊利亚·格里高利耶维奇？”杰米利亚尼岑沉重地叨咕了一句，把枪在身前摆正。

“我们看吧，”日金说，“最重要的是保存好子弹，射击要准，等他们已经很近的时候再开枪。打中一两个，就能一下子把他们镇住了。”

稀疏的黑链晃起来，好像忽然被一阵风吹动似的，然后慢慢地在高高的雪中向前爬行。

越来越近了。

枪声响了，山谷中传来长长的、隆隆的回声。一个进攻者跑得特别快，一边往前冲，一边像山羊那样不停地从一边跳到另一边，无法瞄准他。日金眯起眼，平静地看着他折腾，等了一下，当他刚放慢速度喘口气的时候，他放了枪——这一枪打得又准又稳。一粒大霰弹正好击中胸部，从后背穿过，那人的身体扑在雪地上，两臂大张，好像一个黑色的十字架。

链条不动了。那些人卧倒，防备再次射击，可是石洞这边没有动静，于是又有一个胆子大的开始往前冲。日金让他到了很近的地方，又一枪射中胸部，把他像第一个一样撂倒了。

“嘿，伊利亚·格里高利耶维奇，”杰米利亚尼岑赞叹道，“要是我知道你枪法这么好，以前打猎的时候就叫上你了。”

“我想爬过去把他们的枪拿来，可是怕他们赶到。算了，让他们躺在那儿吧，别的那些人，让他们看着办吧。”日金不慌不忙地上了子弹，在雪地上，把枪托调整一下，让它更舒服地靠在肩上，射击更方便。

从下面传来喊声，听不清他们说什么，但是能听到那声音很大，是在发命令。链条出其不意地断了，开始慢慢往回爬，身后留下被踩得乱七八糟的雪。这根链条一直下撤到小河的冰面上，然后抻直了，停下了。看来第一次仓促进攻没有奏效。

此时已是下午，太阳已经蹭到了山谷上面云杉林的林梢，把它们染成玫瑰色。巨大的，长长的影子一直投射过了河床，宽宽的带状阴影将河两岸连接起来。在这巨大的空间中，黑色的一小撮人和马好像一滴不知从哪里落下来的水滴。它那么小，却带来死亡的危险，这真怪。

但它确实带来了死亡的威胁，而且不打算后退。

很快，在河岸的最边缘燃起了一堆大大的篝火。可以听到斧子砍树的声音，能够看到他们把从雪下刨出的整棵树的枯枝拖进火里；河岸有很多沉木，不缺木柴。火堆冒出的烟越升越高，显然，晚些时候，当天色黑透了，它将像巨大的火把照亮附近一半的地方，从石洞中悄悄地溜走是不可能的。

“这些狗东西倒好，烤火呢。咱们的牙都快冻成冰了。”科姆列夫冷得缩着肩膀，嫉妒地抱怨道。

石洞中确实很冷。被长时间的严寒天气冻透了的洞壁寒气逼人，现在，最初的激动冷却下来以后，大伙儿都觉得冻得要命。那个被绑着的匪徒甚至剧烈地颤抖起来，他不断发出越来越可怜的声音，请求把他的手放开；可是他们并不急于放他——说不定他想跑回自己人那边，谁知道他脑子里正打什么鬼主意。

科姆列夫想暖和暖和，就走到石洞的深处，在那里又蹦又跳，甚至转起圈来，好像在跳奇怪的舞蹈，忽然他停下来，跑到洞的更深处，喊道:

“到这儿来看看！这儿的柴火就像泥一样！”

“他能找到什么柴火，”杰米利亚尼岑嘟囔道，“那根本没什么柴火。”

但他还是站起来，进到石洞的深处，随即从那里传来他的喊声，那声音就像从深井里传来的一样：

“伊利亚·格里高利耶维奇，真是奇迹啊！你来！”

日金也站起身来。他也下到了不大的斜坑底下，也惊呆了。在石洞的最里面，从地下直到洞顶，整整齐齐地垒放着粗粗的云杉圆木，没有树枝，去了皮，很平滑，粗细一样，好像特意选的。每隔两行架着横杆，有的横杆因为重压已经有了裂纹或被压坏了，看来已经在这里放了很久了。

“等等，等等，”杰米利亚尼岑划了根火柴，走到圆木的近前，微弱的火光照亮了横截面上刻着的“П П”的标记。“看来有人给我们存了柴火。这是帕尔菲诺夫金矿的意思。这是帕尔菲诺夫二矿的，那儿没什么树，只有些歪桦树、烂杨树，所以就把木料垛在这里了，到春天会把它们送下去，做成木排，春汛的时候顺着山谷直接流到矿上。”

“那为何弄到这里呢？应该放到河岸啊。”日金惊讶地问。

“放在河岸当然更方便，只是这条小河春天的时候水很大，像海一样，能把人举不起来的石头像小柴火棍儿一样冲走，冲走圆木更不在话下。所以就弄上来了，这里干燥，不滴水。我们运气好，现在我们也可以点篝火了。”

“嗨，可是没有斧子！”科姆列夫沮丧地说。

“你怎么没带，你这马大哈！那你现在用刀子割劈柴或者像大力士那样用手把横杆折断吧。”杰米利亚尼岑不掩饰高兴的心情，心满意足地数落他。这确实是幸运得不得了，至于没有斧子，没什么大不了的，重要的是脑袋还在，没丢脑袋。

他们很快生起了火。先是用干的细劈柴生起一小堆儿火，当火着旺了，又拖来横杆，把它的一头送进石头中间的空隙，火苗猛地蹿起来，横杆发出爆裂的声音，接着整堆长长的圆木都噼噼啪啪地着了起来。在烧得旺旺的火边，人立刻变得快活了，只有一个不方便的地方——因为树脂的关系，烟很浓，让人喘不上气。

“没事！”科姆列夫活跃起来，“熏肉不会臭，我们的寂寞被赶走！给我饺子给我粥，我把你喝光。”

他们也把绑着的匪徒拽到了火边，让他烤烤火。日金和杰米利亚尼岑没有忘了轮流爬到洞口看看下面的情况。岸边仍然燃着巨大的篝火，在河岸上投下明亮的光，人们在火边活动，走来走去，可是没有人上马，看来第一次狙击起了作用，他们不敢再冒险了。

“现在他们在想怎么把我们从这儿弄走，也许天亮能想出来。我们干什么呢？也得想办法。好好想想，小伙子。也许给他们那张图？不，图也没有用，玛尔法把它叫作护身符不对。那些人可不会说话算话。他们拿到图，就会把你的脑袋拧下来。我没落到他们手里之前，他们不会伤害瓦西丽莎，他们会指望我最后会同意，所以最好留着那张图当后路。嘿，怎么能从这儿逃出去呢！”日金叹了口气，活动活动肩膀，斜眼望着火堆——该烤烤火了，可是杰米利亚尼岑不急着换他，在跟科姆列夫小声地说着什么。日金没有叫他。

很快杰米利亚尼岑自己爬了过来，叨咕了两句，趴好了，问道：

“那儿怎么样？没有动静吗？”

“你自己看嘛。可能他们想围困我们。他们能在这儿扎营多长时间？一天，两天，一个星期？”

“只要我们没落到他们手里，不管死的还是活的，伊利亚·格里高利耶维奇，他们就会一直待在那儿。他们让我们押运金子的整个计划已经完蛋了。现在我们对于他们比死还可怕——万一我们能从这儿冲出去向官府告发呢？那样他们就全完了，所有的计划都破产了。不管愿意不愿意，我跟你都得跟他们干到底了。只有一件事让我高兴，就是我跟你，伊利亚·格里高利耶维奇，绑在一起了。你是一条可靠的好汉，跟你在一块儿死也乐意。”

“乐意！你真能胡说！你是不是跟科姆列夫学的满嘴跑火车啊？”

“不，是我自己这么想的。”

日金斜眼看看杰米利亚尼岑，但什么都没有说，只是暗自惊奇：他从来没想到这样一个阴沉的深藏不露的汉子会说出这样一番对他来说很不寻常的话。他说的好像蛮真诚，不是装的。再说现在他何必装呢？

身后传来一阵窸窸窣窣的声音，他们俩同时回头，看到科姆列夫四脚着地，像一只甲虫一样迅速地爬过来。等爬到他们跟前，他往地上一趴，以惯常的那种数来宝的方式很快地说道：

“杰米利亚尼岑，你刚才说什么？用圆木扎木排？怎么把它从这儿弄下去？莫非每根圆木都用绳子拽吗？”

“干吗用绳子啊，傻瓜！拉到洞口这里，它自己就滚到河里去了，坡很陡。”

“我就是这么想的！要是把所有的木头一下子从这里推下去，就可以把他们砸成肉饼，连火一起砸灭！”

“等等，等等，别吵吵，”日金拦住他，“把圆木拖到这里是可以的，可是我担心往下滚的时候会陷进雪里。”

“要是一根一根地推，是会陷进去，要是一下子全推下去，那就会像风吹羽毛满天飞。我们可以先从洞口顺着斜坡推下两根圆木，压出一条滑道，好让木头滑得更快。好样的，科姆列夫，我就觉得，你不是只会饶舌的。”

“我会的多着呢！”科姆列夫马上骄傲起来，“你们要是好好养着我，我的用处多得很！”

“没那么多吃食养你！我的口袋里有绳子，拿出来打个结。把它套在这个无赖的脖子上。结可要打结实点，别开了，另一头套在圆木上。我们盯着他，把他的手解开，他早就说手麻了。让他缓缓，听明白了吗？”

“全都明白，我是个有脑子的后生！”

“而你，伊利亚·格里高利耶维奇，得先留在这儿，没有放哨的可不行。”

“我冻死了。你们拖圆木小心点，不要压到……”

“我们尽量小心，得保住手脚啊……”

日金爬到入口的最边上，给他们腾出地方，他们很快在他的身后忙活起来。他们把两根粗横杆上头抵住石洞的洞顶，下头抵住两块石头，然后顺着这两根横杆把圆木一排一排地滚上来，圆木越积越高，一直堆到了洞顶。现在这个大木堆已经直接悬在石洞的洞口了，横杆发出咯吱咯吱的声音，只要稍微一动，它们就会倒下，整堆的木头就会一股脑儿地滚下去。他们甚至不知道这用了多长时间——在这么高度紧张地干活的时候根本顾不上时间。当杰米利亚尼岑爬到日金旁边时，他的头上冒着一团团热气。

“你怎么想，伊利亚·格里高利耶维奇，我们什么时候发出这个礼物？”

“还得把两根圆木顺着斜坡推下去，就像你自己说的，好叫后面所有的圆木能一股脑儿地滚下去……”

“到最后再推，一推下去，我们就接着就把横杆撤了。什么时候动手？”

“还得再等等。他们好像在准备过夜。到天快亮的时候熬不住了……”

“喂，要是他们及时避开，那会怎么样？”

“我已经想过这个了。我们准备一些石头，我们自己也要准备好，圆木一往下滚，我们马上从这儿出去，奔向小河的冰面，到了冰上就往下游走，去帕尔菲诺夫二矿。到那儿多少里？”

“谁丈量过呢？”

“你再没有别的秘密藏身处了吗？”

“我要是早知道，”杰米利亚尼岑哼了一声，“我就沿着整条河建一串儿堡垒了！”

“啊哈，再抖搂一些麦秸……”

说话间夜色退去，苍白的月光渐渐融化，黑色越来越淡，变成了蓝色，下面那团大篝火已经窜得不那么高，火势弱了，但还是很亮，在这晃动的火光中可以看到一部分人直接躺在了雪地上。他们凑到火旁躺下了。显然，他们要等着天亮，不打算离开这个地方。

日金打定主意，不应该等到早上天亮了再动手。也许现在是最合适的时机——要是他们开始追赶，在黑暗消退的时候更容易逃脱。他把杰米利亚尼岑和科姆列夫叫过来，很快大家都准备好了，先放下两根圆木，准备好，沉默片刻，好像在出远门之前坐一下，然后一根木头撞击了另一根木头，发出沉闷的声音。然后两根横杆不情愿地动了动，颤抖一下，从支架上弹出来，像轻轻的火柴那样飞了出去。堆放的其他圆木轰地一下子塌了，扬起的雪雾像一面墙一样，让人什么都看不清，只能凭借砰砰的声音判断它们没有陷进雪里，而是朝着河面迅速滚了下去。

几个人伴随着这砰砰的声音牵着马从石洞中冲出来，像日金说的那样，进行斜向楔形冲击，钻过一个雪堆，就到了结了坚冰的小河跟前。他们跳上马，沿着弯曲的河道顺着山谷冲了下去，好像赶着去地狱一样。

/三/

雅尔斯克的城市地图是一个敬业而有才能的画家画的，不仅标出了街巷，而且所有的房子都画得方方正正的，而大的建筑，如主教教堂，市政厅，社会会议，商场之类简直画得分毫不差，只不过是缩小了。画家甚至选用了不同的颜色——金色来画主教教堂上的十字架，使得它们在黑白的地图上熠熠生辉，好像真的一样。

这幅地图是将军省长杰里诺夫送给警长波罗佐夫的。他送这个礼物时的赠言是：

“康斯坦丁·弗拉基米罗维奇，请尽量让这个区域，包括最偏僻的角落都能遵守法律。社会各界会为此对您表示真诚的感谢。我也会感谢的。”

警长波罗佐夫在任职期间把这张地图，同时把雅尔斯克的各处都做了详细的研究，他走着、跑着、坐车，有的地方甚至爬着去实地查看，而且不止一次。所以当他听说有个他不知道的地名——科留科夫卡——的时候，他很吃惊。

他不久前才听说了这个科留科夫卡，就在给西伯利亚商业银行经理看那个提包之后不久——箱子里放的不是钱，而是整齐切割的一沓沓书写纸。当杰里曼诺夫先生看到这些东西后就变得喋喋不休了。他一迭声地惊叫，把那些切割的纸拿在手里，拿到脸跟前仔细查看，就差用鼻子闻了，他说了一大堆话，这一大堆话的意思就是一个——在银行内换钱箱是不可能的。有监察人员，有出纳，有规章，有规定，谁都不能违反。包被调换也不可能，因为就是不可能。波罗佐夫耐心地听完他的话，然后建议他报出所有经手人员的名字，以此表明银行经理的慷慨激昂的保证对于他波罗佐夫来说完全没用。杰里曼诺夫不作声了，然后说出了这些职员的姓名，然后又要开始说，但波罗佐夫借口时间紧，相当冷淡地把他送出了办公室。

银行经理离开后，波罗佐夫把秘书叫来，吩咐赶快把干探班尼科夫兄弟，或者按照大家的叫法，格里沙—米沙叫来。班尼科夫兄弟是双胞胎，长得一模一样，好像两滴水。两个人都个子不高，身材敦实，圆脸，总是笑眯眯的。像格里沙—米沙这样的双胞胎生来就是要当探员的。他们利用互相长得像的特点做了很多事，甚至刑侦人员都在讲关于他们的传奇。他们天生具备猎狗般的侦查嗅觉，从不会出岔子。波罗佐夫非常器重格里沙—米沙，对他们很赏识，甚至允许自己突破上下级的界限，差不多用平等的态度跟他们说话。

这一次也是，当他们气喘吁吁地赶来后，他让他们坐在桌旁，每人给了他们一个咸面包圈：

“你们边吃边听。你们马上直奔西伯利亚商业银行，在那儿尽量探听些消息。这是经手或者知道帕尔菲诺夫一号金矿提款这件事的人的名单。等调查完之后，你们就监视杰里曼诺夫，监视他的一举一动。”

可是，格里沙—米沙没有找到一点侦破抢劫案的线索，不过他们从银行回来的时候到底不是一无所获。他们看到有人从银行经理的办公室中拿出盛着垃圾的篮子，就不嫌脏地翻腾起来。他们没有白费力气。在一张矿主巴维尔·拉夫连季耶维奇·帕尔菲诺夫的名片背面潦草地、龙飞凤舞地写着几个字："需要马上会面，地址照旧——科留科夫卡。"这个留言下面既没有日期，也没有签名，不清楚到底是谁写的，是帕尔菲诺夫本人还是别人。

这揉皱的名片刚放在波罗佐夫的桌子上，他就把杰里曼诺夫传唤到了警察局。

"科留科夫卡是什么意思？指一指，在哪里？"他把杰里曼诺夫带到桌前，在他面前把卷起来的地图像神奇的桌布那样完全铺开。

"您知道吗，康斯坦丁·弗拉基米罗维奇，某种情况下……这不是街道，甚至不是巷子，这个，怎么跟您讲呢……"

"您指一下，有什么为难的？"

"其实没有什么为难的地方，就是……"

"谢尔盖·利沃维奇，我不明白，您怎么，不愿意说吗？"

"愿意，愿意，可是一些情况，这么说吧，比较微妙，让我担心，如果只是私下……"

"他掌管那么多的钱，抓起钱来就像一只成年狼一样，却戴上一副喀山弃儿的面具，简直让人同情得想哭。真是个有意思的角色……可是你是白费力气，亲爱的，我不会上你的当，可是我有耐心听你叫苦连天，我会听下去，直到你完全暴露出本来面目。"波罗佐夫冷冷地，甚至厌恶地想道，表面上仍然不动声色。

"您看，康斯坦丁·弗拉基米罗维奇，我们的城市当然挺大，省城嘛。可是有时候你说话一不留神，那话就传啊传的，等回到你这儿来，就走样儿得厉害了……"

"我问的是科留科夫卡，谢尔盖·利沃维奇。这是个什么名称，在哪儿？"

"我确实不方便说这个，可是如果您能保证这事只有你知我知，只是我们之间的……"

“我不能也不会给您任何保证，我是官方的人，进行官方的调查。现在让我们说清楚：要么您回答我的问题，要么拒绝回答，没有折中方案。”

杰里曼诺夫停下了他那含糊不清的绕口令，半天没出声，在桌旁踏着步看那张地图。他牢牢盯着地图，看得很认真。波罗佐夫看到这种情况，就耐心地等着。他很会看人，很清楚银行经理在开口之前要尽量把所有可能的后果估量一番。“就像我用计算器的时候一样，”波罗佐夫暗自冷笑，“该想清楚了，杰里曼诺夫先生，该明白您耍滑头和含糊其辞的神聊对我不起作用了。难道第一次不就该明白吗？我觉得您应该更识时务呢。好吧，跟帕尔菲诺夫先生见面的事……要是他们只是谈生意上的事，在银行办这事就可以了，”波罗佐夫琢磨道，“如果事情是背人的，是一对一的秘密，那也可以去其他地方，可是却指定要在科留科夫卡。喂，杰里曼诺夫先生，我看你到底能支吾多久？”

杰里曼诺夫先生终于下了决心。

他用短食指戳了一下地图上的一个地方，那是城郊滨湖街上的一个规整的方形，这条街通往斯威特湖，所以叫滨湖街。

“这个房子，谢尔盖·利沃维奇，很普通嘛……”

“嗯，其实不那么普通。在我们的小圈子里我们叫它科留科夫卡。这是个开玩笑的名字，因为这房子的房主是科留科维娜，安娜·马特维耶夫娜。这是位很亲切很好客的太太，她那里的气氛总是很舒服，吃得好，客人有趣，还有一些单间，可以跟人单独说点私房话。她的女朋友们常去弹琴唱歌——总之，我们那个小圈子的人在那里放松心情……”

“你们那个圈子有多小？去那房子的有几个人？”

“十到十五个人，不会再多了，不过我没数过。”

“您为什么死活不愿意说出来？”

杰里曼诺夫沉默了一下，把毛茸茸的手一挥，说道：

“康斯坦丁·弗拉基米罗维奇，什么都瞒不住您，您好像能把我看到地底下似的。所以我才老老实实地承认，毫不隐瞒。我们跟安娜·马特维耶夫娜有特殊关系，是牢固的老关系。我是有家的人，一家之主，所以只要露出一点风声对我都……您懂的。我很希望您不要说出去，康斯坦丁·弗拉基米罗维奇。”

“我对您个人的秘密根本不感兴趣，您尽可放心。你们明天见面，对吧？什么时间？”

“是的，是明天。我们一般在八九点钟聚会。”

“您估计帕尔菲诺夫先生要谈什么？”

“我怎么会知道他要谈什么？！巴维尔·拉夫连季耶维奇这人很特别，经常做出人意料的事，他约我可能是为了讲个笑话。有过这种事，有过……”

“看来从他这儿再也得不到什么了，也不需要了。今天够了，下次再说吧，现在我们先看看，观察观察。”波罗佐夫把雅尔斯克的城市地图卷起来放回原处，就跟杰里曼诺夫告别，并且没有忘记为给他添麻烦而致歉。

过了大约十五分钟，格里沙—米沙来到局长的办公室时，局长把地图再次打开了，他指着滨湖街上的正方形，告诉他们说：

“这里住着一位安娜·马特维耶夫娜·科留科维娜，一些特定的人在她那里聚会。你们去打听清楚这个房子的女主人的情况，她是什么人，房子的入口出口，统统打听清楚！最好能进到房子里去。装扮成什么人好呢？”

“收旧货的。”格里沙—米沙立刻异口同声地说。

“你们顶多只能待在门口，可能连门都进不了。”

“我们想办法——会进去的……”这两个警察局的干探保证说。

“那好，你们看着办吧。要是出了问题，我要你们的脑袋。”

格里沙—米沙不约而同地点点还在他们脖子上的脑袋，表示同意，然后悄然无声地出了办公室。

他安排其他的暗探监视杰里曼诺夫和帕尔菲诺夫，侦查他们去了哪儿，在哪儿待过，跟什么人见了面，如果做得到，最好听听他们说了什么……

/四/

第二天波罗佐夫已经知道帕尔菲诺夫一直待在家里，哪儿也没去，甚至没走出过栅栏。也没有人来他家里，只有看门人带着一个小孩出来铲雪，但他们干完之后就关上院门走了。而杰里曼诺夫在银行待了一会儿就去了艾尔米塔什饭店，在那儿的餐厅吃午餐，午餐是一个人吃的，没有别人，他只跟服务员说过话，服务员跟他说了些什么，杰里曼诺夫笑了半天。从艾尔米塔什饭店出来他就回了银行，然后就回家了。波罗佐夫听完汇报，让暗探们还是做同样的事——监视和报告。

他自己留在办公室，焦急地走来走去，等着格里沙—米沙。

他们一直没有出现。

波罗佐夫开始担心，他已经打算亲自去一趟滨湖街，已经吩咐准备值班的车了，格里沙—米沙才终于出现。他们穿着同样的半长外套，黑靴子，背上都背着个大包袱，他们看起来确实像走街串巷，用几个小钱收买没用的破烂和旧东西的旧货商贩。

格里沙—米沙把包袱扔在地上，筋疲力尽地直接坐在包袱上面，迅速地、有条有理地报告他们探听来的情况。

据邻居们说，安娜·马特维耶夫娜·科留科维娜在这座房子里住了一年多了，显然不缺钱，所以她的房子很阔气。家具、地毯、餐具、她自己的穿戴都不便宜，也不是在附近的小店买的。安娜·马特维耶夫娜用着女仆和厨娘，厨娘每周三和周六去市场买食品。客人们每周来两三次，日子不固定。一般都来得挺晚的，高头大马拉着阔气的马车，来了以后马车并不在街上停留，而是马上进院，随后高高的大门就关上了，所以外人无法知道来人是谁。这些人不喊，不闹，不撒酒疯，不打架——一切都规规矩矩的。只是天暖和的时候，窗户打开，可以听到音乐声和歌声。

房子里有前厅，厨房，一个大厅，还有五六个单独开门的房间，就像旅馆的房间一样。格里沙—米沙没能进入大厅以内，可是给了他们很多破烂，甚至没要多少钱。女主人和气地挥挥手——不用了。安娜·马特维耶夫娜还挺年轻的，很漂亮，彬彬有礼。要进入房子不可能不被发现，只有一个入口，但是沿着房子有个夏季凉台，各个房间的窗户与凉台相通，窗户上的小气窗开着，因为房子里的炉子烧得很热。就算气窗关了也不要紧，如果要听听安娜·马特维耶夫娜的客人在说些什么，也可以自己把它们打开一点儿。

“干吗不听听呢，”波罗佐夫很快抓住了这个想法，“当然，在体面的社会里听别人的谈话是不体面的，可是我不在乎。我要去拜访安娜·马特维耶夫娜，虽然没得到邀请……”

晚上，当暮色渐浓的时候，波罗佐夫和格里沙—米沙潜入花园，摸到房子的后面，在宽大的台子上稍事休息，一边喘口气一边四下观看。街上传来了雪橇滑木吱吱嘎嘎的声音和低沉的敲门声——有客人来了。波罗佐夫朝格里沙—米沙点点头，他们心领神会，无声地溜过拐角去了走廊，他们不是踩着雪走，而是用靴子尖儿点着雪地，以免发出咯吱咯吱的声音。一会儿，他们中的一个回来，朝波罗佐夫挥挥手，示意他现在也可以跟着他们过来了。

走廊上的雪扫过了，宽宽的油漆地板扫得很干净，靴子踩在上面不会发出一点声音。向外开的小气窗把屋子里多余的热气释放出来，冒出轻轻的白气团，在空气中消散。窗户上挂着窗帘，所以只能透过窗帘看到人影，但是说话的声音却听得相当清楚。

波罗佐夫根据声音知道杰里曼诺夫和帕尔菲诺夫走进了一个房间，随手把门沉闷地关上了。他挺直身体，后背贴着墙，离气窗近一些，一动不动地侧耳谛听。帕尔菲诺夫说道：

“我接到了彼得堡一个可靠的人的信。他说一个高级委员会很快会到我们这儿，不用说就知道，是为我们的事来的。我们的事，谢尔盖·利沃维奇，要陷进粪坑了，只有耳朵露在外面了。你看怎么办？”

杰里曼诺夫半天没说话，当他开始说话以后，波罗佐夫不由得惊得抬起眉毛——这是银行经理吗？那急急忙忙的说话方式哪儿去了？连一点儿影子也没有了，就像从气窗飘出的热气一样消散了。

“我会逐条解释，巴维尔·拉夫连季耶维奇。首先，您不要慌张。没有不能收买的委员会，问题只是钱数，您又不心疼钱。第二，所有现有的金子要按照规定上缴国库。”

“等一下……”

“不，请您等一下，巴维尔·拉夫连季耶维奇，我还没说完。第三，请找到阿扎洛夫，把他活着交给我，死了就没用了。他这个恶棍把我们的约定全都破坏了！只要您能在说好的时间做好这几件事，我就可以保证您还做您的矿主，您做生意的名誉还会像以前一样没有瑕疵，您的所有企业会带来很——好——的收益。”

“现在您用这种语气说话了，谢尔盖·利沃维奇，过去您那么殷勤地给我铺上桌布，我根本没想到当闻见煳味儿的时候，您就跳到了一边儿。可您得考虑考虑，要是把我问得无法否认，我不会沉默，我会把咱们的事抖搂出来。”

“随您的便，巴维尔·拉夫连季耶维奇，抖落吧。但您不要忘了，您也会把您的金矿跟这些事一起抖落掉，它们会被公家管起来，动产不动产都会拍卖，您在西伯利亚商业银行的债务谁都没有取消。您会破产，最好的结果是开个小五金店。您觉得怎么样？”

“我想我会乐意的。”

“想想吧，巴维尔·拉夫连季耶维奇，好好想想，现在我们去喝香槟，吃晚餐吧，安娜·马特维耶夫娜说有什么特别的馅饼。”

“我还是到别的地方吃晚饭吧。再见。”

脚步声越来越远，门轻轻地响了一下。从另一个气窗传来钢琴声，波罗佐夫清楚地辨认出他很喜欢的罗曼斯的旋律——怎么会有这种巧合！一个女声有力地、富有激情地唱道：

疯狂的夜，不眠之夜，
不连贯的话，疲倦的眼神……
被最后的火光照亮的夜，
逝去的秋天晚开的花……

他一直站在那儿，直到他看不见的女歌唱者把整首罗曼斯唱完。他还听到人们给歌唱者热烈地鼓掌，说夸奖的话。然后人们开始大声交谈着在餐桌旁就座，打开香槟的瓶盖，碰杯，杰里曼诺夫开始说冗长的文绉绉的祝酒词，波罗佐夫知道不会再听到什么他感兴趣的东西了。可是他还是把一个干探，不知是格里沙还是米沙留在走廊上——万一里面再说到什么有用的东西呢？他带着另一干探，不知是米沙还是格里沙，原路穿过花园出去，到了旁边的一条街，马车就等在那里。

“去皮匠村，快点儿！”

“让时间以不留情的手指，把您的虚假指给我看……那女士唱得很投入，嗓音悦耳，要是换一种情况，听着真享受。至于虚假的嘛……我们尽量把虚假的去除。现在绝对清楚了，阿扎洛夫和杰里曼诺夫，可能还有帕尔菲诺夫有什么密谋，多半是和银行抢劫案有关。说不定是他们自己策划了抢劫？但为什么呢？好在没有急忙逮捕阿扎洛夫，不然他会顽抗到底，我可能猜不到他跟杰里曼诺夫有关系。现在至少清楚了，他不是一个人行动的，而是得到了杰里曼诺夫的同意，甚至就是受他指使的，可是阿扎洛夫在最后时刻不知为什么又把所有约定都破坏了，自行其是了。嗯，好先生们，你们缠了个球，一个蛇窝，但我要解开它，你们瞧着吧……”波罗佐夫拉拉帽子，把耳朵捂好，打了个激灵——严寒生气地抽打着晚行的乘客，对他们来说这一夜如果不是疯狂的，也肯定是无眠的。

他们利索地，悄悄地抓住了阿扎洛夫，没有放枪，也没有搏斗——他们把一个从车上带来的铁销钉从门下伸进去，猛地一拽，不结实的门就从合页上脱落了下来。阿扎洛夫只来得及从床上跳起来，在黑暗中他的白色内衣隐隐可见。他们让他穿上衣服，对小屋进行了搜查，但是正如波罗佐夫预料的那样，没有找到钱。然后他们就从皮匠村回到了警察局。

“逝去的秋天晚开的花……现在我们就来谈谈，阿扎洛夫先生。现在您不会嚷嚷让我滚了，也不会威胁要把我埋在雪里了。不知道格里沙—米沙还听到了什么有用的东西？”

但是格里沙—米沙一直在外廊站到客人们全散了，也没能提供什么有用的东西，只是狡猾地眯着眼，皱着长满雀斑的鼻子，笑道：

“他们在床上声音很大！可是我觉得您对这个不感兴趣，警长先生……”

“完全正确——不感兴趣。去吧，去休息吧。”

“一个商业俱乐部，也是一家妓院——全都在安娜·马特维耶夫娜的一座小巢里。”波罗佐夫摇摇头，对这位可爱的，令人愉快的女士的精明感到惊讶，“等着吧，好人，我会找您的……”

/五/

刚粉刷的墙还散发着新鲜石灰浆的味道，涂料中添加了蓝靛，此时斜阳透过还没有挂上窗帘的窗户照在墙上，于是墙壁反射出天空的蓝色。玛尔法忍不住伸手摸摸墙壁。她心里很高兴，想跳起来，但她控制住了自己，慢慢悠悠地来到走廊，这里发出另一种潮湿的味道——已经开始给地板上漆了。

但她已经没时间欣赏地板了——省长夫人伊琳娜·阿列克谢耶夫娜随时可能驾到，昨天她就派人来向玛尔法通报了。

玛尔法很快披上裘皮袄来到台阶上。贵客的马车在说好的时间——差一刻十二点准时到达。玛尔法跑过去想帮她下车，但伊琳娜·阿列克谢耶夫娜制止了她：

“不用，亲爱的，感谢上帝，我自己还能动。你带路吧，让我看看……”

伊琳娜·阿列克谢耶夫娜对看到的一切很满意。她微笑着，亲切地看着玛尔法，好像很随便地告诉她：

“我不久前接到了熟人的信，他们住在奥尔洛夫省，打算到雅尔斯克来。是夫妻两个，都是在当地当教师的。我给他们回信说，这里已经给他们准备了住处。你不会反对吗？会接待他们吧？”

“当然，当然会接待！怎么会不接待呢，瞧您说的，伊琳娜·阿列克谢耶夫娜！”

“还有一个消息要告诉你。有个人过去求过我丈夫，是商业方面的事，我跟他谈过，他答应给我们的学校铺水管和……那个东西，他怎么说来着……对了，想起来了！尼亚加拉泵，就是这个！这儿会有自来水，不用花钱拉水。”

“伊琳娜·阿列克谢耶夫娜，我简直不知道怎么感谢您……”

“不用，不用谢。现在你送我走吧。今天我还要去别的地方，得抓紧时间。”

在外面，伊琳娜·阿列克谢耶夫娜在登上她那阔气的马车之前，赞赏地抚摸了一下玛尔法的肩膀：

“亲爱的，您让我很开心。说实话，我没想到您那么快就准备好了。您有没有什么请求？不要不好意思，直接说出来，只要我能做到的，我都会做的。”

“您已经为我做了很多了，伊琳娜·阿列克谢耶夫娜！还有什么请求呢？您对我的态度让我感激不尽，现在我也想说……”

“这没有必要，我说了——不用谢。下个星期我要召集校董会，现在我想，我们要把我们尊敬的校董会成员请到这里来，而不是去会场。您带着他们参观，让他们感到吃惊。我们就这么做，一定要这么做。好了，再见，亲爱的。”

“上帝保佑您，伊琳娜·阿列克谢耶夫娜！”

送走省长夫人之后，玛尔法又不知不觉地在这个未来的两个班的学校的台阶上站了很久。她微笑着——她一生很少有这种满心欢喜、没有后顾之忧的时刻。

一整天她都沉浸在这样的情绪中。晚上他到玛格达丽娜·维涅吉科托夫娜那儿去的时候仍然很高兴，她的嗓音特别热切，喜气洋洋地说：

“我跟您说个事！我跟您说个事！玛格达丽娜·维涅吉科托夫娜，您听见了吗？”

“就算我是聋子也能听见，你喊得声音那么大，好像失窃了似的。出什么事了？”

“今天伊琳娜·阿列克谢耶夫娜来了……”

“你最好先把外衣脱了，进到房间里坐下。别再喊了，我说了，我还没聋呢。”

玛尔法听话地脱了外衣，进到房间，坐在玛格达丽娜·维涅吉科托夫娜的软椅前的小凳子上，详详细细地跟她讲了今天发生的所有事情。

“祝贺你，我为你高兴，玛尔法。要是我能在你的学校找到能胜任的事……”

“您说到哪儿去了！当然能找到！您可以教社交礼仪或者演戏！”

“可惜我想不起来哪出戏里面有一个总是对一切不满，又老又碍事的老太婆角色了。那么我演谁呢？”

“玛格达丽娜·维涅吉科托夫娜，您……”

“但别骗我，说我是完美的典范。我知道我的分量，还是让我来告诉你我的新闻吧。不管多么奇怪，老太婆也有新闻，老太婆的新闻……把那张报纸递给我，放在桌子上呢……”

玛格达丽娜·维涅吉科托夫娜在耍滑头，因为她的眼睛时而闪亮一下，证明那是一条令人高兴的新闻，甚至非常令人高兴。在《戏剧名人的回忆》的大标题下登出了整版的文章，文章最后的括号中标明未完待续。玛尔法马上读了起来，而文章的女主人公则抱怨着：有的地方这位作家先生说了假话，是杜撰的，但总的来说这篇小作品写得挺吸引人，在某种意义上甚至令人愉快。说话的时候她的眼睛总是不时地亮一下，玛尔法读完之后高兴得直拍手。

“你还叫好呢！”玛格达丽娜·维涅吉科托夫娜嗔怪地说，随即承认道，“报纸上好久没有写到我了，我已经觉得不会再写了，没想到——又登出来了……对了，我完全忘了，这个活泛的古德里亚夫采夫先生让把钱转交给你。他倒真是个滑头呢。钱在桌子上呢，那儿还有个字条。他写了些什么？”

古德里亚夫采夫先生用细小的字体写道：“仁慈的玛尔法·伊万诺夫娜女士！我急于告诉您，据我所知，帕尔菲诺夫先生正在全城四处寻找他过去的助手和西伯利亚商业银行的前职员阿扎洛夫。我没凭没据，但不知怎么，我确信您知道他在哪里。所以我出于最良好的动机想提醒您，当心帕尔菲诺夫先生或跟他有关的人。他们早晚会去找您的。献上诚挚的敬意。克里斯托夫·古德里亚夫采夫。”

“他什么都知道，到底怎么做到的？”玛尔法一边把字条撕成小纸片，一边暗自惊奇，“好像有顺风耳一样……”

古德里亚夫采夫关于危险的警告一点也没有吓住她，她甚至连担心都不担心。玛尔法现在谁都不怕，包括帕尔菲诺夫。她回答玛格达丽娜·维涅吉科托夫娜的时候连声音都没打战：

“他又拿一些蠢话来纠缠！他请我讲帕尔菲诺夫家的规矩。我能讲什么？我什么都不知道！一个厨娘什么都不该知道！”

/六/

雪越来越深，马已经筋疲力尽，不想前进，可是还得紧赶。他们走到后来就像秋天的苍蝇，费力地在积雪中跋涉，短暂但很强劲的暴风雪吹起越来越高的拱形雪丘。很显然，这样走他们走不远，而追赶的人早晚会顺着冰面上踏出的痕迹赶上来的。河床拐了几道弯之后变得极窄，山谷的陡坡逼近河道，在狭窄的河道上积雪特别多，就算从雪里往前钻都做不到。

“他们来了，”杰米利亚尼岑沉重地叹口气，扔掉他的马的缰绳，坐在雪里，“我们好像被堵住了，要玩儿完了。”

“等等，别泄气，还早呢。”日金回答。他机警地四下看看，“你往那边看，右边。看到了吗？”

杰米利亚尼岑不情愿地欠起身，回头看看，马上像嗅到猎物的猎狗一样挺起身来。他不需要任何解释，抓起马缰绳就用胸部推开积雪往前走去。他的头上冒出的热气就像烧开的锅一样。

日金的目光很锐利，他发现右边离河岸不远的地方，在一个大雪堆的深坑里模模糊糊地有一片长长的阴影。正如他猜想的，这是一个桥墩——一个屹立在河上的巨大的石头桥墩。它被河水磨得很光滑，没有完全被雪盖住，而在它的背面，雪才不过堆到膝盖那么深。有台阶一直通到桥墩的顶部，躲在它们背后很安全——就算放炮也打不到。日金很快沿着这些台阶向上爬。在桥墩顶上，他趴下歇口气，四下观望。他很快看见几个骑马的人从河的拐弯处后面过来了，他们走得很慢，但很仔细地循着冰上的印记走。他数了一下，一共六个人。“这么说一个对两个。我们把他们干掉了不少，开始有十多个呢。滚圆木还是对的。”日金跪下，摘下背在身后的枪，“也许我们还可以脱身……”

他没有丢掉希望。即使发现部分匪徒从飞砸下来的圆木下逃脱出来并开始追赶他们的时候，他仍然没有绝望。追赶的人走得比较快，差不多是脚跟脚——他们的马比人灵活，差不多全保全下来了，所以现在他们每个人除了自己的马，还有一匹备用的。结果不管这几个逃跑的人怎么跑，他们很快就要被追上了。好在路上有这个石头桥墩，可以像一堵堡垒的墙一样庇护他们。当然，在这里也不能久留，但总算可以喘口气了。

日金在桥墩顶上看得很清楚：那一串骑马的人先是放慢了速度，而后完全停下了。“找不到了。好吧，你们好好看看，我来准备准备。”他把姿势调整得舒服些，大大地叉开腿，拉开枪的扳机。

骑马的人在短暂的停留后继续往前走，日金等着他们进入了射程。随后，山谷里传来沉闷的，隆隆的回声。追踪的人飞快地下了马，钻进了雪里。“嘿，打偏了。好了，算了，不过他们够训练有素的，好像在正规军里干过……”

这当儿科姆列夫气喘吁吁地从下面爬上来，趴在日金旁边，告诉他：

“那个捣蛋的有话要说，要跟你说。”

“他要说什么鬼话？”

“不知道，你下去自己问他吧，我先在这儿顶一会儿。”

日金不慌不忙，再次环视四周——那些追赶的人钻进雪里，静静地趴在那儿。他们能这样趴多久？

“你可别大意，把眼睛睁得大大的。”日金从桥墩顶上下去前嘱咐道。

“看了又看，抓了又抓，原来娶媳妇了，你的女朋友，叫她哈哈笑——噗……”乐天派的科姆列夫冲着他的背后嘟囔着。

日金爬到石头桥墩的最底部，在那匪徒面前蹲下。那匪徒两腿在雪地上乱搓着，扭来扭去地想坐下。日金抓住他的后脖领子一抖，他就坐下了，不再挣扎。

“你叫我干什么？”

“我想活命，”匪徒咽下卡在喉咙里的鼓鼓的一团东西，喉结上下抖动，绝望地，声嘶力竭地说道，“我不想现在死！”

“谁愿意死呢？！”日金吃惊地说，“谁都不想死，大家都想活！你说吧，你叫我干什么？我没时间跟你闲扯，有更重要的事。”

说着话他更仔细地看看这个匪徒的脸。才过了不长时间，这个匪徒忽然变乖了。破裂的嘴唇肿了起来，变短了，眼窝里的凶光熄灭了，目光变得哀怨，不知所措，就像一只爪子被突如其来狠狠地踩了一脚的小狗崽。

“我怎么也不能回到他们那边去了，现在他们气疯了，会气得把我掐死。斯托尔波夫警告过我们，要是有人逃跑或是失踪，就杀死他。和你们在一起，一点好处也没有——你们逃出去会把我交给官府。你答应我，警官，你答应放了我，我就……我就把你们救出去！”

“姑娘们舞跳真有趣！你打算怎么救我们？”

“你先答应我我才说。”

“答应了也可以反悔……”

“你就答应我吧。我看你是个诚实的好汉，不会说话不算的，那样我心里踏实些。”

“我答应放你。现在你说吧。”

“我来过这些地方，去年我们蹲守那些运气好的淘金者……”

“就是说，抢劫。”

“随便你怎么想……，蹲守。在桥墩后面，就在那里，离这儿不远，有个台子。是我们蹲守用的台子，我们搭的。台子下有铲子，斧子，最重要的是有滑雪板，我们打算在这儿蹲守到下雪的时候，所以就存下了这些东西，后来我们提前走了，就把东西都扔在这儿了。滑雪板不是面包干，不会被老鼠吃掉，只是得把马留下，没法拉把它们拉过去，林子太密了，过不去。”

“我不相信他，伊利亚·格里高利耶维奇”，这时传来了杰米利亚尼岑的声音，这番话他全听到了，“他想溜，所以就顺嘴瞎说。”

“你要是不信可以去看看，”那匪徒的回答好像挺有道理，“你走到最近的那片云杉林，可以看见它背后的台子。”

杰米利亚尼岑跟日金交换了一下眼色，默不作声地站了起来。他把枪举过头顶，好像准备游泳一样，就在雪地中往前跋涉，在身后留下直直的一串脚印……他到了云杉林后就消失在浓密低矮的树枝后面了。又过了一会儿，从那边传来密集的射击声，那枪声发闷，因为距离远而不太清楚，好像棍子滑过篱笆的声音。枪声响了一阵后就不再响了。很快从上面传来了科姆列夫不安的喊声：

“他们又来了，怎么办，警官？”

“射击，等着我！”

他猛地转向那匪徒。匪徒坐在地上，把头藏在膝盖中间，不抬眼睛。但是日金没有时间跟他理论，就随着杰米利亚尼岑的脚印跑了过去。跑到云杉林之前，他停下脚步，藏在一棵云杉粗大的树干背后，然后跑到另一个树干后，又一次停住。他把枪端好，向外张望。他警觉的听觉捕捉到背后传来枪声，这说明科姆列夫还在桥墩顶上，在一段时间内可以不用担心有人从背后向他射击。他又跑到第三棵树干后，云杉林在他面前微微分开，前面出现了一个用粗大结实的圆木搭的高高的台子。它下面的雪被踩得乱七八糟，有个人在雪地上沉重地挣扎着，试图站起来，但刚欠起身就跌倒了，发出沉闷粗重的呻吟。然后他又一次倒下，不再动了。“杰米利亚尼岑！”日金暗暗叫了一声，忘了小心，向台子冲去，他还没完全搞清楚这里发生了什么。他摔倒在杰米利亚尼岑身边，拼命地四下搜寻，寻找是谁开的枪。

“他们在那里，在那棵歪云杉旁边躺着……他说的没错，那兔崽子……他说的是真的……他就是没有说……还有别人知道这地方，那些抢劫的……在这儿埋伏着……他想让我们来吃子弹，知道他们会来……我查过了，有滑雪板……我已经要走了……侧面挨了一下子……我往边上一看，他们就在歪云杉下……他们等着其他人过来……现在你带上那苦役犯……滑雪走……别动那个坏蛋……让他落到他们手里……跟你在一起挺好，伊利亚·格里高利耶维奇，我说的没错……告辞了……”

“等等，杰米利亚尼岑，等等！你去哪儿？我们马上把伤口包扎上，等等，我把衬衣脱下来……”

“衬衣不够用……打中胸口了，整整一霰弹……别捣乱，别动……肠子流出来了……你走吧……我还想做祈祷呢……”

杰米利亚尼岑把头往边上一歪，趴着把头埋在雪里，所以他的声音很闷，好像来自深坑似的。虽然费劲，但这声音还是能听得到，每个字都听得清。他好像到底也没有做祈祷，只是最后抽搐了几下就不动了。他身子下的雪慢慢地，斑斑点点地开始变红。日金把杰米利亚尼岑的枪拿起来，把他翻过来，头也不回地朝石头桥墩跑去。

那匪徒看到他就蜷缩起来，好像眼看着变干了，他想爬到一边去。日金没有停下脚步，边走边用枪托在他的额头狠狠一砸，于是他无声地歪向一边，两腿不再蹋腾。日金沿着阶梯上到桥墩顶上，扑倒在科姆列夫旁边，问道：

“过来了吗？”

“后面响枪的时候他们开始动，我一放枪，他们就趴下了。现在他们乖乖地趴着吃雪呢……”

“听我说。我们轮流射击，每人两枪，打完就赶快下去。把什么都扔掉，跟着我跑，不要停留。”

“往哪儿跑？”

“叫你怎么做就怎么做！你会看到的！”

“……”

“住嘴！”日金嚷道，然后他瞄准，放了第一枪。

科姆列夫听话地不作声了，跟着他放了枪。然后他们紧接着每人放了一枪，就叽里咕噜地跑下去，一鼓作气跑到台子那里，在踩得乱七八糟的雪中找到两副木头滑雪板，把脚伸进用生皮皮带做的环扣里，便向云杉林的深处滑去。在宽宽的滑雪板上雪很好地支撑着他们，他们走得很快，没有回头，也没有交谈。科姆列夫一直没有说话，什么都没有问。

/七/

傍晚的时候他们筋疲力尽，开始摔跟头，最后，他们累到了极限，在一个被黑魆魆的浓密云杉林环绕的不深的兽洞里停了下来。他们用手好歹折了一些枯树枝，生了一堆火，就无力地直接瘫倒在雪地上，甚至都没有砍些云杉树枝铺上。他们约定轮流睡觉，但是日金睡不着，所以就把睡觉的权利让给了科姆列夫。可是科姆列夫也很快抱怨说，他的眼睛好像被撒了沙子，连闭都闭不上。他们躺着，看着低低的天空，看着月亮慢慢升起来，默不作声地一一回想着这些天发生的事，两个人都无法彻底相信他们已经从意外陷入的死亡陷阱中逃了出来。

日金想起杰米利亚尼岑，心里难过。实际上杰米利亚尼岑是搭上性命救了他和科姆列夫。生活中有时候会发生这样的事：不久前他还怀疑地看着来到金矿的警官，可就在死前不久却又说什么跟他在一起死也乐意。“等这事了了，得去给他收尸，好好安葬。甚至没来得及用雪把他埋起来……”日金叹了口气，翻了个身，背朝着篝火；雪地不是羽毛褥子，寒意袭人。

“喂，警官，你小时候，当你是个小孩子的时候，你最想有什么？”

“我哪记得！你真会问！可能想要蜜糖饼干。我们乡下没有甜食，只能从集市上买了带回来。很少买，可是要是带回来了，那就高兴得跟过节似的。你怎么想起来问这个了？”

“我也不知道。忽然想起来了，就是现在，不早不晚。是不是快死了？听说临死的时候人会回想起一辈子所有的事。”

“不知道，我还没要死呢。别说死的事！赶紧睡觉，得攒力气。”

“我说了，我睡不着！我眼前好像看见我们河边的小房子，房前有片草地，我穿着花花绿绿的衣服跑着，腰带是红的。朝圣的人们从旁边走过去，离我们村不远有个修道院，每年夏天都办盛大的朝圣仪式。人们走啊，走啊，大部分都是残疾的，病弱的，有的用车拉着。我听女人们讲了好多故事，我最想要的是活水，要是我有一小水桶这种水给所有的人喝，那多好啊！喝一口，人就能站起来，再喝一口，他的身体就能好。还能让死人复活，人们就不用哭他们了。”

“你心眼儿那么好，怎么落到成了苦役犯呢？”

“嗯，常事儿。我们小的时候有一些愿望，长大了愿望也变了。”

“你又要给我讲新的故事了？最好别讲，别作声，我不想听你的故事。”

“不，警官，这不是故事，这次我讲的是真事。你问我怎么落到成了苦役犯，我就给你讲讲。一直到十二岁我都跟我的酒鬼爸爸过，他是村里的鞋匠，经常为了一点事用木头鞋楦子狠揍我和我妈。我妈早早死了，我命硬，一边忍耐，一边积攒着怒气。我积攒的怒气多得不得了，好像一团火一样，从心里烧着我。这时候我爹完全疯了，他领回家一个年轻的老婆。可是年轻的老婆哪会喜欢一个半老的男人呢，所以她对什么都不满意。她一进门就不喜欢我，开始当着爸爸的面训我。还想出花样，让我吻她的手，下跪认错。我没听她那一套。结果我爹抓起了修鞋的鞋拐，他觉得鞋楦子太轻了。可是他只打着了我一下，我跳出了门，跑到草棚，从草棚抄了把斧子回来……我们家的斧子很好，很快，斧柄也很好用，很光滑……干完以后我洗了手，换了件干净衬衫，把家里所有的钱都塞进口袋，就走了，去外面闯荡了。在外面遇见了一些朋友，跟他们在一起干了差不多两年抢劫，脑瓜儿变聪明了，可是官府把我们抓住了，审讯我们，一审，发现我除了别的事儿以外，还杀了父亲和后妈。他们把我所有的罪放在一个口袋里，先是把我送到监狱，后来又押送到西伯利亚服苦役。可是我不喜欢那儿，等到春天来了，我就跑了，去听杜鹃叫[①]。我走了很久，听啊听，可能是听得太入迷了，就被逮住了。给我加了刑，又押送我去服苦役，我又跑了。下面的事我就不说了，以后的事，警官，你自己知道……”

日金没说话，甚至不知道说什么好。

“我编故事，”科姆列夫接着说，“是因为我有这种瘾。我也不知道我怎么编得那么顺溜。我讲的故事我自己都信，好像那些事真的发生在我身上。人们喜欢听，在服苦役的时候我因为会讲故事受到尊敬，甚至管事儿的总是多给我分些吃的，就是因为尊敬我。你怎么不说话，警官？你睡了吗？”

“没有，没睡，我听着呢。”

“今天我想起小时候的我，那时候我那么想找到活水，把所有的人都治好……为什么会想起来呢？你能告诉我吗，警官？”

“我要是知道就告诉你了。我不知道……”

“我也不知道。”

① 谚语：意思是逃亡。

他们没有再说话，两个人都一声不响地躺着，每个人想着各自的心事，甚至忘记了轮流值班，不知不觉地睡着了。

他们也是同时醒过来的，因为火灭了，他们都冻僵了。他们跳起来砍了些枯枝，把火烧旺。他们烤暖了身子，就起身滑雪前进。东方，黎明前的蓝色正在融化，越来越亮，他们就瞅准了方向，朝东滑去。

他们整整走了一天，路途漫长，疲惫不堪。只是到了晚上，他们才看到雪橇的印记，来到了泰加森林中的一个大概只有三十来户的小村子的村边牧场。日金环顾四周，高兴起来：

“对了，我好像来过这儿。没错！确实，是很久以前。这儿的村长是个老头儿，我忘了他叫什么……我记得他的房子，在最边上……”

于是，他们就朝最边上的那座房子走去。他们把雪橇插进雪里就走了进去，吃力地迈着发僵的双腿上了不高的台阶。来开门的是主人本人——一个高个子，头发灰白的老人。看到他以后，日金马上想起来了：

“库奇马·叶果雷奇！你身体真硬朗！记得我吗？日金警官！我来过你们这儿，在你家住过。”

“怎么不记得呢，”老人热情地回答，“官府的人可不是每天都会来我们这儿啊。我记得你，伊利亚·格里高利耶维奇。请进。”

屋子里又暖和又有生气。他们脱了外衣，凑近热乎乎的炉子。女主人和丈夫一样，也是高个子，头发灰白，她一声不响地开始准备吃的。库奇玛·叶果雷奇好奇地打量着意外到来的客人——他们冻得够呛——但没有急于开口询问。等他们暖和过来，坐到桌边，日金自己说道：

“我们遇到麻烦了，库奇马·叶果雷奇。在雪里滚了两天，一口东西都没有吃。最重要的是我们奉命去一号金矿，需要车。”

科姆列夫惊奇地斜了他一眼——去什么金矿啊，难道警官不明白，在那里他们会被抓起来？或是立刻臭揍一顿，连手腕都不用转！可是日金没理会他，接着说下去。库奇马·叶果雷奇边听边点着灰白的头。

用不着说服他。村长对不常出现在这个偏僻村子的公务人员怀着应有的尊敬。一大早，当日金和科姆列夫睡足觉，缓过劲儿来，饱饱地吃了顿上路前的早餐，从屋子里出来的时候，已经有一辆马车连同车夫等着他们了。

“天使保佑你们一路平安，”告别的时候库奇马·叶果雷奇说，“随时欢迎您再来，伊利亚·格里高利耶维奇。”

“谢谢你。在这儿得加点小心，说不定会有强盗来突袭。”

“会小心的，”村长答应，“走吧，康特拉特。把伊利亚·格里高利耶维奇送到金矿后赶快回来，哪儿也不要耽搁。听见了吗？”

“知道了，库奇马·叶果雷奇，”那个身体结实，长着乌鸦翅膀一样乌黑的大胡子的年轻汉子回答。他又查看了一番，看看座位是不是放稳了，然后快活地甩开了鞭子：“走喽！”

又走了差不多整整一天，当他们快到金矿的时候，太阳已经要落下去了，周遭沐浴在粉红色的夕阳中。

“康特拉特，你就在这儿停下吧。下面的路我们步行。”

“怎么能把你们搁在半路呢，伊利亚·格里高利耶维奇？”车夫吃惊地说，“我把车赶到经理处跟前。”

“就停在这儿，”日金命令他，“你回家去吧。走夜路不害怕吧？”

“随您的便，伊利亚·格里高利耶维奇，我没什么可怕的，是熟路，再说月亮就要升起来了，挺亮的。”

康特拉特停了车，卸下座位，掉转马头，走了。日金和科姆列夫两个人留在空旷的道路上。

“现在我们去哪儿，警官？马上去向萨沃奇金和拉斯托尔古耶夫自首还是吃点饭，好鼓起勇气？可是谁会给我们吃的呢？”

“鬼才知道。你先把剑磨磨，把馅饼蘸上黄油，懂了吗？”

“我不反对吃馅饼，我都忘了馅饼是什么滋味了。在哪儿有人给我们弄吃的呢？”

“跟我来。枪准备好，以防万一。我们去经理处，到那里再看情况……”

日金目不旁视，脚步很快，甚至急急忙忙地直奔金矿经理处。他心里充满决绝和斗志，不想左顾右盼。

/八/

冬天，当金矿的一切生活差不多都完全停滞了，经理处为数不多的几个职员工作也不起劲。他们早上来上班，坐到午饭时间，不紧不慢地翻翻文件，聊些无聊的事情，午饭后就不约而同地离开办公桌回家去了。这种情况由来已久，经理萨沃奇金也不曾试图让他的下属遵守规定，他知道那样做无济于事：就算职员们留在岗位上，他们反正也不会做事，更糟的是，他们还会因为无聊而打牌。冬天是忙碌的采矿场的自由时间，它的来临就是为了养精蓄锐。等到天暖和了，那时候就要不眠不休地干活儿了……

经理萨沃奇金自己并不想夏天的事，近两个月他连矿上的事情都不考虑了。他忙活着自己的那些事，已经焦头烂额。可是他虽然顾不上金矿，却按时来上班，并通常要待到很晚，经常整个经理处只有他一个人，或者跟季莫菲两个人。

这一天傍晚他就坐在自己房间的桌子后面，当听到走廊里的脚步声，他甚至没有注意，认为这是季莫菲回来了，通常他要在经理处关门前来检查炉子。因为同样的原因，所以当听到自己办公室的门轻轻响了一声，他甚至头都没抬，只是问了一声：

“你有什么事？”

他没有听到回答，于是抬起头，一下子呆住了——日金警官站在他的面前，曲着手臂端着一支枪，而在他的身后有一个什么人，瘦得像根棍子，一副很开心的样子，乐呵呵地，呲着结实的牙。警官一声不响，皱着眉看着经理，而因为出其不意，萨沃奇金觉得他在瞄准，于是他慢慢地，无声地从椅子上往下出溜，想从桌子底下钻出去。

“坐在那儿别动！”日金制止了他，“把手放在桌子上。科姆列夫，把他捆起来。”

快活的科姆列夫仍然龇着牙，用一根结实的细绳子把萨沃奇金的两手捆住，这绳子是他在路上从一辆停在管理处旁边的不知是谁的空雪橇上顺手拿来的。日金发现了保险箱，命令道：

“收了他的钥匙。”

科姆列夫熟练地把萨沃奇金的口袋搜了一遍，把一条方格手绢、一串钥匙、一个皮夹放到了桌上。

“现在把他弄走，让他坐在墙角。把椅子搬远些。”

萨沃奇金一声没出就被弄到了角落，现在他两腿大大分开，迷茫地坐在那里，一会儿看看日金，一会儿看看科姆列夫，眼睛越来越大。

就在此时一楼的门响了，接着楼梯发出响声——有人上楼来了。科姆列夫无声地溜到办公室门口，小心地向外张望，他把一个手指放在嘴边，示意不要出声，然后把枪放到一边，靠在墙上。脚步声近了，当这声音经过办公室门墙的时候，科姆列夫冲到走廊上，瞬间就把季莫菲甩了进来，他只来得及“哎呀”叫了一声。

最近季莫菲的运气一直不好，倒霉事一件接着一件，他已经快相信他中邪了，否则怎么解释他差不多每天都刚离火坑又入火海的？他顺从地叫人把他绑了，坐到他上司的对面的墙角。他面如死灰，好像已经被放进了棺材。

日金放下枪，示意科姆列夫跟着自己到走廊来，然后他把科姆列夫拉到离办公室的门远一些，小声说：

“把门锁好，不要点灯。盯着他们，要是他们说话，听他们说什么。

你自己别出声，让他们摸不清我们是从哪儿来的……现在我还得去一个地方，我回来的时候会敲三下门，你听见我的声音才能开门。”

天渐渐黑下来，矿区那些白雪覆盖的低矮房子显得更低，更不容易发现了。那些斜巷里空无一人，好像整个居民点都死寂了，连狗都不叫了。只有零星的窗户透出黄色的灯光，表明这里有生命，只是都躲进了圆木墙庇护的温暖中。

卡捷琳娜的结实的小屋窗口也亮着灯光。日金在院门前停下脚步，四下张望，看看有没有什么危险？他站了片刻，四下万籁俱寂，他一面侧耳谛听，一面摘下枪，把枪柄攥在手里，端起胳膊，以小碎步向台阶前滑动，这是为了避免踩雪发出“咯吱咯吱”的声音。到了台阶上他再次停下，隔着栏杆探身向窗内张望。透过花窗帘和窗框之间的窄缝儿他看到女主人一个人坐在桌子后面，在灯光下麻利迅速地缝着破旧衣服。她食指上戴着黄色的顶针，那只手起起落落，动作平稳，没有停顿。“她应当生上一大群孩子，给他们做衣服，可是她在干些什么啊——半夜三更地招待黑社会的人……她不蠢，甚至显得挺有头脑。好吧，卡捷琳娜，迎接客人吧。她没请我，我是自己上门的不速之客。”日金敲敲窗户，声音很轻，以免吓着卡捷琳娜，他最后还从窄缝儿中看见卡捷琳娜放下针线活儿，不情愿地，好像很费劲儿地从凳子上站了起来。很快她来到前室，问道：

“谁呀？”

“你的房客，卡捷琳娜。可以进吗？日金警官。开下门！”

铁门闩哗啦一响，卡捷琳娜请他进去，她的声音里一点都没有害怕，甚至没有吃惊的意思：

“请进，伊利亚·格里高利耶维奇。”

进屋之后日金做的第一件事就是拿起桌子上的灯四处查看，他看了里屋，看了炉灶上面的高板床，甚至出去看了前厅和小储藏室，在那个难忘的晚上他就是在那里躲藏的。卡捷琳娜两手放在高高的胸前，站在炉子旁，默默地看着他。当他从小储藏室回来，把灯放回原处，她依旧一声不响，顾自打开炉门，拿起炉叉勾出了一个小铁锅，像做针线活一样不慌不忙，有条不紊地开始摆桌子。一边做事一边问：

“您说说，什么风把您吹来了。要是我知道您要来，会多准备些东西的。”

“这么说你没想到哇。我可是说过我会回来的，我记得我还说，我要跟你谈谈。听说拉斯托尔古耶夫把日金警官抓住了，你是不是很高兴啊？你就老实承认吧，卡捷琳娜，那样心里会轻松些。”

“不管承认不承认，心里都不会轻松的。你吃吧，伊利亚·格里高利耶维奇，你这些天瘦多了，眼睛也陷下去了，跟病人似的。你吃吧，我先想想跟你说些什么。”

“好吧，你想吧。”日金表示同意，拿起了勺子。他确实饿坏了，有大块儿肉的粥在炉子上靠得结了些锅巴，让他馋得直咽口水。她做的饭总是很香。卡捷琳娜看到日金吃完了一碗，要给他再添一些，但日金拒绝了——他可不是为了吃肉粥来这儿的！

日金推开空碗，把勺子放在碗里，表示吃饱了。他抬眼望着卡捷琳娜，问道：

“你在等客人吗？”

“谁知道他们呢，伊利亚·格里高利耶维奇，他们什么时候要来，又不会向我报告。他们可能来，也可能不来。”

“喂，卡捷琳娜，我们直说吧。你说不说？如果不说，我马上逮捕你，送你去坐牢。我有充分的权力。”

卡捷琳娜哆嗦了一下，她的眼睛一闪，就很快地朝里屋走去。

“你干吗去？”日金叫住她。

“我去收拾一下，既然你要逮捕我。我想好歹带个包袱。”

“你不想说吗？”

“我最好还是关在地窖里，我在那儿还消停点儿。”

就这样，日金从这舒适的小屋的执拗女主人那里什么都没得到。现在把她留在这儿很危险——她会告诉他们警官来过，最好把她带在身边。要是拉斯托尔古耶夫来到这儿，就让他绞尽脑汁地想她到哪儿去了吧。他打定了主意，就耐心地等着卡捷琳娜收拾好她的包袱，还让她带上盛着剩粥的小铁锅。她把房子的锁给了他。他亲自灭了灯，到了台阶上后亲自锁了门，把钥匙放在自己的口袋里。

路上他问卡捷琳娜：

“哪个保安住的离这儿比较近？”

“那里，”卡捷琳娜指着一个小房子，那房子只有一个窗子里隐约透出灯光，“那儿就住着一个。”

日金敲了半天门，里面半天没给他开门。最后终于走出来一个睡眼惺忪的汉子，他肩上披着一件半长大衣，生气地问道，是哪个讨厌鬼？

“你的差事来了！认不出我吗？我是日金警官。把所有人都叫起来，马上到经理处去。有警报。”

说完他转身就走，连头都没回。卡捷琳娜默不作声地走在他的旁边，直到经理处他们都没有说话。

听到约定的敲门暗号，科姆列夫举着根蜡烛开了门，当他看到警官带着谁来了，有点傻气地弯腰鞠了个躬，说道：

“欢迎光临！”

/九/

在邪路上走不了直道。

巴维尔·拉夫连季耶维奇·帕尔菲诺夫常跟人说这句谚语，说的时候总是眯着眼睛看着对方，想要确定对方是不是同意这条判断。如果看到对方不同意，有另外的看法，他就会完全对他失去兴趣，尽量不跟他共事。他自己是相信的：他所掌握的巨大产业如果不机灵，不狡猾，不欺骗，就简直没办法正常运转。他是逐渐地懂得这个在他看来简单明了的判断的，他从来没有怀疑过自己的结论。

在已经变得遥远的那一天，与谢尔盖·利沃维奇·杰里曼诺夫谈话的时候，他也说过这个谚语。

“什么？您是怎么说的来着，巴维尔·拉夫连季耶维奇？在邪路上走不了直道？这意思真好！路就是路：这儿一个弯儿，那儿一个坑，那儿又一片水洼——哪能走得直呢？得绕着走！”

他们说这话的时候是在“艾尔米塔什”饭店旁边。他们刚在饭店的餐厅用过午餐，饭后在高高的杨树树冠下遛弯儿，当时杨树刚刚吐出新叶，那些鲜嫩的叶子翠绿翠绿的，在人行道上投下长长的影子。天气有些热，已经有了夏天的感觉，可是那炎热不让人感到疲乏，相反，在漫长的冬天之后，这种热让人感到愉快甚至快活。

他们谈得也很愉快。巴维尔·拉夫连季耶维奇和谢尔盖·利沃维奇谈得很投机，因为他们都很清楚自己想从对方那里听到什么。

他们都听到了自己想听到的。

杰里曼诺夫从帕尔菲诺夫那里听到了这样一些事：他需要贷一大笔钱。很大的一笔钱。这是为了一个非常庞大的事业，无论是在雅尔斯克还是其周边地区都是空前的事业。不久前小帕尔菲诺夫自掏腰包从彼得堡请来一些矿山工程师，在还是老帕尔菲诺夫从公家租赁的土地上进行了勘探，目的是扩大金矿的开采区。他们在勘探中意外地撞上了一个铜矿矿床——那个矿床规模巨大。当巴维尔·拉夫连季耶维奇得知这件事之后，他真是欣喜若狂。想到未来的巨额利润，他高兴得喘不上气来。如果能保留原有的金矿，再加上这个铜矿，那就是一个克朗代克[1]——

① 克朗代克位于加拿大，是著名的淘金地。

美国人做梦也不敢想的大矿。可是怎样到达深山老林中的铜矿呢？他与矿山工程师们谈了好久，他们给出的唯一可靠答案是：需要修一条铁路，哪怕是单轨的。那样的话就可以比较容易地运进物资和运出矿石了。可是修建铁路不像用十字镐和铁锹挖个探井那么容易。需要勘探，需要设计，最终还需要一笔大得难以置信的资金。还有，得写呈文，协商，申请，还必须得到彼得堡方面高层的批件。办好这些事不知道要花多长时间……也许一年，也许两年，甚至三年。巴维尔·拉夫连季耶维奇怎么也等不了那么久。他决定要立刻动手。他再次自掏腰包请了勘探队，勘探队做了需要的工作，他得到了建设一条单轨铁路的蓝图。同时他给彼得堡的工商部的一个可靠的人送去了一笔数目可观的贿赂，那个人向他保证说：您开工吧，巴维尔·拉夫连季耶维奇，您就撒开了干吧，必要的文件和许可证我们随后办好签发，因为时间宝贵，人们总是把香槟送给捷足先登的人。当时巴维尔·拉夫连季耶维奇很舍得花钱，而需要的钱越来越多。勘探、设计——这一切都花费巨大，得大把花钱。而新的花销又已经接踵而至——购置设备、机械，把它们从乌拉尔运到雅尔斯克省的深山老林，雇成百上千的人干活儿，付他们工钱——花钱的地方多得数不过来。在开销这么大的情况下自己的钱显然是不够的，需要贷款。

帕尔菲诺夫已经不是第一次跟杰里曼诺夫长谈了，他也在谈话中听到对方的回答：这个事业很大，很有吸引力，银行可以投资，但是需要担保。任何的商业行为总是有风险的，银行要保证自身的安全。巴维尔·拉夫连季耶维奇可以用什么抵押呢？不等回答，杰里曼诺夫自己提出建议：银行愿意用已经做好的单轨铁路设计方案和铜矿的地理勘探结论作为抵押。他就是这么说的，一字不差，好像他亲自跟矿山工程师们谈过话似的。

巴维尔·拉夫连季耶维奇同意了，因为他没有别的办法。他得到了贷款，所有关于设计、勘探和地理调查结论的文件都按照清单一一存入了西伯利亚商业银行，存在一个专门的防火保险柜中。

但很快就出了状况，就像口袋有破洞，什么东西都漏了出来：银行的抢劫案，借给金矿的钱不翼而飞，最重要的是——在那吵闹奔忙混乱的一天，那个防火保险箱被打开了，里面的东西都不见了。在漆成灰色的厚厚的金属架子上连一片废纸都没有剩下。

巴维尔·拉夫连季耶维奇一听说发生的事就跑来了，他跑进杰里曼诺夫的办公室，杰里曼诺夫一句话也没说，很快把他带到一间里面的办公室，让他看大敞八开的保险柜：

“是阿扎洛夫这个坏蛋，只有他有钥匙，可以打开。我们报警吧？”

“我们说什么？说这儿存着……”

“没错！巴维尔·拉夫连季耶维奇，我正是希望您这么做。您把他开除是有道理的，有道理的。可是这次却没看住他……”

“现在当然哪儿都找不到他了……”

“我们已经找过了——没有。巴维尔·拉夫连季耶维奇，您只好自己找他了，所谓为了自己的利益。您也知道，我不是银行唯一的东家，他们会问我，抵押品呢，贷款的利息呢，他们要问的事可多呢。您说，我怎么回答？”

杰里曼诺夫的问题没有得到回答。巴维尔·拉夫连季耶维奇能对他说什么呢？他一转身走了。

他当天就雇了有关的人员，这些人不止一次地为他做过事情。他慷慨地预支报酬，只有一个要求——找到阿扎洛夫。

可是阿扎洛夫却人间蒸发了。

或是钻到地里去了。

时间一天一天飞快地过去，可是这个银行职员可能藏在哪里，却没有一点线索，没有一点消息。

与此同时，杰里曼诺夫只等了很短的时间，就开始施加压力，不断地提起抵押品、贷款、贷款利息，还说他不能再等了。最近一次，就是他们在安娜·马特维耶夫娜·科留科维娜舒服的房子里谈话的时候，已经把话说得很明白，以公然的威胁结束了谈话。

巴维尔·拉夫连季耶维奇东奔西走，找不到一点依靠，而且越奔走陷得越深。

此时在距雅尔斯克几千里之外的某些地方，在各个城市——彼得堡，下诺夫哥罗德，莫斯科，甚至华沙正在往车厢装运订购的设备，很快就将发到指定的地址。而收货人都是同一个：雅尔斯克，帕尔菲诺夫先生。

这些货物的货款还没有完全付清。阿扎洛夫不见了，从首都的部里来的消息再坏没有了，而杰里曼诺夫还在施加压力，不断催促，不给他思考的时间。

“就像手里的草屑一样都四下散落了，”巴维尔·拉夫连季耶维奇坐在他的大桌子后，前胸探向桌面，两手握拳撑着脑袋，沮丧地想道，“现在谁都指不上，只能靠自己，还有一号金矿的金子。得把它运出来，赶紧运出来，只是不能送到炼金厂，因为杰里曼诺夫会马上把手伸过去。应该运到一个别的地方。我先运出来再看看……莫非找不到一条斜道儿来绕过水洼？”

巴维尔·拉夫连季耶维奇坐了很久，保持一个姿势，一动不动，突然他猛地跳了起来，两只拳头一起砸了一下桌子，拉长声音说道：

“我一定——要——找到——”

他很快做出了决定——去一号金矿。事不宜迟，明天一大早就出发。他要悄悄地走，不让任何人发现，也不让任何人知道他去了哪里。

“到矿上我再决定，”巴维尔·拉夫连季耶维奇想，“到那里就知道下一步该怎么办了。顺便查查萨沃奇金，我有种直觉，这龟儿子变得不老实了……”

他做出决定以后总是说干就干，片刻也不耽搁。决定了就马上行动。

他吩咐明天一早三套马车等在门口，要用最好的快马。然后他把季奥米特叫来，告诉他：

“你明天跟我一块儿去一号金矿。但这件事不要告诉任何人，要保密。”

季奥米特双脚倒来倒去，两手揉着帽子，唉声叹气。

“你叹什么气？”巴维尔·拉夫连季耶维奇问道，“你不想去？”

“去没问题，去哪儿都行。我用不着多长时间准备，帽子就在手上。就是把瓦纽什卡留下我不放心，他妈又开始喝酒了……”

“那你就把他带上吧，让他兜兜风。他占不了多大地方，你自己赶车。”

“太好了！多谢，巴维尔·拉夫连季耶维奇，多谢了！明天我们……”

“好了，好了，你去吧。”

季奥米特乐得合不拢嘴，心满意足地走了。

一大早，天还没亮，他们就上路前往一号金矿了。

/十/

他有那么多的名字、姓和编造的履历，以至于有时候他觉得他活了几十辈子。而每一辈子都不是几天、几个月，而是一瞬间，这些瞬间都游走在致命的锋刃旁边——那锋刃就像一个好理发匠那磨得非常锋利的剃刀。他的总是能感觉到这个锋刃隐隐的寒气，这让他热血沸腾，就像滚开的水在炽热的火上翻滚。

如果他失去这种感觉，去过一成不变、循规蹈矩的生活，一天又一天，一星期又一星期，一个月又一个月，千篇一律地在习以为常、庸庸碌碌的操劳中慢慢悠悠地过去，他一定会在无味的生活中感到绝望，他会开枪自杀，结束这种绝对不需要的生活。

他就是这样想的，但这不是好勇斗狠。他开始产生这种想法的时候正生活在首都，是彼得堡大学的法律系学生。他要去陪审法院为未来想写的著作搜集材料，他希望能指出现代司法制度的缺陷，当然，并且以此成名。为此需要准备的文件已经事先提交了，也得到了批准，所以在法院他没遇到什么繁杂的手续，他们对他的态度甚至挺友善，虽然稍微有点轻视的意思。法庭书记彼得·阿方纳西耶维奇·博格列宾斯基被指派关照这位年轻的同事，他性格很柔和，说话轻声细语，但有一个令人不快的身体特点——他的手总是出汗。打招呼握手之前他要把手在裤子上略低于裤兜的位置擦一擦，所以裤管儿的这个地方总是有个磨得发亮的大点子。裤子的屁股已经被公家的座椅磨得变成不知道什么颜色了，也已经发亮。有时候，年轻的大学生看着博格列宾斯基，会觉得这个书记的身上散发着难闻的味道，虽然这已经显然是夸大其词了。可是他身上的确散发着无趣的，让人受不了的，迟缓的，应该说，死气沉沉的气息，这简直太明显了。见面的时候博格列宾斯基礼貌地将出汗的手伸给年轻的同事，令人厌倦地谈论着外面的天气，妥妥当当地从老卷宗的档案袋里取出档案，一连几个小时地喝茶，勺子大声地碰着茶杯，可以准确无误地判断，有一件事是这个法院的小官吏根本没想到的：他自己的样子、举动，甚至枯燥无味的悄声细语此时已经决定了那个法律系大学生未来的命运。这个大学生开始意识到，只有个别人可以得到普列瓦克[①]和科尼[②]那样的名气和荣誉，而其他的人，绝大多数人，只能得到磨破的裤子，文件上的尘土和像彼得堡的秋雨一样单调的、收入微薄的职位。

他不想要这样的未来。

当时他正在读弗里德里希·尼采的书，边读边用铅笔在书页上标出那些出人意表的、闪光的思想，它们像美酒一样使他陶醉。“如果一个人生活在人群中而不想渴死，那么他就应该学会喝所有杯子里的水，身

① Ф·Н·（1842—1908）——著名律师，法学家，法院院长。

② А·Ф·（1844—1927）——著名法学家，作家和社会活动家。

处人群之中，洁身自好的人要学会用脏水洗澡。”“要学会爱自己——以健康而神圣的爱爱自己，忠实于自己，不要失去自己。”“诸神是有的，但根本没有什么上帝。”

这一切是那么突然，使他那么亢奋，好像他真的喝了酒。不，可能不对——醉酒的兴奋很快就会过去，变成头疼和昏沉，而深思熟虑的想法却不会过去，它们会留在他的心里，让他不得安宁，不仅要求获得赞同，而且要求变成现实。可是他对实现这些狂想没有准备，他像研究尼采著作那样认真地钻研了以前别人的刑事犯罪案例。他对这些奇思妙想感到惊奇，也看到这些人作案中的失算，这些诡计最后遭到法庭起诉，受到严厉的惩罚。他冥思苦想，怎样才能避免失算。他好像在给那些记录在尘封的纸页中的过去的犯罪复盘，自己对它们进行改进，结果他们都得以逃脱惩罚。

这个法律系大学生没有足够的耐心完成计划的工作——他在毕业前夕离开了大学，他向认识的人解释说，他想经商，然后就去了伏尔加河下游的渔业公司。在那里他初出江湖，用假票据骗了两个渔业大佬。警方对这个案件的侦破就像从鱼腹中和内脏一起取出的膨胀的鱼泡：只有皮，但里面是空的。

在前往渔业公司的时候，他第一次买了假证件，并第一次，但绝非最后一次改了自己的姓、名字和父称。曾经的大学生马克西姆·彼得罗维奇·邦德列夫消失得无影无踪，取而代之的是某个波多别多夫·叶菲姆·马卡洛维奇。轮子转了起来，就像在坚硬的，压实的，没有坑洼的陡峭的下坡路上一股脑儿地往下冲，根本停不下来。马克西姆·邦德列夫，昨天的大学生，一个曾经饱读尼采著作的人，如今很少摸书了——他不再需要它们了。他发明了自己的新哲学，它简单明了，没有啰唆的长篇大套的论证：我马克西姆·邦德列夫可以为所欲为，而我周围的人都是工作必需的工具，就像铁锹和斧头。它们可以毁坏，可以代替，可以买新的，只是要随时可用就行。

金钱并不能左右他。对于他来说，金钱也是工具。他看重的是其他的东西：热血沸腾的狂热，以及当似乎无法实现的大胆的图谋大获全胜、大功告成的时候所获得的那种绝对幸福的感觉。马克西姆·邦德列夫犯的案子中包括金融欺诈、抢劫、偷窃，当然还有杀人——有些计划不杀人根本无法实现。他杀人就像换工具，不是因为憎恨或愤怒，只是根据需要。他还根据需要学习相关的知识和技能：他成了优秀的骑手，弹无虚发，不管在城市还是森林中都能够逃脱追捕，他为能学会这些而沾沾自喜。

对他来说通往西伯利亚雅尔斯克的路是从下诺夫哥罗德的市场开始的，他在那里以养马场主的身份认识了谢尔盖·利沃维奇·杰里曼诺夫。他跟他结识没有任何的目的，只是觉得不妨跟这样一个钱袋子结交一下。他跟杰里曼诺夫都出席了一个商业餐会，跟他打听西伯利亚的情况，表达了想去这个遥远的地方的愿望，完全没想到的是，他得到了杰里曼诺夫的邀请——来吧。

他没考虑多久就决定了。他来到雅尔斯克，了解了这里的情况，于是一个巨大的设想牢牢抓住了他，这个想法起初甚至让他感到晕眩了——这就是要夺取帕尔菲诺夫的几个金矿。可是他一个人不可能做成这么大的事儿，于是他决定排除障碍——跟杰里曼诺夫说出自己的想法，他算计好了，如果他拒绝，他还来得及从雅尔斯克逃走。可是他不需要逃走——杰里曼诺夫同意了。他们为实现计划的行动准备了一年多，布置陷阱、拉紧看不见的绳套、找可靠的人。一切都精心策划，反反复复想过多次。动手前邦德列夫叫来了库巴托夫（他是一个可靠的，经过考验的同伙），跟他一起住进了艾尔米塔什饭店，自称是“锚”保险公司的代理人。

一切都按制定好的计划进行，连库巴托夫的死也没有打断计划——

有什么办法呢，铁锹把儿折了，只好换一个。这个喜欢读征婚启事的家伙去另一个世界了，那是他命该如此。

可是他做梦也没想到，整个行动因为一个乡村警官而受到了威胁，他就像一个微不足道的蚊子，它的叮咬让人抓耳挠腮，不得安宁，又痛又痒，火冒三丈。

斯托尔波夫—拉斯托尔古耶夫从木头长凳上跳下来，一脚把门踹开，从越冬房跳出去，抓了把干雪来搓脸，等雪化开，他用手把冷冷的水珠抹了一脸，感到皮肤在发热。因为从过冬房跳出来时只穿了一件衬衣，他打个寒战，脸上还没干的水珠成了小冰珠子，但他仍然站在那儿，朦胧的月光照着他，他想起了那些铭记于心的话："权力欲……但是既然是上等人想要统治下等人，谁能说这种欲望是不健康的？其实，这种愿望中没有任何病态的东西……"

他想起这些话，感到惊奇——原来他一个字也没有忘记，虽然他已经很久没读过任何东西，也没重温过从前读的东西了，因为他坚信他自己这些年获得的经验不需要任何人的教训了。

他已经冻透了，但仍然站在严寒中，想让无法抑制的怒气平息下来。

就是在这里，在越冬房前，他撞见了那个他派往金矿送信的人。那人从马上跳下来，害怕地凑上前来，惊慌失措地报告说：

"她不在家，门上了锁。我撬开小堆房的板子进去看过，里面没人。到处都看了，哪儿都没有。好像跑了……"

斯托尔波夫——拉斯托尔古耶夫好容易才忍住没有把那送信儿的当胸抓住，用尽全力地摇晃，说不定还要抽他的耳刮子，因为他带来了这样的消息。莫非卡捷琳娜，这个他在金矿的耳目，真的逃走了吗？他最近怀疑她虽然表面没有显出任何不驯服的迹象，其实在私下里自己搞一套，莫非他的怀疑是对的？

没有答案。

可是没关系，过一阵就清楚了。

“走开。”他把送信的放走，自己回到越冬房，坐在原来坐的长凳上，他感到圆木墙重重地压在他的身上，好像要把他压扁。

“真蠢透了，”斯托尔波夫—拉斯托尔古耶夫自言自语地说，“既然神经像个小姐那么脆弱，就喝点嗅剂好了，最好喝点伏特加！”

于是他喝了伏特加，吃了些干面包皮，在长凳上伸直身体，就沉沉睡去了，连梦都没有做。

早上起来以后，他又像平时一样精干了，他吩咐手下备马。

“像一只灰老鼠一样的一个乡下警官，一个微不足道的东西，你是不是以为赢了我了？不，没有赢！我还没有从袖子里拿出王牌，你心爱的老婆。我手里还有很多牌——我要把所有的牌都拿出来，让他欣赏和忙活，等忙活完了，我要吩咐手下，就连把你埋在雪里都不许，让你暴尸！”

斯托尔科夫—拉斯托尔古耶夫有充分的理由威胁日金警官。不到几天时间，他已经失去了差不多一半的手下，大部分是在河面上被飞来的圆木像干草一样碾过，砸断了骨头或是脑袋开了瓢儿。他可惜的并不是这些人，他可以慢慢找到新人，他着急的是因为没有整套的工具，他的整个计划会受到威胁，而他现在既不能输，也不能退却。

他催马沿着熟悉的小路疾驰上通往金矿的大路，他一言不发，也不回头，他知道，他相信，他手下剩下的那些人会跟着他，谁都不会离开。

最后，窄窄的小路没入一个水坑后又冒了出来，连上了大路。这时斯托尔波夫—拉斯托尔古耶夫把攥着鞭子的手向前一挥——转弯处传来了一阵欢快的铜铃声。周围很安宁，清脆的马蹄声听得格外清楚，那声音越来越近，越来越大——有人迎面而来，应该很快会拐过弯来。嘿，真不是时候！现在金矿上完全不需要闲人。这会是什么人呢？

但已经没时间捉摸了——一辆疾驰的三驾马车拐过弯来，铃声越来越响。斯托尔波夫—拉斯托尔古耶夫回头一挥鞭子：

“拦下来！”

他们一下子从马鞍上跳下来，冲过去挡在那飞驰的三驾马车前面，用力抓住马缰，于是那疾驰的三驾马车猛然停了下来。他们用枪托把乘车的人从雪橇中赶出来，把他们的手往背后拽着，推到路肩的一个高高的雪堆旁。斯托尔波夫—拉斯托尔古耶夫催马上前，直接来到他们跟前，弯腰查看，他简直不相信自己的眼睛：站在他面前的这个敞怀穿着裘皮大衣，骄傲地昂着头的人是巴维尔·拉夫连季耶维奇·帕尔菲诺夫。

对于那个身材魁梧的汉子和紧紧靠着他的小男孩，他的目光一扫而过，他觉得他们没有用，不值得认真看。至于帕尔菲诺夫先生嘛……

他轻盈地跳下马来，微微点了下头：

“您好，巴维尔·拉夫连季耶维奇。见到您很高兴，很高兴！”

斯托尔波夫—拉斯托尔古耶夫没有说假话：命运给他呈上了这么不可思议的好运，他怎么能不高兴呢？

/十一/

谢苗·霍洛多夫把他心爱的卡尔卡赶得筋疲力尽，不停地用鞭子抽这匹白马宽阔的脊背。他很少停下休息，除非要等待夜里最黑的时间过去。当夜色开始发蓝的时候，他就一跃而起，连一口气都不喘地赶路——离那该死的金矿越远越好。偶尔停一会儿，他手里也一直攥着枪，不断东张西望，侧耳谛听——是不是有人追来了？

没人追赶。

但他还是很警惕，直到绕着弯儿过了叶尔班，他才喘了口气，放下心来，敢把卡尔卡拴在一家客栈旁。客栈里有一间干净的空房，他把瓦西丽莎领到这个房间，让她睡在高高的，填得软软乎乎的枕头上，要了一个茶炊。当茶炊送来以后，他就开始斟茶。他做事手忙脚乱，因为瓦西丽莎的表现让他感到极度震惊。一路上瓦西丽莎一个字也没说，不哭不喊，只是目光呆滞地看着前方，不管谢苗说什么或问她什么，她始终一声不吭，连嘴唇都不动一下，好像它们已经被粘死了。

“瓦西丽莎，喝点茶吧，暖和暖和，晚饭很快就到，我们吃点东西。我们可以暖暖和和地睡一觉了，不是在火堆旁边……你把外衣脱了吧，炉子很热……”

他把一杯茶端到瓦西丽莎的唇边，可是她仍然呆望着前面，嘴唇一动不动，连看都没往他这边看。她也不吃饭，不管谢苗怎么求她都没用。她一直躺着，眼睛一眨不眨地看着天花板，双手交叉，好像她不是躺在床上，而是躺在棺材里。

这完全不是谢苗想象的久别重逢，在他的幻想中，那心心念念的与她团聚的时刻完全是另外一番情景。他想着要跟她说什么，仿佛看到她边听边微笑着，同意他的话。可是如今，这盼望已久的时刻来到了，结果他想的那些话并不被需要，因为瓦西丽莎根本不听。

他在顺着墙放的长椅上睡下，夜里醒来几次，走到床边，虽然在黑暗中看不到她的脸，但他感到她没有睡。

早上天刚蒙蒙亮谢苗就安顿瓦西丽莎坐上雪橇，离开了客栈。他们一路无事地到了雅尔斯克，走得不慌不忙，因为谢苗心疼卡尔卡，怕把马跑坏了。可是卡尔卡挺过来了，只是两肋变平了。当来到自家的马厩，自己的马槽前——里面有小山一样香喷喷的干草，它只是闻了闻，却没有吃，用一只圆圆的眼睛瞟着主人，好像想说：“你把我累到头儿了，你看，我连吃草的力气都没有了……”

“你别生气，”谢苗摸着它的脖子跟它道歉，“得赶紧逃，所以我才发疯一样地赶你。现在好好歇着吧，明天我们哪儿都不去了，明天我……”

说到这儿他卡壳儿了。他不知道明天要做什么。其实他也不知道以后该怎么办。他好像撞到南墙了。他叹了口气，走出了马厩。他在院子里站了一会儿，看着从烟囱中冒出的滚滚黑烟，从劈柴垛里抽出木柴，朝着小屋子走去。现在那房子里冷得跟外边一样，得把它烘暖和了，要不断地加火增加热量才行。

他把瓦西丽莎扶到桌旁坐下，她就一动不动地坐在那里，目光呆滞地看着前面，不知道她看到了什么。来到这个陌生的房子，她的目光中没有闪过一丝的惊异和好奇，屋子里很久没有生火，墙上有的地方甚至结了冰花。谢苗开始准备饭，去井台打水，忙进忙出，不时地看看瓦西丽莎，希望她会身子一震，活过来，哪怕说一个字呢，但是不——她一直沉默不语。

渐渐地，屋子暖和起来，有了生气。炉子上的小锅里煮着肉，烧开的水不时有大大的水珠溅出来，刺啦刺啦地响着，这些声音以及呼啦啦的火苗声让一声不响的沉闷气氛变得活泛了一些，让谢苗越来越有信心：没什么，没什么，一切都会安排好的，只要不着急，有耐心。他是不缺少耐心的，他已经等了很多年。

他把凳子搬得离炉子近些，坐在上面，忍不住睡着了——他已经好几夜没好好睡过了。他不断地打瞌睡，惊醒，可是眼睛又不由自主地合上了。他梦见了村外那片向河边缓缓倾斜的宽阔草地，梦见盛夏时节阳光明媚的白天，高高的天空上没有一片云，可是一点没想到，不知从哪儿忽然就下起了雨，雨飞快地落在被阳光晒热的地上，像牛奶的蒸汽一样暖烘烘的。就像突然梦到下雨一样，谢苗也忽然不知为什么说了起来，好像是继续一段已经开始的谈话：

“下着雨，你和玛什卡·康特拉齐耶娃在草地上跑，你们身上湿透了，哈哈大笑，好像被人挠了脚心似的。我站在树下躲雨，看着你喘不上气来。从那时候起，瓦西丽莎……”

他没能说完，门无声地开了，先是一根拐杖出现在门口，随后是卡比托内奇。这个意外的来客随手关上了门，站到门槛上，目光迅速地把房子扫了一遍，然后才开口说：

“回来啦，谢苗。我看见你不是一个人回来的，还带着战利品呢。这美人儿叫什么？是不是日金的瓦西丽莎呀？那什么，我路过这儿，抬头一看——看见烟囱冒烟了，说明主人回来了，我就来看一眼。你们啥时候回来的？”

好像一桶冰水浇下来，把谢苗的瞌睡一下子冲没了。他从凳子上跳起来，站到卡比托内奇跟前，用宽阔的后背挡住瓦西丽莎。

“你怎么了，亲爱的，像只公鸡，炸起毛儿来了？”卡比托内奇把拐杖换到另一只手上，摸着胡子，“我是来问个好，你看你，要打架一样……对老人这样可不好，一点都不好……你应该先讲讲，带来了哪些新鲜事儿？”

“新鲜事儿一大堆呢，在园子里，走，我给你看看。”谢苗抓住卡比托内奇的旧皮袄的袖子朝门口走去，他用力不大，可是很坚决地把他推到了门外。

客人顺从地出去了，没有挣扎，只是拐杖头比平时更快地点着地。他们下了台阶，谢苗抓住卡比托内奇的肩膀，让他的脸转向自己，直截了当地问道：

“你没想到我能带着瓦西丽莎回来，是吧？没想到！你想的是，只要她在斯托尔波夫手里，我就会被你们牵着鼻子走！你还指望斯托尔波夫回来好从他手里弄到钱吧？呸！这个斯托尔波夫，你可斗不过他。你没那本事！既然你想打听新鲜事，那你听好了。现在金矿乱得很，就是魔鬼也搞不清楚，也得折在那儿。他们把日金警官抓了起来，就像战争里的敌人似的。我到底也不明白为啥没把他杀了，说不定现在已经杀了……那儿的金子也不干净……我想官府总会到管这事儿的，审问是谁干的，为什么，来龙去脉是怎么回事？我不想卷进这案子。所以从今天起我就不认识你了，从来没见过，你也不要再来，卡比托内奇。我说清楚了吧？”

“我再清楚不过了，谢姆什卡。你想溜出去，解套儿。可是你什么都办不到，亲爱的。你全在我的手心里。我想把你送到警察局就送到警察局，要是我愿意，我就可以半夜把你跟你的女人宰了，你是把她直接从警官的床上拽走的。就算警官真的死了也没用，他有官衔儿，说不定你是为了女人拿定主意把他杀了的……你承认吧，谢姆什卡，是你干的吧？”

卡比托内奇露出甜腻的笑容，等着看这个汉子怎么回答他。可是那笑容却在他的薄嘴唇上凝固了，卡比托内奇瞪大双眼，无声的叫喊在他的瞳孔中冻结，朝后一倒，脑袋闷声撞在台阶栏杆的柱子上。谢苗回过头，一把叉子在夕阳中发出幽暗的冷冷的光向他拍过来，叉子的三个尖儿个个都很锋利，像又粗又长的杆子。他一弯腰，因为动作急，一下子跪下了。叉子从他头上划过，头上传来呼哧呼哧的喘息声。谢苗滚到一边，跳起来，愣住了。卡比托内奇大睁着眼睛嘶吼着，抽搐着，扔了拐杖，两手抓住叉子的柄和叉子头儿。叉子已经刺穿他的脖子，尖头还插进了台阶的栏杆。瓦西丽莎两手持叉，咬住下唇，她的表情专注，好像在完成一项很重要的任务，不能有半点闪失。

“扔了，把叉子扔了！”谢苗吼道，他离开原地，曲着腿朝台阶走去。

但他没走到。

瓦西丽莎一拉叉子把儿，把染红的叉子尖儿抽了出来。卡比托内奇不再嘶吼，倒下去一动不动了。他的脸埋在雪里，不再佝偻着背，直直地趴在地上。瓦西丽莎迈过他，就好像迈过一段木头，谢苗向后退了一步，一个猜测瞬间划过他的脑海——瓦西丽莎想杀死的不是卡比托内奇，而是他谢苗·霍洛多夫。

他猜得没错。

“怎么，你这个坏蛋，想杀死伊留申卡，把我拽到你的床上……趁着我正在伤心，痛苦得发疯……”声音沙哑，好像干树叶的沙沙声，然后戛然而止；这声音里没有愤怒，没有绝望，只有冷冷的决心，所以才显得特别不祥，“站着别动……我要把你像这个吸血鬼一样捅穿……”

她照着谢苗的胸膛扎来，但他躲开了，抓住叉子柄，用尽全力往怀里一拉，把叉子头拉出来，扔得远远的。他抓住瓦西丽莎，把她压倒在地，又从地上提起来，拉着她几个箭步迅速朝房子奔去。她在他环绕的双臂里挣扎着，想挣脱出来，咬了他的腮帮子一口，但他甚至没有发觉。他从床上扯下被罩和被子，用它们把瓦西丽莎像蚕一样包起来，打上结以免她挣脱，就又冲到了外面。他站在躺着的卡比托内奇旁边，不知所措地四下张望，为时已晚地骂自己粗心。当他跟卡比托内奇一起出来的时候，没有随手关门，而是把门大敞着，所以他们的谈话瓦西丽莎当然全听见了。她跑到台阶上，那儿有把叉子，是谢苗靠在栏杆上，准备过一会儿给卡尔卡添草料的。

正好用得着它。

他弯腰抓住卡比托内奇的肩膀，把他翻过来。老头的眼睛睁得大大的，一动不动。谢苗把腰弯得更低一些，听了听，不，他没有喘气；脖子上的伤口很小，没有流多少血，可是血已经冷了，流到雪地上雪也不化。这个纳乌姆·卡比托诺维奇·扎盖诺夫狡猾、小心、机灵，像一条滑溜溜的鱼一样，却死在一个狂怒的女人的叉子下——真太奇怪了！不管是警察，还是嫉妒他的人，或是仇人，谁都奈何不了他，不管遇到什么麻烦，他总能闪转腾挪，全身而退，可是今天却没能逃脱。此时他在别人家的院子里，台阶旁，直挺挺地变凉了。

谢苗伸手给他把眼合上，他想起一个迷信的说法：“这老鬼还看呢，想拉个垫背的。不，卡比托内奇，够了，你看够了这世界……走吧，你最后再乘一次车吧。”

他不得不再次套上卡尔卡，把死者拖到雪橇上，用一层厚厚的干草盖在上面，以防万一被人看到，把房门上了锁，等到暮色渐浓，就赶着车悄悄地，不慌不忙地出了院子。

他把他的货卸在了雅尔斯克郊外一处人迹罕至的荒凉深沟里。他回到家的第一件事就是赶紧进屋去看瓦西丽莎在不在。

她像刚才一样躺在那儿，裹得像个婴儿一样，她的目光像原先一样凝然不动，盯着低矮的，好久没有粉刷的脏兮兮的天花板。谢苗不知所措地垂手站在她的面前，不知道下一步怎么办。

日子该怎么过呢？

/十二/

一个小姑娘裹着暖和的披巾，像个娃娃一样站在那儿，大衣的下摆拖到地上，袖口儿露出白色的棉手套的尖儿。她的一双眼睛又大又圆，好像两个蓝色的小碟子，她从下向上望着，目光那么真诚和信赖，充满希望，让人喜欢得想把她抱在手上，搂在怀里，使劲亲她。玛尔法没忍住，在她跟前俯下身，搂着她问道：

“你叫什么名字，丫头？”

“我叫娜丘卡。我可勇敢了，带我上学去吧，我想学认字，我把小猫送给你。它叫穆西卡，你看它把我抓的……”

小姑娘举起一只手，拉起袖子，让她看快要结痂的抓痕。

“你快住嘴吧，看在上帝份儿上。她要把小猫送人！”娜丘卡的母亲不好意思地推了一下女儿的肩膀，抱怨道：“我跟邻居说您办学校的事，她听见了，就缠着我，让我送她上学校，闹了一个礼拜了，可是我们没有钱上学。听说在这儿念书不要钱，我就想来问问……这是真的吗？”

“是真的。”玛尔法又抱了一下小女孩，然后直起身子，“就是得等到秋天，得把这儿弄好了，老师也还没来。我可以给你们报上名，姓什么？”

“我们家姓萨莫伊洛夫，她的姓是萨莫伊洛娃。娜杰日达·费德罗夫娜。”

“我记下了。”

“谢天谢地。我一路上还担心呢——万一不要怎么办。走吧，娜丘卡。”

小姑娘跳了起来，那双像小碟子一样的圆眼睛在披巾下发出快乐的、蓝莹莹的光，当她跟着母亲走到门口的时候还在蹦蹦跳跳，她回头看着玛尔法，送给她一个幸福的微笑。

“现在我有学生了。”玛尔法大声说，“还会有只猫，我会给抓得全身都是道子……”

她说着大笑起来，现在她的心里很快活，很开朗。她拿起一个本子，写上“娜杰日达·萨莫伊洛娃”，然后又想起来，添上“伊万”，然后她把笔放在一边：

“我这个马大哈！没问姓什么。算了，回家去看看……”

娜丘卡和她妈妈是第二个来这个还没开门的学校报名的。第一个来的是在帕尔菲诺夫家当差的季奥米特，他带来了一个小男孩。仗着老熟人的关系，他上来就问：

“这孩子能上你这儿念书吧？”

“还早呢，季奥米特，”玛尔法回答，“秋天才开学呢。”

“我们不着急，我跟伊万等着秋天开学。现在你就说一句，他能不能来你这儿念书？”

玛尔法说行，季奥米特听了满意地笑了。他告诉玛尔法，这男孩的母亲是个放荡的女人，这孩子偶然黏上了他，现在他们一起住在门房里，他们很开心，因为两个人很是要好。当玛尔法给老帕尔菲诺夫当厨娘的时候，季奥米特一直对她很好，现在她可以给这个好人一个希望，觉得很高兴。她请他们喝茶，让伊万吃饼干，可是忘了问他的姓。现在她要列一个未来学生的名单才想起来，所以做完事情回家时，就顺便去了帕尔菲诺夫的宅院。

可是季奥米特没在。一个看门的出来说季奥米特跟主人一块儿去了什么地方，把小男孩儿也带上了，他也不知道那男孩儿姓什么，就知道他叫瓦纽沙。

玛尔法只好回家了。这个消息使她感到困扰，她有种模模糊糊的不安的感觉，虽然，其实帕尔菲诺夫去哪儿跟她有什么关系？他是自由人，想去哪儿就去哪儿，想带谁就带谁。她试图安慰自己，可是不行——不安的感觉没有消失，相反变得越来越强烈。于是她收拾房子，把各处的灰尘擦净，又擦地板，在窗户上挂上新窗帘，窗帘早就买好了，一直没有时间过水和熨烫。她干得起劲，忘了其他的事，甚至哼起歌儿来。她把新窗帘欣赏了一番，环顾四周，看看还有什么事情可做。

这个时候忽然铃声大作，声音来得又猛又响，甚至吓得她打了个哆嗦——有人在慌忙地，不停地拉门铃的铜舌。玛尔法去开门，这时她心里又是一阵不安。一个邮差站在台阶上，玛尔法已经猜到他带来的是什么了。她签收后接过了一个白色的小口袋，口袋的针脚缝得平平整整，在白色的亚麻布上同样工整地写着她的地址，下面是寄件人的地址：雅尔斯克省，叶尔班区，第一金矿，叶卡捷琳娜·尼古拉耶夫娜·高尔杰耶娃。

玛尔法把邮费塞给邮差，赶紧回屋，她把口袋抱在胸前，好像得到了什么期待已久的宝物。她找到剪子，迫不及待地拆那结实的，缝得很紧的接缝——这个小白口袋缝得很仔细。她终于把口袋拆开了，把里面的东西倒在桌子上：那是一条切成小块的熏鲱鱼，一个黄油小圆面包和一块腌猪油，这些东西都是用干净的布单独包起来的。可是玛尔法需要的并不是这些朴素的礼物，她把它们推到一边，把口袋翻过来，把最下面的一个双层接缝拆开，拿出一张捻得很紧的小纸条。她把纸条展开，走到窗边的亮处。

纸上密密麻麻地写满了小字。信中没有通常的称呼和问好，上来就是如下内容："你的那个警官来了，可是他什么事都没干成，他们把他抓起来弄到泰加森林里去了，想让他押车到雅尔斯克，说是押车，其实在路上，当然，他们会把他杀死，把金子弄走。他们在金矿就像在自家园子里一样为所欲为，没有什么势力能跟他们对抗。他们把警官的妻子藏在这儿的一座房子里，我打听出了是哪座房子，但没人可以告诉，因为不知道警官在哪儿。我只能为你做这些了，我也害怕。我还想活几天呢。要是有新消息，我再给你写条儿用包裹寄给你。"

没有落款。

玛尔法照旧把纸捻成卷儿，咬着嘴唇站在挂着新窗帘的窗边，一步也动不了，好像脚上的家用便鞋粘在了地板上。这就是她为什么感到不安，她的心没有欺骗她。

"怎么弄成这样了。我让警官去了金矿，他却失踪了，他老婆还被拘着，现在季奥米特和瓦纽什卡也去了，他们会出什么事？帕尔菲诺夫就罢了，如果他命该如此，可是他们俩为什么要遭难呢？这都是你惹的事，玛尔法，现在收不了场了。难怪玛格达丽娜·维涅吉科托夫娜说该罢手了，我没听她的。我想一下子让所有有罪过的人都受到惩罚，可是没成功。棒子不会只有一个头儿，它的另一头会不分青红皂白，谁碰上打谁……现在你在这儿等着卡捷琳娜·尼古拉耶夫娜寄来下一个包裹吧，她会写信告诉你……"

玛尔法猛地拉上窗帘，从座位上跳了起来，好像被抽了一鞭子似的。她在房间里转悠，不知为何抓起拆开的口袋，把它扔到桌子上，然后又抓起来，把它的里子翻到外边，好像还想从里面找到什么。可是白口袋里再没有什么其他的东西了，玛尔法问自己，下一步该怎么办？她也同样找不到答案。

她一直徘徊到天黑，坐立不安，躺下睡觉也比平时早，希望能做个梦，对她有点用，哪怕暂时忘记这些事也好。可是不管她怎么闭眼睛，怎么让脑袋在枕头上躺得更舒服些，她就是睡不着，很多面孔和很多声音杂乱地出现在她的脑海里。一会儿是蓝眼睛的娜丘卡，一会儿是季奥米特和瓦纽什卡，一会儿是玛格达丽娜·维涅吉科托夫娜，一会儿是日金警官，一会儿是卡捷琳娜·尼古拉耶夫娜——很多很多偶然地或并非偶然地出现在她的生活道路上的人。不知为何，现在她没有想起自己的敌人和欺负过她的人，这很奇怪，因为她总是把他们记在心里，从来不曾忘记。是谁说过——如果忘了，就算原谅？这话是谁说的？什么时候说的？

是卡捷琳娜·尼古拉耶夫娜……是的，一点不错。她正是从她那儿听到这话的。当时她正贪婪地享受着幸灾乐祸的快感。这是在开庭的前一天，公证人保证，法庭一定会做出对她有利的判决。因为一切都清清楚楚，就算重金行贿，也没法做出另一种判决。当时玛尔法住在玛格达丽娜·维涅吉科托夫娜家，那个星期六她去市场，要买很多东西，因为她们打算星期天请客。她买了满满两篮子东西回家，路上要歇一歇，就坐在一条长凳上。那是春天，周围的草木都变绿了，在炽热的阳光下，不久前才解冻的大地冒着水汽，风和日丽，让人不想离开。玛尔法甚至把眼睛闭上了，所以没有看到一个身材匀称的美女走过来坐在长凳上，她穿着曼妙的长裙，戴着一顶优雅的帽子，上面点缀着一个蓝色的蝴蝶结。她一坐下就马上就说起话来，好像她们是老相识似的：

“今天天气真好了，是不是，玛尔法·伊万诺夫娜？最好能这样坐在长凳上，无忧无虑地享福。您不用吃惊，我早就认识您。帕尔菲诺夫先生早就从远处把您指给我看过，就是没想起介绍我们认识。也许他不愿意吧，很可能是不愿意。本来我不会打扰您的，可是帕尔菲诺夫托我一件事，他想跟您讲和，希望跟您单独谈谈，谈谈条件，把开庭时间往后推一推。我该怎么答复他？”

“我不会跟他见面，也根本不会推迟！您就这样告诉他吧。”玛尔法不假思索地说，“您是哪位，从哪儿来的？”

这位女士温和地笑了笑，小心地摆弄了一下帽子，让帽檐稍稍歪一点：

“如果那么感兴趣的话……我是巴维尔·拉夫连季耶维奇一会儿一换的相好里面的一个，有时候帮他处理一些棘手的事。我问您，玛尔法·伊万诺夫娜，您为什么那么残酷地整老帕尔菲诺夫呢？他对您做过什么坏事？”

“您凭什么说我整他了？拉夫连季·佐托维奇是自己得病死的。”

“您不想说就不要说。可是我知道，我能猜到。但是不用怕，我对谁都不会说。那么我跟帕尔菲诺夫先生怎么说？”

“就像我说过的那样。”

“再见，玛尔法·伊万诺夫娜。”那位女士笑了，出其不意地抚摸了一下她的肩膀，从长凳上站起身，再次整了整帽子，然后就走了，消失在人群中。

玛尔法也提起篮子，差不多跑着回家去了。

正如律师保证的那样，法庭做出了对她有利的判决。过了一段时间，玛尔法已经快忘了在很久前的那个星期六坐到她的身边的那个奇怪的女士了，可是她却再次完全出其不意地出现了。她在街上追上玛尔法，扶着她的胳膊肘跟她并排而行，又像老熟人那样跟她聊起来：

“我从帕尔菲诺夫那儿退下来了，他把我流放到金矿上去了。给我造了一座小房子，我就住那儿。而您，玛尔法·伊万诺夫娜，什么都没忘记。不错，忘记就意味着原谅。而您还记着，这说明您还会继续报复，而我会尽我所能帮助您。只是不要说我弄错了，不要否认，我反正不会相信的。我会从金矿给您寄包裹，如果你有兴趣，可以看看接缝的地方。

我叫卡捷琳娜·尼古拉耶夫娜·高尔杰耶娃。好吧，再见，玛尔法·伊万诺夫娜。”

像第一次一样，她迅速地，不知不觉地消失了，就像融化在路人之中。玛尔法站在原地，一句话也没来得及说。她有一种奇怪的愿望，想追上这位女士，跟她聊聊。

但是她没有去追。

很快她就收到了第一个来自金矿的包裹，拆开白色口袋的夹层，读了里面的纸条。卡捷琳娜·尼古拉耶夫娜告诉她，一些陌生人来到帕尔菲诺夫的金矿，很快还会再有人来，经理萨沃奇金跟他们串通一气，他们劫持了叶尔班的日金警长的妻子，目的是什么，暂时还不清楚。

玛尔法自己也不知道为什么，她完全相信这个消息，很快就去叶尔班找日金。

结果……结果却很不好，完全不像她设想的那样。

窗外天色已经开始发亮，玛尔法还是没有睡着。最后，她折腾烦了，索性起床，点上灯，坐到桌边。这时她看见那个记着她的学校第一个男学生和第一个女学生的名字的本子。她打开本子，她感到震惊——她怎么能把这些目光差不多像天使一样纯洁的孩子跟帕尔菲诺夫、卡比托内奇、阿扎洛夫、萨沃奇金这些人放在一起呢？她觉得这样的相提并论真可怕，她吓得两手颤抖。不行，玛尔法想，不能把善事和隐秘的、幸灾乐祸的复仇掺和在一块儿。只能选择其中之一。

她做出了选择。

她已经彻底下定决心，午饭后很快就穿上外衣去警察局了。

/十三/

老帕尔菲诺夫喜欢为寻开心对自己的员工做各种恶作剧。例如这种：天刚蒙蒙亮就来到办公室，除了保安，办公室还空无一人，他在某个人办公桌抽屉深处的纸下面放一大摞钱，然后走过来，装出生气的样子，开始审问：你有什么权力，这个那个，从我那儿偷走一百卢布藏在办公桌里？那个职员当然竭力分辩，满头大汗，脸色苍白：我连这样的念头也没有过，拉夫连季·佐托维奇，我没拿钱，我是忠心地给您做事的！于是帕尔菲诺夫打开桌子抽屉，从纸下面抽出那一沓钱，像旗子一样挥舞着，强迫职员承认偷窃。当把这个可怜的人逼到受不了，差不多昏过去的时候，他就把钱扔到桌子上，哈哈大笑起来：

“怎么，老弟，害怕了？尿裤子了没？你害怕了，这才好！应该怕主人，这样才能规规矩矩，感恩戴德。好了，拿着吧，算我谢谢你！”

他从一叠钱中抽出两三张票子，交给那个站在他面前吓得半死的职员，拍拍他的肩膀以示夸奖——接着干吧！

他想出来的恶作剧不胜枚举，有的比这还厉害。

其中的一个落到了阿扎洛夫头上，当时帕尔菲诺夫让他当自己的助理，把他看作最得力的助手。他们在“艾尔米塔什”饭店吃饭，一本正经，平平静静地谈着事情，帕尔菲诺夫突然好像被砍了一刀似的，“霍”地蹦起来，让人叫来合唱队，手风琴手，他还吩咐把门关上，不许放一个不幸此时正在“艾尔米塔什”饭店的顾客离开。所有这些人的吃喝都由他帕尔菲诺夫买单。

著名的纵酒狂饮开始了。

在最高潮的时候，帕尔菲诺夫用一根手指示意侍者过来。侍者跑过来，准备完成他吩咐的任何刁钻的要求，他把酒瓶中剩下的香槟倒到桌布上，亲了一下玻璃杯底儿。然后他把瓶子塞到侍者手中，坏笑着嚷嚷：“弄些马尿来，一定要刚尿的，热乎乎的！”就算侍者见过各种场面，早已见怪不怪，这时也拖延着不想做。可是帕尔菲诺夫又吆喝了一遍，于是侍者只好走了。不知道他拿着这个香槟酒瓶子跑到了哪里，接了哪匹马刚尿的尿，反正他弄来了。他满头大汗地跑来，把瓶子放在桌子上，还用白色的餐巾擦了擦。

“尼古拉，斟上！”帕尔菲诺夫指着一只大高脚杯说。

侍者倒了满满一杯马尿。马尿起了沫，冒出白色的气泡。

帕尔菲诺夫给自己倒了一杯伏特加——也是满满一杯。他举起酒杯，把阿扎洛夫叫过来说道：

“你当然不尊敬自己的主人，暗地里希望他倒霉，所以不会跟我喝交杯酒，是不是？”

“我尊敬您，跟您干杯是我的荣幸，拉夫连季·佐托维奇。”阿扎洛夫坚决地回答，他已经猜到主人要怎么整他了，他猜对了。帕尔菲诺夫把盛着马尿的酒杯推过去，说：

“那好，干杯！”

于是阿扎洛夫强忍着喝下了马尿——全喝光了。帕尔菲诺夫满意地发出“哈哈”两声，向他凑过去想要亲他，可是还不等他过去，阿扎洛夫当场就翻肠倒肚地狂吐起来，然后他冲出餐厅，用伏特加漱了半天口，好冲掉那股恶心的味道。等到他回到餐厅，帕尔菲诺夫让他坐在自己身边，向他保证：

“现在我不怀疑了，阿扎洛夫，你是可靠的人，我爱你！”

从这难忘的狂饮之后，他再没找过他的麻烦，对他完全信任。

过了很长时间，帕尔菲诺夫还是没有忘记自己的恶作剧，有一次阿扎洛夫带着账本和文件找他签字的时候他又提起这件事。那时拉夫连季·佐托维奇已经深受剧烈头疼的折磨，他脸色灰暗，面目憔悴地坐在那张大橡木桌的后面，就像晚秋时熟过头、皱巴巴的果干。他的右眼经常不由自主地流泪，他懊恼地用手把眼泪擦掉，用手背抹在胡子上。

是的，看起来他手指头的力气差了，已经不能像过去那样扼住生活的喉咙了。阿扎洛夫看着他的主人，正是这样想的。

帕尔菲诺夫捕捉到了他的目光，大概猜到了他的副手在想什么，苦笑道：

“你记得喝马尿的事吗？”

阿扎洛夫明智地没有作声，只是微微低下了头。

“这么说，你还记得。这很好。我也记得。当时我说，你是个忠实的人，我一点也不怀疑你。现在我再说一遍，你是忠实的人，现在我也不怀疑你，所以我把需要做的事托付给你……”

当阿扎洛夫听到主人吩咐他做的事情时，他当然很吃惊。起初他甚至疑心拉夫连季·佐托维奇是不是因为长时间的头疼神经错乱了。但他很快就明白，他头脑清楚，处理事情像以前一样果断，一看就知道他没糊涂，而糊弄他是很危险的。阿扎洛夫也没打算糊弄他。既然主人说这么做，就得这么做。要做得又快又好，不露风声。

帕尔菲诺夫吩咐他做的事情是：在一号金矿附近找到一个隐秘的地方，在那里建一个可靠的密室，把以后金矿开采的所有金子都送到这个密室。帕尔菲诺夫没有说他为什么要这样做，但阿扎洛夫自己猜到了——他想给自己留下应急的钱，这些钱不经过任何手续，没有任何记录，如果他不得不宣布自己健康状况恶化，债务人和官方都找不到这笔钱。帕尔菲诺夫在最后的日子开始担心他有破产的危险，于是决定自救。

阿扎洛夫找到一队技术高超的木匠，答应出大价钱，于是他们很快就答应了，没有盘问为什么要在一个那么偏远的地方建个结构巧妙的地下密室，就算你能穿过幽暗难行的密林来到密室跟前，如果别人不告诉你，也是绝对发现不了它的。这些木匠造好了密室，阿扎洛夫款待他们吃了一顿丰盛的酒菜，他们因为高兴喝得大醉，一个也没有醒过来，看样子是喝死了……但这件事阿扎洛夫没有告诉任何人。为什么要告诉呢？这是秘而不宣的事情，应该办得不声不响，不留痕迹。

阿扎洛夫在两张纸上画了去密室的图，其中一张留在他自己的手上，另一张给了主人。

一切都做得很顺利。阿扎洛夫亲自把从金矿开采出来的矿石运到密室，只跟帕尔菲诺夫交代，直到主人脑子出了毛病，开始语无伦次。这时候阿扎洛夫产生了一个想法：是不是要利用这个好机会？

他利用了。

当他在拉夫连季·佐托维奇家，按照他的吩咐把没用的文件从桌子上扔掉时，他把画着去密室的路线的那张纸也团成一团扔掉了。当然，他这么做是冒着绝大的风险的，汗流浃背的，可是看起来敢冒险的人运气好：主人什么都没有发现，很快就进了疯人院，彻底忘了密室的事，连提都没有提过。老帕尔菲诺夫去世后阿扎洛夫表现出非凡的耐心，提心吊胆地等了好久，看看这位父亲是不是把密室的事情告诉儿子了？当他确信小帕尔菲诺夫什么都不知道以后，才下决心隐瞒密室的事情，把那里的东西运出来。

但此时发生了意外的情况：他大胆地跟帕尔菲诺夫提出了对建设通往矿区的铁路的异议，认为巨大的投入未必能带来利益。他这一说就像犯了他的忌讳。年轻的主人作风跟他父亲一模一样，他大发雷霆，指着门跟阿扎洛夫咆哮，让他滚蛋！

这样一来，阿扎洛夫丢了职位，去金矿的通行证也没有了。在这种情况下他不该擅自去密室，当时他完全不知道该怎么办。这时候杰里曼诺夫就像从小瓶子里钻出来的魔鬼一样突然出现了，对他一通夸奖，说尽管很少见面，但他对阿扎洛夫先生很看重，因为他正派、聪明，如果他来西伯利亚商业银行工作，他会感到很荣幸。阿扎洛夫并不太相信他对自己的夸奖，但他表示同意，于是就到银行工作了……

……他讲得太长，太沉重了，他讲累了，需要喘口气。他想要一杯茶，因为他嗓子发干。

警察局局长波罗佐夫理解地点点头，叫来了秘书：

“弄点茶和小菜。”他看了阿扎洛夫一眼：“是不是想喝点酒？”

“想。”

“那就再来点白兰地。把这些都送到拘留室去，你自己送，快点。”

秘书一声不响地点点头，悄然离开。

波罗佐夫从椅子上起身，从桌子后面走出来，在阿扎洛夫背后停下，手放在他的肩膀上。他好像对亲人那样，用亲切的语气小声对他说：

“您看，现在轻松些了。承认总是让心里轻松，请相信我的经验，我的经验可不少。明天我们再见一次面，再谈谈。今天您先休息吧。今天还有最后一个问题：当时除了您还有谁知道密室的事？”

“玛尔法·山金娜。老帕尔菲诺夫的厨娘。她没有把画着路线图的纸烧掉，留在手里了……您还是别再问了，我累了。明天我会详详细细地告诉您，现在我无处可逃了……”

“是的，是的，我懂。去吧。”

警察局长把阿扎洛夫一直送到办公室的门口。剩下他一个人的时候，他走到计算器前，一声不响地拨拉了半天。像平时一样，他默不作声地思考着——他今天也累了。迫使阿扎洛夫一五一十地承认不是一件轻松的事。当然，波罗佐夫很想现在就把一切搞得水落石出，但他克制着自己，他很清楚，在这种情况下心急只能坏事。明天并不远，可以等等。

秘书小心地敲敲门，像影子一样无声地出现在门口：

“有一位女士找您，一定要求见，说是有重要的事。她不说是什么事，说要当面对您说。”

“是谁？”

“市民玛尔法·伊万诺夫娜·山金娜。”

“有——请。”波罗佐夫吃惊地两手一摊，差不多像唱歌那样说道。

/十四/

他劝说，下跪，赌咒发誓，甚至吻贴身的十字架——全都不管用。

没有得到一个字的回答，好像他不是在跟一个活人，而是跟一根木头说话。折腾了一夜之后，谢苗认输了。他走投无路，难受至极，喉咙好像满满地堵着东西咽不下去，他心口憋闷，气不够用，呼吸困难。他蹲在炉子跟前，打开炉门，久久地看着烧得炽热的煤和熊熊的炉火。他忽然闪过一个疯狂的念头——把护窗板关上，躺在长凳上睡过去。那样人就会煤气中毒，再也不会醒过来。那样就再也不会难过，心里不再感到痛苦，不用绝望地回忆过去的日子，那时候支撑他的只有一个梦想和希望——把瓦西丽莎抢回来。

现在他把她抢回来了，她就在他的身边，伸手可及。不过，实际情况正好相反——他不是把她夺回来了，而是第二次失去了她，这一次已经是永远失去了。当然可以强制她，可是有什么用……你不能永远把她捆起来，只要一松绑，她就会去抄刀子、叉子。谢苗明白，没法让她屈服，无论用什么强制的手段都无法使她屈服。

他用火钩子把煤翻动了一下，关上炉门，直起身来。不，他不会去关上护窗板，也不会跟瓦西丽莎一起熏死在自己的小房子里——他没那么大的勇气。不管怎么说，他毕竟还不想结束自己的生命，再说把卡尔卡留给谁呢？当然会有用马的人来牵走卡尔卡，可是它离开主人会多么难过……

一想到卡尔卡，他想起还没给它草料，到现在叉子还叉在院子里。他把脚伸进靴子，走了出去，摸黑找到叉子，用它戳戳雪地，抹掉叉子头上的血迹。他已经迈步去草垛取干草了，却忽然绊了一下，好像有人在他脚下扔了一根棍子。他怎么没想到有人会去找卡比托内奇？！犯罪团伙没了头儿就会像鼻血一样没完没了地流，不找出是谁把这个头儿送到那个世界就停不下来。卡比托内奇是不是跟什么人说过他去哪儿？可是他这个大傻瓜却还把叉子扔在院子当中。要是有人在此之前路过，就会看到叉子上有血，那样的话他谢苗和瓦西丽莎现在就会躺在在雪地的某个偏僻的地方了。想到可能会出什么事，谢苗吓得连肩膀都发抖了。他不是为自己害怕，而是为瓦西丽莎害怕，现在他比以前更爱她，更珍惜她了。

他叉了一大片干草，好容易走到马槽，把草扔到卡尔卡的腿跟前，把叉子往房顶上一扔，就立刻急火火地跑回房子。他自然而然地做出决定，这个决定出乎意料，不管多痛苦，他还是这样决定了，因为他根本想不到还会有什么其他的办法，就像在黑夜快结束的时候，只有漆黑一团，看不到一点光亮。他像听到警报的士兵一样，迅速而有条理地整理行装：他只把最近最需要的东西扔进口袋里，别的什么都没带，再说他也没什么特别需要带的东西，他没有挣下多少财产。

他没有给瓦西丽莎松绑，就那样捆着把她抱到雪橇上。他小心地把她放到座位上，给卡尔卡套上马具（它又没来得及吃饱），出了院子，看了自己的房子一眼，不知道他还能不能回来。

他小心地赶着车，走得不快，拐弯抹角地离开雅尔斯克，上了大路，才开始抽打卡尔卡。路不近，得走快些。当太阳升起，天已经大亮的时候，他上了路肩，回头对瓦西丽莎说：

“我把你送回家去。现在我给你松绑，不过你得好好坐着，我们还要走好远的路，我不能一直捆着你。”

他解开了绳结，把被子、床单展开，就回身背对着瓦西丽莎，接着赶车。他以为她会打他或喊叫，可是背后一直没有声音。他们在一家大车店过了一夜，第二天到了叶尔班，瓦西丽莎一直没有开口说话。谢苗赶着车到了他认识的日金家的院子，他让卡尔卡停下，并没有回头。他害怕回头。怕看瓦西丽莎最后一眼，虽然他知道，他们永远不会再相见。

他听到她下了雪橇，听到雪在她的脚下咯吱咯吱地响，但仍然还没回头。他一甩缰绳，卡尔卡走了起来，只有这时候他背后才传来这么一声叫喊：

“反正我不会原谅！为了伊留申卡愿你在地狱被火烧！”

她喊道，好像朝他的背后抛来一块石头。

可是他听到喊声也没有回头。他也没看到瓦西丽莎用手捂住了嘴，好像把嘴封住，然后她把手拿开，又用微微颤抖的手慢慢地给他画了个十字。

卡尔卡感到主人放松了缰绳，没有把它往哪里赶，也就变得不慌不忙，舒舒服服地迈着步子，时而抖抖脊梁，甩甩尾巴，好像在驱赶夏天的牛虻。它沿着街道信步而行，谢苗把缰绳放在膝盖上，驼着背，看着自己的靴子尖儿，他不知道现在该去哪里。

他走过一条又一条街道，已经到了叶尔班的城边，再往前就是宽阔的，被车马压实的大道了。卡尔卡把雪橇拉到大路上就停下来了，回过头，一只圆眼睛斜视着，好像在问：主人，我们去哪儿？谢苗跳起来，好像回过神来了，他拿起缰绳，赶着马向右走——去雅尔斯克。他想不出他还有别的路可走。他决定还是等一等，隐藏一段时间，看看形势。所以他没有回自己家，而是拐进了一家位于进城入口的大车店。

这一天大车店里的人特别多，好像一窝蜂似的，走都走不过去，好在在架子下找到了一个拴卡尔卡的地方，谢苗给它卸了马具，慷慨地在木马槽里撒了很多燕麦，自己去找铺位。他只找到了一个角落里的没有铺盖的长凳，他马上脸冲墙和衣躺在了上面。

马车夫们和坐车的人吵吵嚷嚷，用两只桶式茶炊喝茶，走来走去，门没完没了地响着。天花板下蒸汽缭绕，不时有一团团寒冷的白汽贴着地钻进来。大车店过着惯常的日子，谁也不打算在此久留，谢苗觉得，这里没有人会在意一个赶了很长的路，筋疲力尽，躺倒在角落的长凳上的汉子。

在一片吵嚷声中，在开门关门声中，他很快沉沉地睡去了。他梦见了一幅幸福的画面，好像是为了安慰他似的。他清清楚楚地梦到自己还很年轻，梦到了老家村外的那片宽阔的草地，他在这草地上奔跑着——跑得很快，脚都没有碰到绿草。他往河岸跑，在那里，在河岸的树下，一件有鲜艳花点的长裙在飘舞。不等跑到跟前看清楚他就知道，这是瓦西丽莎站在河岸的最边缘，那长裙在她匀称的、丰满的身体上摆动着。他还知道，她等的正是他谢苗，他跑得越来越近，已经能看出她在向他挥手，召唤他——快点，快点，你怎么那么慢？！他跑得更快了，好像飞起来似的，瓦西丽莎那温暖的、柔美的身体倒在他的怀里，他幸福极了，不禁大叫一声……

……大车店老板走到长凳旁，推了推谢苗，不满地说：

“小伙子，你睡过头了吧？从昨天就躺在这儿了……”

老板没听到回答，于是更用力地推谢苗，他翻了个身，仰面朝上，大车店老板吓得跳到了一边，他看到一把刀深深地插在客人的胸膛，只有木柄露在外面。

卡比托内奇的手很长，他从另一个世界够着了这个桀骜不驯的汉子，只有一件事不明白——为什么一个无比幸福的微笑定格在这汉子的僵死的脸上？

/十五/

玛尔法走进前厅，一下子惊呆了：她是不是发生了幻觉？不，不是幻觉。玛格达丽娜·维涅吉科托夫娜在朗诵，她的嗓音洪亮，由于激动而发抖，包含真挚的情感和痛苦，让人不敢弄出一点声音破坏它。玛尔法站在那里，没有脱大衣，揉搓着手套，凝神谛听着：

……你在山崖间长大，
曾弱小无依，
你把小小的火苗，

稍稍举起。
但你的茎
勇敢地与风抗争。

花园的篱笆和灌木，
保护着高高的花，
而你却生在
严峻山岭的沟壑。
可是你却让荒凉之地，
变得如此美丽！

你朴素无华，
把目光投向太阳。
你朝着南方，
享受着它的温暖和光，
你没想到你那安宁的草地，
会被毁坏。

这些诗句，特别是经这样的声音朗诵，实在打动人心，玛尔法不由自主地落了泪。她屏住呼吸，继续听下去：

豆蔻年华的少女，
也是这样信赖地朝向光明，
她身陷穷乡僻壤，
发自内心地向往，
直到它，这花儿
被在污泥中践踏……

玛格达丽娜·维涅吉科托夫娜诉说的正是她的命运，她的痛苦和不幸，好像那声音确切地知道她在过往的短短的人生中经历了些什么。

就像犁，

犁过春天的茎。[1]

客厅里没有声音了。可以听到窗外的孩子们从小山上追逐着滑下的欢声笑语。可是随即响起了一阵掌声，盖过了孩子们的喧闹，这掌声很整齐，好像是从一个大炮仗射出的，小房子里充满了叫好声：

“太棒了！太棒了！真精彩！玛格达丽娜·维涅吉科托夫娜，您真了不起！”

这是一些年轻的声音，很清脆，充满了无限的赞叹。

玛尔法慢慢地走出前厅，肩膀倚着墙又站了很久，用低得几乎听不见的声音重复着：

“直到它，这花儿，被在污泥中践踏……”

忽然她沉默了，好像回过神来了，开始慢慢地摘下手套，解开大衣的扣子。

当她走进客厅，人们还在拍手，而玛格达丽娜·维涅吉科托夫娜退到角落的柜子旁，彬彬有礼地鞠躬，然后直起身，像女皇一样抬起骄傲的头。她目光炽热，双颊泛出淡淡的红晕，此时此刻显得分外美丽。

客厅所有能找到的椅子上，甚至软椅和小长椅上都坐着年轻的姑娘，她们以倾慕的目光望着玛格达丽娜·维涅吉科托夫娜，而通讯员古德里亚夫采夫微笑着坐在最远的角落里，他双手交叉在胸前，好像一个获胜的统帅。看到玛尔法进来，他快活地跟她挤挤眼，咧着嘴笑了。

是的，在舒适的小房子里发生了什么特别的、过去从来没有过的

---

① 这是罗伯特·贝尔恩斯的诗。

事情。

很快就清楚了。古德里亚夫采夫先生拍手请大家静一静，宣布说：

“亲爱的小姐们！我们的会面结束了。让我们感谢玛格达丽娜·维涅吉科托夫娜给我们带来的享受，现在该告辞了。我们已经在她这里叨扰太久了。”

姑娘们一齐站起来，开始穿外衣，同时窃窃私语，好奇地偷看玛尔法——这是谁呀？终于她们告辞离开了。古德里亚夫采夫先生留下来，解释道：

“请别感到吃惊，玛尔法·伊万诺夫娜，我说玛格达丽娜·维涅吉科托夫娜的传记会扰动我们雅尔斯克死气沉沉的生活，这没说错。大家对我的文章很感兴趣，特别是年轻人。我们的女学生们是最忠实的读者，她们找到我，请我介绍她们认识玛格达丽娜·维涅吉科托夫娜。我当然不能拒绝，所以您看，就有了这次见面。玛格达丽娜·维涅吉科托夫娜！您的朗诵太棒了！现在我甚至准备好听班主任的不满，如果她知道我把她的学生带到了哪里。您想想看，她不许她的学生读玛格达丽娜·维涅吉科托夫娜的传记，好像其中有什么不检点的东西似的。可是人们早就知道，禁果总是比非禁果香甜。”

“古德里亚夫采夫先生，我恳求您别那么多话！”玛格达丽娜·维涅吉科托夫娜在自己的软椅上坐下，看她的样子不难猜出她有些疲倦，但她双眼发亮，显然，这位过去的女演员感到很幸福。“玛尔芙莎，你受累去弄点茶。我先歇一会儿。”

玛尔法顺从地去厨房生茶炊，古德里亚夫采夫先生跟着就来了。他在桌旁一坐，把放饼干的瓶子拉到自己跟前，边嚼饼干边说：

“您介绍我认识玛格达丽娜·维涅吉科托夫娜，我真感激不尽。当然我想到了会成功，可是没想到这么成功……现在我是咱们这个城市的第一支笔了，主编就是这么对我说的，对了，还有一件重要的事，提高了我的稿费。我没必要再找您借 20 卢布了。您看了我的条子了吗？有什么结论？”

“看了。”玛尔法点点头说。

“现在可以把它忘了。帕尔菲诺夫先生顾不得您了。警察局局长还是找到了阿扎洛夫，他已经被关在警局了。从首都来的大官儿今天到了，要审查帕尔菲诺夫先生的金矿。我有种直觉，这会是个大案件，听说帕尔菲诺夫先生不大干净。所以，我有事求您，玛尔法·伊万诺夫娜，请您还是讲讲您在帕尔菲诺夫家做事的情况，讲讲他们家的规矩、习惯、秘密……那个，还可以说说遗嘱……您会成为名人，就像玛格达丽娜·维涅吉科托夫娜一样。怎么样，玛尔法·伊万诺夫娜？这又不费您什么事！”

“可我已经说过，我没什么好讲的。怎么刷锅洗碗——谁会感兴趣？不，您放过我吧，我也不想当名人。”

古德里亚夫采夫还不死心，又几次反复请求，但玛尔法坚决拒绝了。玛尔法让古德里亚夫采夫喝好茶，就把他送走了。她松了口气，招呼玛格达丽娜·维涅吉科托夫娜过来，她们面对面坐在桌旁，看着刚才盛着饼干的瓶子，现在里面只剩下一些饼干渣儿了，两人不约而同地笑了起来。

“不管怎么说，他这个人挺好玩的，也有点才能。”玛格达丽娜·维涅吉科托夫娜说，“我见过很多记者，他应该不比莫斯科的记者差。”

“因为您的帮助，现在给他的稿费也涨了。”玛尔法笑着说。

“涨了好。他有三个孩子，得养活他们。玛尔芙莎，你是不是有什么事？你可别瞒着我，我看得出来……”

“是有事……我不知道我做得对不对……”

“说说看。”

玛尔法叹了口气，沉默片刻，又叹了口气，就把自己的心思和盘托出了。她没有隐瞒，她今天去找警察局局长波罗佐夫了，现在他全知道了。

玛格达丽娜·维涅吉科托夫娜一直听着，没有打断她，也没有抬眼，一直看着自己的双手。当玛尔法讲完之后，她投来一道像刀子一样锐利的目光：

“无辜的人可能遭难——这是不好的。你承认了，这么做是对的，现在让警察局关照关照他们吧。可是不要可怜帕尔菲诺夫家的人！不管是父亲还是儿子！听见了吗？不许！对他们来说毁了一个人就像拍死一只蚊子一样！就让他们吃点苦头作为惩罚吧！我也认识一个帕尔菲诺夫，就是因为他我才流落到这里的。我死也忘不了这个畜生。他就是工厂主阿博尔马索夫。他有的是钱，他以为他可以为所欲为。当时我们正在基辅巡回演出，他也到了那儿，我不知道他去干什么。他喝醉了，跟着我到了旅馆的房间，他大概以为一个女演员不敢拒绝他，会随他蹂躏。我在巡回演出中总是带着左轮手枪。我一秒钟都没想，闭上眼就开枪了。我不后悔，甚至现在也不后悔。我没有打死他，只是打伤了，当时就应该送他去另一个世界！那副丑恶的嘴脸……我到现在都记得。我想他也记得我。让他记去！要是他还活着的话……你别可怜他们！”

玛格达丽娜·维涅吉科托夫娜不说话了，不知为何摆弄着桌上的两只空茶杯，忽然，她朝玛尔法使了个眼色，笑着说：

“我们喝点儿酒吧，在那儿，柜子里有瓶露酒，一直等着适当的时候喝呢，已经等了很久了。”

玛尔法把露酒拿出来，又拿来两只小酒杯，玛格达丽娜·维涅吉科托夫娜祝酒道：

“愿你一生幸福！你配得上……”

/十六/

她在空荡荡的房子里走来走去，这房子里比外面还要冷。她回到桌旁，用手摸着这块铺开的黑头巾，她觉得这围巾遮住了所有从窗户射进来的朦胧的光。她环顾四周，她觉得一切都很陌生，好像她不是在自己的家里，而是在某个陌生人家做客。这里已经没有她的两个亲人，儿子和丈夫，所以房子显得空空荡荡，死气沉沉，她不想在房子里做事，甚至连炉子都没有生。她又开始走来走去，回到桌边，看那块黑头巾，她仿佛看到那些半夜闯进房子的黑衣人，仿佛看到她怎样拼命挣脱，冲向放着旧斧子的储藏室，但没够到斧子就被抓住按倒，只听到一个凶恶的声音：

“把血擦了！”

有人把她头上的头巾扯下来，打了她，然后用一块黑布蒙住了她的眼睛，她什么都看不见了。那块黑布到现在还没有落下，还挂在她的面前，密密实实的，她没有一点冲破它回到从前的生活的希望，那时候小儿子和伊留申卡带给她无穷的欢乐……

现在他们两个都不在这里了。她的双臂无力地垂下，好像麻痹了一样。

但瓦西丽莎还是打了个激灵。

她揉搓着那块黑布，把它团成球儿，“砰”的一声推开门，脑子里闪过一个简单的念头：“得去救伊留申卡，得把他救出来！”

那块黑布好像一下子被扯掉了，她眼前出现了一片光亮，那光亮虽然很小，但足够照亮。

她没有关门，让门大敞着，走过那些堆在园子里的雪堆，冲到街上飞跑起来，她大概还从未跑得这么快过。路上迎面遇到的人都吃惊地看着这个披头散发的女人，有的人认出了她，叫她，但瓦西丽莎连看都没看他们一眼，什么都没听见。快点，快点！她在被雪橇滑木压实的路上出溜了一段，又撒腿跑起来。

派出所所长维基里安斯基半天也没听明白日金警官的老婆气喘吁吁、乱七八糟地跟她说了些什么。当他开始明白了，他突然双手一拍桌子，发出像枪声一样又响又短促的喊声：

“住口！”

瓦西丽莎一惊，忽然停下不说了。维基里安斯基倒了一杯水，把杯子塞到她颤抖的手中，命令道：

“喝了！”

他一直用一个手指托着杯子底儿，直到她把水喝完。

“现在从头儿慢慢说……”

瓦西丽莎好像这才清醒过来，整了整披散的头发，开始从头讲起，从那个黑衣人到她家的难忘而可怕的夜晚说起。维基里安斯基看着她的样子，好像她在跟他讲故事。可是她越往下说，他的目光就变得越担忧。所长明白，日金警官出事了，得马上营救他。

可是如果不知道现在金矿的情况怎么样，怎么救他呢？

不过，当他又叫瓦西丽莎喝了一杯水以后，他坚决地向她保证：

“我们不会扔下日金不管。现在你回家去等着吧。哪儿也不要去，不管跟谁，什么都别说。待在家里等着，听懂了吗？”

瓦西丽莎默默地点点头，站起身，摇摇晃晃地走出所长的办公室——她一下子没了力气。她很长时间才走回家，路上不时地停下来捯气，当她到了家以后就一下子瘫倒在冰冷的床上，她感觉不到冷，对着没有生气的、空荡荡的房子说：

“伊留申卡，你一定要活下来……你一定要挺住，所长答应要营救你……亲爱的，你一定要活下来……阿廖沙没了……再没有你，我可怎么活呢？”

/十七/

警察局局长波罗佐夫破西伯利亚商业银行抢劫案就像一个纺线的女人耐心地整理一个乱糟糟的线团，要极力避免把那细细的、不结实的线扯断，那线在他的手里变得越来越结实。他再次提审了阿扎洛夫，第三次则把杰里曼诺夫叫到自己的办公室和他对质。他让他们坐在桌子的两边，好像他们是贵宾一样，让人给他们端来茶和他自己喜欢的咸面包圈。他殷勤地款待他们，埋怨他们俩一点都不肯吃。他暗自冷笑：怎么，先生们，一点都咽不下去了？

杰里曼诺夫好像换了个人似的，坐在那儿不说话，既不再挥手，也不回答波罗佐夫的问题，但是他认真地听着阿扎洛夫说话。阿扎洛夫因为已经把一切和盘托出，也不再怕失去什么了。杰里曼诺夫眯起浮肿的眼睛看着他过去的下属，好像想把阴沉凶狠的目光藏起来。可是，阿扎洛夫并不害怕这个前上司的目光：当走投无路的时候，为了活命，只好头朝下从悬崖往河里跳，谁还会怕水冷呢？

只是在这漫长的审讯快结束的时候杰里曼诺夫才肯开口说话，开口前瞟了一眼默不作声地坐在角落的小桌子后面做记录的秘书。他说得小心翼翼，字斟句酌，但是声音挺自信，甚至气冲冲的：

“我看这位先生的胡言乱语全都记下来了。等到一切都结束了，康斯坦丁·弗拉基米罗维奇，我想很快就会结束的，那时候您会把这个记录送到精神病院，作为研究疯病的材料。因为我本人精神正常，记忆清晰，所以我不认为有必要驳斥这些胡话。另外，我马上就要去向将军省长控告您。我没有别的话说了！”

“哎呀，谢尔盖·利沃维奇，在我们乱七八糟的生活中愿望往往与现实不合，”波罗佐夫两手一摊，“我一定还会跟您谈话的，我想还不止一次。目前您不得离开本市，如果您试图离开，就会被拘捕。我不敢再耽搁您了。对了，我想起来了！将军省长今天不见客。他正在会见从首都来的高级委员会——真不幸！”

杰里曼诺夫轰隆隆地推开椅子，站起来朝门口走去，但是在门口又转过身来说：

“康斯坦丁·弗拉基米罗维奇，我想提醒您……我明白，您想出人头地，想获得奖章，想升职，可是靠这号人，”他朝阿扎洛夫一甩头，“您甚至可能失去现有的奖章。”

“我会考虑您的提醒的。再见。”

等门关上后，波罗佐夫对阿扎洛夫说：

“好了，就这样吧。现在您就等着审判，求上帝让法庭对您从宽判决吧。从我这方面，我会证明您真心悔过，协助破案了。”

“但杰里曼诺夫没有承认！”阿扎洛夫喊道，他甚至在椅子上蹦了一下，“您怎么，就这么把他放了？！清清白白，没有污点？他是主谋，全都是他策划的！”

“他现在不承认，明天会承认的，而后天会爬着求饶，还会说他是一时犯了糊涂。而我绝不会放过他的，他逃不出我的手掌。”波罗佐夫伸出攥紧的拳头，好像从背后吓唬已经离开的杰里曼诺夫。

“既然这样……”阿扎洛夫从椅子上站起来，但在出去之前，他磨蹭起来，问道，“看来今天我喝不着白兰地了？”

“不，先生，没有了。”波罗佐夫用同情的语气说，“不能花公款买白兰地，今天我舍不得自己掏钱买了。请你原谅……去吧，阿扎洛夫，祈祷吧……”

剩下一个人以后，波罗佐夫在黑板上写了半天，写的是些旁人看不懂的天书，还“啪啪”地拨着算珠，他沉浸其中，等到他看了一眼表，就急忙离开办公室，甚至来不及把手上的粉笔灰擦去，赶忙去见将军省长——如果迟到，麻烦就大了。

他很走运，将军省长正忙着，虽然秘书毫不含糊地先看看记事本，再看看钟表，摇了摇头，但他没提迟到的事，只是干巴巴地报告说：

“您得等一等，康斯坦丁·弗拉基米罗维奇，正在跟彼得堡来的委员会谈话。”

“正在谈话，这太好了。”波罗佐夫想，“至少没有因为我的迟到破坏亚历山大·尼古拉耶维奇的情绪。可是我的报告大概倒是要破坏他的情绪了……”

可是在警察局局长出现在将军省长办公室之前很久，省长的情绪早就被破坏了。猜到这一点并不难，因为亚历山大·尼古拉耶维奇没有像平时一样威严地端坐在他那高高大大的椅子上，而是沿着办公室迈大步，走到墙跟前，向后转，然后又开始大步向前。他沉重的脚步使得窗户上沉重的天鹅绒窗帘震得直晃。

波罗佐夫跨过门槛，明智地把身体挺得笔直，一动不动地等待邀请。但是邀请并没有随之而至。亚历山大·尼古拉耶维奇继续齐步走，尽管他清清楚楚地看见谁站在门口。忽然他走错了步子，好像有人当胸推了他一下，他停下来，小声地，自言自语地嘀咕：

“本以为他们坐船从海上来，没想到却坐车抄了后路……”

他又说了些什么，声音很小，含糊不清。

他大步走向椅子，坐下，终于邀请了警察局局长：

“进来吧，康斯坦丁·弗拉基米罗维奇，不用拘礼，这不是检阅。不要站得像个木头似的，我说了，这不是检阅。从首都来的客人给我兜头泼了一瓢凉水，让我坐立不安……我感觉您也带来了这样的冷水，浇吧……您有什么事？西伯利亚商业银行的劫案？帕尔菲诺夫，杰里曼诺夫什么的……报告吧。只是不要把书面报告塞给我，用自己的话，尽量简短……”

“我尽量，亚历山大·尼古拉耶维奇，但我担心不能太简短。”

“那就该怎么说怎么说吧。”

“两年前，我说不出准确的日子，帕尔菲诺夫先生迷上了一个时髦的主意——建一条通往金矿的铁路。”

“真蠢！用车厢运金子吗？”

“运金子用不着车厢，可是往金矿运设备、机械和其他的东西却非常有用。但这也不是最主要的，主要的原因是，正是在这个地区发现了储量很大的铜矿脉。”

“为什么我不知道？我是头一次听说。”

“帕尔菲诺夫不让任何人知道，他是秘密进行勘探的，用冒险的方法，直接说就是偷窃的办法。他雇了内行的人，付给他们钱，但付的不光是工作的报酬，还单独付了一笔封口费。帕尔菲诺夫很想独占整个矿脉，不想跟任何人分享，即使是公家。当勘探得出很好的结论，他就想修一条铁路，甚至还是自己出钱，自作主张雇了几个勘探队。已经做好了建设铁路的设计计划，可以开始干了，但这需要巨额资金。虽然帕尔菲诺夫明显不是一个穷人，但他的资金还是周转不灵，他只好大举贷款。为此他找到西伯利亚商业银行的杰里曼诺夫先生。银行给他贷了款。这里开始了我们整个故事中最有趣的部分。一个斯托尔波夫先生出现在雅尔斯克，他真正的姓氏是博尔德列夫，他是个骗子加强盗。他跟杰里曼诺夫密谋，他们想出了一个绝妙的计划——让帕尔菲诺夫破产，夺取金矿，进而控制铜矿矿脉以及建设铁路的设计方案。您记得吗？我说过，除了钱，银行保险柜中失窃的还有一些秘密文件。这些文件就是铜矿的勘探结果和铁路建设方案。原来当初帕尔菲诺夫把他的秘密告诉了杰里曼诺夫，把这些文件交给银行保管作为贷款的抵押。”

“等一下，康斯坦丁·弗拉基米罗维奇，我不太明白。怎么，他们打算秘密采矿吗？这根本不可能！”

“工商部矿业司的部长会议负责批准把土地租赁给私人用于矿产开发。如果事项特别重大，则要由沙皇亲自批准。您想想，要走完这些手续得花多少时间？帕尔菲诺夫不想耽误时间，所以就给了矿业司的人一大笔贿赂，得到保证，说是可以先开工，随后肯定能得到批准。可是那个答应运作这一切的官员卷入了另一个案子受到调查，结果从工商部派了一个稽查组来我们这儿，您已经会见过他们了。”

“我还一直不明白——他们想要我怎么样？他们指着鼻子训，这儿不好，那儿不对，就是不说真正的原因。现在清楚了。”

“我可以继续说吗？”

“接着说！”

“杰里曼诺夫和斯托尔波夫把一号金矿的经理萨沃奇金也卷进了他们的密谋当中。萨沃奇金劝帕尔菲诺夫不要把夏天采的金子运出，说是道路泥泞。他们想在近期由当地保安和一个地方警官押车运货。他们绑架了那个警官的妻子，好让他唯命是从。我想他们的计划很简单：半路劫车，抢走金子，那样帕尔菲诺夫就还不了贷款了，两星期后他的贷款就到期了。同时委员会马上会揭开矿脉以及建设铁路的设计方案中的猫腻，那样帕尔菲诺夫就肯定会破产了。他所有的动产和不动产就会被拍卖。这样一来银行，也就是说杰里曼诺夫，就可以贱价获得这笔财富。可是这中间出了什么问题。可能是那个警官和保安拒绝配合，可能是别的什么原因，但现在日金在斯托尔波夫团伙的手里，这个团伙在矿上。不清楚他们在那里做什么。最近的消息是：帕尔菲诺夫去金矿了。所以我请求您，亚历山大·尼古拉耶维奇，采取下列措施：派一连士兵帮助我手下的人，我们把那团伙抓住，那样我们就可以了解这个非常混乱的案件的全貌了。”

“我不给你士兵，一个连，一个排都不给！康斯坦丁·弗拉基米罗维奇，您怎么，想让我在省里发动一场战役吗？为此彼得堡会要我的脑袋！用您自己的人解决！”

“我不能减少保护城市的人员，所以……”

“我没办法！我一个士兵也不会往金矿派！您提都不要再提！接着报告吧……银行劫案是怎么回事？”

“斯托尔波夫和杰里曼诺夫策划了抢劫。第一是为了得到保险柜里的文件，他们不能直接拿走，而假装抢劫的话就显得很可信了；第二是为了让帕尔菲诺夫忙着找阿扎洛夫，一段时间顾不上管金矿的事。”

“怎么又出来了个阿扎洛夫？”

“他是银行职员，在此之前他是老帕尔菲诺夫的第一助手，被小帕尔菲诺夫开除了，杰里曼诺夫收留了他。账上的钱的确不见了，可是放在口袋里的并不是钱，而是切好的纸，也就是说并没有人把钱从银行拿走，如果拿走了的话，也是在别的时间，不是用口袋扛走的。其实阿扎洛夫把保险箱里的文件拿走了，所以，帕尔菲诺夫的怀疑全都集中在他的身上。根据他和杰里曼诺夫的协议，确切地说，根据杰里曼诺夫的指令，阿扎洛夫要在拿到他那部分钱之后逃走。但阿扎洛夫在最后关头害怕了，他知道他可能会被当作一个不需要的证人杀死，所以带着文件逃了，帕尔菲诺夫和杰里曼诺夫都找不到他。”

“他现在在哪儿？”

“押着呢。那些文件也在我手里控制着。阿扎洛夫自己交出来的，他交代了隐藏的地点。亚历山大·尼古拉耶维奇，我想明天把它们交给首都来的监察人员，让他们坐下来研究这些文件，而我们在这段时间整顿金矿的秩序。”

“您全都报告了，还是剩下什么没说？”

“还有一个密室，就因为它，阿扎洛夫才没有跑到远离雅尔斯克的地方。还有市民山金娜，她也参与了这件事……”

杰里诺夫两手抱住头，低低地伏在办公桌上，直到警察局局长报告完毕都没有抬起来。警察局长报告完了以后，他依然没有抬头，低声说：

“现在，康斯坦丁·弗拉基米罗维奇，我的将军省长的名声全看您的了……请您卖点力气……”

/十八/

但是非常珍视自己在彼得堡的名声的亚历山大·尼古拉耶维奇·杰里诺夫到底也没有派一连士兵。

警察局局长波罗佐夫只好来个急转弯，制定新的计划，他是这样盘算的："这个计划当然没什么了不得，不是什么天才的计划，可是没有鱼只能用没有鱼的法子，就是说，我们只好煮虾，尽管您，康斯坦丁·弗拉基米罗维奇看不上水煮虾。不过没关系，凑合点吧……"

首先，他叫来了手下最好的干探格里沙—米沙。跟往常一样，他们呼之即来，就像从魔袋中一下子钻出了两个小伙子似的，恭敬地站在警察局局长面前，一言不发，但两张一模一样的长着雀斑的脸好像在说：请下命令吧，我们保证不折不扣地完成。波罗佐夫没有怀疑，他知道他们一定会完成的。他的命令很简短：

"我们去帕尔菲诺夫一号金矿。去准备一下，带上左轮手枪，刀子，每人两把卡宾枪。子弹尽量多带。"

这时秘书来了，带来了一个紧急情报：县警察局局长报告，所长维基里安斯基上报，日金警官在帕尔菲诺夫一号金矿失踪，他的妻子之前被不明人员劫持，现在已经回家。

"再也不能耽搁了，"波罗佐夫决定赶快行动，"要是我们去晚了，结果不知会怎样！走，今天就走！"

几个小时后，一挂三驾马车冲出了雅尔斯克的边缘，沿着大路朝叶尔班方向飞驰。

路上波罗佐夫向格里沙—米沙简短地交代了他们要在金矿做什么，告诉他们没有命令一步也不要动，看来集结在金矿的那些人很厉害。格里沙—米沙一起点头，默默表示他们全明白。

第二天天擦黑的时候他们到了叶尔班。所长维基里安斯基和县警察局局长事先接到电话，正等着他们。他们在这个大官面前都挺紧张，回话牛头不对马嘴，唯恐引起不满，但波罗佐夫很快让他们进入了他认为作为下属应有的状态：

“先生们，你们不要想自己，也不要想我，你们要先考虑事情，考虑怎么把事做好。那样脑子里就不会想任何多余的东西，不会分心了。今天对金矿的情况了解了什么？”

县警察局局长和维基里安斯基老实承认——什么都不清楚。

波罗佐夫没有再问别的问题，而且也没什么可问的，现在的情况很清楚——没人知道金矿正发生什么事，完全不知道。

他稍微想了一会儿，让把日金警官的妻子叫来。说不定她能说出点什么，哪怕只有一点儿也好，让情况变得清晰一些。

维基里安斯基赶紧离座跑去执行指示。他很快到了日金家，翻过门口的雪堆进了院儿，敲了敲黑乎乎的窗户。没有人应，窗户里也没有亮起灯光。于是他走到台阶上敲起门来，还是悄无声息。可是门外没有上锁，这说明门是从里面锁的，这么说屋里有人。维基里安斯基更用力地敲起来，终于有了动静，里面先是传来一阵小心翼翼，窸窸窣窣的脚步声，然后是说话声：

“伊留申卡，我一直等啊等啊，你总不来……没有阿廖申卡，你也没有了……你们把我一个人丢在这儿，炉子没有生，我冻死了……我总恍惚觉得有人来了，把我弄走，来了把我弄走，我逃了，他们又来了……老头子说你死了，伊留申卡，我气急了，用叉子把他刺死了……造孽啊，在地狱里烧……我一遍遍叫你，你总不来……等等，我找找门闩……我直摇晃，好像风吹着草摇摆，风吹着草秆儿……”

维基里安斯基在台阶上呆住了，后背一阵发凉。这是瓦西丽莎的声音，他听出来了。可是她跟谁说话呢？她说了些什么？莫非她疯了？他沉默片刻，还是下了决心，说：

“瓦西丽莎，我是维基里安斯基所长。开门。”

“滑头，我觉着你不是伊留申卡……要是我开门了，你就会又把我抓走，折磨我……不，我最好藏在小储藏室，那儿有斧子，我不让你得逞……”

窸窸窣窣的脚步声越来越远，听不见了。维基里安斯基站在那儿不知道怎么办。门很结实，徒手无法破门而入。忽然他灵机一动：

“瓦西丽莎，是我，伊留申卡！我冻死了，嗓子也喊哑了，我赶着来见你，快点开门！”

回答他的是欢快的，甚至剽悍的歌声：

我爬上陡峭的山坡，
我要跟森林唠唠嗑。
绿色的云杉告诉我，
我到底该爱哪一个？

门哗啦打开了，瓦西丽莎扑倒在他的胸前，用双臂紧紧地搂着他的脖子。维基里安斯基抓住她扔到肩上，跌跌撞撞地爬过雪堆，出了院门，跟扛着的人一块儿跌进雪橇里，压低声音吩咐车夫：

“赶车，快点赶！”

可是现在已经晚了，赶不上了，没用了。

瓦西丽莎久久地看看维基里安斯基，又看看波罗佐夫、县警察局局长，走到他们跟前，拉拉他们的衣服，分别问他们：

“你也杀了伊留申卡？不想承认？我把叉子留在谢苗那儿了，家里有叉子……我去拿叉子……”

她要走，但维基里安斯基及时抓住了她，把她按在长椅上，他转身看了波罗佐夫一眼，意思是请示现在怎么办？

“你们这儿有大夫吗？”波罗佐夫问道，“有卫生员？把她送到卫生员那儿。我们得跟这个不幸的女人谈谈……快送她去，还等什么！”

瓦西丽莎被送走了。

波罗佐夫看看表——时间已经接近午夜。显然，天亮前没法得到金矿的什么情况了。就是到了早上也不会有新消息。只能坐等吗？

“您本来有个计划，康斯坦丁·弗拉基米罗维奇，一个不算太好的计划，可现在成了差劲的计划了。现在既然想不出别的办法，您就只能按这个差劲的计划跟那匪帮斗了……好吧，咱们就斗一斗。”波罗佐夫从他坐的桌边站起来，看了一眼恭敬地站在他面前的县警察局局长和派出所所长，说道：

“我需要一个认识去一号金矿的路的可靠向导，有这样的人吗？”

“我们会找到的，局长先生。”维基里安斯基保证。

“好，我一早要带着我的干探，还有您的向导，一块儿出发。您集合村警，百夫长[①]，所有能找到的人，赶紧跟着我去金矿。跟大伙儿说苦役犯们从羁押站逃走了，所以得集合起所有现有的力量。你们在离金矿一里的地方把路截断，谁都不许过，不管是从哪儿来的——不管是去金矿还是从金矿出来都不许过。等我的命令。”

“要是……”维基里安斯基想问又卡住了，不敢把整个问题说出来。

“要是两天以后我或我的干探还不来，就说明我们已经死了。指挥权转交给县警察局局长，您，派出所所长，您的任务很简单——把发生的一切向将军—省长当面汇报，并且控制大路，如果有秘密的小路，也要一并控制。不能让匪帮逃离金矿。但我希望不会到那一步。还有问题吗？”

县警察局局长和派出所所长都没有问题。

一个姓果洛乌金的村警被任命为向导，这是一个身体结实、腿脚麻利的小伙子。他叫格里沙—米沙中的一个离开赶车的座位，抓起缰绳，

① 百夫长：乡村警所的低级警官。

说道：

“这路很好走，我路熟，马也快得很，像风一样！走吗？”

“走吧。”波罗佐夫挥挥手说。他拉紧暖和的皮毛手套，闭上眼，倾听着马蹄沉闷的敲击声。

疾驰的三驾马车很快上了大路，马蹄急促，保持速度，一股劲儿地跑了一里又一里。波罗佐夫盖上毯子，想打一会儿盹儿，可是他忽然想起一件事，招呼果洛乌金：

“老弟，你认识日金警官吗？”

“我们这儿谁不认识伊利亚·格里高利耶维奇呢？！”果洛乌金挺惊讶地回答，“我也认识他。”

“认识多长时间了？”

“从我当差第一天就认识他了。我当差已经三年多了。”

“他这人是什么脾气？”

“我都不知道怎么说……三言两语说不清……我们的人全爱找他出主意，我也是，他总能判断对。还有他挺可靠的，没害过人。要是遇见麻烦，他一定能顶住。您不用怀疑，一点也不用怀疑。他能顶住。他是个强手……”

“但愿如此”，波罗佐夫想道，“日金，你最好别害人，别辜负这么高的评价。”

第四部　石丘

/一/

警卫队员们不紧不慢地来集合，一个一个走过来，就像没有牧人的母牛。他们在经理处的走廊里懒洋洋地打着呵欠，议论纷纷，奇怪地看着日金——眼看要天黑了，干吗这时候把我们叫来？该睡觉了，就不能晚一点，等早晨再说吗？日金什么都没解释，阴沉地沉默着，等着人到齐。

终于，最后一个人也到了，他冻得咳嗽了一阵，闷闷不乐地看看自己的同伴，用大手套掸掉靴子上的雪，发牢骚说：

“这样的天气，好心的主人连狗都不会往外赶……”

“可你不是狗”，日金对他说，“你是有公职的人，根据规定，不管天气怎么样，时间早晚，你都应该警戒着，记住了吗？我看杰米利亚尼岑把你们惯坏了……”

“瞧你说的”，最后来的那个警卫队员把手套塞进皮袄翻领后面，笑了起来，甚至笑得仰起头，看起来很开心，“警官，你会知道的，在杰米利亚尼岑手下可不能调皮捣蛋，他会一下子让你知道自己是老几，让你以后再也忘不了。”

“杰米利亚尼岑不在了……所以，现在我是你们的上司和最高指挥。所以你们要好好听我的，牢牢记住，不要以后再问……”

日金详细地讲了这几天发生的一切，告诉他们杰米利亚尼岑已经殉职。他什么都没有隐瞒，他是故意这么做的——是为了让壮实的警卫队员们醒过来，让他们闻到火灾的味道。看来警卫队员们清醒过来了，不再打呵欠，脸色严肃起来，最后一个到、说在杰米利亚尼岑手下不能调皮捣蛋的那个人把手套从皮袄的翻领里拽出来，生气地用它们拍打着膝盖：

“哎呀！警官，是我把他们送到小屋的！是萨沃奇金让我送去的！他对我说，有人从雅尔斯克来猎熊！嘿，我真是个傻瓜！我一点都没怀疑！刚看到那小屋，他们马上打发我回来，我自己也急着回来——母牛要下小牛了。”

“怎么样？”日金忍不住挖苦道，“母牛下了吗？”

“警官，你别取笑我了！我自己都不能原谅自己。你最好说说，下面该怎么办？”

“杰米利亚尼岑让谁代替他指挥？”

“我。”那个警卫队员再次把手套塞到皮袄的领子下面，挺直身体。

“你叫什么？”

“我叫赫里布诺夫，尼古拉·彼得罗维奇。”

“那么，尼古拉·彼得罗维奇，你听清楚，这是第一个命令。马上在经理处周围布哨，不要让客人突然袭击。然后我们再来想下一步做什么。”

日金上了二楼，停下脚步。他听到赫里布诺夫有条不紊地分配布置保卫的事，怀着希望想：“现在好些了，瞧吧，我们能行……你看，伊利亚·格里高利耶维奇，这事儿闹的……没想到指挥起整整一支军队来了，甚至还有个助手。要是算上科姆列夫，竟然有两个助手。不过，你准备怎么作战？”

对这个问题日金没有答案。现在他不知道他应该先做什么。现在斯托尔波夫—拉斯托尔古耶夫和他的匪帮在哪儿？他藏在什么地方，什么时候回到金矿这儿来？日金毫不怀疑，他一定会回来的。只是他会先扑向哪里呢？是救萨沃奇金还是去拿仓库里的那些金子？日金想，既然他们想出来的计划现在肯定实行不了，那么萨沃奇金对他有什么用呢。既然可以直接从仓库拿出金子带走，为什么还要磨磨唧唧地袭击车队呢？正是！斯托尔波夫—拉斯托尔古耶夫这样的人遇到直接抢劫的机会是不会放过的。如果要花招搞欺骗行不通，那么他就会去抢劫，正像俗话说的，拦都拦不住。日金猛地起身，跑步来到金矿经理办公室。

那几个人全在那儿。

萨沃奇金和季莫菲坐在两个角落，卡捷琳娜靠墙站着，科姆列夫在办公室里走来走去，目光机警地监视着他们。他显然喜欢这样的情况，难得轮到他发号施令了。

“你听着，萨沃奇金，你听好，记住了。如果你全都老实承认并且帮助我，当侦查员开始清算你的罪行时，我也会帮助你。要是你不帮助我，我就要在这里代替侦查员和法庭，我怎么决定就怎么做。你明白我的意思吗？”

萨沃奇金看看日金，不说话，只是右腿在频频微微抖动，但他自己没有发现这个，眼睛一直盯着日金。他紧张地盘算着——现在他该怎么办？他知道他没有时间慢慢考虑，要立刻做出决定，而且必须是正确的决定。他做出了决定，他觉得和斯托尔波夫—拉斯托尔古耶夫相比，警官显得不那么危险。他这样回答：

“日金，你好像脑子坏了。你在干什么？你以为对你就没办法吗？有办法！你最好听我说……”

“好，你说”，日金点点头，“只是说简短点，我们没有时间。”

“他们不会让你活着离开金矿的。你也想想你妻子。只要斯托尔波夫跟手下人点下头——你就会成为鳏夫。你赶紧走吧。我什么都不告诉斯托尔波夫，那样的话你妻子也能保住。没有别的出路。”

“看你说的，好像我的腿给绑起来了。不，萨沃奇金，你的决定对我不合适，一点也不合适。我不接受它。现在你听我说，仓库的钥匙在哪儿？”

“不知道。”

“你怎么会不知道？它们到哪儿去了？”

“钥匙在斯托尔波夫那儿。”

日金踌躇起来——这个答复他没想到。同样没想到的是，此时，在一片沉默中卡捷琳娜开口了：

“他在骗你，伊利亚·格里高利耶维奇，他总是骗人。斯托尔波夫根本没有什么仓库的钥匙，再说谁也不需要这些钥匙，因为仓库里光剩下老鼠了，那里是空的，金子藏在别的地方。是酒贩子弄去的。当他把最后的金子送去以后，萨沃奇金就把他杀了。他打算从金矿逃走。他想要所有的人，你，斯托尔波夫，帕尔菲诺夫。在你们互相打仗的时候，他想悄悄把金子偷走，又是准备马，又是把金子打包，就是没想到你那么快回来，到了这儿。他想得巧妙得很……”

“我不明白，卡捷琳娜，现在金子在哪儿？不在仓库吗？”

“住嘴，你这母狗！”萨沃奇金像被宰似的咆哮着，现在他的两条腿都抖起来，“帕尔菲诺夫的褥垫儿！住嘴！”

卡捷琳娜依旧靠着墙，连看都没看他一眼，继续平静地说：

“金子就在此处，在经理处。根本不需要钥匙。走，伊利亚·格里高利耶维奇，我带你去看……但要拿着灯……”

“走……科姆列夫，你在这儿看着……”

“我看着呢，跑不了！”科姆列夫精神抖擞地保证说。

日金跟在卡捷琳娜身后走在走廊上，他怎么也想不明白，她为什么单单现在开口说话？这个倔强神秘的女人一直三缄其口，现在忽然开口，这是为什么？他想问，又转念一想：“再等等，先看看她要带我看什么……”

此时卡捷琳娜头也不回地穿过走廊，下了楼梯，但没有去大门，而是往相反的方向——朝寒冷的小储藏室走去，一般那里是存放扫帚、铁锹之类家什的地方。小储藏室的门上确实没有锁，门很容易就开了，甚至没有发出“吱扭”的声音。日金点上灯，把它举过头顶，环顾四周。铁锹，扫帚，大小箱子，旧板子，破桶……很久没动的尘土的气味……卡捷琳娜为何要把他领到这里？但他刚想到这儿，他手中的灯忽然一抖，连玻璃都歪了，差点从卡槽里掉下来。他当然没想到会看到这样的景象——在墙角并排立着四口木棺材。

“这……这是哪儿来的？”日金把灯稍微放低一些，转向卡捷琳娜问道。她依然平静地看着他，只是在嘴角隐隐地露出一点轻微的嘲笑。

“你吃惊吗，伊利亚·格里高利耶维奇？我知道这事的时候也很吃惊。这个萨沃奇金先生真想得出啊，连死人都拿来利用。”

“怎么，那里面真的有死人吗？”

“当然了！棺材里总是有死人的。”

“听我说，你别跟我绕弯子，也别让我猜闷儿！你赶紧说，这些棺材为什么在这儿？里面的死人是谁？”

“就是一般人呗，我也没让你猜闷儿，要是我想给你出谜语，你一辈子也猜不出。我是一片好心，想帮你。我不会磨你，这就一五一十告诉你……”

卡捷琳娜接着说，几天前矿上出了件祸事：派工员谢列兹涅夫全家在自己家中煤气熏死了，除了他本人，还有他妻子，老丈人和丈母娘。这是快活的一家人，大概是喝多了，迷迷糊糊的，在煤还没有燃尽的时候就提前关了炉门。四个人中只有老头子一个人醒了；他拼尽全力全力爬到台阶上，喊来了邻居，但来不及救他了，他临死时只来得及请求把他们运到雅尔斯克，葬在亲人身边，老头儿不愿意葬在矿上，这里一个亲人也没有了，没人照顾坟墓，过一年连十字架都找不到了……他流着泪请求，说他的儿子孙子住在雅尔斯克，不会让他最后的家消失得无影无踪。邻居们当然可怜这几个死者，画了十字，叹息一番，但谁都没有出来完成老人的心愿——带着四口棺材走那么远的路，而且天那么冷——实在太麻烦了……

萨沃奇金得知发生了不幸以及谢列兹涅夫的老丈人最后的请求以后，热心地答应了，让把死者运到经理处，给他们做棺材，答应一有机会就把他们送到雅尔斯克。人们照他的吩咐做了棺材，现在棺材就立在寒冷的储藏室，等着机会……

“我没耐心听了，”日金忍不住说，“快点说，萨沃奇金想干什么？”

“你自己应该猜出来了，伊利亚·格里高利耶维奇……他想得很巧妙——这些棺材都是双层底的，下面装金子，上面放死人。一大早萨沃奇金就要带着季莫菲和马车夫离开金矿了，一个保镖不带。他说是有事去雅尔斯克，顺路把死者运过去。你稍稍早到了一步，把他的计划全搅了。”

“我有一点不明白——你从哪儿知道的这个秘密？”

“喜鹊给我捎信儿来着。早上我一出来到院儿里，它就落在篱笆上报告，听就是了。”

“看来你不想说。好吧……那你为什么要告诉我，为什么要事先给我报信儿，对你有什么好处？”

“什么好处也没有，我自己也吃惊——我干吗要这么做？可能我是个傻瓜吧……”

日金摇摇头，再次把灯举高，朝门走去。“她说什么傻瓜，这当然是瞎说。她装蒜，不想说实话。现在我先不审她，就让她把我当成大傻瓜吧……”

他跟卡捷琳娜一起上到二楼，科姆列夫正端着枪骄傲地在办公室里走来走去，威严地俯视着萨沃奇金和季莫菲，他们俩则顺从地坐在各自的角落。当日金进来的时候，他们两人都跳了起来，无声的疑问凝固在他们的脸上——他带回来了什么？日金指指椅子，示意卡捷琳娜坐下，她不慌不忙地坐下，展平长长的暖和裙子，转身背对着所有人，看着结了窗花的窗户。她不惊不慌，好像坐在自家的长凳上想着心事，忘了时间已晚，该躺下睡觉了。看着她，日金又一次感到吃惊，他问季莫菲：

“你有没有工具？像斧子、凿子或錾子？”

“有，全有，”季莫菲急忙说，“凿子、錾子、锤子、钉子，都有！”

“拿到这儿来。科姆列夫，跟他一起去。”

很快季莫菲抱来了一大堆工具，把它们扔到门口，回到原来的角落，叉着腿坐下。日金不慌不忙地挑出斧子、凿子，还想拿起錾子，但又改变了想法——这就够了，他又不是一个准备干活儿的木匠……

他先下楼到那间寒冷的储藏室，再次点上灯，走过去，在棺材边上停下，画了个十字。棺材盖没有用钉子钉住，很容易地打开了，只发出了很轻的敲打声。棺材里躺着一个白胡子老人，穿着干净的印花布衬衣，眼皮上押着两枚五戈比的铜币，在煤油灯下发出幽幽的光。

“请你原谅我，老爷爷，”日金嘟囔了一声，“这是我的职责，虽然不是什么好事……”

他弯下身子，抓住死者，小心地把他沉重的冻硬的身体移出来，放到地板上，把棺材翻了过来。用凿子和斧子抠开棺材底层的板子一看，眼见为实，卡捷琳娜没有说谎，底部的夹层满是用厚实的麻布缝的口袋。他拿出一个口袋用斧子稍微割开一点儿，再次确认卡捷琳娜说的是实话。口袋里是闪光的金子。

“俗话说棺材里没有口袋，看样子这话不对。这不是口袋吗？不是口袋，而是夹层袋儿！”日金摇摇头，把口袋塞回原来的地方，钉上板子，把起出来的钉子都钉回原处，把死人放回去，关上盖子。他环顾四周，看看是不是留下了什么痕迹？没有，看来干干净净的。他拿起灯，走出储藏室，另一只手抓紧斧子和凿子，好像担心它们掉落似的。

日金没想到会发生这样的逆转，一点也没想到。

如果……会怎么样呢？他甚至收住了脚步，在走廊当中停了下来。然后他拔腿跑了起来。他冲进办公室，抓住萨沃奇金的领子，把他从墙角拽出来，按在椅子上，把文具推到他面前：

“开金子的发送单，按照规定开。”

“我不能……”

“快开，要是你想活命的话。”

他攥起拳头“咚”的一声重重地捶了一下桌子，捶得文具都跳了起来。萨沃奇金吓得缩起头，颤抖的手好像自动地伸向文具，另一只手打开桌子抽屉，在里面找证明——他一下子全明白了，所以没有说话。他也没有什么好说的，只有服从。他把铁笔尖伸向墨水瓶，蘸了墨水，然后填写金矿所采砂金的发送单。日金沉默地站在他旁边，一言不发，直到萨沃奇金在最后一张发送单上签了名字。然后才简短地问道：

“就这些？”

萨沃奇金点点头，抬眼看着日金，他的目光中只表达着一个请求：“放了我吧！”

“待在原地，”日金一边收起那些证明，一边说，“待在这儿等着。”

“等什么？”萨沃奇金怀着希望地长出一口气，问道。

“等没风的好天气。”他得到了一个奇怪的回答。

科姆列夫莫名其妙地看着他们，在原地跺着脚，但没有出声。季莫菲一个劲儿不出声地大张嘴，好像忍不住地哈欠连天，头越来越低。只有卡捷琳娜安然地坐在原处，看着蒙着霜花的窗户，好像在打瞌睡——她的脸色悠然自得，好像什么都没听到，也没看见办公室里发生的事情，但这只是假象。当日金收起单子往门口走的时候，她轻声地叫住他：

“伊利亚·格里高利耶维奇，让我和你一起出去吧，我要跟你说句话。”

日金停下脚步，不满地耸耸肩，一推门，头一甩，示意让她出来。在走廊上卡捷琳娜出其不意地向他鞠了个躬，直起身子后，她请求道：

“把我从这儿放出去吧，我对你再也没有用了。我没有一点危险，我想活下去。你也明白，要是我留在这里，因为我告诉你的秘密，我会送命的。那就把我跟那批货一起送到雅尔斯克吧。你已经决定把金子和棺材一起送出去了。让我上雪橇，坐在棺材盖上，我不会碍谁的事，还有……要是你让我上雪橇，我就告诉你你老婆的消息……”

“什么消息？快说！”日金紧紧抓住她的肩膀，使劲摇着。

但卡捷琳娜不是那种能被吓倒的人，她把他的手小心地从肩膀上拿开，保证说：

“你让我上雪橇，我一定会说的。要不，就算你把我杀了我也不说。”

她说这话的语气让人马上明白，没办法让她屈服。

“我想想。现在你回去吧。”

日金目送着她直到门口，他弯下腰，好像背负着千斤重担。他走向楼梯，准备下到一楼，那里传来了赫里布诺夫指挥的声音。从卡捷琳娜那里听到的消息把他脑子里所有的想法都挤走了，现在他只想做一件事——冲进办公室，当场抓住卡捷琳娜，使劲摇晃这个奇怪的女人，让她把知道的都搂落出来，但他克制住自己，知道用暴力什么都得不到。他下了楼，坐在最后一级台阶上，好像干重活后要歇口气。

“你怎么了，伊利亚·格里高利耶维奇？难受吗？”赫里布诺夫担心起来，跑过来问。

“再难受没有了。听着，需要干这些事……只是要快干……天亮前一切都要准备好……”

警卫队员赫里布诺夫是个精明机灵的人，他没有问多余的问题，也没表示吃惊，只是点头表示听懂了命令，保证完成。

当管理处旁准备好了四辆雪橇的时候，夜色还没有消散，但黑暗已经变淡。每辆车上放着一口棺材，大车旁有两个化装成车夫的警卫队员走来走去。一切都已经决定，一切都交代好了，只等日金一挥手，这个小小的奇怪的车队就可以出发了。但日金还在拖延，他站在管理处的台阶旁，用靴子尖儿刨着踩实的雪，迟迟不发出出发的命令，最后他下定了决心。他猛地转身，推开门，跑进二楼的经理办公室，走到卡捷琳娜跟前，简短地低声说道：

“收拾一下，但是要快。”

“我早就收拾好了。”卡捷琳娜从地板上拿起那个从家里带来的小包袱，回答说，“所有的家当都带在身边了。”

“走吧。”

卡捷琳娜头也没回地走出办公室，她没看到萨沃奇金冲着她的背后吐了口唾沫，两条腿又抖了起来。

在外面卡捷琳娜停下脚步，轻轻地叹了口气，抬起头，好像想好好看看在黑暗的天穹上迅速消失的最后的星星。日金催促她：

“坐在这儿。”他指着大车说，“没时间欣赏风景。”

“欣赏风景总是有时间的。就算只有一分钟也很好……你沿着这条巷子走到山脚下，那儿有一座房子，是十字形的。那房子很大，你不会弄错的。你的老婆就被藏在那儿。只是现在你别马上跑去，要等到天亮，夜里他们不会给任何人开门的，会开枪的。里面有两个人，是父子俩。这两个人很野，你得小心。我帮助你的原因很简单——你是这里唯一一个不想发财的人，也不想要金子。该死的金子！再见，伊利亚·格里高利耶维奇，要是我有什么不周到的地方，别记恨我。”

卡捷琳娜坐上雪橇，把小包袱放在膝盖上，日金一挥手——出发！

鞭子扬起来，雪橇的滑木在寒冷的雪地上吱吱嘎嘎地响起来，大车一辆接一辆地启程了。

/二/

一个冷冷的铁东西杵在帽子和领子之间的脖子上，很疼，一个同样冷冷的不大的声音叫他停下，并警告说：

“站住，别动。我的手快得很——我会开枪的。”

日金一脚在前一脚在后卡住不动了。

他身后的那个声音命令道：

“把他的枪下了。”

不知是谁很快很麻利地把枪从他肩上拽下来，把他的衣服解开，皮带解掉，皮带上挂着皮枪套和插在刀鞘里的刀。

“现在，警官，跪下，手背后。轻点，慢点，我不喜欢忙乱的人。”

日金按照指令跪下，手背到身后，他听出来这是斯托尔波夫—拉斯托尔古耶夫的声音。他听得没错。两声短促的踩雪声之后，斯托尔波夫—拉斯托尔古耶夫来到他跟前，居高临下，用黑魆魆的枪管抵住他的额头：

“你好啊，亲爱的朋友。说，你来这个房子干什么？莫非来找老婆？你老婆她不在，不在！他跟我的车夫谢苗·霍洛多夫一块在伊甸园的树荫下呢，他们一定很快活，听说在伊甸园很暖和，苹果多得很。”

斯托尔波夫—拉斯托尔古耶夫笑了，看起来很高兴。日金垂下目光——何必像狗一样仰着头，欣赏别人的成功，为时已晚地骂自己粗心大意呢？“自己不当心，得自己用两手扒屎！这下崴泥了！他们有多少人？”他不抬头也不转头，小心地观看四周，他看到三双脚，还不知道背后是不是站着人……“一个人对付不了，脱不了身……”

“现在站起来，警官，我不会让你在雪地上待着，我们进屋去谈一谈。告诉我你都干了些什么，我再看看拿你怎么办，是马上枪毙呢还是稍微等等。你想怎么样？”

“说实话，我还想活一阵子呢。”日金一边吃力地站起来，一边回答，“活得越长越好。”

“想得倒美！”斯托尔波夫—拉斯托尔古耶夫呵呵一笑，“好了，走吧，只是要记着，我的手快得很。”

日金被从两边夹住推到屋里，放到长凳上，就是几分钟前房子的主人——那个白胡子老头坐的地方。现在他也在，只是张开两条胳膊站在门口，好像不想让任何人进到里屋似的。

“这条老狗，胡子都白了，习性还像黑狗一样。你该想想上帝，可是你却干起强盗的勾当。应该狠狠地扯你的胡子，让你聪明点！”日金这样想着，又暗自嘲笑自己，“还不知道现在谁扯谁的胡子呢……”

几分钟前老头坐在角落，浑身发抖，就像有人使劲杵他的后背似的，他的声音细若游丝：

“不是我的错……他们用枪吓唬我……他们说，把她关在房子里，别放她出去……我跟儿子看着她……他跑来，把我们关在地窖……把那女的弄走了……不知道弄哪儿去了……”

老头再也说不清别的了，他像瞎马一样绕着圈子，说来说去还是那些话：他们逼他，把女的关在房子里，来了一个汉子，把所有人关在地窖，把女的弄走了……

日金还是从他混乱不清的嘟囔中弄清楚了：季莫菲把一个不认识的人领到这个房子，不难猜出，这是斯托尔波夫—拉斯托尔古耶夫，他跟房主说定了以后，亲自把瓦西丽莎送到这里，吩咐一刻不离地看着她，绝对不许放她出去。几天前老头子给季莫菲开了门，他说是从斯托尔波夫—拉斯托尔古耶夫那儿运来了什么口袋。开门以后一个不认识的汉子把枪口管塞进他嘴里，命令他们给女人穿好外衣送出来。季莫菲和老头儿父子被关在地窖里，所以说不清这个不认识的汉子跟女人去了哪里。

“这么说，谢苗，左闪右闪，总算等到了时机。记得他曾在巷子里叫喊，说生命长得很，他说得对，可是做得不对。就算挖地三尺我也要把瓦西丽莎找到，不管你把她藏到哪儿我也要把她找到。我也要找到你，你也躲不了……你等着，等我了结了这些麻烦事……”

日金这样想着出了屋，可是不等他想完，冰冷的枪管就抵住了他的脖子。

只有现在，坐在长凳的一角，他才想起，当他进屋的时候，窗外好像有个黑影一闪而过。没错，就是这样。主人的儿子没露面，就是说，当他跟老头子说话的时候，他已经跑去找斯托尔波夫—拉斯托尔古耶夫了。而日金看都没看就出了屋。现在为你的闪失懊恼吧，闪失随时都会带来死亡，但日金没有继续骂自己——现在不是自责的时候。应该想点别的，趁着吊着自己的那根头发还没有断的时候。

他背靠着墙，顺从地背着手，小心环顾四周。

他的两侧站着两个匪徒，这是两个年轻的壮汉。第三个匪徒像柱子一样站在门口一动不动，而斯托尔波夫—拉斯托尔古耶夫洋洋得意地站在日金对面，时不时地踮起脚尖，右手一直握着枪，脸上仍然带着笑容。他的笑容很奇怪——嘴唇咧着，露出结实干净的牙齿，眼角堆着浅浅的皱纹，但让人总觉得他是龇着牙要咬人。

“说说吧，日金警官，死前让心里轻松轻松。不过要从头说起，从你来金矿的那天说起。我想知道所有的事。我就是这么个人，好奇心重……”

“有什么好说的……我来办公事，睡了一夜，第二天就被捉了，后面的事你自己知道。没什么特别的事可说……”

斯托尔波夫—拉斯托尔古耶夫脸上的笑容瞬间就不见了，好像被风吹走了似的，他的声音变成了叫喊：

“怎么没什么说的？金子在哪儿？！”

“啊，金子啊……不过金子可能已经快运到雅尔斯克了。带着所有合法的证明手续……”

“哪——里？！”

“雅尔斯克……”

斯托尔波夫—拉斯托尔古耶夫牙一呲，奔到长凳跟前，用枪管抵住日金的脸，碰到了他的上唇，把它碰流血了，热乎发咸的血腥味让警官下了决死的决心——甚至什么都来不及想。他眨眼间抓住了那只拿枪的手，用尽全力地向下拉，同时把头向前伸，脑袋猛地撞到斯托尔波夫—拉斯托尔古耶夫的下巴，他还听到斯托尔波夫—拉斯托尔古耶夫的骨节发出“嘎巴嘎巴”的声音，牙齿“格格”的声音。屋内一声枪响，在封闭的空间那枪声很大，好像开炮一样。子弹打到了地上。日金从紧抓住的手指间夺下枪，一翻身迅速抓住斯托尔波夫—拉斯托尔古耶夫的肩膀，他动作很快，让站在他两边的匪徒来不及朝他开枪。他们从肩上摘下枪，慌乱地扑上来营救，但为时已晚，来不及了。日金抢先一步，再次抓着斯托尔波夫—拉斯托尔古耶夫在自己身边转了一下，一瞬间看到一双瞪大的呆滞不动的眼睛，而把他猛地扔到门口，第三个看守就像根木头那样站在那个地方，斯托尔波夫—拉斯托尔古耶夫一冲把他撞倒了，日金一下子跳过他们，一下撞到了门上。他没有回身，看也不看地向身后放了一枪，冲出去后“砰”地把门关上，又向门内开了一枪。

他飞快地跑到街上，跑了一段，在一座房子旁拐了弯，翻过栅栏，然后钻进雪地里，像一只受惊的兔子那样，一路弯弯曲曲地逃走。他用最后的力气跑过经理处门前的广场，好容易迈进门槛，就瘫倒在地，一句话也说不出来。

这么说他逃出来了，做到了他想做的事……

“你找了个笨老公，瓦西丽莎……来晚了……你还活着吗？我估摸着，这个坏蛋撒了谎。也许谢苗能把你带走。只要你活着，别的以后再说……唉，瓦西丽莎！”

他翻身仰面朝天，摊开双臂，瞪大眼睛盯着天花板，好像想在那些刨木板上找到唯一正确的答案，明确地告诉他，现在他应该怎么办。

“你跑到哪儿去了，伊利亚·格里高利耶维奇？你身上直冒热气……有鬼在追你吗？”赫里布诺夫弯着腰担心地看看他的脸色，“你去哪儿了？”

“不远，见鬼去了。”日金站起来，他晃了晃，但是站住了，“这里，在矿上，有匪帮，尼古拉·彼得罗维奇。

“你亲眼看见了？”

“就像看见你一样。甚至谈话了。喂，拿点水来，嗓子发干……”

赫里布诺夫拿来了水，日金一下子喝干了满满一杯，喘了喘气，这才告诉赫里布诺夫他刚才去了哪里，发生了什么事。

“真是的……”赫里布诺夫叹了一声，就不再说话，因为他不知道还能说什么。

“事情糟透了，我在想，现在我们该怎么办？”

“现在我什么主意都给你出不了。就像聪明人说的，只有猫才喜欢快，得好好琢磨琢磨……你跟他们说金子运走了，万一他们追过去呢……他们会把伙计们，还有那女人都打死。”

“他们不会想到是用棺材运走的。我说金子已经快到雅尔斯克了，谁都知道追不上了。”

“知道是知道，可是我们又不能钻到他们的脑子里，不知道他们是怎么想的。我寻思，咱们先得弄清楚他们现在藏在哪里。他们现在不会留在你去过的那个房子里了。可是他们会待在一个地方，总不能骑着马在街上逛……”

“你说得对。我甚至能猜到他们现在在哪儿待着。你手下的警备队员谁比较精明？”

“最精明的就是我了，伊利亚·格里高利耶维奇。那么我就走一趟，去看看。你觉得他们会在哪儿？”

“在卡捷琳娜家。你知道她的家吧？”

“知道，不远。我去看看。”

/三/

紧紧包扎的右手疼得钻心，斯托尔波夫—拉斯托尔古耶夫不时地皱皱眉头，全身摇晃——这样他感到舒服一点。他在里间走来走去，从一个墙角走到另一个墙角，他觉得围绕他的不是木头墙和装饰着好看窗帘的窗户，而是带着粗铁条的笼子，既无法把它们弄弯，也不能把它们撅断……完全无能为力。

但他打起了精神。他想起他曾多次陷入更危险的困境，但他还是能找到办法，在最后的时刻安然逃脱，还为自己的随机应变的本领洋洋自得。现在他也能找到这样的办法，一定能找到。只是不能慌，要头脑冷静，算计精准。唉，真想卡捷琳娜啊！她能立马儿告诉他很多事情，他就可以从她提供的消息中自己得出结论。“叶卡捷琳娜·尼古拉耶夫娜，叶卡捷琳娜·尼古拉耶夫娜……你藏到哪儿去了，我的宝贝？莫非你还是决定离开我了？要是那样的话，你就错了，大错特错了，你会为逃跑把肠子悔青的！可是恐怕悔之晚矣，我是不会原谅的……”

“我不会原谅！”斯托尔波夫—拉斯托尔古耶夫大声说，在里屋的中间停了下来。手臂的疼痛再次袭来，但是他甚至没有皱眉，相反，他咧开嘴唇，龇牙笑了。他的确是不会原谅的。对那些挡他路的人或想欺骗他的人，他会带着一种类似满足的感觉惩罚他们，杀掉他们，那种满足感就像一个饥饿的人饱餐了一顿。

“叶卡捷琳娜·尼古拉耶夫娜……”斯托尔波夫—拉斯托尔古耶夫再次大声说，“你不要高兴，不要高兴得太早了……”

他走到窗前，扯下窗帘，看到一辆大车进了院子，看到了车上的帕尔菲诺夫，还有一个汉子和一个小孩，于是他的嘴唇又咧开了，露出了像龇牙一样的笑容。不，他不打算认输，从金矿逃走，他希望，甚至相信，这次一定能找到办法，只是一定要把握好跳出去的时机——当然不是空着手，而是带着战利品。

前室里传来了说话声和沉重的脚步声，帕尔菲诺夫踉跄着冲进里屋。因为被人从背后使劲一推，他差点跌倒，在粗垫子上绊了一下，抓住床的靠背才站稳。

“哎呀，这是谁推的？！”斯托尔波夫—拉斯托尔古耶夫大声喊，“我要把这双手砍掉！傻瓜……对不起，巴维尔·拉夫连季耶维奇，我手下的人杂，很遗憾，没有教养。但您别害怕，不会再有这种事了，我向您保证。请坐到桌旁，说不定您想喝点茶，吃点东西，我这就吩咐……”

帕尔菲诺夫没有回答，他脱了裘皮大衣坐下，把两个胳膊肘重重地拄在桌子上，皱着眉看看斯托尔波夫—拉斯托尔古耶夫。他的眼中没有恐惧，看起来不像个被吓着的人——好像他不是第一次被来历不明的人在半路抓住，送到泰加森林的深处似的。现在他们把他送到了金矿，他自己当初给卡捷琳娜建的房子里。其实他真的来不及害怕，因为一切来得太快，太莫名其妙。比恐惧更强烈的是好奇——这么做是为什么？如果是简单的抢劫，那可以理解。可是他们连他的钱包都没有拿，也没有把裘皮大衣抢去。这个包扎着胳膊肘的人是谁？看起来他是头目，他想干什么？

“您，巴维尔·拉夫连季耶维奇，当然是个大人物，不会记得我。我们曾经互相做过自我介绍。当然，当时急急忙忙的，所以您可能忘了。您说说看，是不是不记得我？”

“不，不记得。”

“是杰里曼诺夫先生介绍我们认识的，大概在一年前，在科留科夫卡。记得安娜·马特维耶夫娜吗？一位很热情的女士，她那儿的姑娘很不错，歌唱得很好……不错，那天晚上您醉得很厉害，所以可能忘了。我不是责备您，男人嘛，有时候是应该把正经事放在一边儿，休息休息……可是我们别再叙旧了，我再次跟您做个自我介绍——拉斯托尔古耶夫，伊格尔·伊萨耶维奇。我为了自己的事来到这儿，没想到遇到这样的事！太可怕了！有个日金警长把您的金子不知运到什么地方去了，把经理萨沃奇金拘了起来，现在押在金矿管理处，由警卫队员看着，说是保护，甚至布了哨。而您那么好心保护的叶卡捷琳娜·尼古拉耶夫娜也失踪了，也是去向不明。对了，您知道不知道她可能藏在哪儿？”

斯托尔波夫—拉斯托尔古耶夫越往下说，帕尔菲诺夫的目光变得越阴沉。他渐渐明白，金矿上确实在进行着一些阴谋勾当，而他，这个金矿的主人，落入了狡猾的陷阱。斯托尔波夫—拉斯托尔古耶夫的声音不高，甚至很友好，但这骗不了他，他马上猜出，最危险的正是这个人。但他想要什么？

但是，斯托尔波夫—拉斯托尔古耶夫并不急于摊牌。他也没有牌，不管是王牌，还是藏在袖子里的牌。此时他也不知道他能要求帕尔菲诺夫做什么，他在找办法，但是没找到，所以把话题一转：

“那么叶卡捷琳娜·尼古拉耶夫娜现在可能藏在哪儿，您没得到消息吗？可惜，可惜……我很替她担心，您很清楚，这地方很荒，风气也不太好。请问，如果不保密的话，您为什么跟她分手，又为什么要把她送到这儿来呢？您不喜欢她这个情妇了吗？或是还有其他原因？好了，好了，请别生气，不想说就不要说好了。我们这样吧……您就在这儿歇着，我干我的事。我们这一天长得很，来得及好好谈谈。我甚至不跟您告辞。”

斯托尔波夫—拉斯托尔古耶夫就此停下了他文绉绉的夸夸其谈，不再说话，小心地出了内室，把身后的帘子小心地拉好，连一条缝儿都没留下。帕尔菲诺夫可以听到他在外面说话，但听不清他说些什么。他还听到沉闷的马蹄声，轻轻打开院门的声音，然后一切都安静下来了。当一只喜鹊落在篱笆最高的树杈儿上，发出清楚的“嘎嘎”叫声的时候，寂静被打破了。这叫声很大，很急，好像真的带来了重要的消息，想告诉大伙儿。帕尔菲诺夫走到窗前，看了一会儿喜鹊，就回到桌边，他还看见一个放哨的站在院里，警惕地看着窗户。

“这么说，离开这儿不容易，而卡捷琳娜提前做好了准备，找到一个好时机溜了。这像她干的事，你永远不知道，猜不出她会整出啥事……她能跑到哪儿去呢？”帕尔菲诺夫用手掌抚弄着铺在桌子上的干干净净、没有一个褶皱的桌布，欣赏着像雪一样白的花边餐巾，铺着嫩绿色床单的床，床头堆得像小山一样的套着绣花枕套的枕头，下面是大枕头，大概有一只胳膊那么长，然后是小一点的，然后是更小一些的，顶上则是很小的，好像孩子玩具似的。整个内室窗明几净，每个细节都能感觉到有女人在努力地照料，不知疲倦地营造让人想留下来的特别舒适的感觉。这正是卡捷琳娜的特点——不管她在哪儿，她的周围都会不知不觉地，好像自然而然地变得舒服。过去帕尔菲诺夫总是对这个特点感到惊讶，而今天，当他想到卡捷琳娜就算在这里，在这偏僻的矿井的普通房子里还是坚持自己的习惯——周围的一切都应当干净、整齐、漂亮，不禁感到震动。

他跟她的认识完全是偶然的，是在火车上。他从首都回雅尔斯克，为了打发时间，他经常走出包厢，久久地站在窗前看一闪而过的风景。车窗外是一片宁静的秋色，树叶飘落，而森林正呈现出各种热烈鲜艳的色彩，令人心中不由得充满淡淡的忧郁。帕尔菲诺夫看到一个身材匀称的女士站在旁边的窗前，他不知不觉开始欣赏她，越观察越感到好奇。她翕动着嘴唇，无声地嘀咕着什么，不时地像孩子那样用一只手抹着眼泪。帕尔菲诺夫不是一个心肠软的人，可以对他人的痛苦无动于衷，他坚守一条铁律：你无法使所有不幸的人幸福，无法让所有饥饿的人吃饱。

这次对这位女士他也可以只是观察一会儿，然后回到自己的包厢，一小时后就把她忘了，可是充满内心的忧郁却不让他这样做，他走向了那位女士。

这样他就认识了叶卡捷琳娜·尼古拉耶夫娜·高尔杰耶娃，原来她是去雅尔斯克的，她的家里刚发生了不幸，在秋明她埋葬了母亲，现在孤身一人，没有一点财产。在雅尔斯克有人雇她做家庭教师，薪酬丰厚，所以她下了决心，收拾了不多的行李前往陌生的城市，希望能在陌生人中间开始新的生活。

巴维尔·拉夫连季耶维奇听她讲话的时候有一半的话都没听进去，但眼睛却没法移开。在叶卡捷琳娜·尼古拉耶夫娜的形象中有种难以捕捉、难以解释的东西能把人吸引过去，令人着迷，最后已经离不开她了。巴维尔·拉夫连季耶维奇也不打算离开，在车上就决定让她当他的情妇。

他对叶卡捷琳娜·尼古拉耶夫娜宠爱有加，包下了她的全部生活，像宠一个小女孩那样宠她，她在身边的时候，他的生活好像特别的顺利和幸福。这种宁静的生活结束得非常突然，好像晴天霹雳一样。他为叶卡捷琳娜·尼古拉耶夫娜在雅尔斯克租了一所不大的房子，她住在那里衣食无忧，而巴维尔·拉夫连季耶维奇可以随时不敲门，不预先通知就来，因为他有房子的钥匙。有一次他用钥匙开门进去，顿时愣住了：叶卡捷琳娜·尼古拉耶夫娜正坐在桌旁翻看他文件夹里的文件。这个夹子是他前一天忘在这里的，那些文件里没有任何重要的东西，但这并不能改变事情的本质——他的情妇看了她不该看的东西。虽然叶卡捷琳娜·尼古拉耶夫娜向他保证，她只是受女人的好奇心支配，她没有任何恶意，她说这些话的态度显得那么平静和可信，使得巴维尔·拉夫连季耶维奇快要相信了。但他还是管住自己，做出了决定——把她送到矿上，让她从眼前消失。他不能让自己的生意有风险，他想让自己绝对安全。至于感情……感情不能带来利润。

现在，当他身处卡捷琳娜在矿上的家的时候，他想起了跟她认识的经过，想要弄清楚她为什么要跑，跑到哪儿去了？这个什么拉斯托尔古耶夫怎么会在她的房子里？他和卡捷琳娜是什么关系？

巴维尔·拉夫连季耶维奇在内室走来走去，不时朝窗外张望，一个问题都得不到答案。

/四/

此时叶卡捷琳娜·尼古拉耶夫娜正侧靠着木头棺材坐在雪橇上，她手里攥着包袱，里面是她积攒下的全部财产。她眼望这弯弯曲曲的道路，只有一个愿望：希望快点把这条路走完，那时候她就不用再提心吊胆，可以畅快地呼吸，感到自己完全自由了，终于自由了……摆脱了帕尔菲诺夫，摆脱了斯托尔波夫—拉斯托尔古耶夫，最重要的是摆脱了自己的过去，当她鼓足力量和勇气从金矿逃走的时候，她已经把过去跟自己彻底切割开来了。

雪橇的滑木咯吱咯吱地响着，马喷着响鼻，雪从高高的云杉上无声地飘落，散开，在阳光中形成一道道闪闪的光带。高冷的天空之下，世界一片光明祥和，只是人的不知节制的欲望像绳子一样把这个世界缠住了。在这无数的绳子中有一条细细的，纷乱的绳子——这就是喀秋莎·高尔杰耶娃，这个出身于温馨正派的家庭的无忧无虑的爱笑的女孩儿的命运。

那是在什么时候？

很久了……

一座大石头房子出现在她的记忆中，就像从飞雪的光带中浮现出来一样。那房子有高高的窗户，太阳整天照着它们，在地板上投下温暖的光带。房子里住着做高档家具的木匠尼古拉·高尔杰耶夫和他的家人，他拥有自己的作坊再加上一家门店。在萨马拉城，人们都知道高尔杰耶夫是个真正的工匠和诚实的人，因此都愿意找他订货，买货。他生活殷实，俗话说，石头的房子就是富足的日子。他的独生女喀秋莎就像窗户上的阳光，让这座房子四壁生辉。她很勤快，很听话，尊敬父母，性格非常快活，她从来不知道忧郁和伤心。喀秋莎在当地的女子学校上学，当她念到八年级，也就是毕业班的时候，出了一件事，使得木匠的和睦家庭和他的爱女的生活轨迹发生了剧变。

开始的时候一切都没问题。礼拜天的前一天晚上喀秋莎请父母允许她出门——她跟女朋友和一些认识的实科学校学生决定办一次野餐，因为天气很好，正是五月末，百花盛开，到处生气勃勃，在漫长的寒冬结束之后人们很想在那柔软的，绿得耀眼的草地上跑一跑。父母同意了，到了礼拜天，这群年轻人就在郊外的草场上生起了一堆儿火，在火上烤起火腿，弹起吉他和曼陀林，大家不停地发出一阵阵响亮的笑声。

在玩得最高兴的时候一辆轻快的四轮马车奔跑到篝火旁，一个年轻人从车上跳下来——他身材颀长，穿着白套装，戴着白礼帽。他彬彬有礼地道歉，打听进城怎么走？他解释说，这里有很多条路，所以他迷路了。大家指给他最近的路，所有人都瞧着一个方向，没有人回头，也没有人看见从什么地方冒出了一个拿着斧头的可怕的汉子。他们听到背后传来一声嘶哑的闷声咆哮：“我要打死你！”

大家回过头，看到一个蓬头乱发，衣服破烂不堪的汉子两眼通红，把斧子举过头顶，锋利的刃明晃晃地反射着太阳光，这群快活的人吓得一片尖叫，像被风吹散一样从火堆旁散开，争先恐后地逃跑，恐惧从背后推着他们——快点，快点……但是喀秋莎自己也不知道为什么，好像是受到了某种启示，她放慢了步子并回过头去，然后像钉在原地一样一动不动了。原来那个乘马车过来问进城的路的年轻人没有跑，甚至没有离开原地，只是手扶帽檐把白色的礼帽稍微举起，好像想更清楚地看看那个大喊大叫地朝他跑来的喝醉的汉子。他们之间离得很近。此时那汉子已经跑到跟前，锋利的斧刃在阳光下寒光闪闪，斧子落了下去……

“快跑！”喀秋莎尖叫着。

可是那年轻人听到她的喊声却连头也没回。他的手迅速滑到衣袋里，掏出左轮手枪，“啪”的一声清脆的枪声冲破了呼喊和尖叫声。斧子飞到了一边，那汉子大吃一惊，一个趔趄，大张着一双一无所有的手不动了。很快他已经被捆绑着躺在地上，嘶嘶地喘着，却没有力气说出一个字。那年轻人懊恼地皱着眉，掸掸被草弄脏的白衣服的袖子。当这群人看到那汉子被捆住，惊魂未定地回到火堆旁的时候，年轻人朝喀秋莎鞠了一躬，表示感谢：

“谢谢，小姐，您那么为我担心，为我喊叫，说实话，都让我不好意思了……”

喀秋莎听到了他的声音，能听清楚甚至能明白他说的话，但这一切都好像是从她的身边滑过的东西，很近，但没有碰到。一种她从未体验过的感觉充满了她的心，让她的心“怦怦”地跳得厉害，好像看不见的火把她烧焦了，烧得那么厉害，把一切都烧光了，连灰都没有剩下。父母的惩罚和责备，学校严格的禁令，对女朋友们和实科学校学生们的议论的担心（她觉得在这个白衣帅哥对比之下，那些男生显得特别怯懦和可怜），到此刻为止她一直绝对遵从的所有规矩，这一切全都消失了……现在她已经完全是另一个喀秋莎了。她睁大眼睛看着这个年轻人，她知道，她预感到，她已经不会跟他分开，会头也不回、不假思索地跟着她走，不惜一切，只要能跟他在一起。

她对自己未来的预感没有错。

喀秋莎自告奋勇给年轻人带路进城，留下目瞪口呆的年轻同伴，乘着轻便马车离开了篝火旁，奔向另一种全新的生活，这种生活就开始于那个明媚的五月的日子。

当时那个年轻人跟她自称维克多·安德烈耶维奇·苏罗夫采夫，他虽然年轻，但世事洞明，人很聪明，他很快就明白了，这忽然降临到他头上的不可遏止的爱情可以利用来做一切事。他根本不用费力装出与之相呼应的、同样热烈的爱，说服喀秋莎扔下父母和有高高窗户的石头房子，和他一起从萨玛拉逃走。后来喀秋莎彻底明白了，前大学生马克西姆·博尔德列夫更换姓名像换手绢那么勤，他不是一个旅行推销员，就像在他们认识的那天他自称的那样，而是一个行骗老手，但这时她的爱情丝毫也没有减少，甚至正好相反，好像火上浇油一样，这爱情燃烧得更加热烈。她愿意为自己心爱的人效劳，而且劳而无怨。他们不断地去不同的城市，住在不同的宾馆，更换姓名，但卡捷琳娜的忠诚始终不变。她从不责备，去做他需要的一切。当他说（那时候他已经是斯托尔波夫）需要诱惑雅尔斯克的金矿矿主帕尔菲诺夫并取得他的信任的时候，卡捷琳娜没有推辞，没有反对，她顺从地上了火车，到了帕尔菲诺夫所在的车厢，站在窗前，装扮成一个不幸的，被痛苦击垮的姑娘，正在前往陌生的城市做家庭教师，好在陌生人中间讨生活。

她总是什么事都能办成。这一次也是，后来对萨沃奇金也一样。也许是因为她拥有一种泰然自若的风度，而且不管在什么情况下都不会丢掉这种风度。在她身上已经很难看到过去那个爱笑的姑娘喀秋莎，现在她是个老于世故的女人，很会看人，知道如何利用他们的弱点。

如果不是发生了一件偶然的事情，他跟博尔德列夫的关系也许还会继续下去，不发生任何变化，她还会像从前一样为他效劳，就像一条忠心耿耿的狗为所爱的主人效劳并准备拼死保卫他一样。这个偶然的事情似乎很小，一晃而过，一点也不显眼，但还是像一副牌中不经意地掉了一张一样，使得整个牌局发生了巨变。

这件事发生在卡捷琳娜告诉斯托尔波夫，帕尔菲诺夫要把她送到金矿的那一天。当时斯托尔波夫已经知道她在看帕尔菲诺夫的文件时被抓住了，所以对听到的消息并不感到吃惊，也一点不难受，只是用手拍了一下膝盖，就像拍死一只蚊子一样，叫了一声：

“好戏要收场了！”

不清楚他是什么意思，而且什么好戏要收场了，对卡捷琳娜来说也不重要。让她感到震惊的是另一个东西——斯托尔波夫说这句莫名其妙的话的时候用的语气。他的语气非常冷漠，好像说的是一只在不适当的时候落在膝盖上的蚊子。几天后斯托尔波夫高兴地说，去金矿甚至更好，卡捷琳娜在那里更有用，更重要，她彻底确信了一个简单明白的想法：她把自己的命运跟他绑在一起、为他效劳的这个人，如果她从他的生活中消失得无影无踪，他是连气都不会叹一声的。过去她从未想过这个，而现在好像有人摇晃她，迫使她睁开眼，在残酷地、用力地摇晃她，让她有了新的眼光，对很多事情的看法也不一样了。她从自己所爱的人那里什么都没有得到，就人们之间的同情也丝毫没有得到，她跟其他任何东西一样，根本不值钱。到时间了，没用了，就会被扔掉。

卡捷琳娜决定不等到那个时候。

但是她打定主意后，丝毫也没有流露出来，一如既往地能干和顺从。博尔德列夫—斯托尔波夫让她干什么她就干什么。她去了金矿，很快熟悉了那里的情况，了解到周围发生的所有事情，直到最小的细节。她还按时把金矿发生的事告诉玛尔法，因为她相信，玛尔法早晚会报复小帕尔菲诺夫，就像当初报复老帕尔菲诺夫那样。卡捷琳娜是自己猜到玛尔法报复老帕尔菲诺夫的，没有人告诉她。当巴维尔·拉夫连季耶维奇情绪好的时候偶尔跟她讲起过自己的父亲，她就凭女人的直觉猜出来了。她没猜错。第一次看到玛尔法的时候她就确信这一点了，虽然玛尔法自己不愿意承认，她断然地说，根本没有那么回事！不过卡捷琳娜也没有盘问下去，她不需要别人承认。从玛尔法的脸上可以看出她是一个同盟者，她只是想确认这一点。当她弄清楚博尔德列夫—斯托尔波夫和萨沃奇金想袭击运金子的大车，还绑架了警官的妻子，她就从金矿往雅尔斯克寄出了第一个包裹。

可是，警官的情况跟预想的完全不一样，所以卡捷琳娜决定干脆逃跑。她决定消失，永远摆脱那个不久前她还离不开的人。一个只有她自己知道的情况促使她这样做——她的心脏下面已经产生了一个新的生命。当她感到这个新生命出现的时候，一切的忧郁和动摇都消失了。她不愿意她未来的孩子看到他的父亲，就让他永远不要听说、不要知道他母亲在漫长的生活旅程中曾遇到过一个有那么多姓名的人。

现在，她获得了自由，感到安心，摆脱了不安，最近在她身边发生的一切都已远去，离她越来越远，她只是会时而想起日金警官，她在心里暗暗地对他说："伊利亚·格里高利耶维奇，你一定要发现我的纸条，可别没看见。我不敢说，偷偷地塞给你的，怕你忽然改了主意，不放我走……愿上帝爱你……"

雪橇的滑木咯吱咯吱地响着，马喷着响鼻，不知疲倦地拉着货物，把它拉得离金矿越来越远。卡捷琳娜用双手捧起那个瘪瘪的小包袱，悲伤地微笑了，因为她蓦然想道："我还是发财了。当初从父母家跑出来的时候，一点东西都没带，只穿了一件夏天的裙子……"

/五/

"她是什么时候写的？你怎么，睡着了？"日金手里拿着揉皱的纸团摆弄着。

"我没睡着，"科姆列夫辩解道，"也根本没看见纸！她没走到过桌子旁边，开始挨着墙站着，后来坐在椅子上，一步也没有离开过。可能是原来划拉的，到这儿之前。啥时候塞到你的口袋，这我就不知道了，我又没打着灯照着你们。"

"闭嘴！"日金吼了一声。

科姆列夫委屈地说："闭嘴又不是搬木头。我们就像牛犊，尿了，站在那儿等着人用鞭子赶……”

他还想再说什么，但日金看了他一眼，使得他闭上了嘴，把眼转向天花板，好像除了角落的蜘蛛网还看到了什么很有意思的东西。萨沃奇金叉开两腿坐在地板上，注意地听着他们吵嘴，眼睛一直没有离开日金手上的纸团，不难猜出，他很想知道纸团上写着什么。日金截住了他的目光，认真地把纸叠好，塞进口袋里。他走到萨沃奇金跟前，向他弯下身子，问道：

“特别好奇是吧？想知道卡捷琳娜最后的问候是什么？想知道吗？”

萨沃奇金把头转向一边，沉默着没有回答。日金自己替他回答说：

“当然，你很想知道，从你的眼里就能看出来。你做好准备吧，我这就回来告诉你字条上写了什么。做好准备……”

他直起身子，走出办公室，随手无声地关上门。他在走廊走来走去，下到一楼，问站在门口的警卫队员，赫里布诺夫回来了吗？得知还没有回来，他坐在台阶上，双手捧住了脑袋。

警官要想的事情很多。

他在口袋里发现的纸团上写的是：“放了萨沃奇金。现在斯托尔波夫跟他有仇，他们一定会打起来，你现在最好想想怎么救你自己。”这个字条下面没有任何签名，也不需要签名，很显然是卡捷琳娜写的。她是什么时候把纸条塞到他的口袋里的？真是个神秘机灵的女人！也许真的把萨沃奇金放了？当他们自己互相算账的时候，日金和警卫队员可以离开金矿，到叶尔班找到维基里安斯基，让他去想该怎么办才能抓住这伙匪徒。那么密室，还有画着到密室的路的那张纸该怎么处理？“不做处理。”日金突然决定，“把那张纸交给维基里安斯基，告诉他密室的事，让他去伤脑筋。我们等到天黑就从这里出发。”

他想出这个办法之后，甚至从台阶上站了起来，但马上又坐了回去。

不，他不能那样做——把金矿留给匪帮，逃到叶尔班。不能。这意味着他逃避自己直接的责任，而他从未逃避过责任，一贯毫无瑕疵地忠于职守。他有什么脸见所长？他用什么话为自己辩护？

日金重新从台阶上站起来，走到外边。管理处前面的广场空空荡荡，没有一个人、一辆车，整个金矿也显得空空荡荡，一片死寂，好像为数不多的居民已经离开被雪覆盖的房子，不知去哪里流浪了。但警官没有被这种无人的假象欺骗，因为他清楚地知道，在那表面的宁静之下潜藏着危险，很大的可以说是致命的危险。他甚至不是以理智，而是以肌肤感受到了这危险。他感到害怕，就像当任何一个活人感到坟墓的气息扑面而来的时候都会恐惧一样。但他能忍受这种恐惧，压制它，不让自己完全被它控制住。他知道，如果被恐惧控制住，人就不再属于自己，恐惧会把可怜的人像风中的破布那样任意揉搓，使他失去理智。

不，他不会向恐惧屈服。

他会留在金矿，直至把匪帮彻底歼灭，而且日金还指望会有增援。他严令被派遣跟随棺材前往雅尔斯克的警卫队员，到达叶尔班后第一件事就是去派出所找维基里安斯基，把所发生的事详详细细地报告给他。难道所长能不派人解救自己的下属？这是不可能的……

他没想到，一个帮助，尽管是小小的帮助，已经来了。

他听到远处传来的脚步声，猛地回过头来。在管理处的拐角有一个人警觉地四下张望着走出来，一顶破帽子低低地压住眼睛，小声叫他：

“伊利亚·格里高里耶维奇……我能不能放心地过来？”

这是个熟悉的声音。

“过来吧，”日金说，“不过要把手套摘下来，把手露出来。”

那人顺从地摘下棕红色的狗皮手套，张开手，竭力表现出他没有任何不好的意图。当他走近一些，日金马上认出来，这是叶尔班的警卫队员果洛乌金。哪阵风把他吹来了？

“认得我吗？伊利亚·格里高利耶维奇？”

“认得。你怎么在这儿？”

“有命令，维基里安斯基派我来的。不过不是我一个人，还有雅尔斯克的警察局局长和他手下的两个干探。他们在那边的路上等着，派我来看看情况怎么样，能不能到管理处来？”

“来吧。”

果洛乌金转过身，已经不再小心翼翼东张西望，甩开两条长腿迅速地往回跑。

过了不到十五分钟，警察局局长波罗佐夫就带着他的干探来到了管理处，而果洛乌金落在后面，卸下三匹马，把马拴在马桩子上。在这高个子的上司面前，日金有点不知所措：他根本没想到会有这样的客人造访。他甚至要在警察局局长面前挺直身体向他汇报，但波罗佐夫制止了他：

“等一下，警官，让我们暖和暖和。你们这儿的炉子呢？”

可是，没有季莫菲的看管，炉子已经冷了。波罗佐夫失望地离开炉子，开始又是跳，又是挥胳膊的，看来他真冻坏了。日金叫来一个警卫队员，吩咐生火，当干柴快活地吐出炽热的火苗，他让炉门敞着，叫警察局局长过来。警察局局长很乐意地答应了，蹲在敞开的炉门前，把两只冰冷的手靠近炉火。他一声不响地烤着火，一片寂静，只听到炉子里的火苗在呼呼地燃烧。

暖和过来后，波罗佐夫站了起来，走到日金跟前，说道：

“现在，警官，我们去单独谈谈。还有没有清静的地方？”

“能找到。请跟我来。”

他把警察局局长带到杰姆利亚尼岑过去待的房间，拉过一把椅子，但波罗佐夫没有坐。他走来走去，抖动着肩膀，突然问道：

“玛尔法·山金娜交出的那张纸在你这儿吗？没有丢吧？”

“没有，在我这儿呢。”

“那么拿来吧。”

日金坐在刚才让警察局局长坐的椅子上开始脱鞋。他把那纸藏在靴子的鞋垫底下。那整张纸很大，上面画着到达密室的准确线路，他的每只靴子里藏了半张。现在他把两个半张抽出来，把它们铺在桌子上，合并起来。波罗佐夫被熏得皱起眉，把手伸到半长裘皮大衣的领子底下，抽出了从阿扎洛夫那里得到的那张纸，展开来放在旁边。

“到跟前来，警官，我们看看，它们一样不一样。”

他们看了很长时间，核对了精确标注的线路上的每一个弯曲处，他们越看越明白，这两张纸上画的是同一条线路，连最后一个路标的标记都一样——那是一棵长在林间空地中心的树。

“地图很清楚，”波罗佐夫仔细地折起自己的那纸，把它塞到半长裘皮大衣的领子底下，朝着那张分成两半的图一摆头，“这张你自己收起来吧，别再塞到靴子里了——臭得很。现在你坐下说，从最开头说起……”

警察局局长很认真地听警官说话，没有打断，也没有问这问那，听完以后，他叹了口气，好像总结一样，说道：

“警官，咱们遇到硬核桃了。要是不动脑筋就咬的话，可能把牙崩了。好吧，我们去认识一下萨沃奇金先生。我很好奇，很想看看这个人。”

可是警官和萨沃奇金的见面被迫推迟了。他们刚走出办公室，正好看到赫里布诺夫回来。他气喘吁吁、满头大汗，看来已经顾不得听警卫队员告诉他谁到金矿来了，所以他瞪大眼睛看看波罗佐夫，不知道怎么称呼他。最后他吐出一句：

“先生……”

就卡住了。

波罗佐夫挥挥手，指指日金：

“跟他汇报。”

赫里布诺夫才急忙往下说：

“他们在卡捷琳娜家……帕尔菲诺夫也在那儿，还有一个汉子和一个小孩儿跟他在一块儿……他们被看起来了，布了哨。没法悄悄靠近，他们人很多，有二十多个，没能数出准数……他们可能等着天黑呢……”

“帕尔菲诺夫是被他们保护起来了吗？”波罗佐夫很快问道。

“保护起来了。把那汉子和小孩锁在草棚，帕尔菲诺夫在房子里……别的什么都看不清，再往前走就过了雪堆了，一探头他们马上就会发现。”

“你没有露头，做得对。”波罗佐夫夸奖他，“你先歇歇。你有多少警卫队员？”

“剩下三个人，加上我四个。有两个走了。”

“我们总共有七条枪。不多啊……警官，你看怎么样？我们对付得了吗？”

“要是白天靠近那房子，我们不行。这些人是亡命徒，我亲眼看见了，狠着呢，会开枪的。”

“我也是这样想。就是说，得另想办法。我们去跟经理先生谈谈，说不定会看见点亮儿。前面带路吧……”

他们上了二楼，进了办公室，波罗佐夫看到萨沃奇金叉着腿坐在角落，就发起脾气，好像一根干柴被火柴猛然间点燃：

“怎么这么不像话？一个那么受尊敬的人被绑着，坐在地板上！警官，你怎么能这么胡来？！马上松绑！”

日金一点也不明白是怎么回事，他还在迟疑，但波罗佐夫的目光让他不得不给萨沃奇金的胳膊松了绑，然后走到一旁。科姆列夫也一点儿都不明白，而且还不知道这个给警官下命令的人是谁，他警觉地移到墙角，一动不动地定在那里，始终端着枪。波罗佐夫斜了他一眼，然后又扫了季莫菲一眼，吩咐道：

“你和你都出去，在走廊上等着。”

日金点点头，于是科姆列夫推着季莫菲出了办公室，但在关上门之前，还是找机会悄悄地向警官眨眨眼，好像对他耳语：“我就在这儿，不远，有事就叫我，我会来救你……”这被波罗佐夫发现了，他摇摇头，大概为一个苦役犯想保护警方公务人员感到惊讶，但他什么都没说。他像主人似的坐在帕尔菲诺夫一号金矿经理的椅子上，热情地请萨沃奇金坐下：

“您请坐。我们毕竟不是敌人，只是没有谈过条件。您怎么想，萨沃奇金先生，我们能不能谈拢？”

萨沃奇金斜眼看看仍然站在办公室中间的警官，然后谨慎地，胆怯地坐到椅子上，搓着发麻的手，手上还带有被绳子捆后留下的发青的印子，问道：

“对不起，您是哪位？我们应该谈什么？”

“对了，我还没有自我介绍。我是……美好的雅尔斯克市的警察局局长波罗佐夫。很高兴认识您，您问我们应该谈什么？我跟您讲，可谈的很多。先说说这张字条……警官，把它给我……请读一下，萨沃奇金先生。这个字条是咱们很熟悉的叶卡捷琳娜·尼古拉耶夫娜·高尔杰耶娃写的。她本人现在已经走远了，没法找她细问，所以我们想问问您——您和斯托尔波夫先生之间的争执或小别扭是因为什么？为什么叶卡捷琳娜·尼古拉耶夫娜建议把您放了？我还有一连串的问题，但先说说这几个吧。”

萨沃奇金读了字条，厌恶地推开，皱皱眉头：

“我不明白，我不认识什么斯托尔波夫。您的警官有什么权力逮捕我？我要投诉！我要向将军省长投诉！”

“向将军省长本人投诉吗？！愿上帝拯救您，萨沃奇金先生！我求求您，千万别这么做！”波罗佐夫在桌子上方忏悔地低头躬身，保证说：“我们会开除警官，让别人不敢对受尊敬的人士动粗，把他们像最下等的苦役犯那样捆起来！”波罗佐夫说最后这句话的时候没有抬头，身子微微向前移动了一下，瞬间送出攥成拳头的手。萨沃奇金的太阳穴遭到无声的，但准确有力的一击。萨沃奇金“哎哟”一声，被打得一口气憋住，无声地张开嘴，闷声栽倒在地，就像一口袋燕麦。

波罗佐夫没有改变姿势，命令道：

“日金，把他弄起来，让他坐在椅子上歇一下。”

萨沃奇金半天才缓过来，但他一通咳嗽喘，两手抓住桌子边，以免从椅子上溜下去，还是不说话。而波罗佐夫还是用刚才的口气，好像抱歉地接着说：

“把警官开除，把我也开除——把所有人都开除！就剩下您一个人，萨沃奇金先生。但在此之前，您得尽量帮助我们。首先请回答我在我们推心置腹的交谈开始时提出的那些问题。还记得是什么问题吗？还是需要重复？”

“记得。”萨沃奇金勉强挤出两个字。

“好极了！我真心希望，我们一定能谈拢……”

/六/

存放夏季开采的金子的仓库现在没人守卫，里面确实空空如也。为了眼见为实，斯托尔波夫—拉斯托尔古耶夫专门来了这里一趟。虽然知道它是空的，还是抱着一线希望，万一……但希望破灭了，就像落到寒冷的野地里的唯一的火星。他走出仓库，胳膊疼得皱了一下眉头，大骂道：

“见鬼，全他妈白忙活了！”

正是这样。为了让帕尔菲诺夫彻底破产，从而控制他的动产和不动产而花的功夫都白费了。开采到的金子将送到炼金厂，帕尔菲诺夫可能试图摆脱困境，为了还贷款，可能提起漫长的诉讼……不过，等等，等等……要是想办法让他不采取任何措施呢？因为帕尔菲诺夫现在完全被控制在他的手心里。干吗要提前认输呢！策划的事情还没有完全失败，还有希望，它还没有像风中的火星一样熄灭。

斯托尔波夫—拉斯托尔古耶夫催马一转眼就从仓库奔到了卡捷琳娜的房子。那里平安无事。放哨的站在台阶旁，而帕尔菲诺夫坐在里屋的桌旁，连裘皮大衣都没脱，用手掌抚着桌布。他抬起头看看进来的斯托尔波夫—拉斯托尔古耶夫，然后把目光移开，好像完全不关心进来的是谁，他皱着眉头看着平展展的桌布。

“咱们为啥郁闷啊，巴维尔·拉夫连季耶维奇？”斯托尔波夫—拉斯托尔古耶夫在帕尔菲诺夫对面坐下，快活地问道。

“暂时还没什么可高兴的。”

“您说得对，巴维尔·拉夫连季耶维奇，完全正确。咱们都没什么可高兴的。我没有，您也没有。唉！”

“您是谁？您想要我干什么。直说吧。”

“我是谁？今天已经介绍过了，难道您不记得？至于我想要您干什么——这就得另说了。您把大衣脱了，咱们的谈话长着呢。您不想脱？得，随您的便……是这样，巴维尔·拉夫连季耶维奇，我们从西伯利亚商业银行的抢劫案说起吧。您很清楚，在这次抢劫中丢的不只是钱，还有一些您留给银行作为抵押的文件，因为银行为您提供了巨额贷款。您马上就该还贷了，可是您没钱还。没钱可还！您在矿上留了一些金子以防万一，您指望着这些金子，可是它们不翼而飞了。建设铁路的计划书和铜矿脉的勘探结果找不到了，您的还款期限一点也不能延长，那最终怎么办呢？最终只有一条路——破产！委托一个代理人开始大甩卖：第一个人买房子，第二个买马车，第三个买金矿，第四个买银器……您自己也知道我为什么要这么说……谁都帮不了您，除了上帝和我这个罪人……”

“您能帮什么忙？您要我给您什么做交换？”

“要什么？嗨，就一点小东西！只要您签几个文件，就像常言说的，举手之劳。就得了！”

“文件的内容是……”

“完全正确，您猜得对，巴维尔·拉夫连季耶维奇！那些文件中要写上，您自愿将名下的一切岌岌可危的产业转给西伯利亚商业银行和杰里曼诺夫先生管理。您在与杰里曼诺夫先生的共同产业中获得一点不大的份额……”

“够吃口面包，喝杯水……”

“得了，干吗那么绝望啊……”

“这么说，我理解杰里曼诺夫想一点也不投入就控制我的产业，顺带控制未来的铜矿。干吗不拿走呢，既然已经投了钱，甚至铁路图纸都做好了。太妙了！顺便问一句，阿扎洛夫找到了吗？还是他跟图纸一起人间蒸发了？”

“阿扎洛夫会找到的，他跑不了。应该说，您的雇员很不可靠，巴维尔·拉夫连季耶维奇，不管是过去的，还是现在的，不管是阿扎洛夫，还是萨沃奇金。他们不爱护主人的财产，大白天就明着拿，真糟糕！可是我们跑题了——您是怎么决定的？”

斯托尔波夫—拉斯托尔古耶夫是个经验丰富的猎人，他在所有可能逃跑的小路上都插上旗子，他清楚地知道知动物不会去冲撞这些旗子，这样就只剩下了一条路，它的路越来越窄，最后引向枪口——保证弹无虚发。

但巴维尔·拉夫连季耶维奇·帕尔菲诺夫也不是傻瓜。他既清楚地看到了小旗子，也看到了那条唯一的路最后会把他带到枪口前。奇怪的是，在这样的时候他并不感到害怕，也不感到绝望，虽然他清楚地知道杰里曼诺夫给他布下了一个真正的陷阱。他确实没钱还贷款，银行也不会给他延期——这也很清楚，在这种情况下委托代理人甩卖就不可避免了。他往金矿奔就是为了把这里现存的金子带走，跟萨沃奇金把账算清楚，他已经怀疑萨沃奇金在盗窃，他打算用整整一个星期办这些事，但是现在谁会给他一个星期呢？显然，他们不会心甘情愿地给他这一个星期的。那么……那么，需要拖延时间，能拖多久就拖多久。他抓住了这根救命稻草：

“我猜您是有经验的人，应该知道，我的签名需要有公证人证明才能生效，我不会随便签名的，否则不会给我哪怕一点点份额。我们在矿上哪儿能找到公证人呢？要不，我们到雅尔斯克去？”

“不，我们不去雅尔斯克！”斯托尔波夫—拉斯托尔古耶夫很快而坚决地说，“您在那儿太有名了，谁知道会出什么事。我们把这个公证人直接弄到这儿来，在这儿签所有的文件。保证办得正正规规，妥妥当当。那么，您接受我的提议了？”

“我还能怎么办呢？或者您还有什么其他提议？”

“很遗憾，我没有其他提议。就算有我也不会公开提出来的。何苦呢？您接受了对我完全合适的建议。说实在的，我很高兴，巴维尔·拉夫连季耶维奇，我们找到了共同语言。我想……”

这时台阶上和前室响起了急促的脚步声，门被豁然推开，警卫气喘吁吁地跑到门口，慌张地报告说：

“萨沃奇金往我们这儿来了……一个人……”

斯托尔波夫—拉斯托尔古耶夫从桌边跳起来，跑出门去。到了台阶上他停下脚步，看到矿山工程师萨沃奇金垂头丧气地站在院子的篱笆外，好像在考虑要不要进来。

/七/

一只奇怪的鸟儿落在炉子的烟囱旁，这只鸟像乌鸦一样黑，但尾巴很长。

波罗佐夫抬头看看，心中纳闷儿：

“这是个什么玩意儿？”

日金仔细瞧了瞧，笑了：

“这是喜鹊，靠着烟囱取暖。被烟熏黑了……这家伙挺聪明，找到了好地方……”

喜鹊似乎感到有人在看它，它“嘎嘎”叫了两声，拍拍翅膀，直接落到烟囱上。它张开嘴，叫得更响了，好像想说：“看什么，我在这儿暖和暖和……”

“看到了吗，日金，连一只笨鸟都能设法摆脱困境。莫非你我这样的智慧生物反倒没办法？我们非找到办法不可！是不是？”

“是的，局长先生！”

“很好。我决定，不管我们的办法奏效不奏效，今天你无论如何要出发去密室。要是伏击不成功，你就要守住密室。”

“还不知道萨沃奇金到他们那儿以后，他们会做出什么决定。”

“他们会做出我们需要的决定，跑不了。我的直觉很准，很少出差错。你肯定知道，我给不了你人手……要不你把你那苦役犯带上？他不会捣乱吧？”

“大概不会。不管怎么说，他经过考验了，没逃跑……”

“你看着办吧，日金，我对你抱着很大希望。你什么时候出发？”

“我们现在就出发，何必耽搁呢。”

“对了，我完全忘了！忘没影儿了！我大概老了……你妻子活着，在叶尔班……”

“您怎么不早说？”日金不由自主地叫起来，甚至抓住局长的肩膀摇晃着，但他很快想起这是自己的上司，放下手说：“我错了……”

“她活着，一切都好，你回去后就会看到……”

波罗佐夫故意隐瞒了警官的妻子脑子出问题的事。让他高兴高兴吧，现在他可不能焦虑不安。一个高兴的人在工作中是不可替代的。就让他以为在叶尔班等着他的是一个快乐的妻子，让他满怀希望，信以为真。这样他自己会更加小心，事情也会做得周全，没有瑕疵。

不到一小时之后，日金和科姆列夫已经悄悄离开金矿经理处了，沿着大路走了约半里路后拐进了泰加森林，一路用宽宽的滑雪板把身后的痕迹划平。到了林子里之后，他们穿上滑雪板，正一正背囊的带子，把枪拿好，就迎着积雪的云杉树梢背后那灰蒙蒙的太阳出发了。他们不歇气地快速前进，在他们的身后，深深的滑雪板稳稳地不断地划出两条闪亮的印迹。

科姆列夫不时念着没完没了的花子歌，自娱自乐。

日金不听他那套怪词儿，想着自己的心事：瓦西丽莎活着，就在叶尔班的消息让他高兴，此时这快乐就像一团熊熊的火苗温暖着他，所以起初的时候，即将到来的危险任务对他来说几乎是不存在的，没有让他感到害怕，甚至没让他感到强烈的不安。好像局长波罗佐夫的信心传给了他，莫非我们不能把这个匪帮的脑袋扭下来？一定能！虽然匪徒的脑袋比他们多得多，而且他和科姆列夫到达密室和不迷路都挺不容易，但是这一切现在对他来说一点都不重要。既然当初他们能从匪帮手里逃脱，那么现在，他们有武器和充足的弹药，就能够跟他们干。他回想起在黑河逃脱的过程，心想他们没多少战斗力，当时他们没能抓到他，现在也不能。嘿，要是有杰姆利亚尼岑帮忙就好了！不，这个退伍的司务长和忠诚可靠的汉子不在了，这太让人伤心了。愿他在冰雪中安息……

两副滑雪板静静地滑动，发出很轻的“沙沙”声。沉重的呼吸凝结成一团团水汽飘向一边，眉毛上结了霜，眨眼的时候睫毛都会往一起粘。他们最好停下，生一堆火，暖和暖和。但日金没有停下，根据经验他知道，应当趁着还没有疲惫不堪，一鼓作气尽量多赶些路。他想在天黑前赶到密室，保证万无一失，免得别人赶在他们前面。

“喂，警官，让我走在前面吧。你顺着滑出的印子走容易一些。要是我滑偏了，你告诉我应该往哪边滑。”

不等同意，科姆列夫就超过了日金，在前面滑起来。这苦役犯到底有耐力，就像一匹拉车的马一样，什么都不能把他打倒，不管是寒冷还是饥饿。他一面嘟囔着他那花子调，一面不知疲倦地在雪原上划着沟。

前面闪现出一个陡坡，树分开了，落日玫瑰色的光带落在树间，照亮了一块块大漂石的顶部，风吹着雪从树干上纷纷落下。这是一个石丘。现在需要穿过它，往下走，然后到秘密仓库就很近了。日金想，选这个地方的人很聪明嘛，别的不说，离金矿不远，可以自己去，不用骑马，最重要的是，石丘很不好过，要是不知道路，简直会把腿跑断的。图上标出了这条小路，日金找到它，在上坡前决定做一次短暂的修整。他脱下滑雪板，直接坐在雪地上，背靠树干，挥挥手，示意科姆列夫也坐下歇歇。但科姆列夫没有坐，仍然站着，也不脱滑雪板，侧耳谛听。

“你干什么呢？”

“有人唱歌……”

“你疯了，是不是昏头了。这儿怎么会有人唱歌？！”

“轻点，警官，别说话，你听……”

日金不出声了，他屏住呼吸凝神细听，隔着很远的距离，隐隐约约有声音传来——真的，有人在唱歌。听不清歌词，但确实是在唱歌！然后歌声远了，好像马上就要熄灭的一缕光亮。日金跳起来，把绳子穿过滑雪板上的洞，把滑雪板系在腰上，以便腾出双手。他小心地摘下背在背后的枪，习惯性地抓住枪托，把它抬起来，用双腿凭感觉在雪地上摸索着没有石头的平路，科姆列夫跟在他的身后。

当他们到达山脊顶部的时候已经完全筋疲力尽了。他们稍微休息了一下，再次侧耳谛听，但周围万籁俱静，他们没有听到声音。是不是出现了幻觉？不会的，不会两个人同时出现幻听！他们互相看看，然后又一动不动，静悄悄地听了片刻。那声音再也没有了，好像融化了。但此时日金和科姆列夫都已经毫不怀疑曾经有过这声音，所以他们很快结束了休息，开始往下滑，同时警惕地观察着两边，一路都躲在树后走。下滑的时间不比上行的时间少，现在石丘终于留在了身后，他们面前出现了一片沼泽稀疏林，林中有桦树，杨树，一丛丛荚蒾和杞柳。这里所有的树都一模一样，长得又细又歪，雪地中立着高高的干草，看来夏天的时候这些草应能窜到一人高。只是在远处才又耸立着像一堵墙一样的浓密的森林，尖尖的树梢直指天空。

这是一个潮湿的，令人不安的，阴郁的地方。

日金把图拿出来再次核对后，从石丘脚下往右走去。现在要寻找最后一个标记——一块漂石，在图中它好像教堂的圆顶。

他们走了好久还不见漂石。日金和科姆列夫又开始滑雪赶路，因为冬天的太阳落得很快，树的斜影越来越长。

他们虽然赶得很急，但还是加倍小心，因为那消失的歌声让他们不安。那是谁的声音呢？为什么雪地上除了兔子的脚印，看不到任何的痕迹？

从石丘下来走了大约五里后，他们面前出其不意地出现了漂石，它好像是从地里长出来的一样。这漂石很大，下部很宽，拔地而起，越来越窄，然后又变宽，顶部收成一个尖儿。真的很像教堂的圆顶，只是顶上缺一个十字架。但他们没时间仔细端详这漂石，黑暗迅速渗入黄昏，该考虑过夜和吃东西的事了。他们在背风的方向用滑雪板把雪推开，生起一堆火，想着火可以把漂石烤热，石头热了以后就可以长时间地供暖。科姆列夫没有怠慢，赶紧去山沟的对面拣云杉树枝。但很快，还没到云杉林，他就冲了回来。

日金正准备从背囊里面拿出一个小锅，看到他往回跑，就把背囊一扔，抓起枪，推开扳机。他拼命想看清楚是什么吓到了科姆列夫，可是天黑了，已经什么都看不清了，但可以看到并没有人在追赶这苦役犯。

科姆列夫跑到漂石旁，扑通一声直挺挺地扑倒在雪地上，一迭声地说：

“警官，我从没见过这样的怪事……一闪就不见了……”

“你看到什么了？快说！”

“脚印！”

“谁的脚印？”

“脚掌！赤脚！人的脚印！”

“你别嚷，我们去看看……”

“等等，让我喘口气……”

科姆列夫稍微歇了一下，而后一跃而起，领头走向他刚才跑开的地方，他端着枪。日金疾步跟随，边走边环顾四周。他很快看到了几个深陷雪里的脚印。那肯定是一个赤脚的人留下的。但这还不是最奇怪的，最重要的是，这些脚印是忽然出现的，好像从天而降，从一棵树到另一棵树，又忽然不见了。日金甚至坐在雪地上来仔细看它们。毫无疑问，这是人的脚印，而这个留下脚印的人没有穿鞋。

他到哪儿去了？

四只眼睛仔细地四处搜寻，但是再也没能在雪地上发现任何痕迹。

“早上再说，”日金决定，“黑天反正什么都看不到。走吧。”

他们回到漂石旁。科姆列夫开始折断树枝准备生火，但现在已经不能去远处了，他好像完全忘了采云杉树枝的事。

他们差不多一夜没睡。他们侧耳谛听，借着篝火在黑暗中竭力观望，手上一直握着枪，可是他们白小心了——除了木炭的爆裂声没有其他任何声音，周围万籁俱寂，黑暗中也并没有人影闪过。

他们就这样迎来了曙色熹微的寒冷黎明。

天刚亮，日金和科姆列夫没有说话，只交换了个眼色就拿起枪朝那奇怪的脚印走去。但他们没有任何新发现——一切都跟昨天一样。他们已经转身要回去了，日金却灵机一动，抬头一看，恍然大悟：他怎么早没想到呢？！就在他的头顶，在一棵歪桦树的两条结实的树杈上，有一根用柔韧的柳条绑着的相当粗的棍子。他又看见在旁边的那棵杨树上也有一根棍子。接下去，几乎每棵树上都能看见这样的棍子。这样就不难从一棵树转移到另一棵树了。所以脚印才会忽然出现又忽然消失。有人从树上跳下来，跑几步，然后一跳，抓住棍子，接着就从树上跳着走了，想跳到哪儿就跳到哪儿。

可是为什么要想出这么巧妙的办法呢？

真伤脑筋……

他看看科姆列夫，好像向他要答案，但科姆列夫只是耸耸肩膀，意思是：我哪儿知道？

他们继续往前走着查看那些树，到处都是绑着的棍子。这些棍子不是随便绑的，而是严格地围绕着漂石形成一圈儿。

“警官，咱们是不是见鬼了？”

“哼，什么鬼啊……为什么雪地上不是蹄子印，是男人的脚印呢？女人的脚没那么大。”

“鬼有各种各样的，有大的有小的。”

“你见过？”

“我见过小不点儿的。机灵着呢，这畜生，你想用手拍死它，它一钻就走了。不错，当时我醉得厉害，说不定它们没那么机灵……”

“真应该抽你，科姆列夫，把你的蠢念头打掉。根本没有那样的魔鬼——魔鬼比公马还大，长着蹄子。这明明是个大活人。难道不清楚吗？见他的鬼……”

日金说到一半呆住了，因为他清楚地听到了昨天的声音——那声音很远，很闷。又在唱歌。

他们向着这声音扑过去，但声音中断了，很快又响起来，但已经是在另一个方向了。科姆列夫要往那个方向冲，但日金叫住了他：

“别动，别跑。他在遛咱们，雪这么厚……我们跑不过来……”

“那怎么办？”

“我们什么都不做，就待在漂石旁边等着。如果他想找我们，他自己会来的。”

当他们走到漂石旁的时候，不禁呆住了。火灭了，滑雪板和背囊都不见了，一串脚印通向最近的一棵白桦树，那是一双赤脚，大脚趾大大地向外撇着。

/八/

“莫非您对令尊的密室一无所知？这不可能。父亲临死前怎么会不告诉亲儿子呢！我说的对吧？”斯托尔波夫—拉斯托尔古耶夫站在后面，一只手放在帕尔菲诺夫的肩上，好像提防他有任何动作。

但帕尔菲诺夫一动不动，弓着身子坐在桌前，没有抬头。甚至当他开始说话的时候也保持同样的姿势，好像背上压着什么看不见的，但非常沉重的东西：

“您说得对，这当然让人怀疑，可是得考虑到一个情况——我父亲去世前的几个月头脑不太清楚。他可能完全忘了密室。不过，随您的便，信不信由您……”

“那么您自己信吗？”

“是的，这像是先父干的事，他是这样的人。”

“真是大户人家的规矩啊。”斯托尔波夫—拉斯托尔古耶夫干笑了两声，“宁可埋到地里，也不给继承人。好吧，我要想一想……”

斯托尔波夫—拉斯托尔古耶夫把手从帕尔菲诺夫的肩上拿开，走到窗前。他默不作声地从窗帘的上面向外看，绞尽脑汁地考虑着——现在该怎么办？萨沃奇金意外的出现颠覆了所有的计划。他本想离开金矿，在越冬房藏起来，在那儿等着公证人——他已经派专人去雅尔斯克找杰里曼诺夫，那人现在正在幽暗的林间全速飞奔。斯托尔波夫—拉斯托尔古耶夫指望他把公证人带来，由公证人把所有需要的文件预备好，帕尔菲诺夫在文件上签了字，就算是大功告成了。尽管不像开始策划的那样，但总算是成了！

但这时萨沃奇金来了，他垂头丧气，像斗败的公鸡，他带给斯托尔波夫—拉斯托尔古耶夫一些消息，现在斯托尔波夫—拉斯托尔古耶夫怎么也拿不定主意，他的选择不能出错，他必须做出唯一正确的选择。

意外造访的萨沃奇金带来的消息是：雅尔斯克的警察局局长波罗佐夫本人亲自来到金矿，带来了两个人，警官日金和警卫队员们也都在管理处。他们不敢进攻斯托尔波夫—拉斯托尔古耶夫的人，因为他们人少，相反，他们担心被进攻，所以准备在经理处抵抗。看起来他们在等待增援。但波罗佐夫应该完成的主要命令根本不是抓住匪帮，而是拘捕帕尔菲诺夫先生，因为从首都来了高级委员会，要求金矿矿主接受质询，而他却逃跑了。拘捕帕尔菲诺夫的命令是将军省长亲自下达的，如果警察局局长完成不了，他就会丢掉官衔和晋升的机会。警察局长走投无路，所以想做个交易：斯托尔波夫—拉斯托尔古耶夫把帕尔菲诺夫放了，作为交换，他可以得到通往藏金子的密室的地图。当萨沃奇金说到密室，说建这个密室的阿扎洛夫已经被捕，从他那儿得到了地图，斯托尔波夫—拉斯托尔古耶夫动心了。等公证人到来，签署文件，又从密室把金子弄到手——这听起来很诱人，但他不相信萨沃奇金，尽管萨沃奇金老实告诉他自己曾打算从金矿逃走而未遂，他更愿意相信警察局局长波罗佐夫会竭尽全力地保住他的官衔和功名。

时间不断地溜走。

得做出决定。

萨沃奇金说，波罗佐夫要在午饭前得到答复。要是得不到答复，就要按自己的决定行事了。

“鬼才知道这个警察局长会想出什么鬼点子来，要知道他既然已经爬到这个职位，一定不是初出茅庐的。”斯托尔波夫—拉斯托尔古耶夫想道，“现在我们来琢磨琢磨：我用帕尔菲诺夫换到密室的路线图，那么谁来当着公证人签署文件呢？我自己伪造吗？不，不合适……怎么都不合适！应该想出一个自己的主意，结个自己的扣儿。”

可是他什么扣儿也结不成。

斯托尔波夫—拉斯托尔古耶夫生气地跺着脚，踢开地上的粗毯子，快步出了房子。他很快在台阶上撞上了萨沃奇金，他正不知所措地在最下面一级台阶上跺着脚，害怕地看看放哨的，不知道该往哪儿走，他甚至不敢在台阶上坐下。他的目光透露出真正的恐惧。此时此刻他想的不是他多年的梦想——在一个好地方过日子，生活放射出最欢乐的色彩。这梦想已经灰飞烟灭了；他甚至没有想那些金子，它们简直是从他的手里溜走的，就像一条机灵的鱼一样滑脱，消失在水中，无影无踪。此刻把他整个人牢牢抓住的只有一个愿望——他想活！非常想！不管怎么活，做什么人，这些都不重要，只要能活！只要活着就好，只要能喘气，能走路，能看到天空上那一轮缓缓移动的、冷冷的，然而光芒四射的冬日的太阳。

听到开门的声音，他回过头看了一眼，他自己都没想到他瞬间解决了斯托尔波夫—拉斯托尔古耶夫的一切踌躇。他看到了萨沃奇金眼中那无法掩饰的、赤裸裸的恐惧，就相信他没有撒谎了。首先是因为他恐惧。

“怎么，矿山工程师先生，觉得可怕吗？”

萨沃奇金沉默地点点头，把头低下。

“以后还会更可怕，但还是想活下去。想不想活下去？”

“想！”萨沃奇金小声哼道。

“你会活着的，会的。只是有一个条件——你不能再一次打算骗我。你明白我的意思吗？”

“明白。”萨沃奇金再次小声哼道。

“那么按我说的去做。不过可不要想着哪怕是走一步邪路。只要一步你就完蛋了。我们进屋去。”

他们回到屋里，帕尔菲诺夫还是那个姿势坐在桌旁。他看了一眼自己的金矿经理，皱皱眉，但是一声没吭。

“很好，”斯托尔波夫—拉斯托尔古耶夫赞同地点点头，“我们就不浪费时间谴责职务上的表现了。最好开门见山地谈正事。好先生们，我们的事情是这样的……应该承认，挺难办，但完全办得了……”

他简短而明确地说出了他的打算的要点。帕尔菲诺夫听了以后从桌旁站起来，挺直身子，摇了摇头：

“您是魔鬼，真正的魔鬼，不折不扣的。”

“好像我面前的这位是长翅膀的天使似的！我本可以另做打算——把您交给警察局局长，不要任何条件，让他把这位矿主交给首都来的明察秋毫的委员会和将军省长。您喜欢这样的办法吗？”

“不喜欢。所以我同意。”

“我就知道您会同意。现在该你了，萨沃奇金。全都记住了吗？站起来，去吧。我们等着你带来好消息。”

萨沃奇金搓搓手，好像双手冻僵了似的。不知为何他用靴子尖把团成一团的粗地毯展平，然后目不旁视地走了出去。放哨的看到站在窗口的斯托尔波夫—拉斯托尔古耶夫的示意，没有拦他，萨沃奇金通行无阻地出了栅栏，拖着脚步慢慢地走在街上。

很快他已经站在警察局长波罗佐夫的对面，他低头看着地板，说话的声音非常小，好像彻底没力气了似的：

“他让我传话，可以接受条件……”

“别死样活气的，你还活着呢，”波罗佐夫喊道，“大声点！”

萨沃奇金被吼得打了个哆嗦，好像挨了打一样，忙把头一抬，吐字清楚地说：

“他接受条件了！我带图回去，他们马上放帕尔菲诺夫。”

“他在哪儿？”

“他会站在路边。他们会对他喊可以走了，但先要拿到图。否则他们会开枪。”

“明白了。他们要看看那图，确信是真的。它就是真的。萨沃奇金，我们不是骗子。你现在就可以拿到这张图回去。我的人会送你。”警察局局长指着格里沙—米沙说，“你要当心，要是出什么幺蛾子，他们的枪法可是很好的。都明白了吗？”

萨沃奇金顺从地点了两下头，想以此保证他全都非常明白，不会出任何幺蛾子。波罗佐夫上到经理处二楼，走进经理办公室，很快回来，把一张纸交给萨沃齐奇金。萨沃奇金没有展开这张纸，双手抓住它贴近胸口，走了出去。格里沙—米沙寸步不离地跟着他。他们跟着他到了街边，然后他们停下脚步四下观望了一下，走向不同的方向，分头靠在篱笆上。他们拉开架势，以便在发生危险的时候可以跳过篱笆。

弯弯曲曲的街上空无一人，好像所有的居民都藏在房顶盖着雪、低矮灰暗的房子里。其实，正是如此——关于匪帮大摇大摆地在矿上活动的传言不胫而走，所以为了不找倒霉，见过各种事儿的矿区居民明智地选择躲在自家的墙后不露头。只有一只不知谁家的糊涂公鸡打破了这一片死寂，它不停地声嘶力竭地打着鸣儿：“咕咕哏儿！”好像想把谁叫应了。可是没有谁回答它，于是它叫得更用力更执着了。

格里沙—米沙一动不动地贴着篱笆墙站着。但忽然他们打了个激灵，挺直身子，机警地看看街道——在街的尽头，卡捷琳娜房子的旁边发生了一片喧闹，一些人走出来，远远看去好像在日光下熠熠发光的白雪上撒了一把黑豆。但很快一个身影脱离了大家，犹疑地朝金矿经理处的方向走来，边走边不断地回头看。越来越近了……现在已经可以看清那阔绰的长摆裘皮大衣，尖顶皮帽子，格里沙—米沙不约而同地轻轻叫了一声——这些骗子上钩了，咬了警察局长做的诱饵，他们放了帕尔菲诺夫来交换画着前往密室路线的地图。现在最重要的是不要急，不要粗心大意轻举妄动。四只眼睛严密监控着帕尔菲诺夫一步一步越走越近，已经可以清楚地看到，他的脸差不多完全被围巾裹住了。他为什么要包着脸？是冻伤了吗？还是被打了？没事，他马上就走到跟前了，这就可以弄清楚了。

帕尔菲诺夫走到跟前，格里沙—米沙从两边把他抓住，拽着他朝金矿经理处跑。帕尔菲诺夫并不抗拒，而是顺从地跑着，他脸上的面罩不断向下滑，等到了台阶，他的脸完全露出来了，格里沙—米沙刹不住车地往前一冲，好像同时撞上了一个不可逾越的障碍。原来他们拽的不是帕尔菲诺夫——他们认得他，而根本是另一个人。他们异口同声地问：

“你是谁？”

“季奥米特。瓦纽什卡留在那边了，我反正要回去找他。你们别想按住我，我一定要回去！”

格里沙—米沙无声地对望了一眼，他们一点儿都不明白，什么季奥米特，什么为了瓦纽什卡非得回去？

很快就都明白了。

波罗佐夫听完季奥米特简短的话，激动地喊道：

“鹰，你们看怎么样，我们好像扑空了！”

他很清楚，斯托尔波夫—拉斯托尔古耶夫对那张图很看重，现在他的主要目标就是密室。至于他们调包，用看门人季奥米特冒充帕尔菲诺夫——这没有任何意义，因为现在警察局局长对矿主一点都不感兴趣。当他策划捉拿斯托尔波夫—拉斯托尔古耶夫时，他甚至没把他考虑在内。

这一计策的关键是把匪帮从矿上引出去，当他们沿着指定的线路奔向密室的时候，布下陷阱。波罗佐夫寄希望于出其不意和赫里布诺夫告诉他的那个适合伏击的地方，那个地方一面是石丘，另一面是深谷，树木之间只剩下一条窄路，他就打算在这条路上设埋伏。要是埋伏被冲破，以失败告终，就只能指望警官日金了，他昨天晚上前往密室，唯一的任务竭尽全力地死守，不让匪帮靠近密室。波罗佐夫还希望县警察局局长和派出所所长维基里扬斯基动作麻利点儿，后援很快能赶到。

“我们什么时候出发？”赫里布诺夫问道，“我们无论如何不能晚。要是他们比我们早到石丘就糟了。”

“万一他们根本不去呢？”格里沙—米沙质疑道。

“会去的！”布罗佐夫断然地说，“他们甚至不是走着去，而是跑着去。就是说，我们也绝对不能耽搁。准备出发！”

/九/

“就是在流放地我也没见过这么可怕的人！”科姆列夫真的非常惊讶，“你这树精是从哪儿冒出来的？”

科姆列夫冲他说话的那个人不吭声，只是时而像马那样抖抖脑袋，好像想甩掉身上看不见的包袱。他的样子真的很可怕：头上浓密的烟灰色头发结成一大团，好像一个乌鸦窝，同样烟灰色的乱七八糟的大胡子一直垂到腰部，衣服破烂得不得了，露出红红的，好像被开水烫过的手和又长又宽的赤脚，大脚趾向外撇着。脚趾间的皮肤裂了，露出了夹带脓疮的鲜肉。但最吓人的是他乱糟糟的浅黑色眉毛下面射出的野性的目光——那目光灼热，放出几乎疯狂的光，好像火星四溅。这个人一次次抬头，用这样的目光轮番看着科姆列夫和日金，让他们两人都感到不自在，虽然他是两手被捆着紧挨着漂石坐在雪地上。

不出日金所料，他自己出来了，来到了他们面前。夜里他们两人轮流在火旁值班，到了早晨，天已经放亮的时候，科姆列夫看见近旁的树后闪过一个模糊的影子。他推推日金，日金一下子就醒了过来，他爬过被踩实的雪地，绕开歪桦树的根，慢慢地，无声地往前爬。他越爬越远，很快已经融化在泛蓝的幽暗中了。科姆列夫知道他的打算，所以仍然坐在火旁，折断干树枝往火里添，同时观察着。那个影子仍然不时在树后闪现，正小心地凑过来。显然，这个陌生人想走过来看清楚火堆边的人，或是进攻他们。不管怎样都应该小心，所以科姆列夫一边折树枝，一边眼睛一刻不离那飘忽的影子。与此同时日金仍在扒开雪爬行，在身后留下长长的雪沟。他绕着弯儿一直爬到陌生人的背后，然后忽然从雪中跃起，把这个不知为何出现在如此偏僻之地的可怕的怪人压在自己的身子下面。科姆列夫抓起枪，冲过去帮忙。

现在他们站在这个好像怪异的树精一样的人面前，看到他朝他们射来的好像喷着火一样狂躁的目光，不由得有几分害怕。

科姆列夫念叨着，他想逗自己和日金开心。

“行了，别瞎咧咧了。”日金打断了他，“你觉得他会说人话吗？”

“你真是的！问我？！你问他吧，警官！”

“警官！谁是警官？”这个人喊道，他哆嗦了一下，头上的头发一抖，好像忽然被一阵风吹动了似的。

“嗯，我是警官，”日金说，“要是你那么想知道的话。你是谁？你为什么在这儿待着，这副人不人鬼不鬼的样子？你把我们的口袋和滑雪板弄到哪儿去了？藏哪儿了？”

“你怎么证明你是警官？”这人接着盘问道，好像没听到日金的问题，“你为什么到这儿来？”

“我才不会向你证明。我说我是警官就是警官。我代表政府，你回答我，你是谁？要不等我把你拘起来，我有办法让你一五一十全吐出来。”

那个人不说话了，安静下来，眼睛里的光也暗淡了一些。

“你吞了木头了？”科姆列夫凶巴巴地问，“问你呢，回答！”

“如果你是警官，那你说，你为什么到这儿来？”那人死盯着日金，说，“是阿扎洛夫派你来的吗？”

“我根本不认识什么阿扎洛夫！”日金发脾气了，“我也不是自愿来这儿的，是长官派我来的。是警察局局长亲自下的命令！你这疯子，明白吗？别在跟我躲猫猫了！我用不着跟你证明什么！我在问你，快说！”

“这么说不是阿扎洛夫派来的。”那个人绝望地拉着长声，他的声音颤抖着，大张鼻孔吸着气，眼光完全暗淡下来了，滚出了几滴眼泪，泪珠顺着鼻子往下滑，钻进烟灰色的胡子里不见了，在脏兮兮皱巴巴的脸上留下两道发亮的，弯弯曲曲的泪痕。

这个人的变化出人意料，而且几乎是瞬间发生的，使得日金和科姆列夫不由得互相看了一眼，好像在问对方：怎么回事？

这时那个人的头又颤抖了一下，唱了起来。他唱得很奇怪——没有歌词，调子没有起伏，拖得长长的，现在他的眼睛闭起来了，好像不想看面前不知所措的日金和科姆列夫。最后日金坚决地向前迈了一步，正要把这树精当胸抓住摇晃他，他却睁开了眼睛，那奇怪的歌陡然中止，用正常的普通的声调发出抱怨，好像继续一场意外中断的谈话：

“我一个人在这儿待了长时间，太闷得慌了。我一直没学会跟自己说话，倒是常给自己唱歌。我自己唱自己听，觉得好像不是个野人，好像身边还有个活人。”

“你干吗要待在这儿，你早就该去金矿，跟大家一样过日子啊？”日金吃惊地说。

“我不能，”树精长叹一声，回答，“我答应了，我想说到做到，可是没做到。你们根本不知道，我最后的希望都给夺走了。如果你们不是阿扎洛夫派来的，我就没指望了。”

这场谈话莫名其妙，糊里糊涂，但日金耐着性子没有打断也没有催促这个树精，而是等着他说到正题上。不知为何，他相信他一定会把一切说出来：怎么来到这个荒无人烟的地方，为什么在这儿待那么长时间，在冰天雪地里是怎么活下来的。

他猜对了。

这个奇怪的人用勉强能听到的小声告诉他们口袋和滑雪板在哪儿，要求他们给他一块面包。科姆列夫把口袋拖来，切下厚厚的一片冻得硬邦邦的面包，日金也给他的胳膊松了绑，这个人张开双手接过面包，凑到脸跟前闻了半天，朝它哈着气。又有两颗泪珠顺着刚才的痕迹滚下来。他把面包掰成冰碴一样的小碎块儿吸吮着，用舌头把最后一点碎屑从手上舔干净，长出一口气，拖着长声，差不多跟唱歌似的说：

“真……香……啊……”

“你没有面包，在这儿吃什么？”科姆列夫问。

“我给兔子下套儿，在湖里抓鱼，采稠李，煮蘑菇，有好多可以吃的，只要认得……我认得……你，警官，知道你的所长叫什么吗？”

“他叫维基里安斯基，彼得·叶菲莫维奇。”

“没错，就是这个名字。我没到他面前，我走到派出所就往回转了，我没那么大的勇气，后来我就到这儿来了，走着来的……”

“老兄，你别东拉西扯了，”日金到底忍不住了，“我没耐心了。你从头儿说。”

“我就是从头儿说呢……你们好像真的不是阿扎洛夫派来的，糟糕……”

他讲得很短，可能正因为如此没有引起日金的一点怀疑。他一下子就相信确实是那么回事。

事情是这样的……

雅科夫·雷马列夫带着一队木匠在各个大的村庄转着揽活儿干——

拆房子，盖教堂和钟楼，在河上架桥……他们不挑拣，什么活都接。只要接下活儿，就干得很好。他们自己从来不去找活儿，相反，是别人来找他们，而且要排队，有时候要等上几个月——只为了能雇到雷马列夫的工程队……

阿扎洛夫也耐心地等着，他好几次从帕尔菲诺夫金矿来找雷马列夫，说他的活儿给钱很多，但是没有说这是个什么活儿。他说等工程队来到金矿，他会现场给他们讲。

于是他们来了。

阿扎罗甚至没让他们看清周边的情况，当天就吩咐把所有的木工工具以及铁棍、铁锹、铁铲装到拖架车上，一小队人马向泰加森林的深处出发了。第二天，他们穿过密林，翻过一座石丘，好不容易到了。阿扎洛夫给他们看了地方，终于告诉他们要造一个地窖。这是一个特别的地窖，要有巧妙的入口，让外人看不出来。他出了价，价钱很好。木匠们听了以后惊呆了，他们面面相觑，只等着工程队的头儿雅科夫·雷马列夫发话。他没有多考虑，他从伙计们的目光中看出，他们很愿意接这个虽然不同寻常但钱很多的活儿，甚至阿扎洛夫说这个工程不能告诉任何人，施工地点要绝对保密，也没引起任何人的疑虑。不让说就不说好了。说到底，金矿的头儿为何要掘地，为何要建地窖，这不关他们的事。说不定他想在那儿存放腌肉吧。

阿扎洛夫当场就给了工程队丰厚的预付款，许诺在交工后会很快付全款，毫不拖延。

他们干得很快，按照约定做了精巧的入口，非常隐秘，外人从这个入口前走过时一点也看不出来。

结账的时候到了。阿扎洛夫不掩饰他的高兴，跟木匠们开着玩笑，说这么巧的手艺人打着灯笼也难找，他说明天到了金矿他就付余款，而今天按照规矩要请喝酒。用车拉来了几个皮口袋，里面的吃食很多，有肉、馅饼、新鲜面包、牛奶、猪油——一句话，应有尽有。自然也送来了伏特加和啤酒，甚至还一种甜饮料——真不应该大老远地把它运来，谁会喝呢？但实际上他们却喝了，喝得一滴不剩，在干了很长时间的重活儿之后，大伙儿都开怀畅饮起来。他们喝了很多伏特加和饮料，甚至本该在第二天解酒用的啤酒。但是木匠们并没受头疼的折磨，因为他们没有醒来，醉倒在哪里就一直躺在哪儿。只有工程队的头儿雅科夫·雷马列夫醒过来了，也许因为他喜欢牛奶，所以得救了。在玩乐之前他就忍不住喝了很多新鲜牛奶。也许因为他身体壮，反正撒在伏特加、饮料和啤酒中的毒药尽管让他五内俱焚、头疼欲裂，但并没把他毒死。他睁开眼，想弄明白他怎么了。他看到阿扎洛夫正在死去的木匠身上搜索，把自己不久前发的钱拽出来，然后把尸体一裹，好像圆木那样码在拖架车上，推一推小马，它就听话地把可怕的货物拉到湖边。在那里阿扎洛夫掉转马头，把死者丢进绿色的浮萍中，就头也不回地回来了。也没什么可回头看的，湖岸是沼泽，用不了一个小时，绿色的浮萍就会重新被滚滚波浪淹没，把死者永远盖在深水里。

雷马列夫马上明白，他现在最好装死。要是阿扎洛夫看到他还在喘气，一定会把他打死，把他拖到更深的地方淹死。他装死，甚至屏住呼吸，很快就到了湖里，阿扎洛夫走了，他才有机会爬上来。雷马列夫五内俱焚、全身抽搐地在林子里藏了两天，他吐血，没完没了地泻肚，一次次像死过去一样失去知觉，但最终熬过来了。他活下来了。终于，他两腿颤颤巍巍地站起来了，挣扎着来到林间空地——不久前他的工程队还在这里来来往往，热热闹闹的，但是现在他找不到六个木匠留下的一点痕迹，根本看不出他们曾经在这里。只有被踩倒的草显示出这里有过人，但是草也已经长高了，直起来了。

雷马列夫坐在这片草地上，双手抱着头，强忍着剧烈的痛苦。他明白过来，发生这场祸事的原因很清楚，很简单。他们受丰厚工钱的诱惑在荒无人烟的地方为阿扎洛夫建的这个古怪的地窖不是存腌肉的。这里存的只能是金子，不可能是别的。既然是金子，那么任何外人都不应该知道这件事，毒死木匠们是早就策划好的。

当雷马列夫把一切都理出头绪之后，他绝望了：是他没有觉察到危险，把手下所有的木匠带到了死地，现在他怎么去面对那些孤儿寡母呢？他怎么跟他们说？

只有一件事可以做——向政府告发阿扎洛夫。

他积攒力量，瘸着腿穿过密林，挣扎着向大路的方向走。当时是夏天，可以在随便一棵树下过夜，用不着生火。

他徒步到了大路，接着搭顺路的马车去叶尔班。他想找派出所所长，在路上他就跟消息灵通的人打听了所长的姓名，他想毫无保留地报告在阴暗的泰加森林中发生的一切。他已经到了派出所，已经在不远的地方看到了一大早来履职的所长，已经要追上他了，可是他的双腿忽然不听话了，好像灌了铅。一个简单而十分可怕念头吓得他一阵发冷：雅科夫，你怎么知道他们会相信你？你是谁？阿扎洛夫是谁？你怎么证明一切确实是那样的？没有签过正规的合同。要是阿扎洛夫矢口否认，说是第一次见到这个人，他根本不知道他的那些木匠到哪儿去了，说不定是工头自己杀了他们，现在要嫁祸于诚实的人……雅科夫在派出所对面站了好久，左思右想，终于没能下决心。因为担心自己的安危，他无法往前走，去追所长。于是他转身向着相反的方向走去——去大路，然后——穿过泰加森林去密室前的石丘。

他连想都没有想过回家，因为他的整个工程队都是同一个村子的人。他怎么向手下的木匠们的那么多亲戚解释，他们会信他吗……

所以，他选择了唯一的一条路——去密室。

路上雅科夫昧着良心偷了些东西——斧子、锯以及其他过日子必需的小东西，带到石丘的已经是两个大包袱了。他什么都没扔，都拖到了那里，觉得在盖房子和开始过日子的时候什么都用得着。那时他就下了最后的决心，他要在这个密室旁寸步不离地盯着，一直到实现了他策划的复仇。

雅科夫猜得没错。他很快就窥探到，阿扎洛夫来到了密室。他下到里面，待了不长时间就走了。雅科夫随后也进了密室，很快就猜到那个藏在最里面的角落的上锁的铁箱子里藏着金子。后来阿扎洛夫来了一趟又一趟，铁箱子越来越满，越来越沉，雅科夫心中好笑，他从没想到会守着那么大笔的财宝挨饿。开始时，饥饿把他折磨得要死，连夜里都梦见吃的东西，但后来他习惯了，好歹吃一点就能凑合活着。

忽然阿扎洛夫不再来了，他再没有出现。春天过去了，然后是夏天，秋天，冬天，度过严寒之后，小鸟又鸣叫起来，却再也没有一个人来石丘。不知是因为计划好的报复没能实施而伤心还是因为别的原因，雅科夫的皮肤开始溃烂。从胳膊肘到手指尖的皮肤都开始发红和脱落，脚上的皮肤则干脆裂开了，露出了鲜肉。于是他开始赤脚，就是冬天也赤脚走在雪地上——这样他还好受些。但很快这样走路也变得很困难，于是他把棍子绑在树杈和树枝上，现在靠从一根棍子跳到另一根棍子围绕密室活动。他跳得很熟练，以至于在树上比在地上还行动迅速。

当他看到两个他不认识的人来到这里，并在漂石旁歇息，他很高兴，好像盼望已久的客人终于到了，但是看来他高兴得太早了……

雅科夫讲完了他的事情，不再说话，他想再来点面包。

“多给他掰一些，”日金吩咐道，同时用脚把背囊往科姆列夫跟前踢了踢，“这倒霉鬼受了大罪，就是吃完整个一个面包也行。不过，雅科夫·雷马列夫，你吃之前先告诉我，你打算怎么报复阿扎洛夫？你为什么对这个只字不提？保密吗？”

“现在我一点也不打算保密了。现在我脚坏了，跑不了，也没人可等了，既然开始说，就得说完。我想把他埋在这里……”

“谁？”

“阿扎洛夫。”

“那他来这儿的时候，你怎么早不把他干掉？”

“我想等他弄来更多的金子。我想让他高兴，让他眼睛里放出幸福的光。我想到那时候把这幸福的人给埋了。还有，想让这继承人受点罪……”

“你打算怎么惩罚他？”日金小心地问。

“等等，让我吃点面包，我带你们看……”

/十/

严寒几小时内就消散了，好像从南边刮来的清风把它推到别的地方了。天忽然暖和了，低低的天上乌云裂开，一块块迅速滚过去，很快又聚在一起，像一群羊，严严实实地盖住不久前还光芒四射的太阳，一团浓重的灰暗笼罩大地。风停了，出现了像暴风雨将临时的那种令人不安的宁静。但是没有雷声响起。天空无声地裂开，从看不见的裂口处落下鹅毛大雪。雪很大，在一片密集的白色的风暴中什么都看不清楚了。

得加快速度。

“咱们不该骑马局长先生，”赫里布诺夫说，“应该像日金一样滑雪，那样更快！”

波罗佐夫没有答话。他不想解释，他吩咐骑马是因为怕到得晚了，担心斯托尔波夫—拉斯托尔古耶夫带着他的人赶在前面到达。这是绝对不行的。骑马正是为了这个。他怎么知道会突如其来地下起这么大的雪呢……他问道：

“赫里布诺夫，我们离那个石丘还有多远？”

“鬼才知道，眼睛都迷住了，看不见。我觉得快到了，只要别迷路。得牵着马走。”

“那就牵着吧！”

他们小心翼翼地往前走，只能模糊地看到前面那匹马的尾巴。走在最前面的是赫里布诺夫，波罗佐夫紧随其后，接着是格里沙—米沙和警卫队员们。雪越下越大，好像为了这一天积蓄已久，此时一股脑儿地从天而降。雪片差不多有巴掌大，冰冷的雪花粘在脸上，厚厚地堆在肩上，甚至能感到雪的重量。

“万一他们改变了主意呢？说不定他们会向自己的越冬房集结，而不是去密室？”波罗佐夫问他自己，随后又把这个困扰他的让他不安的想法赶开，“不，错不了。他们会去密室的。一定去密室！”

警察局局长当然明白，他这是孤注一掷。当在卡捷琳娜的房子外面望风的赫里布诺夫跑来报告匪帮已经全体上马、准备出发的时候，波罗佐夫马上不假思索地命令他手下的人赶往密室——他们得抢在前面，在石丘旁抢占有利位置。他相信斯托尔波夫—拉斯托尔古耶夫抵挡不住拿下秘密金库的诱惑，一定会进入泰加森林，现在最重要的是要及时赶到那里设伏。

他把缰绳抓得更紧些，抹去在脸上渐渐融化的雪，努力跟上赫里布诺夫，虽然他已经筋疲力尽，却不打算下令歇息。

就在这时，不知从哪里刮来一阵狂风，它迅速聚集起一股力量，卷起漫天雪幕，云杉的树梢左右摇摆，发出低沉的，经久不息的轰响。天昏地暗，不知是天空掉落下来还是相反，大地腾空而起，波罗佐夫把手伸到面前都看不到它。

显然，继续往前走已经不可能了，这样瞎走的话不知道会走到哪里。波罗佐夫赶上赫里布诺夫，对着他的耳朵喊，说需要找个地方停下来歇脚。他们靠在一棵老雪松下，它低处的树杈很结实，浓密的针叶形成了一个盖子。在树干旁边连积雪都不那么深。他们在树下歇息了片刻，抖掉身上的雪，给马松松肚带，好让它们也缓口气。一个警卫队员甚至卷了一支烟抽，几个火星从他隆起的手掌里飞出，然后熄灭了。

风不停地刮着，在树梢之间发出巨响，不时夹杂着尖利的、拖拖拉拉的“吱嘎”声——这是有的树杈被吹断了。被刮断的树枝和着雪乱飞，时而有一些粗大的树杈轰然落地。一场真正的暴风雪席卷了泰加森林。它好像特意要拦住人们的去路，让人迷路，让人被雪堆掩埋。

“啊——啊——啊！”透过暴风雪的咆哮模模糊糊地传来了一声拖长的喊叫。

接着是“啊——啊——啊！”应答声。

听不清喊叫的内容，但显然，毫无疑问，这是有人在互相喊话，免得在没完没了地发出巨响声的白色旋风中互相失散。

声音越来越近。

波罗佐夫一下子就猜到，发生了可以想到的最坏的事情：他们没能赶在斯托尔波夫—拉斯托尔古耶夫的人前面，现在他们在最不适当的地方意外相遇了。这伙人互相呼唤着，马上就要径直朝这棵雪松走来了。

“枪上膛！准备！”他发出了断断续续的命令，迅速抓起了卡宾枪。

虽然听不清，但他用不着说第二遍。格里沙—米沙和警卫队员们自己也清楚什么样的危险正在逼近。他们明白，这不是迷路的旅伴在互相呼喊，而是凶恶的匪帮就要出现在他们面前了。他们在雪松旁围成半圆做好准备，有个人单膝跪下，就在这一刻，不早不晚，暴风雪最初的力气好像用尽了，一下子就没劲儿了，弱了下去。劲风止息，树梢的喧嚣减弱，已经能很清楚地听到有人声嘶力竭地喊：

“这边来，到这边来！”

从雪松到那些最近的云杉之间有一小段距离，现在暴风雪小了，这些云杉清楚地出现在眼前，已经可以看到一些身影在云杉背后活动。这些人活动得很快，马上就要出现在云杉和雪松之间的那片不大的开阔地了。再等下去很危险，他们几个箭步就可以冲过这片不大的空地，如果等到短兵相接，双方的力量非常悬殊。

波罗佐夫瞄准目标，第一个开了枪，而后格里沙—米沙和警卫队员们的枪也纷纷开火，在云杉背后有人尖叫，有人呼喊，接着手忙脚乱地开始回击。几条黑影向云杉林的深处退去，消失在一团混沌中。波罗佐夫利用短暂的间隙下令别人躲到雪松背后，他自己也向后退，想退到巨大的树干后藏身，但是慢了一步。

一股不知什么力量撞击了一下他的肩膀，把他仰面朝天推倒，卡宾枪从他的手上滑落，钻进了雪里。他还能听到枪声，喊声，但这些声音变得越来越小，然后被脑袋里好像敲鼓一样清晰、迅速的敲击声代替了。无法忍受的剧痛砸入他的身体。他的嘴一下子变干了，干涩的舌头粘在牙齿上，波罗佐夫想抓起一把雪填到嘴里，可是他的胳膊动不了，只把无力的手指张开，就再也不动了。

而后他昏了过去，他只感觉到疼痛，偶尔有个女人的声音从记忆深处的某个地方浮出来，古怪而努力地唱着歌把他唤醒："灯光寥落的深夜，花儿凋零的晚秋……"而后歌声忽然中断，消失了。然后再次出现，又消失了。

当歌声又一次响起的时候，它被一个男人的声音粗鲁地打断了——那声音嘶哑，夹杂着咳嗽。波罗佐夫觉得实在受不了这声音，以至于愤怒了——他不想听到它。他愤怒得要命，以至于睁开了眼睛，他清醒过来第一眼看到的是一个大铜盆，轻盈的水汽从盆里升起，然后飘散在空气里。他转动眼睛看看四周，看到一个汉子端着盆，把头扭到一边咳嗽着，同时说着什么——气呼呼地。他仔细听听，听见他说道：

"我跟你说俄语呢，你这头牛，我说的是俄语：水不热，早就凉了。把破布和剪子拿来，你没法用手把旧包扎扯下来，它已经粘住了！"

回答它的是什么东西敲了一下，那汉子接着说：

"别跟我耍性子，我要拿鞭子抽的！我救了这个大官的命，可她还跟我耍横！我好久没抽你了，把你惯坏了！把破布抽出来，别忘了剪子。”

波罗佐夫的头晕起来，但已经没有疼得要裂的感觉了。他闭上眼，觉得自己正轻轻地，平稳地向什么地方漂。他感到轻快，甚至高兴，带着这种高兴的感觉睡着了。真的是睡着了，而不是再次晕过去。

当他睡醒的时候，他看到的还是那个汉子，现在他坐在窗边的长凳上往外看。阳光透过结着冰花的窗户玻璃射了进来。他觉得这个汉子有些面熟，波罗佐夫吃力地动了动不听话的嘴唇，小声问道：

“你是谁？”

那汉子从长凳上跳了起来，跑过来，高兴地张开双臂，好像要拥抱他一样，他兴高采烈地说：

“我是赫里布诺夫，警察局长先生！难道您认不出来了？我是金矿上的警卫队员！您醒过来了，太好了，我，该死，都开始担心了……好了，现在都妥了，现在您就要开始康复了！我自己有过这样的经验。三年前一只熊把我伤了，大家都以为我活不了了，结果没事，全好了。您也会好的，伤口已经开始结痂，不再流血了！”

“给我点喝的。”波罗佐夫要求。

“马上，这就来，有菜汤……我什么都有，除了幸福和一个好女人。她厉害得不得了呢。等您好了，我要拿鞭子好好抽她！”

赫里布诺夫说着把汤倒在一个陶杯里，用一条结实的胳膊把波罗佐夫小心地扶起来喂他喝。他把枕头整理了一下，波罗佐夫觉得呼吸轻快些了，头也不晕了，已经能清清楚楚地看到面前的赫里布诺夫，清楚地听到他沙哑的粗嗓子。

“我怎么到这儿来了？我的那两个干探呢？讲讲，仔细讲讲……”

“好吧，细讲就细讲，我一五一十跟您报告……要是从头说起的话，是这么档子事……子弹把您穿透以后，我们把您拖到雪松后面，以为您完了，不，我们一看，您还在喘气。您那两个干探对我说：抱他上马，离开这儿，我们掩护。我把您放到马上，拉着马一通乱跑。身后一片枪声，好像两支军队在交火。好在当时又是刮风又是下雪，我们没被打中。我不知道走了多远，那两个干探追上了我，说我的那些警卫队员已经全都被撂倒了，他们命令我救您，把您送到金矿。我问，那你们现在去哪儿？他们说，我们还是去密室，我们要追赶匪帮。他们拿走了您带在身上的地图，吓唬我说，不许违抗他们的命令。我们就这么分手了。他们走他们的，我就往金矿走。总算到了，这不，现在我正伺候您养伤呢。”

“匪帮里有没有人留在矿上？”

“一个都没有，我亲自检查过了。在越冬房那儿出了点事……”赫里布诺夫没说完就停下了，因为他看到波罗佐夫睡着了，他深深地呼吸着，睡得很沉。赫里布诺夫踮着脚尖，小心翼翼地回到窗边的长凳那里，把空陶碗放在窗台上，画了一个十字：

“感谢上帝，他们吓唬我说：要是你不能把我们的长官活着送到地方，到了那个世界我们也要把你找到，那时候你可别怨我们……这俩主儿，真够呛！”

/十一/

要是赫里布诺夫有时间把最近金矿发生的事告诉警察局局长，他一定会大吃一惊。

事情是这样的：

当波罗佐夫放了季奥米特——现在他一点也用不着他和他的主人帕尔菲诺夫，这个看门人就像一匹跑马一样从金矿的经理处跑开了。他飞快地掠过街道，消失在栅栏后面，好像一头扎进了雪堆。其实并没有人盯他的梢，看他往哪里跑，所有的人都在忙着准备出发。

季奥米特穿过一个个雪堆，在离卡捷琳娜的房子不远的地方趴下，开始观察周围发生的事情。这里的人也在准备上路。不错，不像金矿经理处那边那么匆忙，但可以看到他们喂马、饮马，拖出一些口袋，斯托尔波夫—拉斯托尔古耶夫不时从屋子里出来来到台阶上，挥着鞭子，指手画脚地吩咐些什么。

季奥米特明白，再过一会儿匪帮就要离开这里了。所以他一动不动地躺在那里不露头，耐心等待着。他打算需要等多久就等多久，哪怕等一天，两天，一年。他对周围发生的事情一点也不感兴趣，——谁要去哪里，谁要去追谁，他甚至对主人巴维尔·拉夫连季耶维奇·帕尔菲诺夫也不感兴趣，他不知因为什么古怪的念头带着他和瓦纽什卡一起来金矿，现在又因为这个事情被人捉住。看门人季奥米特把所有多余的和没用的东西都放在了一边，除了一件事——他只心疼瓦纽什卡。他一直单身一人，从来没有家累，可是最近却突如其来地有了真正的当父亲的感觉。瓦纽什卡紧紧抓住了他的心，他觉得好像他一直都在他的身边。好像随时可以把他的大手放在他的乱糟糟的脑袋上，感受到发自内心的柔情，静静地、幸福地感受那份因生命出现了前所未有的意义而产生的喜悦。他对瓦纽什卡的关怀是他那放荡的亲妈从来没给过他的。他亲自给他弄饭，安排他睡觉，带他去澡堂，教他洗蒸气浴，为他做小雪橇，让他坐在上面顺着山坡往下滑，还给他做小滑雪板。他做这一切的时候心里充满柔情，和把手放在瓦纽什卡乱蓬蓬的脑袋上时一样。

而此时瓦纽什卡陷入了危险。直到现在他们还不放他出仓房。他们把他锁在那里，但不知道这是为什么，也可能他们只不过是把他忘了。季奥米特在等待匪帮离开院子，希望他们不会带上这孩子。他对他们有什么用处？

但季奥米特错了。

他们把瓦纽什卡像狗崽一样抓着后脖子从仓房拎了出来，与此同时帕尔菲诺夫出现在台阶上。他们被带上雪橇，两边安排了两个带枪的匪徒，然后大车不慌不忙地沿着街道向金矿的边缘行驶起来。季奥米特从雪堆后爬起来，也借着篱笆的掩护跟着往街上走。他一直跑到了金矿的最边缘，他要看看大车接着往哪里走，他猜他们是要去越冬房。当他跟瓦纽什卡和帕尔菲诺夫被拉到金矿的时候，他在途中把路记住了。

嘿，现在要是有一匹马就好了，哪怕是一匹瘦马呢！

可是到哪里去弄呢！

只好徒步去越冬房了。他连跑带走，一刻不歇，甚至没有感觉到累。雪在他的脚下轻轻地发出咯吱咯吱的声音，他踩着雪，觉得眼前看到的不是道路，而是被抓着后脖子揪到雪橇上的瓦纽什卡，他一个劲地往季奥米特藏身的雪堆那边扭头，好像知道或看到他在那里，他喊着什么，好像在求救。可是一点也没法子救这孩子，绝望的感觉一刻也没有离开他，像鞭子一样催着他赶路。

当他赶到越冬房的时候，天已经快黑了。他来到一棵枝杈伸展得很宽的大云杉树下，朝地上一扑，用干干的嘴唇嚼了两口雪，把冰冷的雪水吞下，缓一口气。

然后他环顾四周。

越冬房房顶上的烟囱冒出浓浓的，像焦油一样的黑烟，看样子有人在烧含树脂的木柴取暖。周围一个人也没有。一个窗口透出微弱的灯光，好像是烛光。季奥米特没有急于从云杉树下走出去，他在等待夜色浓重起来，那时就可以走近越冬房而不被发现。但他一点也不知道，如果他能走近越冬房的话，下一步该怎么做：他赤手空拳，没法破门而入，而门肯定是上了锁的。他又不能去敲门，等他们开了门跟他们说他是来解救瓦纽什卡的，他们会一枪击中他的额头——就这么简单。

忽然他发现，在越冬房前面那个不大的院子的另一边，有一个影子在黑暗中一闪而过，然后又出现了一个影子，然后又是一个……季奥米特看了半天，怎么也不明白那是什么在动？他甚至从云杉树下爬出来，稍微站直了身子。那些影子站住了，一动不动，一声拖长的嗥叫像一把刀子一样刺入深深的寂静，将它划破。

“狼！”季奥米特一惊。

好像要证实他的猜测，那些影子不慌不忙地向他靠近，连续不断地发出恐怖的嗥叫，那嗥叫声越来越响，越来越凄厉，在越冬房的周围回荡着。季奥米特退回云杉树下，藏进雪里，他知道，如果狼嗅到了他的气味就糟了。

它们继续号叫着。

现在已经可以清楚地看到它们的眼睛在黑暗中放出冷冷的凶光。

这时传来短短的一声开门声，黑暗中飞过一团火枪射出的火，枪声把狼嚎声镇住了。那些影子向后跳开，转着圈子，搅成一团，不情愿地，甚至懒洋洋地滑进了泰加森林，就连追着它们放的第二枪和第三枪都没使它们加快速度。

又恢复了万籁俱寂的状态。

季奥米特跳起来，好像一股看不见的力量把他从地上抛了起来似的。他一下子扯下自己身上的半长裘皮大衣，把它往雪堆上一扔，在上面掼了几下雪，然后冲到越冬房的台阶上，就像一个垂死挣扎，没处躲没处跑的人那样声嘶力竭地号叫起来。

他是瞬间、自然而然地做出这个决定的，他甚至来不及仔细想就听从了它的支配，就像一个士兵不假思索地服从突然下达的命令一样。他跳上台阶，继续号叫着，双手拍打着门：

“救命！救命！吃人啦！”

他一边喊一边吓得直发冷，因为对方可能会开枪。很可能会发生这样的事。他们也许会冲着声音的方向瞄准开枪，甚至门都不开，免得耽误时间。

但是没有枪响，门也开了。门开了一条缝儿，季奥米特冲向从里面透出的那片昏暗的灯光，绊在门槛上，轰隆一声摔倒在地，这是真的摔倒，不是假摔，额头撞在刨得凹凸不平的地板上，撞得很疼，皮也磕破了，甚至感到热乎乎的血顺着脸流下来。

他翻转身，两手撑地往墙边爬，又喊道：

“狼！要吃我！”

“它们不会吃你这样的臭屎的！”他的上方响起一个嘲笑的声音，“你是谁？是从哪儿冒出来的？”

他用手把流到眼睛的血抹去，看到面前是两个带枪的匪徒，他说：

“我是跟着帕尔菲诺夫斯基的季奥米特。你们的头儿让我来这儿，让我指路……他还说，要是我逃跑，他会把我抓住，打得我灵魂出窍……我就出来了……这不，遇见了狼。我不知道把半长裘皮大衣扔到哪儿去了，那是全新的，好得很……幸好你们开枪了，它们退了，可是后来它们又开始追我……”

季奥米特这么说着，他甚至来不及好好想想他说的话。他说得很快，上气不接下气，边说边哆嗦，这不是装的——他惊魂未定。这是很可怕的，不管怎么说，他半夜三更地不是跑到了平民百姓的家里，而是跑到真正的、不折不扣的强盗窝里，对他们来说结果一个人的性命就像拍死一只苍蝇那么容易。

里面的人相信了他。

他们哈哈大笑，其中一个匪徒开始抽动着鼻子闻起来。

“有股子屎味儿。你闻到了吗，克里木？”

那个叫克里木的也使劲闻着：

“是有股子屎味儿！拉了一裤！你听到了吗，狗东西？你身上有股子屎味儿！狼吓着了你，你却得了熊病[①]！”

他们俩很得意，又大笑起来。他们看着满脸是血的季奥米特不知所措地坐在地上听他们打趣，连连点头，觉得很开心。

---

① 意思是吓得拉了裤子。

“该怎么收留你呢？”克里木问道，“是把你锁起来，还是随便走呢？”

“随便走，我不是逃犯。”季奥米特回答。

“哈，随便走！我们这儿有过一位，随便走……大胡子，让他去找那个，他叫什么来着？——帕尔菲诺夫！让他们聊聊。”

那叫“大胡子”的匪徒其实没有大胡子，脸上只有红色的络腮胡。他没说话，只挥挥手，让季奥米特从地板上起来，又一声不响地指着通往一个包铁的门的窄过道。他哗啦啦地打开锁，让季奥米特进到一个黑洞洞的地方，在他身后把门咣当关上了。

然后又是一阵哗啦啦上锁的声音。

“是谁？”季奥米特听到了他的主人不安的声音。

“是我，巴维尔·拉夫连季耶维奇。”

“你怎么到这儿来了？”

季奥米特简短地解释了一下，巴维尔·拉夫连季耶维奇叹了口气：

“你这傻瓜。难道命不值钱吗？”

季奥米特没有回答，他摸黑找到了长凳，坐在上面，问道：

“瓦纽什卡在哪儿？”

“在一个什么地方。他们让他单独待着。”

“为什么单独呢？”

“拉斯托尔古耶夫要把他收了。”

“怎么收法？”

“就是带着。他看上这孩子了，他说，我要教他当我的助手。”

“当土匪？”

“不，”听得出帕尔菲诺夫笑了，“不是土匪，而是体面的小伙子，陛下的侍从。”

季奥米特反应有点慢，但他还是猜出主人在开玩笑，他们真的是想让瓦纽什卡进匪帮，教他当土匪。不用说，这孩子身体灵活，脑子机灵，要是跟着坏人的话，他什么事都干得了，钻窗钻洞，飞檐走壁。

不，不行，这可不成！

他季奥米特来越冬房是对的。要是有必要，他一定要把瓦纽什卡救出去，如果有必要，他可以把命搭在这儿。此刻就连一直控制着他的恐惧也好像没那么明显了。对这个没有血缘关系，却已经成了他的骨肉的孩子的担心占了上风，现在他只想一件事——怎么从这里逃出去。

他摸索着找到门，用肩膀顶一顶，看看有多结实，然后退了回来——那门纹丝不动。门板钉得很结实，外边牢牢地包着铁皮。粗粗的圆木裂缝里夹着干苔藓，更是坚如磐石。季奥米特绝望地回到长凳坐下，把两只大手放在膝盖上，问道：

“巴维尔·拉夫连季耶维奇，你有没有法子让咱们从这儿逃走？”

帕尔菲诺夫又笑了：

“咱们还是躺下睡觉吧。咱们怎么也出不去的。我们只能在这儿等着拉斯托尔古耶夫回来。要是我们运气好，他会放了我们。至于那孩子就别想了——他不会放他的。他说要带那孩子的时候，眼睛直放光。这是没办法的事。忘了吧，这是命。”

黑暗中季奥米特看不见主人的脸，但他的声音听得很清楚。不是他说的话，而是他说话的语气清楚地告诉他，此刻巴维尔·拉夫连季耶维奇只想着他自己，只关心他自己。他毫不关心瓦纽什卡和季奥米特。对于他来说他们算什么？什么都不是！无所谓。他还可以雇几十个季奥米特这样的人。至于那个缺爹少妈的穷孩子更是一钱不值。要是你想身边有个活人，可以随便找这么一个。

想到这些，季奥米特很沮丧，甚至用手拍了下膝盖。这一拍他听到裤兜里有什么东西发出低沉的叮当声。他把手伸进去——真没想到！是整整一盒火柴。他想起他在金矿经理处曾找一个警卫队员借火，想抽一支卷烟。警卫队员把一盒火柴递给他，正在季奥米特点火抽烟的时候，警卫队员被叫走了，这盒火柴就留在了季奥米特那里。他把它塞进口袋后就忘了，现在才偶然发现。

他划了一根火柴，颤动的火光推开黑暗，照亮了圆木墙和缝隙中的苔藓。圆木码得不太紧，也可能是干了，已经有裂缝了，如果把苔藓掏出来，尽管很费劲，还是能把手伸进去裂缝里去。

“巴维尔·拉夫连季耶维奇，帮个忙。”他请求道。

“你想什么呢，傻瓜。待着吧，省着点火柴！”这已经是严厉而权威的主人的语气了。要是在别的时间，季奥米特会不假思索，毫不抵抗地服从，但是今天这种语气对他不起任何作用。

他用手指从开裂的圆木上抠下一片薄薄的木片，把它点燃，放在窄缝里。微弱的火苗给小黑屋带来了昏暗的光。他开始就着这光亮从缝隙中抠苔藓，把松动的苔藓往外捅，捅到走道上。帕尔菲诺夫到底也没起身帮他，还是坐在原来的地方，但不再发号施令，看来他心里明白他已经管不住这个看门人了。此时季奥米特并不回头看他，已经在圆木之间的缝隙中掏出了一个大空，把燃烧的干苔藓塞进去。他又从衬衫衣襟上扯下一大块布条塞了进去。小屋子里发出呛人的烟味。苔藓当然不是桦树皮，不能一下子烧起来，但是很耐烧，火慢慢地蔓延着。又过了一会儿，开始有玫瑰色的反光在缝隙里一闪一闪的。季奥米特等这光变得更亮一些，才开始喊叫和用脚踹门。

烟越来越浓，越来越呛人。

走廊里响起了脚步声——有人往小屋子跑来了。季奥米特继续喊着，但稍微让开一点，当外面响起了开锁的声音，他猛地从门口冲了出去，就像被人们用长杆子从冬眠中惊醒的熊一样。他双手不由自主地伸出去，合起来，把一个人当胸抓住，至于那个人是谁，他连看一眼都来不及，就用尽全力，一下子把他怼到墙上。粗大的圆木发出重浊的一声，季奥米特此时怒不可遏，一下接一下地击打着那个在他手里瘫软下去的身体，好像想把这个匪徒钉进木头里似的。他错过了一瞬间，当身后有人扑上来，用有力的、无情的手扼住了他的脖子的时候，他没有回头，只是发出一声嘶吼。

“帮帮我！”季奥米特被烟呛，又被掐住喉咙，他喘不上气，声嘶力竭地喊道。他用尽全力、声嘶力竭地呼唤着帕尔菲诺夫，但是没能叫来，没有得到帮助，只有一个影子在被火光照亮的墙上一闪，然后消失了。连脚步声都没有听到，好像巴维尔·拉夫连季耶维奇是飞着冲向越冬房的门口。

那只手毫不放松地扼住他的喉咙，越来越用力，已经没有一点可以呼吸的缝隙了。季奥米特眼前直冒金星，再过一刹那，他就要完全没力气了。季奥米特憋得双手乱舞，忽然碰到了进攻者的头，绝望中下死劲把手指插入浓密的头发，用尽全力地揪，把头发连根拔起，那只手松了。他换了一口气，把手指合拢，又狠狠地揪了一把，终于摆脱了那只让他窒息的手。他一翻身，把那匪徒掀翻在地，现在已经是匪徒被死死扼住喉咙了。当压在身下的那个身体不再挣扎，杰奥米特站了起来。他两腿打战，不听使唤，但还是撑着把四处烧起来的火扑灭了。他把两个匪徒拖进小屋子，锁上了锁，冲到走廊，把大门大敞开，这时他才缓过气来。他喊道：

“巴维尔·拉夫连季耶维奇，你在哪儿？”

没有回应。他又喊了几声，仍然鸦雀无声。他明白了，他是喊不到自己的主人的，他已经跑了。他为了逃命一头钻进了夜幕中，想要远远离开该死的越冬房。

“哼，见你的鬼！”季奥米特大声说道，然后开始找瓦纽什卡。

他在架子床上找到了他，他正睡着。一只铁盘上燃着蜡烛，烛光照亮了孩子的脸。季奥米特向他弯下身子，仔细端详，好像他们已经分开很久。他的心安定了，现在他什么也不怕了。

“我们等到天亮，瓦纽什卡，”他想，“然后我们套上一匹马，离开这里。我们回城里去，找个地方安身。我们要像好人那样过日子。我不再回帕尔菲诺夫那里了，这是个烂人，算了……用不着一棵树吊死……”

季奥米特还想了很多，就这样看护着瓦纽什卡无忧无虑的梦，直到早晨。

早上他套了一匹马，把孩子放在雪橇里，他们就离开越冬房出发了。那两个匪徒还被锁在小黑屋，季奥米特不敢放他们出来。他相信两个人都还活着，所以担心——怕他们联起手来……不，就让他们在里面待一两天好了，他们饿不死，到了金矿他一定会告诉别人他们还关在那儿。

“季奥米特大叔，你看，那是什么？”眼尖的瓦纽什卡喊道，他甚至从雪橇的位子上站起来，惊得目瞪口呆，“那儿有一件裘皮大衣，好像还有肉……”

这时那匹套着的马直抽搐，往旁边躲着，它的两耳警觉地竖起来。季奥米特拉住缰绳，让马停下来。他从雪橇上下来，刚一迈步就被眼前的一幕惊呆了。雪地上摊着撕碎的裘皮大衣，和这些零碎杂乱交错的，是一具血淋淋的，被扯碎的人的残骸。

巴维尔·拉夫连季耶维奇·帕尔菲诺夫没能走远。狼群在荒野的路上将他截住，迅速地饱餐了一顿。

“金子，财产，都有什么用！”季奥米特跳上雪橇，抽了马一鞭子，那马赶快跑起来，它很乐意离开这个可怕的地方。

瓦纽什卡问了些什么，但是季奥米特没有说话，也没有回答。他能跟孩子说些什么呢？他现在还小，最好什么都不要知道。

他们一路顺利，很快到了金矿，到一个矿区边上的小屋里求宿，在那儿过了一夜，第二天季奥米特找到警卫队员赫里布诺夫，告诉了他在越冬房发生的事。

“你先去经理处。”赫里布诺夫对他说，“先跟孩子在那儿待一阵儿，然后我再决定送你们去哪儿……”

但是季奥米特没听他的，直接去了雅尔斯克，他想，够了，游荡得够了，该回家了。

/十二/

潮湿的泥土味扑面而来，带着浓重的死亡气息，好像刚掘的坟墓一样，让人不由得肩膀发颤，但不是因为冷，而是因为莫名的不安越来越强烈——宽宽的台阶通向地下深处，是用对半劈开的落叶松原木厚木板做的，沿着台阶每走一步不安就增长一分。

缠在木棒上的桦树皮燃烧着，火苗又细又长，照着斜坡两边的泥墙，墙上结着厚厚的一层霜。反光落在凝结的冰针上，寒光闪闪，如果不经意地碰到它们，它们就带着轻微的玻璃般的声音脱落下来。

现在已经是最后一级台阶了，前面就是用结实的落叶松板子铺的地面和两扇又窄又低、没有把手的门。

“拿着，”雅科夫把捆着燃烧的桦木皮的棍子交给日金，自己跪下，两手抓住最边上的木板，大吼一声，用力往起搬，可是木板纹丝没动。于是他弯得更低些，后背弯成一个圆弧，更大声地喊了一声。那板子动了，从它所在的泥窝稍微移开了一些。然后雅科夫把它彻底移开，抬起来靠在墙上。地窖的底部有一块宽宽的厚铁板，铁板下面是一个坑，好像一个带有木井架的小井，只是里面没有水，一些灰色的沙子平平地铺在底部。井的右壁嵌着一个螺纹很大、顶端加锁的螺丝。

雅科夫小心地下到井里，抓住螺丝顶端，又“嘿”地一用力，把它转了一圈。随后的进度就快了，转动螺丝很轻松，那扇窄门发出又细又难听的吱吱扭扭的声音，开始下降，好像陷入了地下。显然，某处看不见的巧妙机关在控制着门的开关，门的内面是用一整块铁做的，用斧子、撬棍都破不开。

吱吱扭扭的声音停了，门已经完全落下，雅科夫从井里爬出来，喘着粗气发出邀请：

“请进，警官先生，进来，欣赏财宝吧。”

“不了，”日金把头一甩，“你带路，我跟着你。”

“害怕吗？”

“是担心。差事是公家的，脑袋是自己的。”

“是这样啊，那好，照好亮。”

雅科夫弯着身子，第一个沿着狭窄的通道往下爬，日金举着桦树皮木棒跟在后面。摇摇晃晃的昏暗的光亮照着通道。过了通道以后，日金想直起身子，不料头撞到了低矮的顶子，顶子和墙都包着也是用对面劈开的原木做的木板。

“弯腰，警官，要不后脑勺会开瓢的。这宅子可不太宽敞。”

这宅子的确不宽敞，两面墙之间不超过三四步的宽度，在墙角有一个不大的铁箱，箱子中间露出一个不平整的洞。

“这是装锁的地方，嵌在箱子里，”雅科夫解释，“得用锉刀锯，我弄了一春天，总算锯开了……打开吧，警官，看看吧。”

日金弯腰打开箱子，可以看到里面金光闪闪——该死的！就是因为这照瞎了很多人眼睛的金光，他差点失去了他的瓦西丽莎；因为它，他不得不杀人，他自己好几次可能被打死，还不知道能不能活着摆脱这些麻烦；因为它，他不得不经历那么多的折磨，把好汉杰米利亚尼岑丢在雪地里，就像个流浪汉一样……唉！

警官发自内心地狠狠地朝金子吐了口唾沫，轰的一声盖上了箱子盖儿。他转向雅科夫：

“得了，上去吧。”

雅科夫站在那里没有动。

木棒上的桦树皮颤抖起来，火苗变小了。日金从口袋里拿出一块备用的桦树皮，把它卷在快要熄灭的火苗上，等它燃起来，又催促雅科夫：

“快点，待着干啥？睡着了？”

雅科夫晃了晃乱哄哄的脑袋，好像真的刚醒来，行动起来。他们从狭窄的通道爬出来，放下门，把铁板和木板放回原来的地方，开始顺着斜坡向上走，当他们已经快要上来的时候，雅科夫忽然提出：

“把火给我，我自己照着。你站在那儿别动。”

他把木棒伸进台阶之间，照亮了一根柱子，在柱子的顶端拴着一个绳套。那根绳子一直伸到上面。

“看到那绳套了吗，警官？”

“看到了，怎么？”

“那个……你问我打算怎么跟阿扎洛夫算账。现在我就回答你。这根绳子埋在上面的地里，嵌在木槽里，免得沤烂。绳子一直伸到山杨树，那棵山杨树你看见了。要是使劲拉这绳子，柱子就会倒下去，上面的地面就塌了。阿扎洛夫是跑不了的！可是我的想法没能实现，我真觉得可惜，都要哭了……”

“等等，等会儿再说你的梦想和遗憾。柱子怎么倒下去？”

“该怎么倒就怎么倒……说来话长，回头给你看——抽出台阶……我做了个巧妙的锯口儿，柱子立在那儿，可以说就像用鼻涕粘的，一点也不牢，稍微碰碰它，它就会翻个跟头……先前我不相信你，警官，在下来之前我还不相信你。”

“现在为什么相信了？”

“因为你看见金子没有哆嗦，这说明你真是个办公事的，还啐了一口……阿扎洛夫下来的时候尖叫了一声，在上面都能听到。”

“这个阿扎洛夫让你魔怔了！忘了他吧！”

“哎呀，忘了！我到死都会记住的！他把我的人都毁了。没关系，要是我抓不到他，我在地狱也要找到他，跟他算账！”

“一定会的。现在爬上去吧，上面好像起大风了。”

确实，他们上来的时候，上面开始变天了。大雪纷飞，狂风呜呜地呼啸着。当他们封闭密室的入口时，已是风雪大作了，现在是没法在野外生火取暖的。

“你们跟我来，别停。”雅科夫缩起身子躲着风雪，三步并做两步地往前走。

日金和科姆列夫抓起背囊和滑雪板跟着他走。他们走了好一阵子，直到前面的白雾中出现了一个用平整的，上好的圆木搭的敦实的小房子。它看起来像个玩具，甚至有个小小的带栏杆的三级台阶。小屋子的里面又脏又闷，墙壁和房顶上都有非常大的牛蒡在摇摇晃晃，上面盖着又黑又浓的煤烟子——用小圆石抹上黏土垒的炉灶裂开了，大概漏烟很厉害。屋子的地已经好久好久没有扫过和擦过了，有厚厚的一层泥，已经踩实了，看不见地板。墙角铺着苔藓，稍微高出地面，那是睡觉的地方，上面扔满破烂衣服。日金和科姆列夫就坐在了那里，因为再也没地方可坐了，除非坐在地板上，但地板太脏了。

“我习惯了，”雅科夫承认，“开始我还打扫，后来不管它了，烦了。再给我一点点面包，饿倒是不饿，就是想面包……”

他从科姆列夫手里接过一块面包，直接坐在角落的地上，不吭声了，可以清楚地听到墙外暴风雪的咆哮声。暴风雪没有变小，相反，刮得更猛了。在风的咆哮和呼啸声中，日金和科姆列夫不知不觉地打起盹儿来。他们跋涉了很长的路，昨夜又几乎没睡，所以累坏了。等他们醒过来，已经是黑夜了。两个人都不安地跳了起来，但雅科夫安慰他们说：

“睡吧，睡吧，我放哨。早上暴风雪就会停的，到时候我叫你们。”

日金没有答话，他站起身走出小房子。雪依然在下，但是风小了，变得不那么凶猛了。

“明天风暴过去，”日金想着，“客人就要到了。天一亮就要到周围看看，该在哪儿迎接客人，如果警察局长的伏击没成功的话。这磨人的事快点结束吧！该回家去了，回到瓦西丽莎身边。她怎么样了？”但是看起来这磨人是事还结束不了，还不知道要拖多久。也根本不可能让它加快速度，只好耐着性子等待。日金又在台阶上站了一会儿，叹息一番，回到屋里，他听到科姆列夫快活的，一点也不带睡意的声音：

“嗯，你应该拿他一疙瘩金子卖掉！那就可以在这儿建个豪宅了，看你穷的，住的地方像个羊圈！”

“我才用不着那个金子呢！”雅科夫回答，“我甚至想把它沉到湖里，省得诱惑人。我不能用它，我的伙计们在地狱不许我这么做。我惦记的是别的梦想，不是金子。可你们来了，把我的梦想给砸了，现在我肯定等不到阿扎洛夫了……”

“明天可能有人代替你的阿扎洛夫来这儿，”传来了日金的声音，“要是我们出差错，我们就会和你的木匠们一样，也被拽着腿扔到湖里，说不定连拖都不拖，免得磨磨蹭蹭的，就扔在这儿，连雪都不往身上盖……”

“那你们直接告诉我，你们来这儿干什么？”

“来唱歌跳舞！”科姆列夫插嘴说，他开心地哈哈大笑起来。

“算了，我们还有时间，睡不着，我讲给你听……”

于是，日金简单地告诉了雅科夫他们来到这个石丘的原因。雅科夫听着，晃着乱蓬蓬的头，在他的角落里乱动起来，他因为高兴连声音都变尖了：

“要是真像你说的那样的话，警官，我第一个帮你们！就算只是沾上点边儿，跟我想的不一样，我还是能让阿扎洛夫难受，让他尝尝厉害，想起我的伙计们！你直说了吧——我该做什么？只要我干得了，我都会干，没二话！”

“现在我们得一起想想该做什么。”

“听我说，警官。你的上司会不会把你开除了？”科姆列夫哈哈大笑，“他把下属叫过来问话：你有什么权力招这些助手？一个是从苦役里逃出来的，另一个是个真正的树精！你怎么想得出？”

“我根本用不着想！”日金生气地回答，连笑都没笑，“碰上谁就用谁。我没有别人，也没地方找人。”

“你说得好，”科姆列夫又哈哈大笑起来，“在这种荒山野岭的地方，你还能找谁？只有我和树精！”

“你先住嘴，太闹腾了……你最好想想，明天我们怎么才能活下来。”

“你会活下来的，警官，毫发无损，就像纯洁的大姑娘一样，只是要抓住我。”

“住嘴，别抽风了！”

/十三/

好像根本不曾有过坏天气似的，此时万籁俱寂，树枝不再咔嚓咔嚓响，小鸟也一声不出，一轮大太阳缓慢地、庄重地升起来了。依稀能感觉到微弱的寒意，然而周遭银装素裹，熠熠生辉，一切好像是在这一天刚刚诞生的一样。时而有几片孤零零的雪花飘落，雅科夫张开手掌去捉它们，捉到了以后他笑了：浓密的乱糟糟的大胡子稍微动了动，但是没有咧开——嘴唇藏在浓密的胡子后面，连看都看不见。

“树精就是树精，”日金扫了他一眼，想道，“让自己变成野兽的模样，真够可以的。唉，人啊，人啊，一个人一个脾气……”想到这里，他忽然感到一阵强烈的懊恼：对他身不由己卷入的这件奇怪而混乱的案件，他感到厌倦了……他想回家，回到瓦西丽莎身边，因为现在要重新安顿家庭生活，阿廖沙已经没了，而他还一直在泰加森林里顶着子弹跑来跑去。他叹了口气，闭上眼睛，他仿佛看见太阳当空，天气炎热，割下的草差不多一瞬间就干了，他抄起叉子堆草垛，什么都干得很轻松，像玩儿似的，一边干一边不忘瞟着坐在草垛的影子里给阿廖沙喂奶的瓦西丽莎。瓦西丽莎感觉到他在看她，就抬起头笑了。

日金晃了下脑袋，赶走不期而至的幻想，甚至从用干树枝铺的睡觉的地方微微抬起了身子。树枝在他身子下噼里啪啦地响着，他皱了皱眉头——应该一动不动地躺着，不能发出一点声音。这时候雅科夫仍在笑着捕捉雪花，他直接躺在雪上，把两只赤脚叉开，看来他一点都不紧张。他倒找到了好玩儿的事——捉雪花……

其实，雅科夫不光在欣赏雪，他还在警惕地观察着周围。他碰了碰日金的胳膊，默默地甩了一下乱蓬蓬的脑袋，让日金往那边看……

柳树丛的树梢在摇晃，一只什么鸟被惊起，害怕地“啾啾”叫着飞走了，从视野中消失了，树梢仍然在晃动，已经不难猜出有人穿过柳树丛，到了林间空地，这个看不见的某人是直奔密室去的。最边上的一丛灌木分开，第一个人已经在雪中跌跌撞撞地走了出来，紧随他的身后又出来一个人，然后又是一个……很快又出现了牵着的马。他们全身是雪，行动缓慢，看来走了很长的路，已经很疲倦了，而且在暴风雪中也没睡好觉。这很好，跟活蹦乱跳的家伙周旋更困难。不过，细想想，就算这些人很疲惫，也未必能对付得了。日金马上明白了这一点，因为他数出，来到林间空地的人共有十二个。他们只有三个人，怎么可能打得过呢？当你给枪上火药的时候，他们早在你身上打出好几个洞了。

日金本想哀叹一声，但他改变了想法，甚至屏住了呼吸，他明白，他所有的计算都白费了；在泰加森林里他曾希望匪徒会减员，人数可以少几个，他还希望一个都不剩，可是满不是那么回事，完全不是那么回事儿。看来局长的伏击没有成功，现在还不知道他的死活。要是死了，那么连增援都没指望了——只能靠自己，只能指望自己的脑袋和双腿。

“伊利亚·格里高利耶维奇，现在谁都帮不了你，你自己想想怎么解套吧……”可是请问，有什么可想的，他们只有两把枪，对方是十四把……日金一动没动，唯恐他身子下面的树枝发出响声，就算用头撞树，他也不知道该怎么办。可是连这个可能性都没有，因为附近只有一棵小白桦和一棵山杨树。而雅科夫仍然张着癞癞巴巴的双手在捉雪花，好像周围发生的事跟他一点关系都没有，还微微颤动着乱蓬蓬的大胡子微笑着。

日金回过头找科姆列夫，他让他趴在在林间空地的另一头。但他没找到。“是藏得那么好，还是跑了？这很可能，人总是想活命……我也想，我得回到瓦西丽莎身边。也许应该趁着还不太晚爬开，在一边等一等？不，朋友，爬开藏起来太不像话了。没人替你完成你的职责，也没人应当去完成，你得自己尽职！”日金猛地打断自己的思路，把它们像偶然落到手上的没用的破布一样扔开。他把枪拽近一些，把枪托在肩上靠得更舒服些，小心地拉开扳机，扳机发出干燥的，勉强能听出的“咔嗒”声。雅科夫听到这声音，伸出一只手，把被融化的雪水弄湿的手掌放在树干上。他摇摇头，意思是：用不着这样。然后又摇了一下头，意思是，你瞧。

日金看见这些人穿过林间空地，到了山杨树旁，一个人已经开始用步子丈量从山杨树到密室的距离。丈量过后他用手指在面前向下指指，意思是：就是这里。他们从马上的驮包里拿来了铁锹和十字镐，开始刨雪。雪在阳光下熠熠生辉，银光闪闪，好像一道接一道的彩虹不断出现、消失。

他们把雪清理干净，用十字镐砸地，把盖子翻起来放到一边，打开了入口。他们聚在入口周围，向下张望，但谁都没下去。他们说了半天，但听不到说的是什么。

在打开的密室入口旁谈话的两个人是斯托尔波夫—拉斯托尔古耶夫和萨沃奇金。确切地说，是斯托尔波夫—拉斯托尔古耶夫在说：

“嗯，怎么样，矿山工程师先生？您了解这样的设施吗？”

“不了解。”萨沃奇金回答。

“这么说，该给您补补课。现在您下去，把一切查看清楚，给我个信号，我跟着您下去。”

“我不知道那里有什么……”

“所以您要弄清楚，您是工程师啊，您有技术头脑。好了，萨沃奇金，别装傻了！下去！你不把里面所有的门和锁都打开，我是不会放你出来的！”

“可是……”

“我说了，爬下去！萨沃奇金，给你那么大面子，你还怂了！这样可不好，不好！想让人把你推下去吗？”

“不想……”

“那就好！喂，来人，找个灯来！得点灯！”

手下找到灯，拿来，点燃。萨沃奇金颤抖着手拿住灯的金属把儿，小心翼翼，战战兢兢地往下走。到了地下之后，他在门前停住，用肩膀撞了撞它，仔细查看起来。查看完之后，他放心了，手也不抖了。他猜到什么地方应该藏着一个开门的机关。他沿着斜坡上来，要了铁锹和十字镐，然后再次下去，开始敲墙、顶棚、落叶松的木板，他终于猜出来了。他抠了半天最边上的那块板子，搬它的时候几次扔开，但终于成功了，把它拉了起来。他靠在墙上，收起铁板，看到了螺丝，长出了一口气——找到了！

打开铁箱很容易，没有吱吱嘎嘎的声音。萨沃奇金举起灯，久久地，目不转睛地看着他面前的金子：那些金子是那么近，伸手就能碰到，手指就会感觉到凉意。他没忍住，抓起了一小块，把它凑到脸跟前，仔细看着，恨不得把金子塞进所有的衣袋。但是斯托尔波夫—拉斯托尔古耶夫会下令搜身的！一定会搜的！萨沃奇金绝望地皱起脸，甚至牙齿打架，还是把矿石放回了箱子。他还有什么办法呢？什么办法都没有！他只能服从别人的意志，要逃出那个人的手心，就像马摆脱笼头，是完全不可能的。他曾试尝过一次，没有成功，第二次更不可能成功。

他又在箱子旁站了片刻，欣赏了一会儿金子在灯光下的反光，就慢慢地跨出门道，顺着坡道上去，他像老人那样拖着脚，好像一下子失去了所有的力量。他上去后，从密室盖子伸出头，仰头瞅了斯托尔波夫—拉斯托尔古耶夫一眼，报告说：

“在那儿呢。我打开了……”

斯托尔波夫—拉斯托尔古耶夫跺了一下脚，好像要跳舞，然后，他什么也没有说，只发出一声长啸：

“哎——！”

这声长啸里包含的滋味很复杂，以至于萨沃奇金的脸又皱了起来。他比任何人都明白，人很少会发出这样的长啸，除非他处于无比幸福、无所顾忌的状态时。而他萨沃奇金肯定已经永远不会有这样的时候了。

斯托尔波夫—拉斯托尔古耶夫又跺了下脚，吩咐道：

“你带我去，免得我踩空。”

然后他就开始下洞口。

很快他们已经是两个人站在打开的箱子前了。两个人都沉默着，一句话也没说。

在上面，敞开的密室入口旁边也没人说话，看来他们在等着什么时候可以看到那宝贵的金子。

就在此时，雅科夫出人意料地站起来，碰了碰日金的袖子，小声说：

“下去的是阿扎洛夫！你说，警官，说阿扎洛夫在那儿。说吧，有什么不能说的！”

日金回过头来，想看看树精是不是疯了？而雅科夫用炽烈、祈求的目光无声地请求着：说吧，说吧！日金猜出来了，尽管有点晚，但他终于明白了过去的木工队长想要他干什么。他点点头，悄声加了一句：

“就是他。”

好像有种无形的力量推了雅科夫一把，他跳起来，无声地奔向山杨树——健步如飞。在飞奔中他的脚好像没有触到地面，只见雪在他的一双赤脚下翻飞，好像被风刮了起来。站在密室入口的人都没看到他，而他已经跪在山杨树根部的旁边，哆哆嗦嗦地找绳子头了。他找到了绳子头，身子往后一仰，把绳子拉向自己。从地窖口内传来“嘎吱”一声巨响，随即被第二声沉闷的、长长的轰隆声淹没。洞口上面的冻土是一块一块慢慢坍塌的。断裂坍塌的土层堵住了出口。密室入口旁的人全都四散逃开，顾不得底下发出的声嘶力竭的可怕叫声。这是斯托尔波夫—拉斯托尔古耶夫和萨沃奇金在叫喊，他们的叫声中充满恐惧，好像是临死的喊叫。回答他们的喊叫的是雅科夫的哈哈大笑。他仰面躺着，举着那双癞癞巴巴的赤脚舞动着——他的笑声嘶哑、可怕，又像咆哮，又像哭号。这时子弹开始从四面八方射来，已经浑身是血的雅科夫跳起来，又中了几弹，倒下了——面朝雪地，两只胳膊大大地伸向前面，好像还用叉开的手指去抓什么人。他已经躺在那里一动不动了，而匪徒们还在朝他射击，射击声盖过了地下的喊声。

日金的瞄准射击也加入了这场枪战——他弹无虚发。一枪又一枪……科姆列夫在林间空地的另一端与他呼应。这苦役犯没逃跑，没害怕，而是信守着自己的诺言。

失去首领，仓促应战的匪帮开始溃散，就像一把从破管子里撒出的豆子，但是他们人仍然很多，过一两分钟就会回过神来，那时候日金和科姆列夫就必然要永远地留在这儿了，他们无法从这儿逃出去。他们两个也各自很清楚这一点。他们连跑都没地方跑，现在他们已经被发现，对方已经开始瞄准他们射击，他们不可能躲藏了。

就在这千钧一发的时刻，援兵赶到了。不知道在哪里，从什么地方传来了大声的命令：

“一排，开火！二排，准备！”

射击虽然是稀稀疏疏的，但枪法很准，很快两个匪徒扑倒在雪地上。其他的人东张西望，想弄清楚这声音从哪儿来？有人跑起来，有人躲进雪里。日金和科姆列夫继续射击，已经不考虑节省弹药了。那个不知是谁的声音又一次盖过了枪声，下达了新的命令：

“放下武器！到边上去！谁想活命，就放下武器！”

匪徒稍微拖延了一会儿就放下了武器，而后就乖乖地听从命令，走到一边，凑成一堆儿，那些活下来的人还在疑惑地转着脑袋，闹不明白，那凶巴巴的、自信的声音是从哪儿来的？日金猜出来了。他抬起目光，看见在一棵桦树的粗树枝上绑着一根棒子，树上有个人，他舒服地稳稳地贴着树干，手上有一支黑色的卡宾枪。

雅科夫的棒子起作用了，立了功。

日金站起来，拉开扳机，端着枪以防万一，小心地往前走，他的眼睛一直盯着凑成一堆儿的匪徒，同时还想看看，第一排，第二排到底在哪儿？

但是这里没有什么排——不管是第一排还是第二排，也没有一个士兵。

是波罗佐夫忠实的干探格里沙—米沙跟着匪帮留下的踪迹马不停蹄地及时赶到了。现在他们中间的一个不知道从哪里冒了出来，正在郑重其事地把匪徒们串在一根绳子上，好像把捕到的鱼串成一串，而第二个则从白桦树上跳下，站在不远的地方，一直端着卡宾枪，准备射击任何一个想逃跑或扑向枪口的人。

日金走近些停了下来，这时他才感到他双腿的膝盖在微微发抖，马上就要撑不住了。于是他坐下，但他仍然没有放下枪。无限的疲倦一下子压了下来，要是他现在可以倒下，他就会一下子歪倒在雪地上闭上眼。要是现在在家里就更好了。“现在，瓦西丽莎，我已经肯定能到你的身边了。现在大概不会有太大危险了，等等，只剩下一点点了……”

“警官，你干吗？要躺下睡觉吗？”格里沙—米沙快活地喊着，“睡觉还太早呢，咱们还得往回走呢！”

“干这个活儿你倒是睡得了啊！”日金生气地回答，克服着疲倦站起来，“你们怎么到这儿来了？”

“我们是坐着飞毯来的。”格里沙—米沙一龇牙，说，“我们听说警官没我们不行了，就飞来了。我们及时赶到，就像东方三圣赶上耶稣诞生！”

“我们现在该怎么办呢？”

“我们现在的事儿不多——不值一提！”格里沙—米沙总是那么快活。

他走到科姆列夫身边，看见他用破布裹着头。

“你怎么这副打扮？”日金问道。

“是这样，防备万一。”科姆列夫小声回答，“万一又把我送去服苦役呢，世界很小，万一他们认出我是从哪儿来的，跟谁交过朋友……他们不会喜欢那样的行为，说不定会把我的脑袋砸烂的……”

“嗯，”日金点点头，“那你就裹着吧。”

他四下望望，在乱丢的铁锹中间看见了一把斧子，就把它拿起来，使劲儿清理斧子把儿上的雪。然后他走到那棵孤零零的山杨树旁。雅科夫·雷马列夫两只胳膊向前伸着躺在那儿，他的嘴大张着，好像死后还在哈哈大笑。微风拂动着他那乱蓬蓬的头发。日金看看他，叹了口气，挥动斧子向山杨树的根部砍去。树动了一下，唯一的一片树叶——即使在暴风雪中它也没有脱落，此时转着圈儿飘落了。斧子继续敲着，很快山杨树轰的一声到在松软的雪地上。日金砍枝杈，锯树干，找到绳子一绑，很快，一个单横木的十字架就出现在雪地上了。

“你要把它立在哪儿？”科姆列夫问。

“哪儿，哪儿……立在死人上头。人毕竟不是野狗。”

“要挖地吗？”

“挖一挖吧。累不死。”

但格里沙—米沙中的一个插进了谈话：

“我们有刨地的人。让他们把这个坑挖大些。警官，你做了十字架，这真好。是给死者办后事，也是对你辛苦的奖励！看这十字架有多大，是整棵树做的。自己干得好，自己奖励自己！谁都没有这样的奖品，你却会有——一个山杨木十字架！”

这个波罗佐夫的干探很快活，他为能活下来并出色地完成了那么难的任务感到很开心。日金没有生他的气，因为他知道，激战之后活下来的人总会感到控制不住的喜悦，会不停地说，没有什么理由地笑。可是他日金顾不上笑，疲惫彻底压垮了他，他完全没有力气与之抗争；他往雪地上一躺，两腿蜷起来靠着肚子，马上睡着了。

科姆列夫的声音把他唤醒：

“起来，警官！你想冻死在这儿吗？”

他跳起来，环顾四周，彻底醒了过来。他看到山杨木十字架已经立起来，它下面是一个凹凸不平的黑土坟丘。曾经是密室的地方，现在变成了一个深坑，泛出红色。

“把箱子拿出来了吗？”他问格里沙—米沙。

“拿出来了，完好无损。斯托尔波夫—拉斯托尔古耶夫和萨沃奇金也弄出来了。所有人都一块儿埋在你的十字架下了。无辜的，有罪的，统统埋在那里了。如果要做调查，让他们自己到这儿来，自己挖掘吧。咱们没时间，得动身了，警官。”

“动身就动身，有什么可等的……”

“怎么也叫不醒你，我们都耽搁了。”

日金站起来，拿起枪，跟着大家走，走到林间空地边缘，他回过头来又看了一眼在蓝天下十分醒目的山杨木十字架，好像想把它记住，而后他再也没有回头。

/十四/

金矿上热闹非常。

在经理处前的拴马桩旁聚集了备好鞍的马，排成一队的雪橇，警卫队员和百夫长们在雪橇旁边交谈边往台阶这边看，等着长官出来下达命令——去哪里，做什么。

可是过了半天，长官还是没有出现。

被最近的事闹得惶惶不安的矿上的居民纷纷从他们埋在雪里的小屋中出来，凑到拴马桩这边来，跟公务人员搭话，打听出了什么幺蛾子！可是公务人员也回答不上来，因为他们自己也不知道，他们只是耸耸肩，把头往经理处那边一摆，意思是——哪的人管事，让他们去想吧。

在经理处里，所长维基里安斯基和赫里布诺夫坐在矿山工程师萨沃奇金的办公室。确切地说，是维基里安斯基坐着，而赫里布诺夫站在他面前报告：

“探子说：斯托尔波夫—拉斯托尔古耶夫和萨沃奇金去了地狱，我们打死了五个匪徒，其他的匪徒被活捉了。现在我们的人带着密室里的金子正往回走，很快就到。我派这个探子带着两辆车去迎他们，以防万一……”

“局长先生呢，他怎么样？”

“好些了。早上喂了他饭，他很高兴。现在在睡觉，不能叫他。睡觉是头等大事。”

“地下室有个人在喊着要放出来。那是谁？”

“是萨沃奇金的手下，像仆人一样的，叫季莫菲。可以审问他，他可能知道很多……还应该逮捕拘禁警官妻子的那房子的主人和他儿子……”

“我们这就把人派出去，然后审这个仆人。让他先在那儿待会儿吧。还有什么事？”

“越冬房那边也要派人，去把帕尔菲诺夫的残骸运出来。”

“暂时顾不上。再放一段吧，臭不了——现在是冬天。现在你自己带上人去迎接他们吧。”

但是，赫里布诺夫没走多远，刚出了矿区最外围的房子，就看到一行人拉成一条黑线迎着他们走来。他们走得很慢，很疲惫，费劲地踩着雪，身后踩出一条深沟。赫里布诺夫忍不住迎着他们跑去，看到日金他很高兴，大老远就喊起来：

“活着！警官活着！我替你担心极了！”

但他尽量不瞧格里沙—米沙，好像没有看到他们似的。而他俩不安的同时从两面向他走来，一言不发，阴沉地等着。赫里布诺夫好像无意中发现了这两个干探，顺便报告说：

“他在我家，好多了。”

然后，他又回到日金身边。他很想以此向这两个来自雅尔斯克的强人（他们威胁他说，如果他不能把局长救活，就要对他不客气）表示，没有他们这些大人物他也知道该做什么，用不着他们教训。但格里沙—米沙听说波罗佐夫活着，一下子忘记了他们的威胁，扑上去拥抱赫里布诺夫。赫里布诺夫生气地摆脱开他们，嘟囔道：

“抱什么抱，我又不是姑娘！走吧，大伙儿都等好久了，所长急得坐立不安……”

“等等，”日金打断他，“维基里安斯基在金矿？”

“就是所长本人，他很想看见他警官呢。走吧……我已经让人给澡堂生火了，你们蒸一蒸澡吧……走吧……”

这一天剩下的时间和半个夜晚人们都在交谈，在澡堂蒸澡，在赫里布诺夫家喝茶，已经大大见好的警察局局长波罗佐夫一遍又一遍地请人讲他没能亲临的石丘那边所发生的一切。

第二天早上，一个庞大的车队准备出发了。赫里布诺夫和叶尔班的警卫队员留在金矿维持秩序。

“给我看好了，”告别的时候维基里安斯基吩咐道，“把眼睛瞪大，这里的风吹草动都得掌握。要是再发生这样的事，我就把你的脑袋揪下来！”

赫里布诺夫笔直地站在长官面前，暗自想道：“这个也威胁我，全都威胁我，我只能威胁我的老婆，说我要抽她，还抽不着。应该让这份工作见鬼去，把它扔掉，我就能做自己的主人了。”

他得到最后的命令后就离开所长的身边，向日金伸出手：

“祝您健康，伊利亚·格里高利耶维奇。我不会忘记杰姆利亚尼岑，不用担心。明天我们就去把他运回来，按基督徒的方式安葬。”

“别忘了，赫里布诺夫。要是他留在那里，我会很难受。”

“不用难受，伊利亚·格里高利耶维奇，一切都会办妥的！”

维基里安斯基挥了挥攥着皱巴巴的白手套，下令出发。

铃铛叮叮当当地响起来，雪在滑木和马蹄下发出咯吱咯吱的声音，车队慢慢地上路了。日金在雪橇上的一个空位坐下，然后他像在床上那样挺直身子躺下。科姆列夫坐了一会儿也压着芬芳的干草躺下，两眼盯着天空。日金就这样看着，好像融化在轻便雪橇里了，他感到很舒服，什么都不想。他无忧无虑，只盼着一件事，早点回到自己家，看到瓦西丽莎。他只愿这一刻早一点到来，他闭上眼，好像看见了栅栏门，台阶，前厅的门……门豁然打开……

“喂，警官，我想问你，”科姆列夫打破了他的幻想，他翻来覆去，把干草弄得哗哗地响，小声说道，“我早就想问了，一直没机会……”

“问吧。”

“等我们到了叶尔班，你要把我送哪儿去？送看守所吗？”

“现在我不知道……”

“送去吧，送去吧，逃不了，你就公事公办。我对你有一个要求，别让我跟这些无赖关在一起。就算把脑袋蒙起来了，我还是害怕。我还想活几天呢……在跟你一起折腾了这一通以后，我觉得活着特别好……”

“等咱们到了地方，我替你跟上司说情，说不定能把你放了。怎么样？没有你的话……”日金顿了一下，想找个合适的词儿，科姆列夫大笑着接上去说：

“就像缺了垃圾桶！好了，警官，不用为难。等到了地方再说。就是别忘了我的请求，就是拘留所的事……”

“忘不了。”日金答应道。

“那就好。多谢您了，伊利亚·格里高利耶维奇。有功夫的时候想想科姆列夫。”

“你怎么了，这是要告别吗？还是要死了？”

“我这是感谢你呢。”

“好吧，好吧。”

他们不说话了。

维基里安斯基决定他的车队不停下过夜。当黑夜降临的时候，他们燃起桦木条火把，就着斑斑驳驳，闪烁不定的火光继续前进。日金一点不操心，舒服地侧躺着，在雪橇的咯吱声和马蹄声中稍微打了个盹，而后醒来，仍然闭目躺着，眼前再次浮现出院门、台阶和通向前室的门。

当他再次醒来的时候，他感到一种模模糊糊的不安。他抬起身子，四下看看，马上明白了为什么不安——科姆列夫不在他的身边，他甚至没察觉他是什么时候离开的。他已经悄悄地溜下雪橇，消失在黑暗中了。

现在到哪儿去找他呢？

“没地方找。”日金想，“我不再找他了。明天我就跟维基里安斯基报告说我睡觉来着，让他去伤脑筋吧。”他模仿科姆列夫小声咕哝了一句：

“祝你走运。”

/十五/

《省消息报》通讯员古德里亚夫采夫的声音好像从一只大桶里汩汩流出的水流，保持着一个语调，一点也没有停顿：

“我不记得我们的雅尔斯克有过这样的事。这事真不一般，这就是一出史诗级的刑事案，如果可以这么说的话。不错，他们想方设法要把这事盖住，就连将军省长都担心搞得满城风雨，报纸编辑就是这么明着告诉我的，一点没用暗示。他说，要是我把这件事传出去，他就不给我钱，把我赶到大街上，就像最下等的流浪汉。可是我一定要传出去！除了我们的《省消息报》，还有首都的报纸。我就在那儿发！题目我已经想好了：《帕尔菲诺夫金矿风情》。我暂时还没有足够的证据，所以我来这儿，玛尔法·伊万诺夫娜！叶卡捷琳娜·尼古拉耶夫娜！你们能不帮我吗？！行行好！第一手材料，亲历者口述——这对我是真正的宝库！对你们来说这算什么呢，亲人！”

古德里亚夫采夫一边忙着吃饼干，用茶把它们送下去，一边说着，他恳求地看着坐在他面前的两个女人，那目光惹人怜悯。但玛尔法耐心地把他那一番热烈的话听完，却坚决地回绝道：

“不，不，您提都不要提。过去我跟您说过，现在我再说一遍，我对帕尔菲诺夫家的事一点都不知道！请您到别的地方找您所谓的证据去吧。”

古德里亚夫采夫又接着劝说她们，但玛尔法不再回答，表示不打算再谈这个话题。叶卡捷琳娜·尼古拉耶夫娜什么也没说，她坐在那里想着什么，好像对谈话无动于衷。但其实并非如此。她其实在听，很认真地听着。古德里亚夫采夫侃侃而谈，最后他没词儿了，伤心地叹了口气，这时候叶卡捷琳娜·尼古拉耶夫娜开口了：

“您在这儿遇见我纯属偶然，我是来跟玛尔法·伊万诺夫娜辞行的……”她不说话了，沉思起来。

玛尔法很快看了她一眼，目光中流露出不安。从早上她开开门看到这位不速之客，她心里就一直惴惴不安。而叶卡捷琳娜·尼古拉耶夫娜一点也不觉得尴尬，说她来是迫不得已：火车晚上才离开雅尔斯克，而她除了玛尔法·伊万诺夫娜没有亲近的熟人，她也不想在火车站等着……她还说，她是几天前离开金矿的，但不得不在叶尔班耽搁几天，因为没有顺路的大车。

玛尔法让这个出其不意地找上门的客人进了屋。她毕竟想知道金矿上出了什么事。但叶卡捷琳娜·尼古拉耶夫娜刚开口讲，古德里亚夫采夫就来了，他已经知道了金矿上发生的事：巴维尔·拉夫连季耶维奇·帕尔菲诺夫结束了自己的生命，人们寻找老帕尔菲诺夫藏金子的密室，警察局长波罗佐夫受了伤，他甚至知道西伯利亚商业银行的经理杰里曼诺夫插手了这一系列怪事，从首都来的高级委员会还要待很长时间，因为他们发现了大量的过失和失误。

从听到的这一切中玛尔法只明白了一件最主要的事情——小帕尔菲诺夫跟老帕尔菲诺夫一样已经不复存在，他们的血统完全断了，现在巨额的财产已经像飞扬的尘土一样随风飘散。她没有高兴或幸灾乐祸的感觉，她非常平静，只是当叶卡捷琳娜·尼古拉耶夫娜开口对《省消息报》通讯员说话的时候她才感到不安。她会对他讲些什么呢？

“我大概可以帮您，古德里亚夫采夫先生，但是有一个条件……”

“对我来说您的任何条件，任何愿望都是法律！”古德里亚夫采夫脱口而出，他甚至从桌旁微微抬起身来。

“是这样，条件很简单。您写完之后必须给我看。要是您不这样做，我就要给所有的报纸投书，控告您是说谎的人和报业败类。同意吗？”

“同意！但是您要走了！”

“我给您留下地址。现在您带我去一个地方，在那里我们一定要好好谈谈，开车前我还有时间。”

“稍等！稍等片刻！我马上叫车……”

古德里亚夫采夫冲出房子，边跑边穿大衣戴帽子。叶卡捷琳娜·尼古拉耶夫娜嘲笑地看着他的背影说：

“您别担心，玛尔法·伊万诺夫娜，这篇东西要是能写出来的话，它一点也不会碰到您的事。我跟他扯些谎话，说些他想听的东西。谁都不需要真相。”

“那么……那我就不明白了……您何必如此？”

“何必？我自己也不知道。看来，心里的怒火还没有完全熄灭。虽然……生谁的气呢？只能生自己的气……告辞了，玛尔法·伊万诺夫娜，如有冒犯请多原谅。”

“我没什么可原谅您的。”

“还是要说声抱歉。”

叶卡捷琳娜·尼古拉耶夫娜鞠了个躬，一个九十度的深深的鞠躬。然后把一个小布包袱紧紧抱在胸前，走出了屋子。玛尔法披上披巾送她到院门，然后回到屋里，从窗口看着一个车夫赶着轻便雪橇过来，挥动长鞭子甩出一个短促的鞭花儿，雪橇很快走远了，留下一团飞扬的雪雾。

“她到底为什么请我原谅呢？她对我一点错事也没干呀。”玛尔法想道，“也许我也需要请求原谅。不过求谁原谅呢？”

但对于这个问题她没有答案。

她没有收餐具，仍然独自坐在桌旁，好像赌气似地裹上了头巾，心想今天得去拜访最近正生病的玛格达丽娜·维涅吉科托夫娜。但是她一动没动，感到很孤独，没人需要她，她被遗忘了。

玛尔法想着心事，没有马上听到铜铃发出了轻轻的怯生生的声音。有人小心翼翼地，胆怯地拉了叫门的小绳子。听到铃声，她站起身去开门。门开了，她因为意外而一阵慌乱：台阶上站着季奥米特，手里紧紧拉着瓦纽什卡。这男孩的腮上有一个五戈比硬币那么大的发青的圆点。

“季奥米特！”玛尔法一拍手说，“你是怎么搞的？！你这孩子腮帮子都冻了！”

“我没大照管好。”季奥米特低下头辩解说，“我们赶了很远的路，这不，有点儿冻了。”

“会好的！”瓦纽什卡插嘴说，他说话又快又响，“我身上什么都能好，就像狗一样！夏天我被锈钉子扎了脚——啥事没有！把痂一揭，就又到处跑了！”

“咱们干吗站在台阶上啊！快进屋！”

“等等，玛尔法。我们有事要告诉你，也许不该来……”

“怎么不该来？！季奥米特，你说些什么呀？！你说了什么，你自己能听见吗？还是听不见？！”

她抓起瓦纽什卡的手把他领进屋，给他脱了外衣，探进橱柜找到一瓶鸭油，用它治孩子脸蛋上的冻伤。她做这些时感觉到一种忽然袭来的喜悦，好像今天她缺的正是这个——关心什么人，帮助什么人，而此时她这却完全不经意地做了这样的事。现在她已经清楚地知道该做什么了，已经不再因思绪纷乱而困恼，不再觉得孤独和被人遗忘了。她很快生好了茶炊，重新摆了桌子，目不转睛地看着瓦纽什卡狼吞虎咽地吃东西——这孩子饿坏了。

“我们，那个，找你有事，玛尔法。”季奥米特开口说道，他没有碰食物，“我跟伊万没辙了，我们需要个住处。我过去的差事丢了，新差事还没找到。不管我去哪里，全都不要。你能不能让我们临时歇歇脚？我们给你干活儿……”

瓦纽什卡停下不吃了，他在椅子上像一只小公鸡似的一抖擞，爆豆儿似的朗声道：

“我什么都能做，玛尔法姑姑，不会白吃饭的！铲雪，打水，运劈柴——这些对我都是小菜一碟！我还能生炉子！我还能收拾屋子，擦地板！玛尔法姑姑，你……你哭什么？要是有人欺负你，你告诉我。我马上做个弹弓！”

玛尔法没有回答，继续一边哭，一边幸福地微笑着。

/十六/

市立医院本来安安静静的，此时病房外却传来了模糊的喧闹声，好像风在树梢之间划过，一阵急促的脚步踏着地板，然后听到一个气呼呼的、“嗞拉嗞拉”的嗓音在低声申斥：

“墩布！把墙角的墩布拿开，傻瓜！”

那急速的脚步又响了一阵，然后一切归于沉寂。

在重新降临的寂静中又传来了另一阵脚步声——这脚步声均匀而沉重。病房的门大开了，将军省长亚历山大·尼古拉耶维奇·杰里诺夫庞大身躯出现在门口。他头也不回地大声吩咐道：

“谁都不许进！”

然后，他随手关上病房的门。

波罗佐夫想拄着手杖站起来，但伤口一阵剧痛，他皱了皱眉，栽到枕头上。

“躺着吧，康斯坦丁·弗拉基米洛维奇！我不是来检阅的，是来看伤员的。您感觉怎么样？”

“谢谢您的关心，亚历山大·尼古拉耶维奇。我感觉挺好。”

“嗯，那就好，感谢上帝。大夫跟我报告，您身体年轻，结实，说您很快就会好起来的。顺便，请原谅，我想听听细节。您的书面报告已经送给我了，我看了，现在，要是不困难的话，您亲口讲讲……”

将军省长毕竟不喜欢读公文，问题不在于他懒惰或任性，而在于他不信任写在纸上的东西。他无法克服警惕的感觉。可是当你看到一个人在你面前，听他说话的时候就是另一回事了。那时候就会呈现出一幅鲜明的画面。

波罗佐夫把金矿发生的所有事做了详尽的汇报。将军省长认真听了以后，皱着眉头半天没说话，然后从椅子上站起来，走到窗前，说了句好像完全没关系的话：

“看这院子脏的！又是灰，又是脏水，全都堆在鼻子底下！春天雪化了，会臭得气都喘不上来！”然后没有任何过渡，说道：“明天在教堂举办帕尔菲诺夫的安魂祈祷，我怎么也拿不定主意，去还是不去，恐怕还是得去。怎么能不去呢，他是位受尊敬的先生，雅尔斯克的骄傲。我是这么想的，康斯坦丁·弗拉基米洛维奇，要不是那个警官，他姓什么……日金？要不是日金，你我都会吃不了兜着走的。我们总是这样，我们夸奖表彰一些人，可是当等摊上事儿，搭救我们的完全是我们听都没听说过的另一些人。至少该给他枚奖章……”

“给不了，亚历山大·尼古拉耶维奇。”

“怎么给不了？”

“派出所所长和县警察局长处分他了。”

“为什么？”

“两次让苦役犯科姆列夫逃走了。”

“第三次让他们自己去抓！这些聪明人！我不便插手这件事，这不符合身份。等您好了，您安排把处分给撤销了……想个办法。我给日金寄五十卢布，自掏腰包，不要声张。我还忘了告诉您，杰里曼诺夫提出退休申请，您怎么想——他能脱身吗？”

“不知道。”

“我知道。哼，他们搞出的鬼乱子！嘿！快点好吧，康斯坦丁·弗拉基米洛维奇，我给您带来了茶，他们会煮的。一定要喝，是我太太亲自弄的，好像是什么特别的茶……”

“请向伊琳娜·阿列克塞耶夫娜转达谢意。”

“一定转达。”

杰里诺夫走了，很快，市立医院的长长的走廊就响彻了他发号施令的大嗓门。

“您马上就会知道脏水该往哪儿泼了。”波罗佐夫看着天花板笑了，他很清楚，根本不是脏水的问题。“我只能同情您，亚历山大·尼古拉耶维奇，这件事不好，有点丑。在整个这件事中只有日金值得尊敬。五十卢布对他来说当然有用，但毕竟不舒服——这是偷偷塞给他的。可是有什么法子呢？如果像个英雄那样表彰他，就只能把整个事件翻个底儿掉，怕的就是这个……没关系，日金，你等着，等我好了，我不会忘了你。”

警察局局长惦记着，现在连将军省长都已经知道的日金却对这些一无所知，他正坐在自家的台阶上望着已经清理了雪的院子，等着瓦西丽莎叫他吃饭。他到叶尔班后就把她从医院接了出来。他把医生痛骂一顿，因为他不准他带走瓦西丽莎，嘴里还嘟嘟囔囔地说着什么。他拉起妻子的手就头也不回地把她带到雪橇旁。瓦西伊莎一路都没说话，当他们到家后她小声叫他：

“伊留申卡，坐到我旁边，把手给我。”

她拿起他的沉甸甸的大手，贴在自己的胸前，叹了口气说：

“得，现在我好了。我们的医生说的是蠢话。伊留申卡，现在我没工夫闹病，我怀孕了……是代替阿廖沙来的……你不用担心我，我因为伤心发疯了，因为你不在身边。现在你在……”

她又坐了一会儿，把他的手抚摸了一阵，然后就做起家务来。日金也站了起来，去院子里铲雪。

这是几天前的事，现在生活已经走上正轨：他下班回来就把干草垛到马厩旁，劈柴，把水运到澡堂，现在一缕袅袅轻烟正快活地飘荡在小烟囱的上方。

他自在地伸开腿，休息着，等着瓦西丽莎叫他吃饭，甚至没有想不久前他经历的那些事。

何必要想呢？

要继续生活，因为生活是很漫长的。生活是难以捉摸的东西，不易啊……